Bagriy & Co.

Роман Прошкин

ВОПРОС ЖИЗНИ И СМЕРТИ,

или

Незабываемая улыбка Будды

Bagriy & Company
Chicago • Чикаго
2020

Роман Прошкин
ВОПРОС ЖИЗНИ И СМЕРТИ,
ИЛИ НЕЗАБЫВАЕМАЯ УЛЫБКА БУДДЫ

Roman Proshkin
A MATTER OF LIFE AND DEATH,
OR THE UNFORGETTABLE SMILE OF BUDDHA
(Russian Edition)

ISBN: 978-1-7337824-3-2 (Paperback)
ISBN: 978-1-7337824-0-1 (Hardcover)

Редактор: Ольга Новикова
Корректор: Людмила Фадеева
Компьютерная вёрстка: Юлия Тимошенко
Обложка: Лариса Студинская
Иллюстрации: Сергей Яржемский
Дизайнер-консультант: Александр Аксёнов

Edited by Olga Novikova
Proofreading by Ludmila Fadeeva
Book design by Yulia Tymoshenko
Back cover by Larisa Studinskaya
Illustrations by Sergey Yarjemskiy
Design consultancy by Alexander Axenov

Bagriy & Company
Chicago, Illinois, USA
www.bagriycompany.com

Printed in the United States of America

Содержание

ТЕБЕ,

Обладающему

Абсолютным Разумом,

Абсолютной Любовью и

Абсолютной Справедливостью,

Посвящается эта книга

Вступление

Можно предложить человеку обычную выдумку, которая похожа на реальность, а можно предложить необычную реальность, которая очень похожа на выдумку. И то, и другое может стать настоящим, если разбудит в человеке его волшебные качества, так далеко спрятанные за скорлупой современной жизни. И тогда произойдёт необыкновенное чудо: Душа засияет и растворит темноту, окружающую жизнь. И человек ясно увидит то, кем он является на самом деле. И с этого момента он будет жить жизнью «светящейся точки», так загадочно мерцающей своим необыкновенным голубоватым светом и освещающей всю Вселенную, которая как раз и является частью этой «светящейся точки».

В основу книги положены события и факты, взятые из жизни и пересказанные очевидцами, в интерпретации автора. Книга не претендует на географическую, историческую и художественную корректность, не оспаривает религиозные догмы и философские учения. Человек в книге рассматривается как явление необычное, пытающееся выжить в этом быстро меняющемся мире и отстоять своё право быть Человеком.

Зелёная корова

Вопрос Жизни и Смерти

Будда стоял у Райских ворот. Он выглядел как путник, который проделал очень длинный путь к родному дому, и ему осталось сделать лишь последний шаг, чтобы окунуться в тепло, уют и безграничную любовь. Он набрал полную грудь воздуха и уже занёс ногу, чтобы переступить порог, но сделать этого он не смог: что-то его остановило.

Он стал медленно просматривать свою жизнь в обратном направлении — весь свой переход, последнюю встречу с учениками, много-много странствий и скитаний, встреч, расставаний, загадок, открытий, удач и разочарований... Эпизоды жизни мелькали, как вспыхивающие искры, и это было настолько впечатляюще, что он перестал видеть события, а видел лишь ощущения, которые сплетались в тонкую золотую нить, серпантином раскинувшуюся по всей Земле. С той точки, где он сейчас находился, он видел эту нить абсолютно явственно и реально, но он отлично помнил, как трудно было соткать это сверкающее единство из сложных переплетений жизни и смерти, как тяжело было отыскать даже маленький отблеск того света, которым теперь светился весь его путь. Он понимал, что всё ещё держит конец этой нити в своих руках, и если он её выпустит, то многие, кто хочет найти этот отблеск, потеряют всякую надежду.

Он остановился, медленно опустил ногу и повернулся лицом туда, где всё так темно и безнадёжно, не выпуская из рук золотую нить, сотканную из моментов его жизни. И он так и не смог уйти, ведь это же Будда!!!

Я увидел его стоящим возле Райских ворот — совершенно спокойным и монументальным, смотрящим в том направлении, откуда он пришёл, с большой надеждой и верой в то, что всё, что он сделал, поможет другим соткать удивительные золотые нити, которые соединят Землю с тем местом, где он сейчас находился. В его одежде не было ничего необычного: серая туника, пропитанная солью и пылью дорог, стоптанные сандалии... Через плечо на тонкой тесёмке висела цилиндрическая фляга для воды, сделанная из какого-то редкого дерева, а в левой руке он бережно держал посох, правая мирно покоилась у него на груди. Он выглядел совсем обычно, но что-то неотразимо родное исходило от его крепкой фигуры, загорелых плеч и лица, на котором светилась совершенно незабываемая улыбка.

Ох уж этот Будда! Совершенно понятный и совершенно противоречивый, совершенно земной и совершенно Божественный, совершенно далёкий и совершенно близкий. Как лучший друг, как попутчик, по счастливой случайности встретившийся тебе тёмной ночью на неизвестном пути, как свет, озаряющий страницы твоей жизни.

Ох уж этот Будда! Он как таинственный дух, входящий в тебя, когда уже совсем нет надежды. Он как тёплая ладонь, которая ложится тебе на плечо. Как свежий воздух, врывающийся в твою дверь. Как женщина, которая гладит твои волосы, потому что полна любви и сострадания к такому никчёмному человеку, как ты. А ты даже не можешь оценить в ней этот избыток любви и нежности... И это всё Будда! Такой близкий, такой простой, такой добрый и понимающий. И он рядом с нами!

Я спросил у Будды, почему он стоит у Райских ворот? Он что, «вратарь» какой-то? Или «страж» Райских ворот? Будда улыбнулся, но улыбка была грустной. Так улыбаются старики, когда дети просят их взбежать с ними на гору. Так улыбаются мужчины, которые потеряли свою любовь. Так улыбаются женщины, самые настоящие, самые нежные, которые так и не нашли в жизни кому подарить свою нежность. Это была очень глубокая и очень грустная улыбка.

У меня побежали мурашки по спине, и я уже готов был отказаться от своего вопроса. Но Будда продолжал улыбаться своей всепоглощающей, незабываемой улыбкой.

Что я знал о Будде? Что он был безупречно честный парень, пожертвовавший всем в своей жизни, чтобы постичь Истину. Он отказался от дворцовой роскоши, власти, богатства, от жены... и даже от ребёнка... Странно, почему от ребёнка? Меня это сильно задевало — но всё-таки мне хотелось услышать историю из первых рук, от него самого. Я старался, я карабкался, до чего-то я дошёл сам, что-то оставил другим, но я хотел узнать, почему он такой, почему он стоит у Райских ворот уже много тысячелетий?

Он улыбнулся мне своей мудрой незабываемой улыбкой и сказал:

— Я был молод, горяч и глуп…

Я не мог воспринять всё буквально: молод, горяч — ладно, но глуп?! Будда не мог быть глуп! Наверное, он сказал это для красного словца.

Будда опять улыбнулся своей грустной улыбкой, посмотрел на меня ясно и открыто, не понимая, почему я не могу понять таких простых вещей, и спокойно повторил:

— Я был молод, горяч и *глуп*!

Почему-то он сделал ударение на слове «глуп».

Я был поражён! Принц с великолепным образованием, широким кругозором, абсолютно аналитическим мышлением — и глуп?!

Он опять улыбнулся своей глубокой незабываемой улыбкой, но в ней уже мелькнула доля иронии. Я понял: это относилось ко мне, и я уронил голову, чувствуя, как у меня краснеют уши.

После некоторого молчания он начал вновь:

— Да, я был глуп. Глуп и бездарен. Я утешался славой своего отца и имел все блага, которые только может иметь принц. Я восседал на троне своей глупости и бездарности. Был уверен в совершенстве мира. Но эта уверенность рухнула, как только я вышел за ворота дворца. Не знаю, как это случилось, но в моё сердце закрался вопрос: ПОЧЕМУ? Он терзал меня и не давал мне покоя. Это был ВОПРОС ЖИЗНИ И СМЕРТИ! Я не мог спать, есть, заниматься любовью — я всё время спрашивал себя: почему? Почему есть богатые и бедные, больные и здоровые, удачливые и неудачливые, почему? Низкие и высокие, глупые и умные, красивые и уродливые, толстые и худые — почему? Уж если Всевышний создал нас, то почему он не сделал всех одинаковыми? Я видел в этом абсолютную несправедливость. Я был поражён…

Он замолчал, посмотрел на Райские ворота и положил руку мне на голову.

Я замер. Это была не просто рука, а что-то совершенно необъяснимое, приятное, материнское, нежно проникающее в мою сущность. Я замер и растаял в этой теплоте, в этом абсолютном доверии. Я не понимал, как такой великий Будда может окружить заботой совершенно незнакомого человека, накрыв его голову своей волшебной рукой и отдавая столько тепла и любви просто так, без всякого опасения и смысла?

Он опять улыбнулся и спросил:

— Как ты сюда попал?

Я честно ответил:

— Ухватился за золотую нить, которая мелькнула на одно мгновение… А потом увидел тебя, и мне стало интересно, почему ты стоишь у Райских ворот и что здесь происходит…

Он был так поражён, что даже прослезился! Он стоял уже много тысяч лет, но никогда не думал, что кто-нибудь когда-нибудь может заинтересоваться тем, что происходит у Райских ворот. Люди интересуются модой, катастрофами, деньгами, но чтобы Раем?! И тем, что происходит у Райских ворот?!

Я видел, что он был поражён, и, наверное, поэтому он открыл мне Великую Тайну, для разъяснения которой необходимы годы. Я был очень ошарашен и перепуган. Ошарашен её простотой и глубиной, а перепуган потому, что не знал, достаточно ли у меня времени, чтобы её понять, и хватит ли у меня возможностей, чтобы её постичь. Единственным, кто давал какую-то надежду, был сам Будда — спокойный, непоколебимый, погружённый в тишину своего молчания, стоящий у Райских ворот и улыбающийся совершенно незабываемой улыбкой.

Я понял, что он хочет мне что-то рассказать, поделиться чем-то совершенно необычным. Ведь он стоял у Райских ворот уже многие тысячелетия, он видел здесь очень много странных вещей, встречал разных людей, слышал неисчислимое количество историй.

Странно, я никогда не слышал его рассказов днём. Но ночью в моём теле происходил какой-то необъяснимый толчок, я разворачивался внутри себя, выбирая правильное направление, — так, что мог видеть Будду, стоящего у Райских ворот, и слышать его рассказы. Это было настолько поразительно, настолько незабываемо, что мне всегда хотелось хоть кому-нибудь об этом рассказать. Я расскажу это тебе, моему самому лучшему, самому настоящему, самому любимому другу. И потому, что я не знаю тебя, а ты не знаешь меня, мы можем поделиться самым сокровенным, как два путника, случайно встретившиеся в дороге, чтобы вскоре снова разойтись. Может, ты и будешь тем, кто сможет постичь смысл тех историй, которые я услышал из уст Будды, и воспринять всю глубину и величие Тайны, которую он мне открыл, и сможешь пронести в себе Её свет, освещающий всю Вселенную, которая как раз и является частью Несущего этот свет. Это таинство знаний, которое передаётся не по родству, не по рангу, не по социальному сходству, а по духовному братству во всех уголках нашей голубой планеты. Голубой, потому что так она выглядит из космоса. Удивительно: миллионы планет — серые, пустые, и вдруг одна — необъяснимо голубая! Чудо! Просто чудо! И это чудо принадлежит всем нам — людям.

Я медленно приходил в себя, лёжа в своей постели, поражённый таким простым и таким великим открытием, в тишине зарождающегося утра. Совершенно один, блуждая рассеянным взглядом по проявляющимся стенам. Но, как ни странно, я ощутил приятное тепло внутри и необычайную лёгкость в голове, которые напоминали мне о недавней встрече с Буддой, стоящим у Райских ворот и улыбающимся своей незабываемой улыбкой… И как-то неожиданно я вдруг почувствовал, что тёплой, сладкой занозой в моё сердце вонзился вопрос: почему ОН такой? Совершенно недосягаемый и совершенно близкий, абсолютно загадочный и абсолютно понятный, тотально Божественный и тотально земной… Почему он так глубоко проник в сущность и сознание людей? Человек, который смог достигнуть Божественного при жизни, который вручил людям метод достижения этого, который не создал никакой религии и даже запрещал создавать её, запрещал писать книги о нём. Всё время говорил: «Не смотрите на палец, смотрите туда, куда он показывает». Меня это поражало. ПОЧЕМУ ОН ТАКОЙ? И я понял, что это мой ВОПРОС ЖИЗНИ И СМЕРТИ. И я стал ждать новой встречи, чтобы получить на него ответ.

Октябрь 2016

Жёлтенький халатик

Я уже практически привык к одной простой вещи, которая происходила со мной почти ежедневно. Когда я ложился спать и закрывал глаза, мне становилось намного светлее, то есть пространство вокруг меня наполнялось каким-то удивительным светом. Временами с закрытыми глазами я даже мог рассматривать комнату, в которой нахожусь. Это было необыкновенное видение, комната становилась волшебной — она вроде бы имела те же очертания, но каким-то непостижимым образом теряла свою обычную форму и делалась всепроникающей в пространство. Она становилась совершенно живой, наполненной чудесным мерцающим светом, который как бы обрисовывал форму предметов, находящихся в ней. Я мог запросто выйти из комнаты, не отворяя дверей, или же одна из стен сама отодвигалась, открывая другое пространство. Иногда это было довольно страшно, до оцепенения, и я переворачивался в постели, чтобы сменить проекцию.

В этот раз произошло что-то другое. Свет был очень мягкий, тёплый и струился из источника, находящегося справа от меня. Я стал потихоньку двигаться по направлению к свету, измеряя пространство маленькими шажками, и вдруг почувствовал, что оторвался от пола и буквально поплыл в сторону яркого излучения, будто притягиваемый мощным магнитом. Я не успел ни испугаться, ни понять, что произошло, как ощутил толчок… Мои ноги ударились о грунт, я понял, что стою на земле, рядом с Буддой, у Райских ворот.

Он как бы не заметил моего внезапного приземления и стоял, спокойно вглядываясь в ворота Рая. В его взгляде не было ожидания, а даже наоборот, на его смуглом лице сияли умиротворение, радость и трогательное умиление. Он светился, как солнечный зайчик, сидящий на подушке спящего ребёнка. От него исходило тепло и такой нежный золотистый свет, что можно было растопить весь лёд во Вселенной. Сияние проникало всюду, касалось Земли, и Земля как бы вспыхивала, оживая под этими лучами. Меня поразило то, как я мог видеть это на таком большом расстоянии, которое здесь почему-то совсем не ощущалось, а даже наоборот, то, что ты хотел увидеть, проявлялось мгновенно, во всём объёме.

Я стоял, разомлевший от этого необыкновенного тепла, и мне даже показалось, что могу простоять так целую вечность, а может, это уже и случилось. Рядом с Буддой времени не существовало.

Я посмотрел на Будду и заметил в его фигуре что-то совершенно новое. Он как-то обмяк и был буквально переполнен материнской любовью, я даже вздрогнул от такого открытия, но это было именно так. Если бы в этот момент ему дали в руки младенца, то это была бы самая гармоничная картина в мире.

Он смотрел в сторону Рая, и я повернул голову, чтобы посмотреть, что же так растрогало Будду и вызвало в нём такой внутренний восторг. Рай выглядел как обычно — светло, грациозно и гармонично, утопая в запахах цветов, пении птиц и ещё каких-то совершенно завораживающих звуках, льющихся отовсюду. Людей практически не было. По райским меркам это было раннее утро, и ещё не началось заметное оживление. Все только просыпались от сладкого райского сна.

Внезапно я заметил маленькую девочку, стоящую в Райском саду. Было очень сложно определить её возраст, она была такая худенькая, такая лёгкая, что казалось, сейчас взлетит и начнёт парить рядом со стайкой разноцветных бабочек, порхающих в поисках самого красивого цветка. Когда-то бабушка рассказала мне сказку, что бабочки целый день летают, чтобы найти необыкновенно прекрасный цветок и подарить его волшебной фее, которая может выполнить любое желание. После этого я тоже много раз пытался найти самый лучший цветок, чтобы попросить чего-нибудь у волшебной феи.

Вдруг что-то привлекло моё внимание. Девочка двинулась, точнее вспорхнула, и стала кружить вокруг цветов вслед за самой красивой бабочкой. Зрелище было завораживающее. Маленькая, почти бестелесная девочка порхала за бабочкой, хлопая в маленькие белые ладошки! Она звонко смеялась и была похожа на маленькую птичку, парящую над цветами. Но самым очаровательным в этой картине было то, что девочка была одета в яркий жёлтенький халатик и поэтому казалась одновременно и цветком, и бабочкой, и птичкой. Картина была настолько умиляющей, что я стоял заворожённый, переполненный радостью и любовью ко всему сущему!..

Единственное, чего я не мог понять, откуда взялся жёлтенький халатик, ведь в Раю все без исключения были в белом.

— Так бывает, — услышал я голос Будды и ощутил его тёплую волшебную руку у себя на плече.

— Так бывает… — повторил он уже тихо, совершенно с другой интонацией. И добавил: — Это не случайность. Всевышний разрешил ей носить её любимый халатик, в котором она сюда практически и прибыла. Это, конечно, поражает. За многие тысячелетия, что я здесь стою, я не помню, чтобы кто-то нарушил установленные правила. Но Всевышний может сделать исключение, на то он и Всевышний, — сказал Будда с особой благодарностью и благоговением в голосе.

Я понял, что за этим кроется какая-то необычная история.

И тут же услышал голос Будды:

— История действительно необычная… В одной большой стране в большом городе жила семья: папа, мама и дочка. Жили как все в этой стране, раздираемой безвластием, ложью и постоянными переменами к худшему. Одно правительство сменяло другое, страну грабили, разрывали на части, разворовывали, а людям нужно было жить и стараться выжить. Труднее всех приходилось простым людям, у которых забрали все сбережения, работу, а цены на жизнь взвинтили до такой степени, что народ стал постепенно вымирать. Первыми стали уходить старики, затем больные, потом стали гибнуть ни в чём не повинные дети. Да и как можно было выжить? Продукты были все отравленные и вредные, сделанные непонятно из чего, на отопление жилья не хватало денег, а медицина была такой дорогой, что позволить себе лечение могли только богатые.

У меня защемило сердце от безысходной тоски, он просто резал меня по ещё живой ране. Я сразу же отключился от умилительной картины, весь сник и наполнился чувством досады.

Будда молчал, молчал как-то тяжело, не по-Буддовски. Потом заговорил глухо в пространство:

— Девочка заболела. Обнаружили это не сразу, просто она как-то сникла: побледнела, стала часто кружиться голова, тошнило. А когда её осмотрели врачи, оказалось, что у неё рак крови. Для родителей это был смертельный приговор. Девочка — это всё самое дорогое, что у них было, ради неё они переносили все трудности, ради неё они жили. После такого шока они оправились не сразу, но времени было мало, надо было действовать. Они бросили все силы и средства на лечение девочки, а когда средств стало не хватать, стали продавать имущество. Им помогали друзья, незнакомые люди. Нашлась организация, которая искала спонсоров для операций и переливания крови. Шли месяцы, девочке становилось хуже и хуже. Врачи обнадёживали родителей, что есть ещё методы, правда, очень дорогие и где-то за рубежом, но можно договориться… Родители продали жильё, стали жить у друзей, но на операцию всё равно не хватало. Они снова обратились в организацию, которая искала спонсоров, те бросили клич по всему миру, и очень многие люди откликнулись из разных стран, разных народов, разных религий. Они присылали деньги, чтобы спасти девочку. И когда сумма была собрана, девочку повезли на операцию, которую делали самые опытные специалисты. Родители сходили с ума, они ждали результата, они молились, они не спали и не ели. Заключение врача после операции не было оптимистичным, но не лишало надежды. Нужны были лекарства, больничный уход… Нужны были деньги… — выдохнул Будда и замолчал.

— И что, они не нашли денег?

— Нашли, — сказал Будда. — Люди со всего мира присылали им деньги, поддерживали их. А одна женщина даже спросила, что бы девочка хотела, чтобы ей подарили на праздник. Приближался Новый год! Девочка сказала, что ей всю жизнь хотелось иметь жёлтенький махровый халатик. Тогда женщина выслала деньги и попросила, чтобы девочке купили подарки к празднику и обязательно жёлтый халатик. Девочка получила его как раз под Новый год, надела и никогда не снимала. Для неё это было самое большое счастье за все годы страданий! Она гладила ручками свой жёлтенький халатик, прислонялась к нему щекой, закутывалась, как будто искала спасения от болезни… Она умерла через несколько дней после праздника, очень тихо, вцепившись маленькими белыми ручками в жёлтенький халатик. Её так и похоронили, как маленькую жёлтую бабочку в халатике…

Будда замолчал и отвернулся от меня, но я знал, что он плачет…

Мне захотелось кричать на всю Вселенную!..

Но тут чья-то тёплая рука легла мне на спину.

— Я знаю, что переполняет тебя, — сказал Будда. — Твоё несогласие, ощущение несправедливости. И ты прав в этом, потому что ты не можешь видеть настоящей сущности вещей. Поверь мне, подвиг этой девочки и подвиг родителей, подвиг всех людей, которых объединила беспредельная вселенская Любовь, имеют свой резонанс во Вселенной. Ты не можешь понять силы этого резонанса, но это то, что делает людей людьми.

Я стоял, согретый рукой Будды, растерзанный и наполненный одновременно, наполненный чем-то новым… Я бы назвал это Надеждой.

…А за воротами Рая бегала маленькая девочка в красивом жёлтеньком халатике, она гонялась за бабочками, или, может, она искала самый красивый цветок, чтобы поменять его на одно, самое заветное желание у волшебной феи. И мне даже показалось, что я знаю на какое.

Январь 2017

Зелёная корова

Будда сидел на камне на берегу океана. Рядом дети строили замок из песка. Замок был настоящим, и Будда был настоящим. Дети видели его и были рады, что хоть кого-то заинтересовало их творчество. Они знали, что Будда оценит их великолепный замысел. Ах, какими чудесными получились стены крепости! А башни! А большие ворота! А ров с морской водой вокруг! Это было восхитительное творение. Будда улыбался детям, они улыбались ему. Между ними происходил настоящий контакт, общение душ.

Родители не понимали грандиозности этого строительства, они были заняты и озабочены своими делами. У них были напитки, у них были телефоны, у них были часы, которые ограничивали любое творчество, и они не видели Будду. Наверное, из-за своих суперсветонепроницаемых очков. Они вообще ничего не видели: ни океана, ни солнца, ни деревьев, ни чаек, деловито суетящихся на берегу… Странно, но это было именно так.

Я пристроился на камне рядом с Буддой, наблюдая за детьми. Они были настолько увлечены своей работой, настолько изобретательны, что мне стало досадно, почему наши профессиональные архитекторы так банальны и протокольны в своих изысканиях.

Будда улыбался, он знал нечто большее, чем я. Он видел ту грань, за которой исчезает настоящее творчество и появляется обычная формальность, оценённая в определённую сумму. Он понимал это и задумчиво улыбался.

Не сводя глаз с детей, он легонько толкнул меня в бок:

— Смотри, смотри, они как Боги, они создают миры!

Я не понимал, о чём он говорит, я лишь видел обыкновенную игру, не замечая ничего необычного. Но Будда был совершенно заворожён и не сводил глаз с детей, которые занимались, казалось бы, совершенно обычным делом. Видя моё недоумение, он сказал:

— Приходи завтра на рассвете на это же место.

Мы попрощались.

Я проворочался всю ночь в ожидании первого лучика света. Едва начало светать, я уже стоял возле камня, где вчера был Будда. Он сидел в той же позе — совершенно спокойный и монументальный, смотрел вдаль, где в небе только-только показались первые проблески зари. Лишь пальцы его рук были переплетены по-другому, я почему-то отметил эту деталь.

Волны омывали берег, выравнивая и разглаживая песок, который переливался под накатом воды, как расплавленное серебро.

Будда сидел, погружённый в ощущение зарождающегося утра и завораживающего шума лёгкого прибоя, превращающего сыпучий песок в переливающееся серебро.

Потом он вышел из этого оцепенения и проговорил:

— Посмотри на замок.

Я принялся взглядом искать то место, где вчера была крепость из песка, но ничего не увидел. Всё было смыто приливом.

Будда улыбнулся, положил руку мне на спину и очень мягко произнёс:

— Посмотри всем телом.

Я не стал вдаваться в философию, что это значит, а просто обратил внимание на какой-то порыв в своём теле и взглянул на место, где должен был находиться дворец. И вдруг что-то произошло: я почувствовал какую-то связь между мной и этим местом. Я сосредоточился на своих ощущениях и внезапно увидел замок, стоящий на песке! Он был точно такой же, как вчера, когда дети его строили, только более настоящий, оживший. На башнях солдаты выкатывали пушки, звонил колокол, через ров с водой перекинулся мостик. Открылись ворота, из крепости стали выезжать повозки и показались люди. Они были одеты, как крестьяне, несли в руках какие-то инструменты, поклажу и корзинки с едой…

Я был поражён этой естественной реальностью, пронизывающей всё моё тело и сознание. Мозг уже готов был как коршун наброситься на моё состояние, чтобы всё поставить на место. Но тут я увидел нечто настолько удивительное, что меня сильно потрясло своей необычной красотой и поразило неприемлемым противоречием одновременно. Я заметил пастушка, мальчика лет десяти–двенадцати, который вёл на верёвке корову. Но корова была совершенно зелёной! Вопрос острой занозой вонзился в мой мозг, но я не успел его озвучить. Потому что чья-то тёплая рука легла мне на голову, и я почувствовал абсолютное умиление и восторг от этой чудесной утренней картины — маленького замка на песке, суетящихся солдатиков, крестьян и пастушка с изумительной зелёной коровой!

— Я тебе говорил, — прозвучал голос Будды, — они как Боги, они создают миры.

У меня сорвалось с губ:

— Но почему корова зелёная?

Будда с сожалением посмотрел на меня, грустно улыбаясь и исчезая. Мне стало стыдно за свою беспросветную глупость, и, уже поворачиваясь внутри себя и просыпаясь, я услышал эхо издалека: «Потому что она ест траву...»

В душе возникло чувство досады, как будто я упустил что-то важное, что было совсем рядом. Но ощущение умиления и тепла всё ещё оставалось.

Я посмотрел на первые лучи солнца, пробивающиеся сквозь листву деревьев и проникающие в моё окно. Услышал пение птиц и шелест листвы сквозь приоткрытое окно. Начиналось утро, и оно было ничем не хуже того, с волшебным замком на берегу моря. Я улыбнулся, с тихой благодарностью приветствуя наступающий день.

Ноябрь 2016

День негодяя

День выдался какой-то странный и мятежный: на сердце была тревога, меня постоянно преследовало чувство неуверенности и раздражённости. Было такое ощущение, будто я что-то недоделал, забыл, потерял… Промаявшись весь день, я в конце концов улёгся в свою любимую кровать, чтобы поскорее забыться и избавиться от этого состояния. Я довольно быстро оторвался от реальности, но чувство растерянности и беспокойства не покидало меня. Я стал ворочаться, пока не устроился в свою любимую позу, и тут же ощутил запах пыли и услышал какой-то рёв.

Картина, которая открылась предо мной, не предвещала ничего хорошего. Я увидел Будду, он, как всегда, стоял у ворот Рая, но вид его был настолько грозным и воинственным, что я подумал, будто ему предстоит битва с самим исчадием ада. Он стоял, широко расставив крепкие, как брёвна, ноги. Оранжевую тунику подпоясывал широкий пояс, который очень плотно обтягивал немного выступающий живот. В руках он сжимал посох, которым упирался в землю так сильно, что казалось, будто он неимоверно тяжёлый и пронзает землю до самой преисподней.

У ворот Рая ревела и неистовствовала толпа. Сначала я подумал, что толпа хочет прорваться в Рай, но увидел, что ворота Рая были открыты и оттуда всё прибывали и прибывали люди. По мере того как их становилось больше, рёв нарастал и негодование толпы увеличивалось.

Я застыл в изумлении и растерянности, не в силах понять, что происходит. Мои мысли и рассуждения остановились, так как я не мог себе представить даже в самых смелых фантазиях, что такое может происходить у ворот Рая. В голове что-то щёлкнуло, шум толпы и суматоха отодвинулись куда-то на задний план, и в то же мгновение я услышал другой звук, скорее не услышал, а ощутил всем телом. Звук, от которого дрожала вся Райская земля, звук, который своей вибрацией проникал в тело и заставлял его застыть от ужаса.

Я впал в оцепенение, ноги налились свинцом и словно вросли в Райскую землю, а по телу поползли холодные мурашки. Я обернулся в ту сторону, куда смотрела толпа. Гул приближался, а вместе с ним надвигалось и облако пыли. Потом я различил топот и какой-то лязг, но ещё не мог рассмотреть все детали, для меня это было что-то большое, движущееся в сторону Рая с неумолимой уверенностью и силой. Я заметил, что некоторые люди стали потихоньку отделяться от толпы и торопливо прятаться в Райских воротах.

Я посмотрел на Будду. Он стоял, как камень, не шевелясь и не дрогнув ни одним мускулом. Его скулы были сжаты, глаза сузились, будто он смотрел далеко вдаль, сквозь пыль, шум и грохот.

Я напрягся и тоже стал всматриваться в грязное пыльное облако, которое, без сомнения, было совершенно противоестественным для райских мест. И вдруг заметил: из пыли стали появляться люди, вернее, только лица людей можно было едва-едва различить. Но я бы никому не пожелал увидеть эти лица! Они были страшные, грязные, кровоточащие, серые, как сталь, и непоколебимо жестокие. Это были лица львов, взирающих на окружающий мир с таким превосходством и властью, что мир цепенел от ужаса и страха.

Постепенно стали проявляться тела и фигуры этих людей — в лохмотьях, грязных кровавых повязках, все в ранах, кровоподтёках, кто-то без руки, без глаза, кто-то шёл с палкой, привязанной к поломанной ноге… Но, как ни странно, это не мешало всем им держать строй и идти так уверенно и грозно, что казалось, это хорошо натасканное войско шествует на парад победы.

Меня зацепило какое-то несоответствие в их обмундировании. Я стал присматриваться и вдруг понял, что именно: я увидел оружие, которое они держали в скрюченных руках с обломанными, забитыми грязью ногтями и искалеченными пальцами. Оружие сверкало на солнце и было такой ослепительной чистоты, как будто его только что сняли с конвейера. Эти изувеченные были сплошь обвешаны оружием разных размеров и разных эпох, но оно так ладно и плотно прилегало к их телам, что казалось, будто являлось их частью. Причём основной частью, а тела выглядели лишь как придаток к этому ужасу, как точно пригнанный механизм.

Когда вооружённое войско приблизилось к толпе, толпа с рёвом расступилась. В вооружённых людей полетели камни, палки и ещё что-то непонятное… Камни падали на головы, лица, плечи идущих, нанося им ещё большие увечья, но строй не ломался и уверенно продвигался к воротам Рая.

Толпа оцепенела. Казалось, сейчас случится то, что не может произойти никогда: эти головорезы приступом возьмут Рай и станут насаждать там свои порядки.

Гул нарастал, негодование достигло апогея, камни сыпались со всех сторон. Строй приблизился практически вплотную к открытым воротам.

И вдруг в проёме Райских ворот показались женщины. Они были разного возраста: и седые старушки с высохшими руками и запавшими горящими глазами, и женщины средних лет, ещё в полном расцвете, и совсем молодые красавицы с миловидными лицами и распущенными волосами. Они несли кувшины с водой, вином, одежду, свежие повязки и разную еду, многим помогали дети… Они шли прямо навстречу жуткому воинству — без страха, смятения или негодования. Их лица были серьёзными, спокойными и немного уставшими от ожидания и грусти. Они подошли к войску и разбрелись среди солдат, стали обнимать искалеченных и изуродованных злобой бандитов, снимать с них оружие, мыть раны, накладывать свежие повязки, обмывать лица и руки, расчёсывать волосы, кормить и поить их.

Я стоял, ещё больше оцепенев от такой развязки ситуации, совершенно невероятной и простой… Толпа понемногу угомонилась, стала расходиться, рассаживаться по сторонам, тыкать пальцами в сторону происходящего и что-то объяснять. Но всё произошло настолько неожиданно и было так странно, что я почувствовал, как у меня в голове вот-вот раздастся щелчок, и я уже готов был уйти в отключку.

Но в этот момент чья-то большая тёплая рука легла мне на плечо, и моё тело стало наполняться теплом, вытеснявшим ужас, оцепенение и непонимание. Будда стоял рядом, совершенно расслабленный и невозмутимый. Он спокойно наблюдал за происходящим с каким-то своим пониманием ситуации, которого я пока не знал.

— Кто эти люди? — спросил я.

— Бандиты, подонки и головорезы, — прозвучал ответ, в котором я не услышал ни грусти, ни сожаления.

Я опешил.

— Но кто им позволил прийти сюда, ведь это место для праведников?

— А сегодня День негодяя, — сказал Будда так же спокойно, без вздохов и лишних эмоций.

— Как День негодяя? В Раю?!

— Да, — прозвучал ответ. — Это длинная и очень интересная история…

Будда замолчал.

Я знал это молчание. Он всегда затихал перед тем, как что-то рассказать, как будто вбирал в себя все эмоции той картины, которую хотел мне передать.

— Был один народ. Он жил на хорошей земле, в прекрасном месте под солнцем, был талантлив, трудолюбив, берёг заветы предков, хранил культуру. И была у этого народа одна проблема: он был малочисленный и имел много грозных соседей, которые всё время норовили его потеснить. А так как народ был невоинственным, ему всё время приходилось уступать, принимать сторону сильных, присоединяться к более сильному владыке. Так продолжалось много веков, люди страдали, земля подвергалась постоянным набегам, разорению, войнам, потому что ни одному постороннему владыке, по сути, не было никакого дела до мучений чужого народа и они легко отдавали его на разграбление. Время шло. Ничего не менялось в жизни этой страны: её продавали, перепродавали, грабили, унижали… И в конце концов терпение людей оказалось на пределе. Но они понимали, что без поддержки Всевышнего им не вырваться из рабства. Они послали к нему с ходатайством гонцов, самых лучших, самых мудрых, самых святых. Прошло ещё много лет, пока ходатайство достигло места назначения… Все эти годы народ терпел, мучился, у него забирали земли, нажитое добро, угоняли женщин и детей в рабство… Правитель, который в то время правил этой несчастной державой, вступил в сговор с бандой жуликов и бандитов из соседнего королевства — он решил продать им свою страну, выручить за неё крупную сумму и укатить в более благополучные края. Он обратился к предводителю соседей и спросил, не хочет ли тот избавиться от засилья жуликов и бандитов, которые скупили всю подвластную ему страну, всех министров, придворных и, вполне возможно, скоро сдвинут и его самого. А план был довольно прост — отдать им на откуп граничащую с ними страну, которую он с радостью как раз готов продать. Предводителю, конечно же, было на руку такое предложение, он опасался за свою шкуру и хотел во что бы то ни стало сохранить тёпленькое местечко, и поэтому заплатил изворотливому предателю огромную сумму. Кроме того, он вызвал к себе тех самых жуликов и вручил им бумагу, скреплённую царскими печатями и кровью, что продаёт им такую-то землю вместе с народом, но при условии, что они поселятся на выкупленной территории навсегда. Все радостно согласились, потому что это было выгодно. И начались новые страдания для бедного люда… В страну стали съезжаться проходимцы и жулики из соседнего королевства, они настроили своих заведений, стали сеять раздор и развращение, менять культуру и язык… Самые слабые сдались сразу, но сильные отказались подчиняться и организовали сопротивление. Это не понравилось их новым хозяевам, они отправили жалобу к тому предводителю, который выселил их в эту страну. Правитель, испугавшись, как бы они снова не вернулись в его вотчину, собрал войско самых отъявленных головорезов, дабы они устрашили гордый народ, уничтожили любое сопротивление, непослушание и инакомыслие. Он дал им приказ применить самую зверскую жестокость к этому народу…

— И они выполнили этот приказ?

— Более того, они его перевыполнили. Их жестокость превзошла все мыслимые пределы: они жгли, убивали, уничтожали жилища и скот, вспарывали животы беременным, насиловали детей…

— Но ведь это ужас!.. Как Всевышний дозволил им прийти туда?!

— Не всё так просто, — Будда немного помолчал. — Когда их жестокость перешла все границы, это настолько разозлило униженный народ, что он поднялся и стёр с лица земли эту банду. Это была страшная война. Мужчины сражались, как кентавры, женщины травили еду, обливали себя маслом, бросались в центр вражеского войска и поджигали себя, дети кидались под ноги врагу, чтобы остановить наступление, старики сжигали дома, чтобы не дать извергам крова и пищи. После того как с наёмным войском было покончено, люди принялись крушить скупивших их землю проходимцев и жуликов и вышвырнули тех из страны. Народ установил свою власть, начал развивать своё государство. А соседи стали поглядывать на него с опаской…

История была жуткой, но я никак не мог уловить, в чём же кроется ответ на мой вопрос. Почему эти головорезы сейчас сидят у ворот Рая?

Будда улыбнулся своей всеобъемлющей улыбкой и посмотрел мне в глаза так, как умеет смотреть только Будда: окутывая всепроникающей теплотой и мудростью. Потом вдруг улыбка сошла с его лица, и он сказал совершенно серьёзно:

— Они заслужили это!..

— Заслужили???!

Я чуть не упал в обморок!

— Да, заслужили… — повторил Будда. — Они смогли сделать то, чего не смог сделать сам народ, разбудили в нём силу, гордость, волю. Из народа-раба, который на протяжении многих веков влачил жалкое существование, они выковали народ-победитель — со своей страной, своей культурой, своим знаменем! Вот за эту заслугу Всевышний дал им один день, когда они могут выйти из ада и прийти к воротам Рая…

Я был ошеломлён.

Осмотревшись по сторонам, я заметил, что народу у ворот Рая стало значительно меньше… День клонился к закату, вояки стали собираться в обратный путь. Они складывали свои скудные пожитки, навешивали сумки на плечи, обнимали матерей и выстраивались в колонну. Уходили они как-то тяжело, медленно, согнув спины, опустив глаза и стараясь не оглядываться. И хотя двигались они уверенно, их поступь была тяжёлой.

Мне бросилась в глаза ещё одна очень заметная деталь — это оружие, оно было то же самое, но висело совсем по-другому. Оно болталось как тяжёлый, непосильный груз на телах людей, мешая им идти.

Картина была очень грустной. Народ расходился как-то вяло, безнадёжно махая руками, о чём-то переговариваясь. Матери плакали, плакали горько, заламывая руки. Да и как ещё могут плакать матери, провожая своих детей в ад?!

Я запутался в двойственных чувствах: с одной стороны, было жалко смотреть на матерей, отправляющих собственных детей в преисподнюю, а с другой стороны, у меня не укладывалось в голове, как вообще этих ублюдков и головорезов можно было называть детьми.

Будда стоял спокойный, устремив глаза вдаль. Но я всем своим телом чувствовал, что он со мной и хочет сказать мне что-то очень важное.

Он шумно вдохнул ноздрями воздух, то ли наслаждаясь его свежестью, то ли для того, чтобы вытолкнуть что-то тяжёлое, застрявшее у него в груди. А потом спокойно выдохнул и сказал:

— Видишь ли, здесь есть одно божественное таинство… Матери не умеют видеть своих детей взрослыми. И поверь мне, это большой подарок Всевышнего. Он создал глаза каждой матери такими, что она всегда видит своего сына малышом, а малышей плохих не бывает. Поэтому материнская любовь вечная, на ней держится Вселенная.

Я опешил. Получается, Всевышний забрал у женщин возможность видеть реальность, и что в этом хорошего?

Будда улыбнулся.

— Ты рассуждаешь, как все люди. Вы даже не понимаете, что вам дано. Вам дана вся Вселенная! Но забери у вас какую-нибудь мелочь, и вы тут же начинаете вопить на весь мир!

Я стоял утомлённый, разбитый, с мозгами набекрень, всё ещё пытаясь собрать воедино всё пережитое. А рядом стоял Будда, спокойный, монументальный и всеобъемлющий.

— А что с этой страной? — как-то тускло вырвалось из моих сжатых губ.

— А что со страной? — Будда помолчал. — Бумаги, скреплённые кровью, лежат в тайниках… Как только в стране начнутся беспорядки и многовластие, заявятся владельцы этих документов и заберут у ослабленного народа страну… — гулко прозвучало в пустоте.

Я лежал в своей постели. Первые лучи солнца пробивались в окно, постепенно наполняя комнату светом и теплом. И я вспомнил тёплую руку Будды, лежащую у меня на плече, его совершенно незабываемую улыбку, и на душе сразу стало легко и спокойно…

Декабрь 2016

Чёрный человек

Когда я перелистываю в своей памяти встречи с Буддой, я будто вновь возвращаюсь в такое состояние, где все эмоции становятся очень яркими, все чувства обостряются и впиваются в тело, как раскалённое клеймо, уже никогда не стираемое…

Моё представление о Будде, сформированное книгами и рассказами других людей, рисовало в моём воображении образ мудреца, человека, достигшего просветления в земной жизни, человека, познавшего истину бытия и Божественную тайну, если так можно выразиться. Для меня он был тем, кто сидит на троне знаний, на вершине высокой горы, и беспристрастно наблюдает за людьми, копошащимися у её подножия, как муравьи.

Когда я увидел его стоящим у ворот Рая, моё представление о нём кардинально изменилось. Да, он бывал очень молчаливый, до окаменения, и всецело погружённый в только ему понятную тишину, совершенно монументальный и отсутствующий. Но эта монументальность и кажущееся отсутствие настолько сильно включали твоё присутствие и присутствие всей Вселенной, что ты и сам вдруг останавливался, замирал и растворялся в этом всеобъемлющем молчании и переполненной чем-то очень родным тишине. Ты чувствовал его близость и постоянную поддержку, и это давало тебе надежду, что ты такой же, как он… Или он такой же, как ты… Иногда он бывал до мальчишества озорной и шутливый, но его шутки никогда не выглядели насмешками, они всегда являлись прологом к какой-то абсолютно серьёзной мудрости, и это настолько сильно трогало твоё сердце, настолько сильно захватывало твоё сознание, что ты ещё долго слышал внутри себя его голос и обдумывал с точки зрения своего жизненного опыта всё, что он сказал.

Это утро у Райских ворот было такое же, как обычно: очень красивое, захватывающее, неповторимое. Толпа «вновь прибывших» уже суетилась у ворот, ожидая своей очереди. Что было необычного, так это Будда — он был похож на притаившегося зверя, который выслеживает кого-то в толпе, и одновременно на озорного мальчишку, готовящего какую-то проказу.

Я приостановился, боясь вмешиваться в то, что происходит, но он нетерпеливо махнул рукой, как бы призывая: «Ну, давай уже, подходи скорее!» Когда я подошёл, он крепко схватил меня за запястье, придвинул ближе к себе и сказал:

— Смотри, смотри, сейчас начнётся!

Я был ошеломлён поведением Будды, он был не похож на самого себя. Глаза его сверкали озорством, он нетерпеливо приседал, хлопал себя по загорелым ногам и похохатывал, оглядываясь на меня.

Я стоял в недоумении.

— Смотри, смотри, — снова предупредил он и показал пальцем на людей, толпящихся у ворот Рая.

Я смотрел на толпу, ничего не понимая. Это были обычные «вновь прибывшие»: кто-то растерян, кто-то до смерти перепуган, кто-то всё ещё не понимал, что произошло, кто-то совершенно спокойно ожидал «приёма» и рассматривал необычную обстановку и всё происходящее вокруг.

— Да вот же, вот! — вернул меня из потока мыслей голос Будды.

Он показал пальцем на человека, который как-то необычно и беспокойно суетился у Райских ворот. Это был очень приличного вида мужчина, седоголовый и седобородый и, по всему видно, с очень хорошими манерами. Он был чернокожий и, насколько можно было судить по его поведению, очень деликатный по складу характера. Он никак не мог переступить порог Рая — то пропускал кого-то вперёд, то пятился в сторону, оглядывался по сторонам, вновь подходил к воротам Рая и вновь скромно отступал. Ему уже стали махать руками из проёма ворот и приглашали войти, но он всё никак не решался.

Будда повторил:

— Смотри, смотри! — и сделал несколько шагов в сторону этого человека.

Человек увидел Будду, направляющегося к нему, и то ли располагающая улыбка на лице Будды, то ли почти такая же, как у него, смуглая кожа вызвали доверие этого человека, и он стал потихоньку приближаться навстречу Будде.

Я последовал за Буддой, чтобы не пропустить чего-то важного.

Будда широко и доброжелательно улыбался подходящему человеку и, когда тот оказался совсем рядом, приветствовал его:

— Как дела, дружище?!

Чернокожий остановился и стал переминаться с ноги на ногу, стесняясь хоть что-то сказать.

Будда ещё больше расплылся в улыбке и спросил:

— У тебя какие-то трудности?

Чернокожий подошёл поближе и сбивчиво произнёс:

— Да... я... никак не могу войти в Рай...

— А что тебе мешает? — прищурился Будда. — У тебя есть какой-нибудь тайный грех, о котором не знает Всевышний?

«Всевышний» он произнёс очень благоговейно и грозно одновременно.

Чернокожий ещё больше смутился и сказал:

— Да нет... — потом почти вплотную приблизился к Будде и тихо прошептал: — Видишь ли, я чёрный...

Будда всплеснул руками:

— Да, действительно! И что?!

— Я не знаю, — пролепетал мужчина, — как там принимают чёрных...

Будда сделал очень серьёзное лицо и сочувственно произнёс:

— Да-а... это неизвестно...

Потом покачал головой, подошёл к чернокожему, взял его под локоть и вкрадчивым голосом проговорил:

— Ты знаешь, мне кажется, я могу тебе помочь...

У чернокожего просияло лицо, он посмотрел на Будду с радостью и надеждой.

Будда улыбался своей незабываемой улыбкой. Потом он отошёл в сторону, шепнул что-то на ухо проходящему мимо человеку, и вскоре от ворот Рая к нам уже мчался какой-то бородач с большим деревянным бочонком воды.

Будда поставил чернокожего перед собой, попросил запыхавшегося бородача лить воду сверху, а сам достал из сумки брусок глины, по форме очень похожий на мыло, и стал тереть шею, плечи и руки чернокожего. Тёр он очень тщательно и усердно, приговаривая:

— Сейчас, сейчас мы всё это отмоем, и ты смело войдёшь в Рай!

Но «это» не отмывалось.

Будда старался ещё больше, бородач бегал и бегал за водой, как заведённый, в конце концов устал и, обессиленный, сел в обнимку со своим деревянным бочонком.

Будда тяжело вздохнул и с недоумением покосился на чернокожего:

— Где ты достал эту ужасную краску?

— Какую краску? — спросил испуганно чернокожий.

— Да эту же! — с наигранным раздражением произнёс Будда. — Краску, которой ты раскрасил себя в чёрный цвет!

— А я не красил… — прозвучал недоуменный ответ.

— Как не красил?! — сурово прогремел Будда.

Но я чувствовал, что внутри он весь трясётся от смеха.

Будда придвинул своё лицо вплотную к лицу чернокожего и, делая ударение на каждом слове, грозно спросил:

— А КТО… ЭТО… сделал?

Чернокожий стоял перепуганный, уставившись на Будду растерянными глазами. Он как-то совершенно безнадёжно и еле слышно, как бы спрашивая самого себя, повторил вслух:

— Кто… кто?.. кто это сделал?..

И вдруг я увидел, как лицо чернокожего покраснело. Краснота явно пробивалась через его абсолютно чёрную кожу, а вместе с ней на лбу проступили капельки пота. Его рот непроизвольно открылся, откуда-то из недр его души вырвался глубокий вздох с глухим стоном, и в Райском воздухе прозвучал его голос:

— Это… сделал… Всевышний!..

Мы все замерли, уставившись друг на друга широко раскрытыми от такой неожиданности глазами.

А чернокожий, поражённый внезапным открытием, вдруг стал приходить в себя и уже как-то более уверенно и твёрдо произнёс:

— Да… Это сделал Всевышний!

Я не ожидал такого поворота событий и стоял, потрясённый этим простым и совершенно понятным ответом на чрезвычайно сложный вопрос.

Из оцепенения меня вывел громкий шлепок. Это Будда со всей силы хлопнул себя ладошками по бритой голове и громко застонал:

— Горе мне, горе! Что же ты сразу не сказал мне об этом? Ведь, отмывая тебя, я пошёл против воли Всевышнего! Горе мне, горе! — причитал Будда. — Горе моей голове! Горе моим рукам!

Чернокожий оторопел и вытаращил глаза так, что они чуть не выскочили из орбит. Я почувствовал, что он готов был ещё раз умереть, лишь бы только положить конец этой нелепой ситуации.

Он бросился успокаивать Будду, говоря ему:

— Я и сам не знал!.. Я никогда даже не задумывался об этом… Я только знал, что я чёрный… И мне всё время об этом напоминали… И я не понимал, что с этим делать…

Будда перестал причитать, поднял глаза на чернокожего и строго спросил:

— А теперь ты знаешь, что с этим делать?

Чернокожий наконец осознал, насколько переменилась ситуация, как-то быстро успокоился, расслабился, его лицо разгладилось и стало очень приятным. Он посмотрел на нас очень добрым и каким-то мудрым взглядом человека, прожившего непростую, но хорошую жизнь, и добродушно произнёс:

— Да ничего с этим не нужно делать, с этим нужно спокойно жить… Ведь это сделал Всевышний, а Всевышний не ошибается…

Он улыбнулся нам широкой белозубой улыбкой, как будто мы были его давние друзья, повернулся и уверенно зашагал к воротам Рая.

Бородач подхватил свой деревянный бочонок и, улыбаясь, пошёл вслед за ним.

А я стоял, как влитый в землю, согретый тёплой рукой Будды, лежащей у меня на плече, и доброй улыбкой чернокожего человека, который всего за несколько минут стал моим другом.

Будда внимательно и задумчиво смотрел ему вслед. Он что-то переживал, я это чувствовал.

Помолчав немного, он сказал с досадой:

— Не понимаю, как могло укорениться в сознании человека желание самоутверждаться за счёт унижения других. Почему можно преследовать человека только за то, что у него другого цвета глаза, волосы, другой формы нос, уши; за то, что он высокий, низкий, толстый, худой; за то, что у него другой цвет кожи или он говорит на другом языке?

Я чувствовал всю тяжесть на душе у Будды, и эта тяжесть через его руку вливалась в моё сердце и отзывалась ноющей болью.

Мой рот непроизвольно открылся, и из него красивой маленькой птичкой вылетела фраза:

— Да, очень странно, ведь всё это сделал Всевышний, а он не ошибается…

Будда улыбнулся мне своей незабываемой улыбкой, и боль в сердце мгновенно лопнула, как воздушный шарик, уступив место теплу и необыкновенной лёгкости…

Толпа вновь прибывших у ворот Рая расступилась, пропуская моего нового друга, который уверенно шагал к свету, исходящему из проёма Райских ворот. И было видно, что он наполнен совершенно новым открытием и совершенно новым состоянием, так сильно приближающим его ко всему Божественному.

Я стоял, немного сконфуженный тем, что участвовал в розыгрыше хорошего человека, по всей видимости никак не ожидавшего такой шутки у Райских ворот.

Будда улыбался и покачивал головой из стороны в сторону. Потом спокойно произнёс:

— Да… Наверное, чисто по-человечески ты прав. Можно было, конечно, подойти к нему и прямо сказать: «Ничего не бойся, дружище! Иди смело, там одинаково хорошо принимают и чёрных, и белых, и красных, и любых других!» Просто пожалеть хорошего человека, который не может справиться со своими комплексами. Но в том-то и фокус! Ведь пожалеть человека, который считает себя неполноценным, это значит признать его неполноценность. А вот разбудить в нём сознание, даже при помощи глупой шутки — это духовный магический акт, превращающий его в нормального, самодостаточного человека. И я рад, что мы это сделали!

С этими словами он похлопал меня по плечу и улыбнулся, прищурив сверкающие озорством глаза, как бы принимая меня в сообщники, которые должны разделить ответственность за содеянное…

Январь 2017

Концептуальность космогонической концепции

Прохладный вечерний воздух из настежь открытого окна приятно обдувал шею и плечи Ипполита. Свежий ветерок легко развевал его нерасчёсанные волосы, а могучая грудь и плечи Ипполита высоко вздымались от вдыхаемого лёгкими воздуха, наполняя его тело свежестью и энергией. Ипполит очень любил стоять у распахнутого окна, втягивать носом остывающий вечерний воздух, глядя на замирающий город и загорающиеся звёзды, так таинственно манящие его своим голубоватым мерцающим светом.

Но сегодня этот момент был особенно приятным, так как Ипполит не только вдыхал вечернюю прохладу и любовался чарующим пейзажем, но ещё и пытался протолкнуть в проём окна самого ненавистного ему человека, чтобы сбросить его с восьмого этажа на остывающий от раскалённого солнца асфальт. Ох, как долго он ждал этого момента, как долго страдал от унижения и несправедливости!

Он смотрел, как это ничтожество бессмысленно барахтается в его могучих руках, пытаясь вырваться, зацепиться за подоконник, схватиться за раму, за створку окна. Ипполит уже практически наяву представлял себе этот беспримерный полёт без парашюта и очень комичное падение на асфальт, ещё мягкий от дневного зноя. Ему хотелось, чтобы это ничтожество приземлилось на голову, на эту пустую бездарную голову. В своём воображении он даже услышал звук этого пустого лопнувшего котелка, примерно такой же, как хлопок лопнувшего воздушного шарика… Но всё-таки прежде, чем он на самом деле услышит этот хлопок, он припомнит ему и выскажет все обиды, накопившиеся за время работы с этим человеком!

Он вспомнил годы работы в «Учреждении», эти бессонные ночи, эти постоянные вызовы в «Учреждение» в любое время суток. Эту повышенную секретность, эти стимуляторы, которые кололи ему, чтобы заставить работать больше. И он работал,

работал как одержимый. Он разрабатывал теорию, равных которой не было в мире. А этот подлый, ничтожный человек только тем и занимался, что отбирал и присваивал его рукописи, воровал его идеи. Он запирал его на ночь в комнате, заставляя работать, проверять расчёты, находить новые доказательства теории. Но ни разу, ни разу за все эти годы он не дал Ипполиту выступить перед аудиторией, поехать на конференцию или принять участие в передаче на телевидении. Он всё время твердил о какой-то специальной комиссии, которая вначале должна была заслушать доклад Ипполита. И только если эта комиссия разрешит, тогда он сможет выступить. Ипполит наблюдал, как это ничтожество защитило кандидатскую диссертацию и уже готовило докторскую, отодвигая его кандидатуру в сторону и без конца разъезжая по всяким научным конференциям…

Сейчас он снова посмотрел на болтающегося в проёме окна человека, отцепил от рамы его руку, похолодевшую от страха, перекинул через подоконник дрожащие ноги и, держа его за ворот своими могучими руками, готовый в любой момент выпустить в последний беспримерный полёт без парашюта, прохрипел:

— Почему, почему ты отнял у меня всё? Почему ты столько лет издевался надо мной?! Почему ты ни разу не дал мне выступить? Почему не дал мне возможности проверить мою теорию?

И вдруг из проёма настежь открытого окна Ипполит совершенно явственно услышал ясный и твёрдый голос:

— Да потому что концептуальность космогонической концепции нельзя проверить методом, не содержащим космогонической концепции!

Ипполита словно пронзило током. Он замер. Это была совершенно идеальная и завораживающая, как музыка, фраза: «концептуальность космогонической концепции…»

Напряжение сразу спало, внутри разлилось приятное спокойствие, тело как-то расслабилось и обмякло… Он бережно вытащил этого человека из проёма настежь раскрытого окна, поставил перед собой и спросил:

— Где ты это узнал?

— В пятом измерении, — услышал он ответ.

У Ипполита выступила испарина на лбу. Боже праведный, он только что своими руками чуть было не уничтожил свою надежду, своё будущее! Он только что чуть не убил гения, который, наверное, единственный во всём мире понимал его так тонко и так глубоко!

Ипполит выпалил:

— Как ты узнал о пятом измерении?

— Я там был, — прозвучал спокойный ответ.

Ипполита всего затрясло от прозрения и восторга. Он понял, почему этот человек так много предостерегал его от неосторожных шагов и необоснованных научных заявлений. Оказывается, он отлично понимал всю важность и ценность работы Ипполита, он только ждал, когда в мире появится метод, при помощи которого можно будет проверить эту теорию, и тогда уже заявить об открытии на весь мир. Он действовал как настоящий, блестящий руководитель.

— Что же нам делать? — растерянно спросил Ипполит.

— Нужно продолжать работу. Вы должны вернуться в «Учреждение», — как ни в чём не бывало предложил руководитель.

— Я завтра приеду, — согласился Ипполит.

— Не беспокойтесь, — сказал руководитель. — Я пришлю за вами машину. И поскольку вы очень важная фигура для нас, я пришлю двух человек для охраны.

Ипполит был поражён. Как же он раньше не понимал, какая он важная фигура в «Учреждении»?! Ему стало стыдно за все свои глупые обиды на этого человека, который был его главным руководителем, наставником, а теперь ещё и другом, побывавшим в пятом измерении. Ипполит понимал, насколько важно донести до человечества «концептуальность космогонической концепции», и он готов был работать, работать много, без отдыха, тем более что теперь у него есть настоящая поддержка и надежда.

Входная дверь тихонько скрипнула. Это руководитель осторожно вышел, оставив Ипполита в комнате, наполненной свежим вечерним воздухом, проникающим из настежь раскрытого окна...

* * *

Доктор Слонимский спускался по лестнице с восьмого этажа двенадцатиэтажного дома. Он только что навестил своего больного, и это был не лучший визит в его практике. Он чуть не лишился жизни. Но, слава Богу, пронесло! Он медленно шагал по ступенькам, постепенно приходя в себя и пытаясь понять, где допустил ошибку. Это был его особый пациент, который доставлял много хлопот, но был совершенно незаменим в конструкторском бюро на одном из главных предприятий города. Городские власти обратились к Слонимскому как к одному из лучших и неординарных психиатров за помощью, и он взвалил на себя тяжёлую ношу лечения и врачебного наблюдения за этим сложным больным.

Доктор Слонимский был очень талантливым врачом, исключительно ответственно относящимся к своей работе. Он был тем самородком, который всей своей сущностью чувствовал глубину и полезность настоящих знаний. Разумеется, он признавал авторитеты в психиатрии, но не всегда был с ними согласен. Например, он не понимал, как такой светлый ум, как Зигмунд Фрейд, мог поставить во главу угла «закон сохранения вида»? Он знал, что этот закон отлично работает на всех уровнях живых организмов и является настолько важным, что без него жизнь уже давно исчезла бы с лица Земли. Но он также знал и то, что кроме этого закона есть и другие силы, влияющие на сознание, поведение и деятельность человека, и они не менее мощные. Он прекрасно это знал, потому что был талантлив и одарён гораздо больше, чем многие другие его коллеги. Он копал глубже и находил то, что другие попросту не замечали.

Он много общался с необычными людьми, которые умели делать совершенно уникальные вещи необъяснимым образом. Ему не один раз доводилось быть свидетелем абсолютно непостижимых явлений, которые другие люди по наивности сочли бы волшебством или чем-то сверхъестественным. Он воочию наблюдал, например, как журнал, лежащий на руке человека, вдруг отрывался, плавно поднимался вверх и прилипал к потолку, игнорируя гравитацию и все законы физики. Он своими глазами видел, как один костоправ погружал руки в человека, как в мягкое тесто, и правил позвоночник в трёх плоскостях. У одного скульптора в мастерской он видел угол, в котором всегда мерцал голубоватый свет, хотя никакой подсветки рядом не было, и если больной садился в этот угол, то он выздоравливал.

Он знал немало людей, называющих себя лозоходцами, которые при помощи обычного прутика или металлической рамки могли безошибочно обнаружить подземные воды на большой глубине, потерянные водопроводные коммуникации или аномалии, находящиеся под землёй…

Для него это были неопровержимые факты, свидетельствующие о необычных возможностях, которыми по сути наделён человек. И ему было абсолютно наплевать, что официальная наука игнорировала эти факты, поскольку они «не подтверждены научно». Он считал это изъяном и недостатком науки, а не реальных фактов. И он не хотел ждать, когда наука удосужится обратить внимание на вещи, которым уже несколько тысяч лет.

Он поставил перед собой задачу найти ответ на мучающий его вопрос. Он стал изучать биолокацию и открыл для себя уникальные возможности биоэнергетической диагностики, которая во многих случаях оказалась гораздо точнее традиционных методов исследования организма.

Он изучил все восточные виды диагностики болезней, среди которых были логичные и вполне объяснимые — диагностика по языку, по глазам, по акупунктурным точкам и зонам. Но он также овладел и такими способами, которые мало поддавались объяснению, — диагностика по ауре, по чакрам и энергетическим каналам. Он научился чувствовать энергию и мог очень быстро поставить точный диагноз по биологическому резонансу человека. Он никому об этом не говорил, но о нём быстро распространилась слава как о докторе, который видит насквозь. Он действительно видел насквозь, но по-научному называл это биоэнергоинформационным обменом.

Он создал свою классификацию заболеваний, основанную на видении энергетического состояния организма: цвета ауры, состояния и расположения чакр, резонансных сигналов от органов и участков мозга. На основе этих данных доктор Слонимский научился легко отличать обычного сумасшедшего с железной логикой, подпитанной иллюзиями и галлюцинациями, от человека, духовно просветлённого, достигшего более тонкого резонансного уровня и владеющего глубокими и обширными знаниями. Кстати, за свою врачебную практику он встречал немало таких людей в самых разных психиатрических клиниках и всегда старался помочь им обойти систему и вырваться на волю.

При помощи упорной тренировки сознания ему и самому удалось побывать или, точнее сказать, настроиться на другие, более тонкие миры и энергетические пространства. Но то, что он испытал, нельзя было назвать ни «пятым», ни «двадцатым», ни каким другим измерением. Это вообще не поддавалось человеческой интерпретации и какой-нибудь упорядоченной классификации. Все, кто пытался делать это, были на самом деле либо бредовые больные, либо предприимчивые шарлатаны, желающие заработать на иллюзии.

Но сейчас он думал не об этом… Он думал о том, как, при всей своей подготовленности и профессионализме, он мог попасть в такую критическую ситуацию. Впрочем, ответ быстро нашёлся. Он вспомнил, как поднимался на восьмой этаж к своему больному в лифте с двумя подвыпившими мужиками, между которыми разгорелся ожесточённый спор, и по всему было видно, что он не мог закончиться ничем хорошим. Ему пришлось включиться, чтобы погасить агрессию своих попутчиков, но он вынужден был сильно напрячься и потерял много сил. Когда он вышел из лифта, то ещё не успел перестроиться и по нелепой случайности внёс информацию агрессии в квартиру к Ипполиту. А поскольку все душевнобольные очень чувствительны к энергорезонансам, это подпитало агрессию Ипполита и всколыхнуло всё его недовольство. Через секунду доктор Слонимский уже болтался в проёме настежь раскрытого окна с нависающим над ним всей своей массой Ипполитом. Он даже не успел продумать свои действия как врач-психиатр, он просто пытался оказать физическое сопротивление двухметровому громиле, на стороне которого было явное превосходство в этой далеко не равной схватке.

Когда он уже полностью висел снаружи, на смену ощущению лёгкого летнего ветерка пришло ощущение странного колючего холода, проникающего через ноги и вызывающего неприятные ощущения в животе. Он услышал последний удар своего сердца, которое почему-то остановилось и, сорвавшись, полетело вниз. Он безвольно повис, полностью смирившись с ситуацией и приготовившись к падению.

И в этот самый миг прямо у него над ухом прозвучал чей-то спокойный и ясный голос:

— Подобное — подобным…

Доктору внезапно пришла в голову фраза другого сумасшедшего о «концептуальности космогонической концепции», и он, особо не раздумывая, произнёс её… Она чудесным образом оказалась спасительной, и когда доктор уже снова был втянут из окна в комнату, он применил теорию о «пятом измерении», порождённую галлюцинациями ещё одного сумасшедшего, и это окончательно переключило сознание Ипполита из состояния полной агрессии в состояние умиления и покорности.

Если бы понадобилось, доктор готов был привести в действие ещё тысячу теорий и учений других сумасшедших, выступающих на телевидении, в прессе, в интернете и увлекающих ошалевших от шквала информации людей в никуда. Но в этом уже не было необходимости: Ипполит уже вошёл в нормальное состояние, где его сознание работало, как сознание здорового человека.

Спустившись на первый этаж, доктор открыл парадную дверь и оказался на улице. Вечер действительно был приятный. Он направился по тропинке в сторону остановки и вдруг зачем-то оглянулся на открытое настежь окно на восьмом этаже, из которого торчала могучая фигура Ипполита, весело размахивающего руками...

Внезапно он ощутил сильный толчок и почувствовал, как его сердце вновь забилось в переполненной холодом груди, трепыхаясь раненой птицей. На него навалилась какая-то слабость, ноги стали подкашиваться, он стал мягко опускаться на землю...

Чьи-то заботливые руки бережно подхватили его и осторожно уложили на траву. Лёгкая тёплая рука легла на его голову, и по всему телу пошло приятное тепло. Стало спокойно, сердце снова забилось в нормальном ритме, а тело стало наливаться необыкновенной силой. Склонившийся над ним человек тихо и твёрдо произнёс: «Подобное — подобным...» — и, улыбнувшись совершенно незабываемой улыбкой, стал удаляться, растворяясь в вечерних сумерках...

«Вот так чудеса», — подумал доктор, медленно поднимаясь с травы и оглядываясь на окно восьмого этажа, из которого торчала фигура Ипполита. Он радостно размахивал руками и кричал:

— Увидимся завтра в учреждении, руководитель!..

Слонимский слабо улыбнулся и тоже помахал рукой Ипполиту... Он вдруг понял смысл и ценность КОНЦЕПТУАЛЬНОСТИ КОСМОГОНИЧЕСКОЙ КОНЦЕПЦИИ.

Январь 2017

Бабушки-воровки

Когда я мысленно произношу слово «вокзал», как будто гулкий колокол взрывается у меня в голове, и я начинаю слышать гул тысяч разных голосов, растворяющийся под куполом большого вокзального свода. К нему добавляется шарканье ног, лязганье тележек и сосредоточенное выражение лиц людей, бесконечно снующих в разных направлениях или просто ожидающих своего выхода на большую арену зала, которую никак нельзя обойти, куда бы ты ни направлялся.

Я стоял посреди большого железнодорожного вокзала и слушал эхо всеобщего людского гомона, переливающегося где-то высоко, почти под небосводом, и проявляющего своё присутствие в любой точке вокзала. Это эхо постоянно пытался перебить репродуктор, передающий информацию о прибытии и отправлении поездов, о задержке в расписании, о потерянном багаже или просто о назначении кому-то встречи у справочного бюро. Этот репродуктор, наверное, чувствовал себя главным во всём этом людском потоке, потому что именно он имел право вырвать кого-то из общего шума и отправить в далёкий путь, а кого-то, наоборот, причислить ко всеобщему вечному ожиданию.

Я вспомнил себя маленьким, когда стоял посреди большого железнодорожного вокзала, держа за руку своего деда, и был совершенно растерян и перепуган среди огромного сборища людей и гулкого ропота, доносящегося из-под купола зала. Для моего деда этот вокзал был особенным местом — отсюда он ушёл на войну и на этот же вокзал он вернулся с тяжёлым грузом военных лет, сединой на висках и сожжёнными дотла лёгкими, остатки которых он громко выкашливал до конца жизни. Он тогда тоже стоял вместе со мной и слушал — слушал что-то своё, давно пережитое, очень важное, вылавливая его из всеобщего эха под куполом зала. Потом он присел на корточки и спросил:

— Страшно?

— Да, — прошептал я.

— Вот и хорошо, — кивнул головой дед. — Вокзал — это волшебное место, необычное место, и потому его нужно любить и опасаться. Вокзал — это место, где встречаются жизни и судьбы тысяч людей, перемешиваются, перетираются друг о друга и снова расходятся в разные стороны, унося с собой что-то новое, совершенно необычное, что подарил им вокзал. Вокзал — это то место, где ты можешь найти своё счастье или потерять его. Можешь изменить свою судьбу, разыскать потерянных друзей и близких, а можешь и сам потеряться навсегда. Сюда ты можешь принести свои горести и беды, уронить их и оставить здесь.

— И что с ними будет потом? — удивлённо спросил я.

— А их подберут цыгане, обмотают разноцветными лентами, задурманят колокольчиками и звонкими песнями, унесут далеко-далеко и развеют по полям, чтобы они никогда не вернулись обратно.

— А кто такие цыгане? — снова поинтересовался я.

— Это такой народ, который странствует по всему миру, любит природу, любит песни, любит волю, знает очень много секретов и поэтому может легко обманывать простаков. Но самое главное, этот народ может видеть жизни и судьбы людей и умеет манипулировать ими. Поэтому ты можешь восхищаться цыганами, поражаться их талантливости и магической силе, но должен всегда опасаться их, так же как и вокзала.

— А как цыгане научились видеть жизни людей и манипулировать их судьбами? — озадачил я деда.

Дед поднял бровь и театрально почесал затылок:

— Я точно не знаю, но со мной в кузне работал один пленный румын, и он рассказал мне интересную легенду, которую ему поведала старая цыганка. Во время войны нацисты истребляли цыган так же, как и евреев. Они сгоняли их в лагеря, но многих просто расстреливали там, где находили. На военных дорогах нам часто встречалось много разбитых цыганских кибиток, одиноко застывших у наспех вырытых могил. Так вот, этот румын сначала был охранником в одном из таких лагерей, но он был хорошим парнем и всегда подкармливал слабых, больных и детей. Тогда же одна цыганка и сказала ему, что он не погибнет на войне и что он увидит Россию. Всё так и случилось. А поскольку он был хорошим механиком, в наших войсках его определили в мехколонну, где он помогал мне чинить танки. После войны его, как пленного, отправили в лагеря на север России, где он отсидел своё и вернулся домой. Я получил письмо от него через пять лет после войны. Так что цыганка не соврала, и поэтому я верю его рассказу.

— А что она ему рассказала?

— Она рассказала, что цыгане получили свой дар от жрецов Древнего Египта, вместе с картами Таро. Эти жрецы обладали великой магической силой и большими знаниями, которые они бережно хранили много веков. Они могли опережать время и видеть будущее. Однажды, когда они внимательно всматривались в будущее, они увидели, что их страну захватят другие племена, разграбят усыпальницы фараонов и осквернят святыни. Они срочно созвали совет самых главных фараонов и известили, что их ждёт впереди. Все вместе они решили, что не важно, какая судьба постигнет их всех и страну, но они должны во что бы то ни стало сохранить и передать потомкам свои знания. Они долго думали, как это сделать, и один очень мудрый советник сказал: «Давайте передадим это в руки добродетели, она будет честно нести порученное дело». Но другой мудрец возразил: «Добродетель не вечна, давайте отдадим это пороку. Порок — вечен». И они зашифровали свои знания в карты Таро и отдали их кочующим цыганам. И вот уже много веков цыгане бережно хранят этот дар, потому что он даёт им необыкновенную магическую силу и возможность манипулировать человеческим умом и судьбами.

Я заворожённо слушал деда.

— А откуда у египтян были такие магические знания?

Дед задумался, а потом произнёс:

— Египет — это страна пирамид. Никто точно не знает, откуда они взялись и кто их построил. Но, видно, от них у египтян и появилась такая сила. Есть одна древняя египетская поговорка: всё боится времени, но время боится пирамид. Наверное, потому что эти пирамиды хранят секрет, как опережать время…

Дед внимательно посмотрел на меня и улыбнулся.

— Вокзал тоже хранит много тайн и секретов. Он может остановить чьё-то время, кого-то отбросить далеко назад, а кому-то дать шанс шагнуть в будущее. Поэтому на вокзале ты должен хорошо помнить, зачем ты сюда пришёл, и делать то, что намеревался, не отвлекаясь ни на шум толпы, ни на выкрики шарлатанов и жуликов, призывающих что-то купить или посмотреть какой-нибудь фокус. Всё это может легко увести тебя от твоей мечты и твоей дороги. На вокзал приходят тысячи дорог и столько же отсюда уходит. По одной из них пришёл ты, и по ней ты можешь вернуться обратно. Но можешь ступить и на любую другую, и тогда тебя поглотит Неизвестность. Поэтому все люди на вокзале очень сосредоточенны и серьёзны — они боятся потерять свою единственную в мире дорогу, по которой направляются к своей мечте. Когда у тебя в жизни появится мечта, ты тоже окажешься перед выбором дороги, которая приведёт тебя к ней. Например, как сейчас. Надеюсь, ты помнишь, зачем мы сюда пришли?

— Да, встретить маму с поезда и поесть мороженого.

Дед улыбнулся:

— Совершенно точно! И поэтому мы должны сделать всё, чтобы это у нас получилось! Не отвлекаясь ни на что.

Он взял меня за руку и повёл к белоснежному лотку с мороженым и такой же белоснежной продавщице.

— Какое мороженое будешь? — спросил он.

— Фруктовое, — не задумываясь ответил я, — в вафельном стаканчике.

Дед улыбнулся ещё раз и протянул мне моё самое любимое мороженое.

— Ну вот, — сказал он, — одна твоя мечта уже сбылась. Теперь нужно позаботиться о второй. А что мы должны сделать, чтобы вторая тоже сбылась, мы с тобой пока не знаем, потому что телеграмму мы не получили, у нас есть только письмо, в котором мама написала, когда выезжает. Поэтому нам с тобой на вокзале остаётся только одна дорога — к справочному бюро. Пошли!

Я вцепился в руку деда, шлёпая сандалиями по блестящему каменному полу и успевая на ходу лизать мороженое, которое я держал в другой руке.

Когда мы подошли к будочке, на которой было написано «Справочное бюро», дед пристроился в очередь и опять наклонился ко мне:

— Это самая волшебная будочка на всём вокзале. Ты должен всегда об этом помнить, что бы с тобой ни случилось. Если только ты растеряешься, потеряешься, опоздаешь на поезд, всегда приходи сюда. Здесь я встретил твою бабушку, здесь я нашёл своё подразделение, когда уходил на фронт, и здесь же твоя бабушка встретила меня с войны — она простояла здесь целый месяц, пока не дождалась моего возвращения. Возле этой будочки лежат многие радости и горести людей, которые сюда приходили. И когда ты подходишь к этому месту, ты всегда чувствуешь и переживаешь это опять. Эта будочка помогла встретиться тысячам людей, которые потерялись во время войны, и тысячам она так и не смогла вернуть потерянной навсегда надежды.

Подошла наша очередь. Дед приник к маленькому окошечку. Я стоял, доедая своё самое любимое в мире фруктовое мороженое. Дед закончил разговаривать с девушкой в стеклянной будочке и повернулся ко мне:

— Похоже, что мамин поезд уже пришёл, но мы не знаем ни вагона, ни перехода, по которому она пойдёт, и совершенно неизвестно, где её встречать. Поэтому нам не подходит ни один из обычных методов для её поиска, и мы должны найти необычный, волшебный способ, чтобы и твоя вторая мечта тоже сбылась. Как ты думаешь, какой?

Я, не задумываясь, выпалил:

— Мы должны позвать маму!

— Правильно, — похвалил дед. — Но сделаем мы это волшебным образом, как делали это тысячи других детей, потерявшихся на вокзале или ожидавших своих мам.

— А как они это делали? — спросил я.

— Они направили свой зов под купол вокзала, и купол усилил его и эхом передал этот зов в самые отдалённые уголки не только вокзала, но и всей страны, и мамы услышали этот зов, они распознали его из тысяч других звуков, переплетающихся под сводом зала. Мамы умеют отличать голос своего ребёнка из тысяч других голосов, и они всегда приходят на зов своих детей. Давай! — скомандовал дед. — Теперь твой выход, твой звёздный час. Подумай, как сильно-пресильно ты хочешь увидеть маму, и выкрикни свою мечту под купол вокзала.

Я действительно очень соскучился по маме, я не видел её больше месяца, пока мы со старшим братом гостили у бабушки с дедушкой. Я поднял голову вверх и громко закричал:

— Ма-ма!

Мой крик огромной птицей взлетел вверх, ударился о застеклённый купол, вспугнув голубей, которые разом вспорхнули со своих мест, эхом вернулся и разлетелся тысячами звуков по всему залу.

Люди улыбались, оглядываясь на нас. Дед улыбался тоже. А я стоял, оглушённый собственным криком и заворожённый звонким эхом, разлетающимся во все уголки вокзала. Я ожидал чуда. Я не знал, как оно произойдёт, но очень сильно верил в него. Дед внимательно вглядывался в моё лицо и вдруг в один момент как будто почувствовал что-то. Он осторожно взял меня за плечи и медленно развернул в сторону зала. То, что я увидел, в тот момент было самой большой мечтой в моей жизни. Через весь вокзал в лёгком цветастом платье, с сумочкой через плечо, держа в руках коричневый чемоданчик с блестящими уголками, ко мне шла моя мама. Я рванулся, чтобы побежать к ней, но дед меня приостановил:

— Теперь и твои радости тоже будут лежать у этой будочки, помни об этом всегда. И ты всегда сможешь пережить их ещё раз, постояв у неё, сколько бы времени ни прошло.

Затем он легонько подтолкнул меня навстречу маме. И я, сияя от счастья, зашлёпал сандалиями по блестящему каменному полу…

Вспоминая всё это, я тащил свой чемодан к стеклянному окошку с надписью «Справочное бюро», чтобы узнать, с какой платформы и вовремя ли отправляется мой поезд. Поезд отправлялся вовремя. Я постоял немного у справочного бюро, внимательно вглядываясь в толпу в центре зала в надежде увидеть цветастое платье и коричневый чемоданчик с блестящими уголками, потом мысленно улыбнулся и шагнул в зал ожидания. У меня было ещё два часа, чтобы посидеть, собраться с мыслями. Я устроился на удобном сиденье, поставив рядом свои вещи. Вскоре рядом со мной примостились две старушки, о чём-то оживлённо переговариваясь. Я не слышал их разговора, так как был погружён в воспоминания и вслушивался во всеобщий гул, собирающийся под куполом вокзала. Внезапно одна из них обратилась ко мне:

— Сынок, не подскажешь время?

Я достал свой сотовый телефон и сказал, который час.

Она тут же всплеснула руками:

— О! Как у моего внука! Для него это как любимая игрушка, он, даже когда ест, не выпускает его из рук. А вы, молодой человек, тоже за стол с телефоном в руках садитесь?

Я немного смутился и кивнул головой.

Другая старушка тут же подключилась к разговору:

— Я так и знала! Сейчас вся молодёжь живёт в телефоне, они при этом даже не замечают, что едят. Иногда мне так обидно! Я привожу им всё самое лучшее, самое свежее, так сказать, натуральное, а они даже не смотрят на это!

Я беспокойно заёрзал на кресле, но старушка махнула рукой:

— Да ты, милок, не переживай. Вон ты какой статный и красивый! Наверное, с компьютером в сумке или «таблеткой», как они его называют. Это ж надо придумать такое — компьютер таблеткой назвать!

Вторая старушка подхватила:

— И правильно! Он ведь у них на все случаи жизни — и для спорта, и для диеты, и для работы, они его даже в туалет с собой берут! Наверное, чтобы прочесть инструкцию, как пользоваться туалетом!

И они обе весело расхохотались, вплетая свой заразительный смех в общий вокзальный гул.

Я тоже улыбнулся.

— В командировку, небось, едешь? — спросила одна.

— Да, вроде как. По делам.

— Сейчас все ездят по делам, такое время, — вздохнув, проговорила одна из них. — А еды хоть в дорогу с собой взял? Всё-таки неизвестно, что там да как.

— Да нет, — почему-то опять смутился я. — По дороге что-нибудь перехвачу, а на месте уже определюсь.

— Вот так вы все, — грустно протянула старушка, — едете неизвестно куда, живёте непонятно как, никаких ценностей для вас нет, главное, чтобы была «таблетка», которая ответит на все ваши вопросы. Да нет, не ответит, очнётесь — поздно будет, поезд уйдёт… На вот, возьми у меня пирожков в дорогу, моих дома не было, везу всё обратно.

Я запротестовал.

— Да ты не стесняйся, они натуральные. У меня дома ещё есть, я всё равно их сама не съем, пропадут ведь. Ты с чем любишь?

— С капустой, — признался я.

— Ну вот, с капустой у меня как раз очень вкусные. Да ещё с малинкой свежей, без химикатов.

У меня разыгрался аппетит, при виде пирожков потекли слюнки, и я сдался.

Бабуля быстренько достала белоснежную салфетку, положила туда пирожков и аккуратно завернула. Потом упаковала свёрток в полиэтиленовый пакет — «чтобы таблетку не испачкать!» — и протянула мне. Я взял щедрый гостинец, поблагодарил.

— Кстати, как там твой поезд? — спохватилась вторая старушка.

— Да через час.

— Билет, наверное, тоже по компьютеру покупал? Ты его хоть закомпостировал, то есть зарегистрировал? Сейчас-то всё по-новому.

— Нет… — удивился я осведомлённости бабушек.

— Тогда беги в кассу! Вещи мы постережём.

Я поднялся и зашагал к центру зала, где светились окна касс, выдающих людям заветные билеты в разные направления. Обратился к первой попавшейся кассирше:

— А как тут у вас билеты регистрируют?

— Да вы подойдите вон к той кассе, вам всё сделают, — она указала направо и приветливо улыбнулась.

Я улыбнулся в ответ и направился к указанному окошку. Там стояло несколько человек, и мне пришлось немного подождать. Когда подошла моя очередь, я подал свой распечатанный на принтере билет в окошко, девушка застучала пальцами по клавиатуре.

— Иностранец?

— Да, как бы, — ответил я.

— Паспорт покажите.

Я подал свой паспорт. Она сверила данные и произнесла:

— Есть проблемка. Ваша фамилия не совпадает с фамилией владельца кредитной карточки, которой был оплачен билет.

Я удивился.

— Ну и что?! Я приехал по приглашению, и билет мне купила та фирма, что меня пригласила.

— Ну и ничего! — ответила девушка. — У нас часто используют ворованные карточки для оплаты билетов, поэтому есть указание. Вам нужно подойти со своими документами к бригадиру и объяснить ситуацию. Потом в любой кассе вам подтвердят место, вы же не хотите ехать стоя?

Ехать стоя я точно не хотел, но вся эта ситуация стала порядком меня напрягать. Я не понимал, при чём тут я, если у них воруют карточки, и почему я, который никогда не воровал, должен быть за это наказан. Но доказывать что-то было бесполезно, и я не очень вежливо спросил:

— Где бригадир?

— Идите вдоль окошек, пока не увидите надпись «Начальник смены», — объяснила девушка, махнув рукой в нужном направлении.

Я довольно быстро нашёл очередное окошко, но здесь меня ждал неприятный сюрприз: его оккупировала какая-то подвыпившая компания, которая весьма эмоционально доказывала что-то начальнику смены. Прислушавшись к разговору, я понял, что они просто хотели поменять места, но никак не могли договориться, «кому и как сидеть». Меня стало немного потряхивать. Во-первых, я уже не был уверен, удастся ли мне вообще подтвердить оплаченное место, а во-вторых, я волновался из-за того, что оставил свои вещи с совершенно незнакомыми людьми. А у меня там, между прочим, кроме компьютера, лежали два дорогостоящих блока от пульта управления для электрической подстанции. Я заметно нервничал. Наконец толпа отхлынула от окошка, и вспотевший начальник смены обратился ко мне:

— Что у вас?

Я протянул ему свой паспорт с билетом и объяснил, что кассир не регистрирует место, потому что билет оплачен не моей карточкой.

Он повертел паспорт в руках, посмотрел на меня и со словами «Что за чёрт?» написал на билете распоряжение: «Зарегистрировать». Вздохнув с облегчением, я тут же бросился к ближайшей кассе и за одну минуту получил необходимую мне регистрацию. Схватив свой паспорт и билет, я быстренько направился к залу ожидания. Когда я стал подходить к месту, где я сидел, то заметил, что здесь что-то поменялось: пассажиры были новые, куда-то делись тележки для перевозки багажа, что стояли у колонны, но самое ужасное было то, что моих старушек не оказалось на месте, также как и моих вещей.

Меня бросило в холодный пот: «Приехали!» Я вспомнил их «Сыночек, в командировку едешь? А в сумке, наверное, компьютер или таблетка?» — и звонкий хохот, растворившийся под куполом вокзала. Я впал в оцепенение. Как ловко они меня провели! «Пойди зарегистрируй билетик, мы посторожим вещи…» Я не мог понять, как я повёлся?! Да, пирожки с капустой — это моя любимая еда, на этом они меня и поймали.

Я повернулся и снова побежал к начальнику смены. Слава Богу! На этот раз у окошка никого не было. Я просунул голову прямо в окно и завопил:

— Меня обокрали! Пропали все мои вещи, а у меня поезд через полчаса. Я буду жаловаться… — на секунду запнулся и выпалил: — …В международную лигу адвокатов! Я вас засужу!

Начальник смены схватился за голову:

— Ты что, сумасшедший? В какую, к чёрту, лигу? Давай объясняй, где ты оставил свои вещи.

Я показал рукой, рассказал про приличных с виду старушек и в заключение добавил:

— Они меня развели. Это профессиональные воровки, вы должны их поймать.

Начальник смены закатил глаза к небу, выругался очень неприличным словом и поднял трубку телефона, в которую прорычал какие-то странные фразы. Потом надел фуражку с железнодорожной кокардой и исчез в двери по ту сторону своего окошка. Через минуту он материализовался рядом со мной, а с ним и сержант полиции с двумя солдатами. Он обратился ко мне:

— Веди нас на место преступления.

И я повёл, показывая, как я сюда пришёл, как попил воды вот из этого фонтанчика, как устроился на сиденье, где поставил багаж и где расположились старушки-воровки. Начальник всё осмотрел и приказал сержанту срочно связаться с отделом камер наблюдения, передать приметы этих дамочек и просмотреть все ближайшие пригородные поезда, которые отправляются в это время.

У меня появилась надежда, хоть и слабая. Но досада и разочарование разрывали меня пополам. Мой мозг был в ступоре, я никак не мог понять, как, с моим опытом и осторожностью, я мог поступить так опрометчиво?! Ведь было абсолютно очевидно, что они меня разводят. Ну, не могут посторонние люди так хорошо относиться к незнакомому человеку! Воровки, стопроцентные воровки! Наверное, ещё и с огромным стажем. Нужно подсказать полицейским, чтобы они пробили их по своей базе, наверняка они их там сразу обнаружат. Ведь понятно, что они проделывают этот фокус не первый раз.

Тем временем на вокзале поднялась суматоха, бегали полицейские, непрерывно звенел телефон начальника. Он с кем-то ругался по телефону, кому-то отдавал приказания. Потом прокричал в трубку:

— Бригадира смены носильщиков срочно ко мне, в восточное крыло вокзала!

Но тот уже и сам спешил по направлению к нам, разыскивая начальника смены. Подойдя ближе, он выпалил:

— Тут у меня ситуация: две старушки опоздали на электричку, потому что какой-то идиот пошёл регистрировать билет, оставив им свои вещи, и так и не вернулся.

Повисла театральная пауза, после которой начальник смены простонал:

— И где эти старушки?

— В западном крыле вокзала, — ответил бригадир носильщиков. — Там, где он их оставил.

Я стал приходить в себя. Начальник смены опять чертыхнулся, и мы всей толпой двинулись в западное крыло. Я понял, что, пока я кружил вокруг касс, потерял ориентацию и пошёл в противоположный зал, который как две капли воды похож на тот, в котором я был. Когда мы подошли к моему месту, там уже стояли сержант полицейский с двумя солдатами и о чём-то беседовали со старушками. Увидев меня, обе бабульки всплеснули руками:

— Слава Богу, милок, ты нашёлся! А мы тут извелись, боялись, что с тобой что-то случилось, может, приступ какой или девушка. За электричку не переживай — другая придёт. Главное, что с тобой всё в порядке. Да пирожки не забудь! Я тебе побольше положу, а то ты у нас такой рассеянный, пригодятся в дороге. А мы уж и не знали, куда деваться и кому звонить, у нас-то таких телефонов нет.

Я стоял совершенно ошарашенный произошедшим и вспоминал своего мудрого деда, который меня предупреждал…

Я растерянно переводил взгляд с этих милых старушек, которые заботились обо мне, как о родном, на вспотевшего начальника смены, который вытер пот со лба и, театрально кривляясь, передразнил меня: «Жаловаться буду!.. В международную лигу адвокатов…»

Одна из старушек подошла к нему, сунула в руки пакет с оставшимися у неё пирожками и сказала:

— Возьми, милок. Работа у тебя тяжёлая, нервная, а тебе ещё до утра продержаться нужно, хоть перекусишь.

Да-а-а, его работе нельзя было позавидовать.

А я как будто вновь народился на свет, чувствуя радость, переполнявшую меня, и абсолютную лёгкость. Тяжёлый груз внезапно навалившихся на меня забот вдруг сорвался с моих плеч и грохнулся на блестящий каменный пол, тяжёлым вздохом отозвавшись под куполом зала.

Я вдруг ощутил такое счастье и благость, которые я, наверное, испытал в тот раз, когда встретил свою маму в лёгком цветастом платье…

За спиной зазвенели колокольчики и застучали бубны… Мы все повернулись. По вокзалу шествовала весёлая и шумная цыганская свадьба. Впереди процессии двое носильщиков везли на тележке белый трон, на котором восседал цыганский барон. Рядом с ним гордо вышагивала старая цыганка с длинной трубкой во рту и с большой колодой карт Таро. За ними следовали жених и невеста, а дальше и весь табор, выплясывая и звеня всеми переливами, сверкая разноцветными лентами…

Мне показалось, что среди пёстрой толпы я увидел Будду — он шёл вместе с цыганами, пел, приплясывал и улыбался мне своей незабываемой улыбкой. И я понял, что все мои «пустые хлопоты» и заботы цыгане унесут, обмотав их разноцветными лентами и заворожив перезвоном бубенцов и гитарных струн, и развеют далеко по полям, чтобы они никогда не вернулись ко мне…

Апрель 2017

Эпизод 8

Горько плакал обманутый Бог

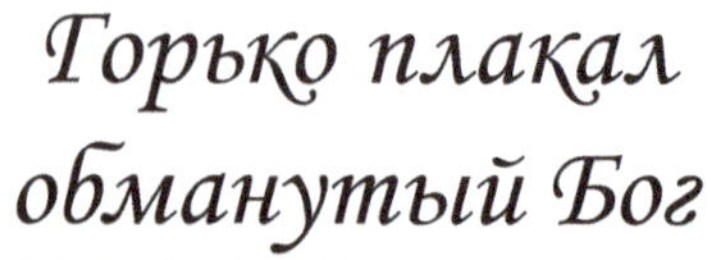

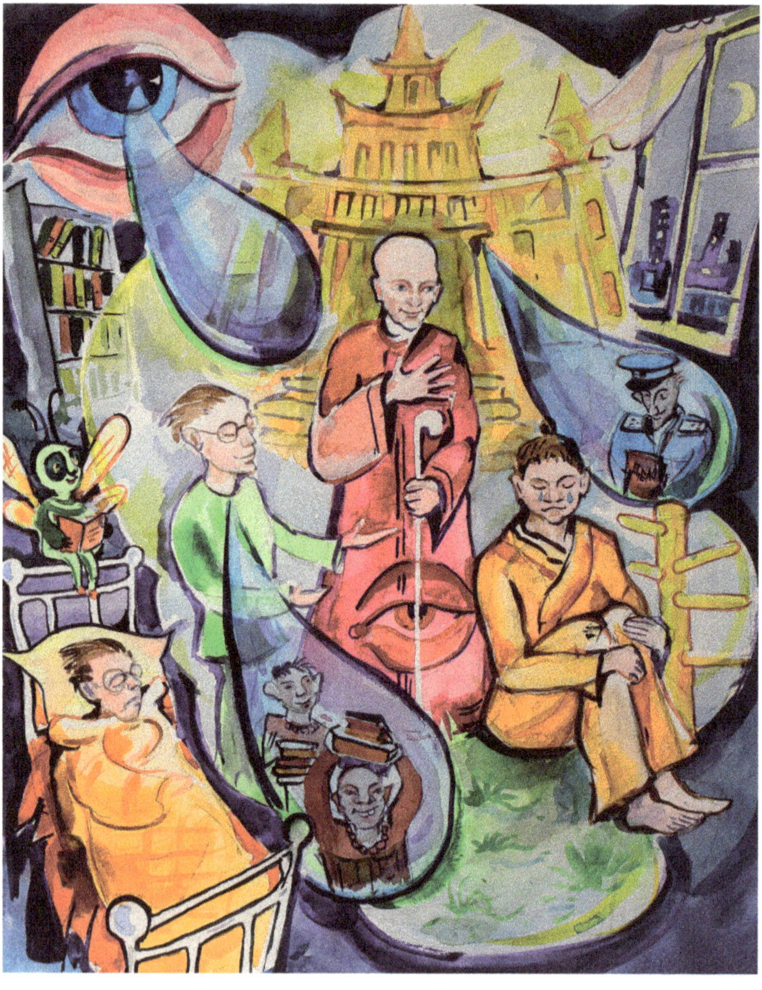

Все называли его Исследователем, а он и был исследователь, хотя у него было собственное хорошее имя и очень приличная фамилия. Но так сложилось — он стал исследователем, и это оказалось не только его профессией, призванием, но и как-то совершенно закономерно и естественно переросло в имя. Он не мог вспомнить, с какого момента это всё началось, ему казалось, что так было всегда. У него сохранились воспоминания из раннего детства, он помнил, конечно, не всё, но эпизоды, отчётливо всплывающие в памяти, почти всегда были связаны с какими-то необыкновенными происшествиями, чрезвычайно интересными и загадочными, которые он хотел разгадать во что бы то ни стало. Он постоянно, и днём, и ночью, думал над вертевшимися в его голове вопросами, правда, многие из них разрешились сами собой, как только он начал изучать математику, физику, химию, биологию. Он, например, смог узнать, почему осенние листья, падая с дерева, кружатся совершенно по-разному, почему вода, вытекающая из крана, не рассыпается, как песок, а льётся струёй. Или почему есть облака, птицы могут летать, муха сидит на потолке и не падает… Но без ответов оставалось ещё множество вопросов, которые мучили его на протяжении всей жизни. Они продолжали терзать его, не отпуская до тех пор, пока однажды его не осеняло и ему становилось понятно, что он вплотную приблизился к решению той или иной таинственной загадки. Ему долго пришлось разбираться в том, какой навигационной системой пользуются птицы в небе или рыбы в океане, как луна влияет на приливы и отливы, как вода в океане сохраняет земную округлость, не разливаясь за берега. Он мог примерно объяснить, почему нет двух одинаковых снежинок, двух одинаковых листьев на дереве и двух одинаковых людей на планете. Но ответить на вопрос, что такое сон, он не мог, хотя на этот счёт существовало великое множество теорий, но ни одна из них не устраивала его полностью.

Он не знал, как объяснить, почему их собака за десять минут до прихода отца подходила и ложилась возле двери. Он видел это на протяжении многих лет, и это всегда его поражало. Тем более что отец часто приходил в разное время. Предположение, что собака чувствует запах на большом расстоянии, было очень слабое, так как множество фактов заставляли в нём сомневаться. Единственное, что оставалось, это интуиция, так называемое «собачье чутьё». Но на чём оно основано, было для него загадкой, и эту загадку ему хотелось решить особенно сильно.

Было множество и других случаев в его жизни, которые ждали своей разгадки и на которые было очень трудно найти ответ. Один такой случай произошёл с ним в юности, когда он учился в университете. Друзья пригласили его на дачу за город. Они с другом прибыли первыми, чтобы успеть всё убрать и подготовиться к приезду остальных, а так как к ним должны были приехать ещё и девчонки, это придавало им особенного энтузиазма и вызывало закономерное желание не ударить в грязь лицом. Друг оставил его на даче и поехал закупать какие-то продукты, а он принялся осматривать домик, к которому с противоположной стороны примыкала большая веранда, выходящая в сад. Он не успел хорошо обследовать дом и окрестности, потому что на тропинке, ведущей как раз к главному входу, увидел огромную ветвь с засохшими листьями, перегородившую дорогу. Он оттащил ветку в сторону, вошёл в дом и, пересекая гостиную, сразу направился на веранду, где должна была храниться какая-то домашняя утварь, чтобы смести листья и расчистить проход к дому. Когда он открыл дверь на веранду, то увидел, что на улице припустил дождь, барабанящий большими каплями по крыше и заливающий окна веранды, так что за ними ничего не было видно. Он махнул рукой, понимая, что теперь не удастся привести в порядок главную тропинку к дому. При таком внезапно обрушившемся ливне не представлялось возможным расчистить её от мусора. Он развернулся и пошёл через гостиную назад к входной двери. Но каково же было его удивление, когда, открыв дверь, он увидел, что никакого дождя нет и в помине, а на улице стоит прекрасная солнечная погода! От изумления он потряс головой: «Что за наваждение?» — развернулся и снова направился в противоположную сторону дома. Открыв дверь на веранду, он опешил, так как дождь лил, не переставая, огромным потоком ниспадая на черепичную крышу и сердито грохоча. Он кинулся к главному входу в дом и увидел, что на улице всё так же сияет солнце и ни одной капли воды не коснулось земли. Его это поразило: это же надо, какой интересный дождь — проходит чёткой линией как раз посредине дома, не затрагивая ничего вокруг! Это непонятное явление настолько его взбудоражило, что он решил во что бы то ни стало разгадать эту загадку. Он решил обойти вокруг дома, чтобы найти границу этого дождя, и он её нашел. Дождь лил стеной над домом ровно посредине крыши, образуя полосу шириной не больше метра и не затрагивая соседскую территорию. Это ещё больше поразило его. Дождь не просто лил очень ровной полосой: он был только над их домом, не касаясь никого из соседей. Подняв голову вверх, Исследователь увидел синее небо, сияющее солнце и струи дождя, ниспадающие на крышу прямо из этой синевы. Его так это потрясло, что он понял: этот дождь — волшебный. В голове как-то сразу всё зашумело, смешавшись с шумом дождя, и он услышал другой шум, который как бы просачивался между шумом дождя, ударами капель о черепичную крышу и плеском струящейся прямо перед ним воды. Он услышал мягкий глубокий шум, проникающий в его тело и вбирающий в себя все остальные звуки, растворяя и выравнивая их, окутывая пространство волшебной завесой. Картина мира вдруг вздрогнула и стала меняться, растворяя чёткие грани окружающих объектов, углубляя виденье наблюдателя до такой степени, что он мог смотреть сквозь расположенные перед ним объекты. Он проник взглядом сквозь стену, в дом, наблюдая, как растворяются в нём все предметы, пропуская смотрящего вглубь, он проник взглядом на веранду и даже за её пределы и вместо дождя увидел какие-то переливающиеся линии, соединяющие небо и землю. А мысль о волшебном дожде как бы остановилась в голове, заполнив всё пространство. Он мог наблюдать её и рассматривать со всех сторон: она была совершенно простой и понятной, проясняющей сразу все вопросы Мира и меняющей отношение наблюдателя к тому, что его окружает. Шум, проникающий в тело, усилился, стал ещё более явным и плотным, и он увидел странный светящийся объект, который, покачиваясь, плавно двигался к дому, как раз к тому месту, где струился волшебный дождь. Исследователь тоже двинулся вокруг дома навстречу этому объекту и вошёл в плотную пелену воды, падающей с небес. То ли холодная вода, то ли движения внезапно вернули его в реальность, и он понял, что стоит посреди двора как мокрая курица, уставившись на какого-то бегущего к нему человека. Тот, хлюпая по лужам, подбежал под ливнем к большой высокой трубе, торчащей из-под земли, и закрутил на ней кран. Потом, подняв голову и вытирая руками воду с лица, произнёс в сторону застывшего, как мумия, Исследователя:

— Жуть! Еле успел! Ещё бы немного — и вас бы волной смыло. Меня сосед попросил, мол, дети приезжают, наполни им летний душевой бак водой. Насос у нас общий на несколько дворов, давление приличное, а я, дурак, кран не проверил, вот оно и шарахнуло в небо. Ну, зато вам поливать ничего не надо, всё уже полито!

Сосед улыбнулся и, посмотрев на промокшего до костей оторопевшего Исследователя, почапал по лужам домой. Исследователь ещё долго стоял, пытаясь уяснить и понять, что же всё-таки с ним произошло. Потом услышал голос своего товарища:

— Эй! Где ты там? Иди машину разгружать.

Исследователь, как во сне, пошёл на голос и увидел удивлённого товарища, рассматривавшего вышедшее из-за дома мокрое привидение.

— Ну ты даёшь! Тебя нельзя и на минуту одного оставить, — рассмеявшись, произнёс приятель.

Смех снял напряжение и оцепенение, и, уже вдвоём взявшись за работу, они весело обсуждали, как удачно прорвало трубу за домом, что не нужно уже ничего поливать. Конечно, позже, когда всё стало на свои места, он понял, что это был никакой не волшебный дождь, а всего лишь разорвавшаяся труба и что это самый обычный рядовой случай, никакого чуда в этом нет, а всё остальное ему, наверное, померещилось. Но что-то в этом эпизоде не отпускало его, и это что-то был он сам.

Другой случай произошёл на дороге. Он всю ночь ехал к родному дому, чтобы успеть на день рождения к маме. Ему оставалось совсем немного, ну буквально полчаса, и он заснул за рулём. Заснул с открытыми глазами, даже, скорее, не заснул, а просто отключился. Вероятно, его мозг самопроизвольно отключился от перегрузки, хотя он продолжал чувствовать руль машины, твёрдое сиденье, педали под ногами и, не переставая, смотрел на дорогу, освещённую фарами, бегущую лентой ему под колёса. Он не понимал, что заснул. И вдруг он увидел фигуру в белом, стремительно несущуюся ему навстречу, прямиком на капот. Через мгновение он понял, что это стоит его мать с раскинутыми в стороны руками, и резко ударил по тормозам, остановившись в миллиметре перед ней, так что слегка коснулся бампером её белой ночной сорочки в мелкий розовый цветочек. Он мгновенно очнулся. Рядом никого не было, а машина замерла буквально на краю обрыва, сорваться с которого было бы смертельной опасностью. Руки и ноги тряслись от напряжения и страха, он постоял минут десять, приходя в себя. Потом аккуратно вырулил на дорогу, размышляя над тем, как удачно сработал его мозг, нарисовав в его воображении картину, которая включила в нём страх наезда на собственную мать, тем самым разбудил его сознание и спас от неминуемой гибели. Его устраивало это объяснение вплоть до того момента, когда он постучал в дверь родного дома и увидел на пороге всплеснувшую руками мать, одетую в ту же самую белую ночную сорочку с мелкими розовыми цветочками.

Было ещё много других случаев в его жизни, которые он хотел бы объяснить, но пока не мог. Для этого ему не хватало информации, которую он непрестанно искал в окружающем мире. В результате этих поисков он оказался в Китае, вместе с государственной делегацией по культурному обмену. Их программа предусматривала ознакомление с китайской историей и с загадочной китайской медициной. В делегацию входили партийные функционеры, историки-востоковеды, врачи и просто какие-то посторонние люди, неизвестно зачем прилепившиеся к этой экспедиции. Исследователь был в группе историков-востоковедов, он попал в неё не случайно, а как подающий надежды молодой специалист, выпускник исторического факультета, изучающий китайский язык. Поездка была очень интересной и полностью поглотила его. Для него здесь было необычным всё — от ландшафтов, построек, условий и образа жизни китайцев до соприкосновения с китайскими традициями, совершенно необычной китайской медициной, использующей вместо лекарств диеты, травы, массажи, а также иголки, которые помогали практически от всех болезней. Он, конечно же, был первым добровольцем, который решил испытать на себе эффект этих чудодейственных иголок. И каково же было его удивление, когда после того, как ему в спину и в икры ног вонзили несколько иголок, он наяву почувствовал приятное тепло, разливающееся по ногам. После процедуры он сразу ощутил себя легко и свободно, несмотря на длительный переезд и смену часового пояса, изменение питания и климата, а также перенасыщенность новой информацией и впечатлениями. Это поразило его, и он загорелся желанием изучить этот феномен, стал запасаться необходимой литературой.

Вскоре их экспедицию разделили, одна часть должна была посетить крупные города и встретиться с официальными лицами, другую направили в поездку по старым историческим местам Китая с посещением древних храмов и монастырей. Это была обычная экскурсия, где их водили, показывали, рассказывали… С ними был очень хороший переводчик, который отлично знал историю и был приятным собеседником. Он рассказал очень много интересного о Китае, китайских традициях, проникновении буддизма в Китай. Он заметил, что Китай абсолютно не религиозная страна, а буддизм, подвергшийся гонениям и искоренению в предыдущий период, — вовсе не религия, а всего лишь философское направление, представляющее свой метод изучения мироздания и создания гармонии духовного и земного в человеке. Это очень заинтересовало Исследователя. Он задал свой вопрос переводчику, но тот, вместо того чтобы ответить, повёл его к Настоятелю монастыря, в котором они как раз и находились со своей экскурсией. Им пришлось подождать немного, пока Настоятель освободится от своих дел и уделит им внимание.

Настоятель принял их на открытой веранде, примыкавшей к задней части здания. Переводчик поклонился, что-то сказал и жестом указал на Исследователя. Исследователь тоже поклонился, хотя для него это было совсем непривычно. Его внутренняя скованность и неестественность этого жеста не ускользнули от внимания Настоятеля. Он улыбнулся совершенно открыто и доброжелательно и пригласил всех сесть на небольшое возвышение типа помоста, застеленное каким-то простым ковриком наподобие камышовой циновки. Из монастыря вышел молодой монах, поставил перед ними чайник с деревянными чашками и наполнил их чаем. Настоятель взял чашку и жестом пригласил собеседников присоединиться к нему. Исследователь понял его приглашение и пригубил из чашки. Странное дело: он тут же почувствовал, как по всему телу разлилась тёплая волна, вытесняющая все неудобства и зажимы, возникшие в суставах и мышцах в результате долгого хождения. Он удивлённо посмотрел на переводчика и воскликнул:

— О, какой хороший и необычный чай! Снимает усталость мгновенно!

Переводчик что-то сказал Настоятелю, и тот, улыбнувшись, опять заговорил, обращаясь к Исследователю:

— Дело не только в чае, хотя мы используем для него очень хороший подбор трав. Дело ещё в том, что в эти чашки на протяжении нескольких столетий наливали самые лучшие отвары целебных трав, а чашка, как известно, хранит память об этом и делится этой памятью с теми, кто берёт её в руки.

Исследователь был безмерно удивлён:

— Разве чашка может делиться своей памятью? Она же не живая.

Настоятель ответил:

— Это очень просто. Ведь никого не удивляет, например, что картина, нарисованная много веков назад, может рассказать о каком-то эпизоде из жизни людей, живших в то время. Музыкальное произведение может передать эмоции и чувства других людей. Дождь может принести с собой аромат и запах совершенно другой местности, которая находится на огромном расстоянии от нас. Нужно просто иметь способность всё это воспринять и расшифровать, — он помолчал и добавил: — Кстати, эта чашка сделана из специального дерева, которое впитывает и долгое время хранит в себе память о чём-то или о ком-то.

Настоятель опять улыбнулся, прищурив глаза.

Для Исследователя всё это было, конечно, очень необычным и являлось каким-то огромным новым откровением, в которое он поверить, естественно, не мог, хотя и старался, очень старался. Он не подал вида, что его мозг практически лихорадит от незнания, как поступить с этой информацией: сбросить в «мусорный ящик» или всё же попытаться как-то логически объяснить. Он сделал попытку улыбнуться в ответ Настоятелю, но улыбка получилась напряжённой и кислой. Настоятель ещё шире улыбнулся и, покачав головой, сказал что-то переводчику. Переводчик, повернувшись к Исследователю произнёс:

— Настоятель спрашивает, что это за вопрос, который привёл тебя к нему.

Исследователь тут же пришёл в себя и спросил:

— Мне сказали, что в Китае нет религии, а есть лишь метод для постижения мироздания и создания гармонии духовного и материального в человеке. Что это за метод и чего можно достичь, используя его?

Настоятель поднял брови:

— Чем же так заинтересовал тебя этот вопрос, абсолютно нехарактерный для человека Запада?

Исследователь удивился:

— Почему же нехарактерный для человека Запада? Это вопрос чисто человеческий, и я думаю, он может волновать абсолютно любого человека из любой части света.

— Это так, — подтвердил Настоятель. — Только каждый человек из любой части света уже вкладывает в этот вопрос своё мировоззрение и определяет его рамки. Если я скажу тебе, что постижение этого вопроса непременно заставит тебя отказаться от ценностей материального мира, достижений западного общества и значительно повысит твою ответственность за жизнь всего человечества, и это будет всё, чего ты достигнешь, изучая этот вопрос, разве ты будешь им заниматься?

— А что плохого в достижениях западного общества и в их использовании? Конечно, бессмысленно и глупо от них отказываться.

Исследователь понял, что пришло его время выложить свой козырь в пользу западного пути развития человечества. Он внутренне собрался и более окрепшим голосом произнёс:

— Запад на много веков опередил Восток в техническом прогрессе, в науке, в искусстве. И хотя Запад не имеет духовного метода для постижения мироздания, но он имеет религии, которые предлагают свою философию мироздания как общепринятое учение, идущее от пророков. И, несмотря на то, что эти религии, казалось бы, всячески пытались сдерживать прогресс, они не могут остановить стремление человека в освоении и изучении пространства.

Настоятель повернулся к переводчику и что-то произнёс. Переводчик явно смутился. Исследователь внимательно посмотрел на переводчика, поняв, что его рассуждения, наверное, задели Настоятеля.

Переводчику некуда было деваться, на него внимательно смотрели две пары глаз — одна с Востока, другая с Запада. Он сказал:

— Настоятель говорит, что твой взгляд — это взгляд лягушки, которая устроила себе гнездо в луже, совершенно не зная, как эта лужа здесь образовалась, откуда пролился дождь и из каких рек и океанов поднялась в небо вода, чтобы снова упасть на землю и создать эту лужу. Не зная всего этого, лягушка, конечно, может и дальше продолжать обустраивать свою жизнь... Но только до тех пор, пока лужа не высохнет!

Исследователь покраснел, его очень задело сравнение с лягушкой, прозвучавшее из уст какого-то «невежественного» монаха. Ему сразу же захотелось покинуть его и присоединиться к своей группе, которая сейчас обедала в монастырской столовой. Но он не знал, как это правильно сделать, ведь он был гостем, к тому же Настоятель заговорил опять:

— Технический прорыв Запада — это прорыв в дисгармонию, которая нарушает духовно-биологический баланс на Земле, не учитывает процессов, которые непосредственно связаны с поддержанием на планете Жизни как самого главного Божественного творения.

Исследователь повернулся к переводчику:

— Он так говорит, потому что ему не понять, насколько важен технический прогресс, как много полезного он дал человечеству.

Тогда уже переводчик покачал головой:

— Совсем нет, он не против научно-технического прогресса. Он против того, что в этом прогрессе совсем не учитывается другая сторона нашего бытия, гораздо более объёмная и важная, которая и является основой всей жизни на планете.

Исследователь оживился, у него в голове тут же возникла тысяча аргументов, опровергающих эту точку зрения, и он готов был пустить в ход их все. Но Настоятель поднялся, что-то сказал переводчику и жестом пригласил следовать за ним. Переводчик тут же поднялся, следом за ним и Исследователь, и, двинувшись за Настоятелем, перевёл Исследователю его фразу:

— Настоятель сказал, что у тебя нет вопроса, а есть лишь его зародыш, который или умрёт, не родившись, или родится и станет для тебя вопросом Жизни и Смерти. Но твой мозг захвачен иллюзией, его лихорадит от перегрузки ненужными мыслями, поэтому он не видит истинной сущности вещей.

Они прошли по дощатому настилу открытой веранды к другому её краю, за которым открывалась площадка, где упражнялись молодые монахи. Настоятель показал на одного из них, занимавшегося отдельно от других, немного в стороне. Его действия трудно было назвать тренировкой, он просто нещадно колотил по самодельному снаряду, дублируя бесчисленное количество раз один и тот же удар.

Наставник сказал:

— Как ты думаешь, чем занимается этот монах и какова его цель?

Исследователя удивил этот явно риторический вопрос — было абсолютно ясно, чем занимается этот монах. Он улыбнулся Настоятелю вместо ответа.

Настоятель тоже улыбнулся и, оторвав от Исследователя свой взгляд, задумчиво посмотрел на чётки в своей руке, потом перевёл взгляд на вершину горы и произнёс:

— Видение вещей зависит от того, что ты хочешь увидеть. Один видит в луже лишь грязную воду, другой — отражение неба, — Настоятель замолчал, внимательно рассматривая что-то в пространстве, потом повернулся к Исследователю и уже совершенно другим голосом сказал: — А почему бы вам не остаться у нас в монастыре и не попробовать открыть для себя метод совершенно другого подхода к постижению мира?

Переводчик выглядел удивлённым, переводя эту фразу.

Исследователь расплылся в улыбке, глядя то на Настоятеля, то на переводчика:

— Ага, и вы мне вручите метлу и заставите убирать вход в монастырь. И если я докажу упорством и старанием свою преданность и интерес, вы меня запишете в ученики.

— Всё будет именно так, — сказал Настоятель. — И дело здесь совсем не в преданности или в проверке серьёзности намерений. Всё дело в том, что мы стараемся дать пришедшему к нам самую простую работу и смотрим, как он её выполняет. Если он делает её старательно и аккуратно, тогда есть смысл давать ему более сложные задания, постепенно усложняя их и доводя навыки до мастерства. Но это ещё не значит, что тебя примут в ученики. Ты видел, сколько монахов занимается на площадке. И как ты думаешь, сколько из них являются учениками?

— Ну, не меньше половины, наверное. Это видно по мастерству, с каким они выполняют сложные формы, — ответил Исследователь, деловито осматривая тренировочную площадку.

— Дело совсем не в виртуозности выполнения форм, — склонив голову к земле, как бы пряча свой взгляд, произнёс монах. — А всё дело в том, что, заставляя своих учеников выполнять немыслимо сложные формы, каждый Мастер ждёт того момента, когда запутавшийся в этих сложностях мозг на мгновение отключится и вместо него включится истинное сознание, превращающее практикующего в «светящуюся точку». Вот с этого момента Мастер может приступать к обучению, потому что ученик начнёт понимать, о чём идёт речь. Тебе, наверное, придётся походить с метлой лет десять–двенадцать, прежде чем ты начнёшь что-то понимать.

Настоятель весело засмеялся, а переводчик смутился, переводя его слова Исследователю.

Исследователь почему-то не обиделся, он чувствовал, что он «в теме», и, чтобы его не принимали за простачка, сказал:

— Я, конечно, не большой специалист в этой области, но всё же могу отличить на площадке тех, кто уже достиг мастерства, позволяющего стать учеником. И, скорее всего, среди них есть уже и Мастера. Кстати, монах, на которого вы показали, не отличается большим мастерством, он всего лишь повторяет то простое упражнение, которое позволит ему приступить к более сложным формам. Кстати, а как давно он отрабатывает этот удар?

— Последние десять лет, — ответил Настоятель, покачав головой. Затем, убедившись, что его спутники целиком поглощены происходящим на площадке, он повернулся и пошёл в монастырь, оставив гостей наблюдать за тренировкой.

Исследователя очень заинтересовал этот упорный монах. Он собрался было ответить на вопрос Настоятеля, но, увидев, что тот удалился, спросил у переводчика, а нельзя ли ему поговорить с этим монахом. Переводчик кивнул, повёл его вниз к тренировочной площадке, а когда они подошли к монаху, показал жестом, что нужно подождать, пока тот наколотится по своему снаряду. Они постояли несколько минут. Монах остановился, вытер пот со лба, попил воды из стоящей рядом деревянной поилки, поправил повязку на руке и повернулся к посетителю.

Исследователь, воспользовавшись его вниманием, задал свой «важный» и «глубокомысленный» вопрос: как он думает, какой силы будет его удар через год, пять и десять лет?

Монах что-то буркнул переводчику и тут же снова принялся нещадно колотить по своему самодельному снаряду. Переводчик показал, что им пора уходить, и они поспешили присоединиться к своей экскурсионной группе. Уже в микроавтобусе, трясясь по горной дороге, Исследователь спросил у переводчика, что же всё-таки сказал ему монах.

Переводчик улыбнулся:

— Он ответил на твой вопрос.

— И что он ответил? — поинтересовался заинтригованный Исследователь.

— Он ответил, что ему абсолютно наплевать, какой силы будет его удар через год, пять лет, десять или даже сто лет. Потому что в то время, когда его тело колотит снаряд, он наблюдает за тем, чем занимается его душа, — ответил переводчик, так же спокойно улыбаясь.

Исследователь был до предела сконфужен, он никак не мог понять, кто же здесь идиот — он или все окружающие его люди. До конца поездки он так и не смог избавиться от ощущения, что его дурачат, но продолжал аккуратно записывать всё в свою тетрадь, чтобы потом составить полный отчёт о поездке для руководства университета. С собой он вёз книги и карту акупунктурных точек, изучением которых решил заняться, так как логически хорошо понимал принцип их действия: иголка попадает в нервные окончания или центры, они активизируют кровоток в определённой зоне или органе, и это приводит к оздоровлению организма. Да, собственно, именно так им и объяснили в центре народной медицины, где они побывали. Правда, там ещё упоминали о каких-то энергоканалах и энергии, которая по ним движется, но это был, конечно, какой-то бред, потому что ничего подобного наука подтвердить не могла.

Перед самым отъездом его навестил переводчик, вручил небольшой тряпичный мешочек с вышитым иероглифом и сказал, что это подарок от Настоятеля. Исследователь очень удивился — в мешочке оказался сбор трав и деревянная чашка, из которой он пил чай в монастыре. Видя недоумение в глазах Исследователя, переводчик добавил:

— Настоятель считает, что эта чашка поможет тебе встретиться с вопросом, который станет для тебя вопросом Жизни и Смерти.

Переводчик улыбнулся и дружески похлопал Исследователя по спине.

Всю дорогу домой Исследователь пытался разгадать смысл подарка Настоятеля. Он не мог понять, почему он отдал ему такую ценную и необычную чашку, которая уже несколько столетий хранит в себе память всех трав, отвар которых в неё наливали, а также память всех людей, кто её держал. В результате размышлений он пришёл к выводу, что Настоятелю, наверное, стало неудобно за то, что он сравнил его с лягушкой, и, чтобы как-то загладить вину, он преподнёс ему этот подарок. Ответ его устраивал, на этом он успокоился и стал перебирать свои записи, чтобы хоть как-то скоротать дорогу.

Дома его ждал сюрприз. Профессор, который был его наставником и руководителем научной работы, был уволен. Вернее, даже не уволен, а, как утверждали очевидцы, просто исчез в одночасье, растворился в воздухе. Одни распространяли об этом разные слухи и небылицы, другие тихо посмеивались над первыми. А так как Исследователь был основным помощником профессора на кафедре и к тому же без пяти минут кандидат, ему предложили взять курс и дочитать лекции — «по программе!» — это было почему-то многозначительно подчёркнуто. Он обрадовался и огорчился одновременно. Он был рад, что ему доверили курс. Но очень огорчился, что наставник уволен, тем более найти его никак не удавалось.

Постепенно всё улеглось, он стал преподавать, заняв кафедру своего учителя, и даже унаследовал его однокомнатную квартиру, что было очень кстати, так как по вечерам у него появилась возможность уединяться и заниматься научной работой. Правда, в этой квартире с ним стали происходить очень странные вещи. Во-первых, здесь жила муха, которая вела себя совершенно удивительным образом. Она никогда не надоедала ему, была практически незаметной, но, когда он открывал какую-нибудь книгу, она садилась на страницу и бегала за его пальцем, как бы тоже читая. Во-вторых, у него стали появляться странные посетители. Однажды к нему в квартиру ввалилась группа молодых людей с необъятными бицепсами и большими золотыми крестами на мощных шеях. Они внесли в квартиру множество стопок книг, перевязанных верёвками.

— Принимай назад свою библиотеку, профессор, — торжественно сказали «качки».

И когда он попытался объяснить, что он совсем ещё не профессор и у него не было никакой библиотеки, они только рассмеялись, потолкались в проходе, раздвигая широкими плечами узкий коридор, и ушли, бросив на ходу:

— Ну, настоящий профессор! Книжки читает, а в жизнь не врубается.

Затем однажды к нему заглянул одноухий участковый, потоптался на пороге:

— С любыми вопросами! Ну, с любыми! — переминаясь с ноги на ногу, скороговоркой проговорил он. — Прямо ко мне! Не стесняйтесь, профессор. Я всё решу. Если кто-то будет мешать вам работать, я их — в бараний рог!

Это очень удивило Исследователя. Он стоял, не зная, что сказать.

А участковый расшаркался, уходя и продолжая тараторить:

— Сразу ко мне… сразу ко мне… С любыми вопросами!

Потом в этой квартире ему стали часто сниться необыкновенные сны, в которых он видел разные исторические события, а когда он перепроверил их по справочникам, то оказалось, что все они действительно происходили в реальности в разное время. Он связывал это с чашкой, из которой пил чай по вечерам. Наверное, она всё-таки действительно обладала какой-то таинственной способностью, позволяющей ему очень точно настраиваться на определённый исторический период и потом видеть во сне некоторые сцены из того времени.

Однажды во сне он увидел тот монастырь, в котором побывал в Китае. Настоятель во сне всё так же улыбался ему, прищурив глаза. Он подвёл его к тренировочной площадке и показал на «ненормального» монаха, упражнявшегося в стороне от остальных. Но сейчас он не колотил нещадно свой снаряд, а сидел, обхватив колени руками. Исследователь подошёл к нему и спросил, почему тот не тренируется, разве он закончил наблюдать за своей душой? Тот грустно посмотрел на него и сказал:

— Нет, не закончил, я сейчас наблюдаю за ней и вижу, что она встретила Бога.

— И что же он делает?! — потрясённо спросил Исследователь.

— Он горько плачет, — ответил монах, и в его глазах заблестели слёзы.

— А почему он плачет?

— Потому что люди его обманули, — ответил монах и горько-горько заплакал, всхлипывая, как ребёнок.

Исследователь распереживался:

— А в чём? В чём люди его обманули?

Монах выдавил сквозь слёзы:

— Бог сказал, что Он больше не понимает людей, они уходят всё дальше от того образа, который Он создал. Они ведут себя странно: когда не нужно смеяться — смеются, когда нужно плакать — не плачут, во время застолий они уделяют больше внимания еде, чем друг другу, они поменяли искренние чувства на эмоции, любовь — на удобства, радость — на удовольствие, справедливость — на выгоду… Они всё чаще закрывают те двери, через которые Он может войти в наш мир, и Ему стало всё труднее удерживать этот мир в своём сознании. И поэтому мир начинает потихоньку ломаться и исчезать. А если мир исчезнет, исчезнут и люди, и Ему нечего будет больше делать. Он останется совершенно один в пустой бездне… — монах зарыдал ещё сильнее.

Исследователь проснулся очень встревоженный и удивлённый. Он решил во что бы то ни стало снова посетить монастырь, встретиться с Настоятелем и всё же узнать у него о методе, который позволяет человеку постичь Божественное. И ещё ему очень захотелось снова встретиться с «ненормальным» монахом, чтобы выведать у него побольше, как ему удаётся наблюдать за своей душой и действительно ли он может встречаться с Богом.

Этот вопрос стал для него настолько важным, что он понял, что это и есть вопрос Жизни и Смерти, о котором когда-то говорил Настоятель.

Июнь 2018

Кобия

Есть такая очень древняя примета: если тебе не везёт в картах, то обязательно повезёт в любви. Картёжник я был ужасный, всё время проигрывал. Последний раз, когда я проиграл двадцать три раза подряд в простейшего подкидного дурака, я сказал себе: «Всё!» — и с тех пор не беру карты в руки. Несколько раз я садился играть с детьми, когда они меня просили, — конечно же, проигрывал, но это было не так обидно, потому что дети очень великодушны и считали, что я поддавался. Не могу похвастаться, что мне сильно везло в любви, но в чём мне точно везло — так это в рыбалке! К рыбалке меня пристрастил дед. Вообще-то, он не был заядлым рыбаком, но втянулся в это занятие, так как делать ему больше было нечего — он вернулся с войны инвалидом, прослужив от начала и до конца в механизированной колонне кузнецом. Он сжёг дотла свои лёгкие, ремонтируя подбитые танки и другую технику, и всё время громко, до рвоты, кашлял, вырывая из себя куски того, что осталось от лёгких. По выходным он ходил в парикмахерскую, затем выпивал чекушку водки и отправлялся на рыбалку с удочками, которые мастерил сам. Он собирал вокруг себя ребятишек, которым всегда было интересно наблюдать, как он натягивает леску и приноравливает поплавки, и долго объяснял, что сегодня очень удачный день для рыбалки и что именно сегодня есть возможность словить очень большую рыбу. Потом брал всех ребятишек, среди которых были и мы, его внуки, и шёл с нами на речку, закинув удочки на плечо. Нас всегда приводили в восторг эти походы, так как мы ожидали какого-то необыкновенного улова, да и дед был великан-добряк, которого все любили. Рыбы много мы не приносили, но рыбалка всегда была захватывающей. Любую, даже маленькую поклёвку дед превращал в нечто из ряда вон выходящее, рассказывая детворе, которая слушала его, открыв рот, какая огромная это была рыба и хорошо, что она сорвалась, а не то сломала бы удочку! С речки мы уходили с несколькими мелкими рыбёшками и головами, набитыми интереснейшими и захватывающими рыбацкими историями об огромных рыбах и рыбацкой удаче. Я только-только научился держать удочку в руках, но, как ни странно, клевало у меня больше, чем у деда, и он относился к этому очень ревниво, так как старался выглядеть в наших глазах бывалым рыбаком. Но однажды, когда мы в очередной раз пошли на речку, я забрёл в воду и случайно наступил на спящего карпа, которого с трудом сумел удержать, и, ко всеобщему удивлению, вытащил руками из воды. Тогда дед провозгласил меня главным рыбаком в нашей семье и сказал, что теперь вся его удача в рыбалке переходит ко мне и мне всегда будет везти в ловле рыбы. Это оказалось правдой. На рыбалку мне ходить часто не приходилось, но если я шёл, то без улова не возвращался. Рыбу я умудрялся найти везде, даже если забрасывал удочку в какую-нибудь придорожную «лужу».

С тех пор прошло очень много времени, я уже сам стал дедом, но очень хорошо помню ту самую речку с песчаными берегами, с кувшинками на воде и огромного карпа — мой первый улов, который сделал меня настоящим рыбаком…

Будда прохаживался по пирсу взад и вперёд, погружённый в тишину своего молчания, в которой так чётко, без всяких искажений, отображались синева неба, голубой океан и блики, солнечные блики на воде, отражаясь весёлыми огоньками в глазах Будды. Он любил приходить на пирс рано утром, когда первые лучи солнца легко и осторожно касались голубой воды, как будто боясь утонуть в ней. Он любил это место ещё и потому, что здесь всегда происходили очень интересные истории и смешивались судьбы многих людей.

Но самое интересное было то, что иногда здесь открывались великие Божественные тайны, которые хранит самая мудрая в мире книга под названием ЖИЗНЬ.

…Я стоял на пирсе, уходящем в океан, с новенькой современной удочкой, оснащённой японской катушкой и леской, которая может выдержать огромный вес, и смотрел на голубую воду, искрящуюся от солнечных бликов, переливающихся на лёгких волнах. День был чудесный, и рыбаки возбуждённо сновали по пирсу в предвкушении хорошей рыбалки. Я не рассчитывал на улов, так как к тому времени уже потерял свою рыбацкую удачу, вернее, не потерял, а передал её сыну. Это случилось зимой, когда шла селёдка: такой особый сезон, когда селёдка подплывает близко к берегу и все выходят на ночную рыбалку. Мы с моим сыном стояли на эстакаде, бросали вниз леску с несколькими маленькими блёснами и ждали, когда селёдка клюнет на это приспособление. Клёв начинался внезапно и внезапно заканчивался, так как селёдка шла косяками. Я заметил, что, пока я вожусь со своей удочкой, чтобы словить одну рыбу, мой сын уже успевал поймать пять–шесть, причём к нему на удочку цеплялось сразу несколько рыб и мне приходилось помогать ему их вытаскивать. Меня это очень удивило и даже разочаровало: то, чем я всегда мог похвастаться, вдруг ускользнуло от меня, уплыло из рук.

Сын меня подбадривал:

— Папа, не переживай, твоя удача перешла ко мне, ну, как когда-то от дедушки к тебе!

Я улыбнулся и согласился. С тех пор у меня пропала охота к рыбалке, а мой сын стал заядлым рыбаком и всегда приносил много рыбы. Иногда он даже сам не мог дотащить её до дома и просил кого-нибудь из взрослых, чтобы ему помогли…

Я стоял на пирсе, вспоминая всё это, и готовил снасть на снука — это такая морская щука, обитающая в морской и пресной воде впадающих рек. Размеров она бывает больших, да и довольно сильная. На её ловлю были установлены ограничения, и нужно было поймать рыбу длиной не менее семидесяти сантиметров, чтобы забрать с собой. Я не рассчитывал на такую удачу, но настроение было хорошее, день отличный, и я ни капли не жалел, что оказался на пирсе. Я сделал несколько пробных забросов блесны, чисто для разминки. Когда ловишь на блесну, нужно постоянно работать — забрасывать, вытаскивать, опять забрасывать, пока не повезёт. Иногда идёт хороший клёв, а иногда ты уходишь уставший, с натруженной рукой, но так и не увидав рыбы.

Я бросал блесну и вертел головой по сторонам, посматривая на рыбаков, как у них дела. Но рыбалка ещё не началась, ещё не было первого приличного улова, чтобы оживить рыбаков, возбудить настоящий рыбацкий азарт. Я крутил катушку своей удочки, подумывая о том, чтобы заменить блесну на ту, что подходит для более мелкой рыбы, как вдруг почувствовал руками удар — удилище согнулось, и катушка запела любимую всеми рыбаками мелодию. Я вздрогнул от такой неожиданности, но рыбацкий инстинкт сработал вовремя — я поудобнее перехватил удочку второй рукой, так как усилие было довольно серьёзным. Хорошо, что на катушке была трещотка, а то от такого рывка меня бы запросто могло перекинуть через перила. Боковым зрением я заметил, что со всех сторон ко мне уже бегут рыбаки, чтобы посмотреть, что за чудище так сильно рвануло удочку. Кто-то шутил, мол, сейчас вытащит акулу. Кто-то говорил, что это, наверное, большой групер или макрель. Но мне некогда было отвлекаться на разговоры — удочка согнулась дугой, а катушка трещала, как сумасшедшая. Рыбацкий инстинкт подсказывал мне, что уже нужно тормозить катушкой, а то вся леска размотается, и потом сложно будет продолжить игру с этой большой рыбиной. Я стал потихоньку жать на кнопку тормоза, и вскоре трещание прекратилось: видно, рыба устала или стала менять тактику, уходя на глубину. Я подождал ещё немного и, чувствуя, что могу противостоять напору, стал медленно подкручивать леску, подтягивая рыбу к пирсу. Десятки глаз с азартом наблюдали за этой борьбой — каждый по-своему «переживал» мою удачу. Вскоре в светло-голубой воде показалась спина рыбы. Все возбуждённо зашумели. Рыба действительно была большая, метра полтора, не меньше, и по усилию было понятно, что порядка тридцати килограммов. Я старался осторожно подтянуть её на поверхность, чтобы было легче с ней справиться, и вдруг заметил, что рядом с ней появилась ещё одна такая же спина другой рыбы. Она шла рядом, на полкорпуса сзади, сопровождая зацепившегося на крючок собрата. Если бы не моя натянутая леска, можно было бы подумать, что это просто пара осетров плавно плывёт вдоль берега. Другие рыбаки тоже заметили вторую рыбину, кто-то даже побежал за удочкой, чтобы бросить блесну рядом, но его остановили: мол, только спутаешь леску, и рыба уйдёт.

Когда я подтащил рыбу к пирсу, кто-то крикнул: «Кобия!» — и все сразу перегнулись через перила, рассматривая добычу. Эстакада была высокой, метров пять–шесть, и я понимал, что мне не удастся поднять такую рыбу на эту высоту — леска, конечно, выдержит, но рыба просто порвёт себе пасть и упадёт в воду. Однако ко мне уже спешила помощь — через весь пирс бежал какой-то рыбак с большим кольцеобразным сачком на длинной верёвке. Он ловко спустил сачок на воду, немного притопил его и стал медленно заводить под рыбу. Но рыба была намного больше кольца сачка и никак не могла в него зайти. Тем более что вторая рыба всё время кружила рядом, как бы мешая нам вытащить пойманную, я бы даже сказал, что она пыталась отбить её у нас. Я в жизни ничего подобного не видел и был настолько поражён, что уже не очень радовался своему улову. Тем временем умелый рыбак немного наклонил сачок, подцепил рыбу с хвоста и стал медленно поднимать её на пирс. Ему помогали ещё два рыбака.

Я же не отрывал глаз от воды, где продолжала беспокойно плавать вторая рыба, потерявшая свою пару.

— Ты видел это? — услышал я голос за своим плечом и на секунду обернулся.

Передо мной стоял настоящий Дед Мороз — другими словами не скажешь: круглая белая борода и добрые голубые глаза.

Я кивнул в сердцах и повернулся посмотреть на рыбу, которая трепыхалась в явно тесном сачке. Рыбаки цокали языками, прихлопывали в ладоши и выражали полный восторг по поводу моего улова. Это была действительно кобия — очень интересная рыба, обитающая на западном и восточном побережье Атлантического океана, которая достигает двух метров в длину и до семидесяти килограммов веса. Но я думал сейчас не об этом. У меня из головы не выходила вторая рыба, которая провожала и сражалась за жизнь пойманной мной пленницы.

— Что делать-то будешь? — снова услышал я голос «Деда Мороза».

Я был в замешательстве. Я видел возбуждение и азарт рыбаков, зависть в их глазах, но всё-таки что-то определённо сосало под ложечкой.

— Ну так что? — опять прозвучал голос «Деда Мороза», явно на что-то намекая.

Да я уже и сам знал, что не смогу взять эту рыбу.

— Помоги, — кивнул я «Деду Морозу».

Он живо протиснулся сквозь толпу. Мы взяли с ним сачок, перенесли через перила, и я стал медленно опускать рыбу в воду. Прозвучал всеобщий «Ах!!!», но прозвучал как-то облегчённо.

Все провожали глазами огромную морскую красавицу, немного задохнувшуюся на воздухе и вяло шевелящуюся в сачке. Как только сачок опустился в воду, вторая рыба сразу же показалась на поверхности неподалёку от сачка, как бы ожидая развязки и всё ещё надеясь на хорошее. «Моя» рыба стала потихоньку приходить в себя, шевелить плавниками и хвостом. Потом она осторожно выплыла из сачка и взяла направление в океан. К ней тут же рядом, на полкорпуса сзади, пристроилась её верная спутница, и они медленно и абсолютно синхронно, как два осетра, стали уходить на глубину…

Вздохнувший с облегчением пирс задумчиво провожал эту парочку десятками добрых глаз.

— Жалеешь? — услышал я за спиной голос «Деда Мороза».

Я не ответил, просто улыбнулся в ответ, рассматривая стоявшего передо мной «самаритянина». Он был лет семидесяти или семидесяти пяти, среднего роста, кругленький, но не толстый, с абсолютно белой шевелюрой и такой же бородой. Ну натуральный Дед Мороз, ни дать ни взять!

Он тоже улыбнулся мне, протянул руку, назвался каким-то греческим именем. Я представился в ответ. Рыбачить уже желания не было, и мы стояли, согретые солнцем и обдуваемые свежим солёным ветерком, всё ещё отходя от возбуждения, вызванного таким необычным уловом.

— Любишь рыбачить? — обратился ко мне «Дед Мороз».

— Да, — ответил я, — но не всегда выпадает время. Так, прихожу иногда, чтобы развеяться.

— Помогает? — спросил он.

— Да, конечно, очень хорошо расслабляет и прочищает мозги. Да и свежий воздух… Всё-таки адреналин накапливается.

— Да, это точно, — подтвердил он. — Жизнь сумасшедшая, много стресса…

— Ты тоже рыбак? — поинтересовался я.

— Нет-нет, — замахал он руками, улыбаясь. — Я просто адреналин выпустить.

— Много стресса? — уточнил я.

— Да… — согласно кивнул он. — Я в бегах.

Я поднял брови.

— Бегаешь от полиции?

— Да нет, — усмехнулся он, — от бывших родственников.

—А разве бывают бывшие родственники?

—Бывают, — сказал он, улыбнувшись. — Родственники жены.

—Ты разошёлся с женой?

—Нет, — он грустно покачал головой, — она умерла…

Я извинился за бестактность, мы помолчали.

—Так почему они тебя преследуют? Они обвиняют тебя в смерти жены?

—Да нет, они знают, что она умерла от болезни и что я был с ней до последней минуты.

—Так в чём же дело?

—Вопрос наследства, деньги… Они преследуют меня из-за денег, которые остались мне от жены.

—А, ну это в порядке вещей. Люди из-за денег сходят с ума. И что, большая сумма?

—Я не стану говорить тебе, ты посчитаешь меня сумасшедшим.

Я пожал плечами, мол, как знаешь.

—Тем более я уже отказался от наследства. Когда умерла Лея, у меня образовалась яма в душе, которую я ничем не могу заполнить. Это такое ощущение, будто ты окаменел внутри… Мозг ещё живёт, но все эмоции и чувства пропали, как вкус, как обоняние, как слух… Ты как будто находишься в вакууме, но по инерции продолжаешь жить… Кстати, ты женат? — посмотрел на меня «Дед Мороз» из-под густых белых бровей.

—Да нет… Уже нет, — промямлил я. — Развёлся недавно.

—Я так и понял, — сказал «Дед Мороз», переводя взгляд на океан. — Ты не выглядишь ни радостным, ни сильно расстроенным. Видно, твой брак был не особенно счастливым.

—Да, где-то так, — ответил я. — Лучше пусть четверо смеются, чем двое плачут, как говорила моя мама. Наверное, мы сделали правильно, вот только ребёнку этого не объяснишь.

«Дед Мороз» замолчал, всматриваясь вдаль и вдыхая свежий морской воздух. Я каким-то образом почувствовал, что он понимает моё состояние, просто понимает — и всё, но понимает молча, без назиданий и сочувствий. И от этого становилось легче на душе.

Потом он проговорил как-то мечтательно и тепло:

—А мой брак был очень счастливый… Всё как один день… Мы встретились, взялись за руки и так прошли всю жизнь, не разнимая рук, пока смерть их не разомкнула…

Я слушал, затаив дыхание, стараясь ни одним звуком не нарушить откровение, которое полилось на меня от совершенно незнакомого человека.

—Мы познакомились в Милане, в монастыре Святой Марии, перед картиной Леонардо да Винчи «Святая вечеря». Я долго стоял, рассматривая полотно и пытаясь увидеть в нём то, что искали все: тайный код, послание человечеству, скрытый смысл и так далее. Я дождался, пока все туристы разойдутся, и, всматриваясь в великое творение, почувствовал тот момент, когда, как говорится, остаёшься один на один с гениальным художником. И вдруг я ощутил, что сейчас произойдёт чудо. Я чувствовал это всем телом, кожей, какое-то странное состояние… Трудно описать. Как будто я был накрыт тёплой волной, заполняющей всё моё существо. Я всматривался в картину, как в ожившее творение… И вдруг услышал голос:

—Необыкновенное состояние!

Голос был ангельским. Я замер, боясь шелохнуться и нарушить волшебство.

И вдруг услышал совсем близко, почти над самым ухом:

—Тебя тоже накрыло… — тот же ангельский голос.

Я почувствовал тепло и аромат тела за моей спиной. И стоял, боясь повернуться, чтобы не спугнуть ангела, который решил заговорить со мной. В тот же момент я неожиданно ощутил, как медленно отсоединяюсь от великого творения и всей своей наполненностью и теплотой присоединяюсь к стоящему за моей спиной ещё более тёплому ангелу. Я медленно повернулся назад и действительно увидел ангела, самого настоящего ангела, в белых одеждах, с распущенными, переливающимися светом волосами и с глазами такими глубокими, что смотреть в них было невозможно, в них можно было сразу утонуть. Я точно знал, что у него есть крылья, но мне неудобно было туда заглянуть, и я стоял как вкопанный, зачарованный ангельской красотой и убитый осознанием своего полного несовершенства и неполноценности…

—Меня зовут Лея, — сказал ангел, увидев моё абсолютное замешательство и оцепенение. — Давайте выйдем, а то становится душно.

Я не шевельнулся.

— Вас что, так сильно накрыло? — спросила она, внимательно вглядываясь мне в лицо и подавая руку.

Я взял её руку своей похолодевшей от страха рукой и понял, что меня действительно накрыло.

— С этой картиной связана одна интересная история, — проговорила Лея, выводя меня из монастыря. — Мне её тётя рассказала.

Я тихо шёл за ней, держась за её руку, как маленький мальчик, потерявшийся в лесу и чудом обретший спасителя, и слушал ангельский голос, который переливался волнами у меня в груди.

— Так вот, история такая. Есть много подтверждений того, что Леонардо да Винчи написал лицо Христа и лицо Иуды с одного и того же человека.

С этими словами она подтащила меня к колонне и скомандовала:

— Прислонитесь, камни здесь очень заряженные и дают хорошую энергию, а то вы совсем не в себе.

Я прислонился к колонне, которая была приятно прохладной. Лея встала рядом и продолжила:

— В общем, он сделал более ста проб, чтобы написать лицо Христа, более ста молодых людей позировали ему для этой работы. В конце концов он нашёл подходящего юношу, в котором не было и тени греха, чистого и необыкновенно красивого. Он встретил его выходящим из храма после молитвы и был поражён этим образом — божественным и светящимся. Он подошёл к нему и попросил его позировать для создания центральной фигуры его картины. Парень согласился, и он написал образ Христа с лица этого молодого человека. По окончании работы он заплатил ему хорошую сумму, поблагодарил за помощь и сказал, что у него действительно божественное лицо. Парень был рад, взял деньги и пошёл в храм рассказать, что его лицо — это лицо Христа и что ему заплатили за него деньги. Священники возмутились, что так как лицо Христа принадлежит Христу, а Христос принадлежит церкви, то он должен отдать эти деньги церкви. Парень не согласился, ответив, что его лицо принадлежит ему, так как оно было дано ему родителями, и деньги он не отдаст. Тогда его побили, отобрали деньги и выбросили из церкви.

Леонардо да Винчи тем временем работал над другими персонажами картины и искал вторую главную фигуру этого сюжета — Иуду, который должен был быть абсолютной противоположностью Христа. Но найти подобного человека ему никак не удавалось. Несколько лет прошло в поисках этого персонажа, и наконец в одной из тюрем Рима обнаружился заключённый, приговорённый к смертной казни, лицо которого было полным отражением глубокого грехопадения человека — всё самое плохое, что могло быть в людях, было отражено в этом лице. Этого заключённого под охраной доставили в Милан, в мастерскую Леонардо, и он провёл там некоторое время, пока мастер работал над его образом. Когда за ним приехала охрана и его стали выводить, он вырвался от них, упал на колени перед мастером, зарыдал и сказал:

— Посмотри, да Винчи, неужели ты не узнаёшь меня?

Да Винчи ответил, что никогда в жизни его не видел, пока его не доставили из Рима.

Заключённый зарыдал ещё больше и воскликнул:

— Ох, неужели я пал так низко?! Ведь я же тот, с кого ты рисовал Иисуса Христа!..

«Дед Мороз» замолчал, потом продолжил:

— Мы поженились с Леей через три месяца, что стало шоком для всей её семьи. Лея редко общалась со своими родственниками, а её ближайшей наставницей была тётка, родная сестра её отца, уже умершего к тому времени. Отец у неё был ювелиром, мать погибла во время войны, и её воспитала тётка, которая очень любила её и была, что называется, немного «не от мира сего». Когда отец умирал, он оставил тётке всё своё состояние, чем привёл в шок остальную семью. Тётка, в свою очередь, должна была передать всё это Лее, но, когда она умирала, она сказала Лее: «Если я оставлю всё это тебе, они разорвут тебя на части». Поэтому она разделила состояние и одну половину отдала родственникам. Они не трогали Лею, но особо и ничем не жаловали — она была не очень вхожа в их дома и семьи. Но, когда она уже сильно болела, она составила завещание с поручением мне закончить все её дела — она вела очень много благотворительных проектов по всему миру. А остальные деньги переходили ко мне, детей у нас не было. Я должен был ждать полгода до вступления завещания в силу. Но я не думал ни о деньгах, ни о завещании… Я с головой окунулся в те дела, что оставила мне Лея, и колесил по всему миру с поручениями, чеками и пакетами. Это ещё одна черта её ангельской натуры — она специально создала пакет «очень неотложных» дел, чтобы занять меня и отвлечь от грустных мыслей. Вот тогда и начались проблемы. Её родственники подали на меня в суд, стали звонить, угрожать расправой, стали требовать деньги, которые они считали своими, а я, как человек со стороны, вообще не имел права к ним прикасаться. Да я и не прикасался. Жили мы скромно, Лея полностью управляла финансовыми делами. Я даже не знал, о какой сумме идёт речь. Я был занят поездками, выполняя последнее желание жены, как вдруг передо мной стали возникать необъяснимые препятствия. В отелях, где мы раньше останавливались, мне стали отказывать, хотя это были далеко не роскошные отели, мы никогда не снимали дорогих гостиниц. У меня начались проблемы с полицией в тех местах, куда я приезжал. Два раза меня чуть не сбила машина, а угрозы по телефону были постоянными. Оказалось, что у них есть связи по всему миру. Я такого не ожидал и был не готов к этому. У нас имелся маленький домик в Милане, так тут же из муниципалитета посыпались бумаги о каких-то неоплаченных налогах, пересчитанных через пятьдесят лет, о нарушениях в архитектуре и постройке… Короче, полный кошмар вдобавок к тому состоянию, в котором я и так находился. Мне пришлось срочно продать дом за бесценок и сбежать во Францию. Но и там меня довольно быстро нашли и выгнали из квартиры, которую я снимал. Я был в полном отчаянии и ужасе и боялся, что не успею выполнить все поручения до того времени, как со мной расправятся физически. В конце концов я позвонил в адвокатскую контору, которая занималась моим наследством, и сказал, что хочу отказаться от денег. Они предупредили, что для этого я должен физически находиться в Милане или приехать в Лондон, в их главный офис, куда они перешлют все бумаги. Я поехал в Лондон. Меня там встретили дружелюбно, потребовали все документы для подтверждения личности и бумагу об отсутствии в крови всяких наркотиков и алкоголя. Я должен был подписать несколько документов о моём добровольном отказе в присутствии понятых и полицейского пристава. Потом они сказали, что обязаны объявить мне сумму наследства, и, если я не изменю своего решения, они пустят дело в процесс, так как в завещании Леи этот вариант тоже был предусмотрен. Когда мне огласили сумму и моё решение осталось в силе, они дали мне три дня на обдумывание. Через три дня я пришёл и в очередной раз подписал все необходимые бумаги. Они сказали, что я сумасшедший, пожали мне руку и отпустили на все четыре стороны. У меня ещё оставались кое-какие деньги от продажи дома, и я решил присмотреть себе маленькую квартирку где-нибудь на окраине Парижа, поближе к какому-нибудь храму, где я бы смог подрабатывать реставратором. На все телефонные звонки родственников жены я отвечал, что пусть забирают все деньги и оставят меня в покое. И меня действительно оставили… Мне опять стали улыбаться в гостиницах, полицейские про меня забыли, я стал спокойно ходить по улицам. Но через месяц вдруг снова поднялась такая травля, которой я в жизни не мог представить. Оказалось, что Лея в своём завещании предусмотрела пункт, что если я откажусь от этих денег, то их разделят между тремя благотворительными фондами. Мне пришлось срочно собрать свои вещи и бежать из Франции — сначала я уехал к друзьям в Грецию, а потом отправился с христианской миссией в Африку, пропутешествовал там два года и с такой же миссией приехал сюда. Я знаю, что весь этот кошмар ещё не закончился, поэтому стараюсь быть предельно осторожным.

И знаешь, что я понял из истории о Леонардо да Винчи? Что расстояние от Христа до Иуды очень маленькое — это всего лишь состояние: если ты попал резонансно в состояние Христа — ты Христос, если упал до состояния Иуды — то ты и есть Иуда… Отсюда и выражение: «Через дверь Мою попадёте к Отцу Моему». Это великая тайна, которую никто не прячет за семью замками, но постичь её может не каждый…

Я был поражён таким открытием, которое вдруг прозвучало как высшее откровение после невероятно сложной, почти детективной жизненной истории. Я смотрел на добродушного «Деда Мороза» как на вестника или пророка.

В это время на пирсе творилось какое-то сумасшествие. Клёв шёл бешеный, но мы не видели ни одной рыбы, которая оставалась бы на причале: было похоже, что развернулось соревнование, кто выпустит в море больше рыбы. Все рыбаки почему-то возвращали в воду каждый солидный улов, провожая рыбу криками и аплодисментами.

— А тебе, наверное, повезёт в любви, — сказал «Дед Мороз». — Потому что ты не разлучил двух рыб, которые явно были парой.

Я молча кивнул головой: я это знал, ведь мне никогда не везло в картах…

С берега какой-то мужчина в чёрном костюме стал махать нам руками. «Дед Мороз» улыбнулся и протянул мне руку:

— Это за мной, священник из церкви, в которой мы остановились со своей миссией.

Я пожал его руку и спросил:

— Так о какой сумме всё-таки шла речь?

— Сто сорок миллионов, — сказал он, повернулся и бодро потопал к берегу.

«Сумасшедший, ну настоящий сумасшедший», — подумал я, улыбаясь ему вслед.

И тут же почти у самого уха услышал ангельский голос:

— Абсолютно!..

По всему телу пошла тёплая волна — меня накрыло…

Июнь 2018

Двое нищих

Есть такое выражение: «Не твой день» — и, судя по всему, этот день был абсолютно не мой. Несмотря на все мои усилия и приготовления, которые я предпринял, чтобы хоть как-то справиться с навалившимися на меня делами, я оказался совершенно не готов к такому напряжённому дню. У меня было назначено несколько встреч, которые я не мог отменить, работа, семейные дела, плюс ко всему я получил большой пакет из суда с требованием явиться по поводу какого-то дорожного штрафа пятилетней давности. Я должен был оплатить этот штраф и отчитаться перед судом, иначе мне грозил арест и лишение прав на вождение автомобиля. День был явно не мой.

Я встал рано, покормил детей завтраком, развёз их в школу, заехал на работу, чтобы дать инструкции и предупредить о моём отсутствии на какое-то время. После сел в машину и помчался в центр города к зданию суда. Приехал я вовремя, получил номерок и зарегистрировался, но ждать пришлось долго. Я заполнил кучу дополнительных бумаг и успел побеседовать с клерком, который всё время понимающе улыбался и был подчёркнуто вежлив. Это меня немного успокоило. Но когда я вошёл к судье, который как раз занимался такими, как я, понял, что расслабился зря. Он смотрел на меня, как на кровного врага. Все мои попытки объяснить, что всё это время я понятия не имел ни о каком штрафе и, скорее всего, это вообще не мой штраф, на него действовали, как красная тряпка на быка. Все мои доводы он разнёс в пух и прах, обозвал меня злостным нарушителем и назначил такой штраф, что у меня внутри всё окаменело. Затем он заставил меня подписать документ, где говорилось, что я должен в десятидневный срок либо доказать свою невиновность, либо оплатить штраф, вручил конверт с обратным адресом и каким-то бланком и выгнал вон, как паршивую собаку.

Когда я вышел в приёмную, измотанный, бледный и вспотевший, клерк посмотрел на меня с сочувствием, всё так же глупо и доброжелательно улыбаясь. Я был вне себя от несправедливости и злился на весь мир, на этого клерка, на свою жизнь и на всё, что можно было. Вылетев из здания суда как пробка, я прыгнул в машину в надежде скорее домчаться до работы, выпить холодной воды и подготовиться к встрече, которая была для меня очень важна. А так как человек уезжал из города, встреча могла состояться только сегодня. Резко стартовав с места, я вырулил со стоянки, проехал несколько миль и нырнул на скоростную. Здесь напряжение стало понемногу спадать… В машине работал кондиционер, я стал постепенно приходить в себя, уже свыкаясь с мыслью о большом штрафе и включаясь в размышления о работе, — главное, что на встречу я успевал вовремя. Прикинув время в пути, я позвонил секретарше, что скоро буду. Затем набрал номер жены, пожаловался ей на жизнь и попросил, чтобы она после работы забрала младшего с продлёнки, а старший доберётся домой на автобусе. Вроде бы всё потихоньку приходило в норму, жизнь постепенно налаживалась. Но не успел я проехать и пяти миль, как наткнулся на сумасшедшую пробку и встал, зажатый машинами между двумя выездами со скоростной, продвигаясь, как черепаха. Я простоял в пробке полчаса и вдруг заметил, что у меня заморгала лампочка уровня бензина. Еле-еле я дотянул до развязки дорог и выскользнул, как рыба из сачка, в боковой проезд, чтобы заправить машину и проехать как-то другой дорогой.

Заправку я нашёл практически сразу, закинул шланг в бензобак и пошёл к кассиру, чтобы заплатить за бензин и купить какой-нибудь еды. От всех этих передряг живот бурлил у меня, как вулкан, и под ложечкой сосало. Я выбрал большой сэндвич с курицей и салатом, взял сок и вышел к машине, предвкушая, с каким аппетитом я сейчас всё это проглочу. И вдруг остановился как вкопанный.

Передо мной была картина, которая могла бы вырвать глаза у любого прохожего. На заправке, рядом с бетонным забором, росло одно-единственное дерево, и под этим деревом сидел нищий. Я видел много нищих за свою жизнь, но этот нищий был особенный. Рядом с ним стояла старая коляска, набитая всяким хламом, и одет он был, как все бездомные: в потрёпанные джинсы и грязную рубаху. Его огромные строительные бутсы валялись на асфальте, и из них выходили белые худые ноги в царапинах и синяках, скрывающиеся в штанинах джинсов. Джинсы были ему явно коротки. Большая голова, обрамлённая бородой странного цвета, слегка вздрагивала, а из глаз, чистых, как два голубых озера, текли огромные слёзы. Он не озирался по сторонам, не просил милостыню, а просто сидел один и плакал, как маленький ребёнок, который потерял маму и отчаялся её найти. Он тихо всхлипывал, потерянно уставившись куда-то в пространство, и то и дело нервно жестикулировал руками.

Я повернулся и сделал несколько шагов к нему. Все мои проблемы показались мне настолько мелкими и ничтожными по сравнению с горем этого безутешного нищего, что захотелось хоть как-то его утешить.

— Эй, друг! — окликнул я его. — Ты в порядке?

Он не обратил на меня никакого внимания и продолжал беззвучно рыдать, а его голова и руки при этом нервно подрагивали в такт всхлипываниям.

Я посмотрел на машину, стоявшую возле бензоколонки, на шумный город, окружавший нас, на стремительно проносящийся мимо поток транспорта и ощутил такое одиночество и безысходность, которые, наверное, чувствовал сейчас этот плачущий нищий. Не знаю почему, но мне вдруг захотелось плюхнуться рядом с ним на асфальт и завыть, как бездомный пес. Что я и сделал, уселся рядом и ещё раз повторил:

— Эй, друг, с тобой всё в порядке?

Он как-то странно закивал головой и посмотрел на меня с таким удивлением, как будто это я был нищий, а он просто прохожий, случайно встретившийся со мной взглядом. Его чистые, как два голубых озера, глаза были совершенно ясные, осмысленные и никак не подходили к этой лохматой голове и торчащей в разные стороны бороде.

Это меня обнадёжило. Я тут же открыл бутылку с соком, сунул ему в руки и показал жестом, что он может пить. Он приложил бутылку к губам, сделал несколько глотков и протянул её назад мне. Я замахал руками. Он понимающе кивнул головой и посмотрел на меня, оценивая взглядом мой галстук, новый костюм, часы, лакированные туфли. Затем двумя руками прижал бутылку к себе, чтобы я не чувствовал себя неудобно за то, что не взял у него напиток, и всё ещё удивлённо продолжал рассматривать меня.

Я почувствовал себя неловко и, чтобы как-то выйти из положения, предложил ему свой сэндвич. Он не взял, только странно тряхнул головой.

Тогда я спросил:

— Почему ты плачешь?

Он опустил голову, как бы что-то обдумывая. А я стал оглядываться вокруг в поисках чистого места, куда бы можно было положить ему сэндвич, — голод пропал у меня вместе с озлобленностью и обидой. Руки нищего были заняты, он продолжал сжимать в них бутылку, стараясь отодвинуть её подальше от моего взгляда, чтобы меня не смущало, что я не могу из неё попить.

Я уже собрался подняться и уйти, как вдруг услышал совершенно спокойный и ясный голос нищего.

— Странно, что ты меня об этом спросил, — задумчиво произнёс он, потом зашевелился и, повозившись, вытащил откуда-то маленькую книжечку.

Я сначала подумал, что это карманная Библия, но это оказалась просто старая записная книжка в коричневой обложке. Вид у неё был крайне потрёпанный, но держал он её очень бережно.

Я уселся поудобнее, расслабив ноги, которые уже готовы были унести меня отсюда, и, пытаясь выразить какую-то заинтересованность, спросил:

— Что это?

Он не ответил, очень аккуратно открыл книжечку и вытащил оттуда фотографию девочки с чистыми, как два голубых озера, глазами.

— Это моя дочь… — произнёс нищий.

Я, конечно, не собирался в это верить, но всё же по-дружески ему кивнул. Ещё раз предложил бутерброд и, обрадовавшись отказу, стал тупо его жевать, понимая всю гротескность ситуации. Постепенно я успокоился, и мне абсолютно не хотелось совершать какие-либо телодвижения, чтобы что-то менять. Я ещё успевал на работу, день не был полностью потерян, тем более что все мои проблемы уже не казались мне такими ужасными. Я жевал бутерброд и с интересом прислушивался к нищему, который, как я считал, разговаривает сам с собой, не обращая на меня никакого внимания.

— Когда-то я был таким, как ты, — говорил он. — Успешным молодым человеком, со всеми вытекающими последствиями.

Красивый дом, машина, прекрасная работа, жена и моя Элизабет, моя маленькая звёздочка…

Он опять тихо заплакал, и мне сразу стало неловко жевать. Я завернул бутерброд, отложил его в сторону и сказал:

— Я понимаю, это ужасное горе. Ты потерял дочку, поэтому плачешь?

— Да нет, — сказал он. — Я её не потерял, я её нашёл, — он как-то странно покачал головой, как будто сам не веря в то, что только что произнёс. — Я увидел её сегодня, когда просил милостыню на дороге. На светофоре загорелся красный свет, и я использовал известный приём — стал быстро обходить остановившиеся машины, выпрашивая подаяние. Это всегда работает. Люди спешат и в спешке делают многие необдуманные вещи, в том числе дают деньги таким бродягам, как я.

Я удивился его откровенности и спросил:

— Почему необдуманные? Может, это кому-то поможет.

— Таким, как я, это не поможет. Может, тем, у кого ломка или похмелье… А таким, как я, нет. Я понимаю, что мне уже никогда не вырваться отсюда… — он обречённо пожал плечами, помолчал и добавил: — Я увидел её в машине, к которой подошёл. Наши глаза встретились, и я уже хотел было спросить её: «Как дела, Элли?» Как вдруг на заднем сиденье заметил маленькую девочку, внимательно рассматривающую бородатого незнакомца. Меня словно обдало жаром. Я понял, что это её дочка, она была как две капли воды похожа на Элли в детстве. У меня закружилась голова, я начал терять сознание… Но тут открылось окно, и Элли, видя, что мне очень плохо, дала мне крупную купюру, чтобы спасти меня. Она, наверное, подумала, что я такой слабый от голода.

— И она не узнала тебя? — спросил я.

— Нет, конечно, — ответил он. — Да и как? Я сам себя давно уже не узнаю. Но я так обрадовался, что она меня не узнала… — произнёс он, и из его глаз снова полились слёзы.

Это было похоже на правду, мне стало искренне жаль этого человека. Я представил, что он сейчас испытывает: его родная дочь подаёт ему милостыню, не узнав в нём собственного отца, да ещё новость о маленькой внучке, которую он теперь вряд ли когда-нибудь увидит. Сердце сжалось от горя.

В кармане задрожал телефон, секретарь прислала сообщение, что моя встреча по какой-то причине отменяется и переносится на три дня позже, так что я могу не появляться сегодня на работе — судя по всему, ничего важного уже не будет. Я вернул телефон в карман и, чтобы внезапно не бросать нищего в одиночестве, спросил у него:

— Как ты оказался на улице?

— Давид, — произнёс нищий.

— Давид? — непонимающе переспросил я.

— Это моё имя, — пояснил он.

Я не успел представиться, как он начал рассказывать:

— Я был владельцем большой компании по издательству рекламы. Время тогда было подходящее, компьютеры ещё не так сильно вошли в бизнес, и мы делали приличные деньги. Всё было хорошо до той поры, пока однажды мне не стало плохо в машине — проблемы с сердцем, сосуды… Меня привезли в госпиталь, а поскольку страховка у меня была самая лучшая, мне сделали всё, что могли, но в результате я стал ещё более больным человеком. Два года я провёл в разных клиниках, компанию пришлось продать — на лечение ушли все деньги. Моя жена всегда была практичной женщиной, она переписала всё имущество на себя — «на всякий случай», как она объяснила. И когда я вышел из больницы с большим неоплаченным счётом, кучей лекарств и прогнозом, который не гарантировал ни один доктор, она сказала: «Очень жаль, Давид, что с тобой это случилось, но я не потяну двоих, тебе нужно уйти…» Я сначала ушёл к друзьям на неделю, потом понял, что им я тоже не нужен, и ушёл на улицу. Меня разрывала ненависть и злоба на весь мир за то, что со мной произошло. Я вспоминал те годы, когда был здоровым и успешным, когда весь мир был у моих ног… Лакеи услужливо открывали мне двери в дорогих отелях и лучших ресторанах, летал я исключительно первым классом. Всю жизнь я создавал для моей семьи все возможные блага — отличный дом, прислуга, три шикарные машины… — он помолчал и добавил: — И когда всё это рухнуло, меня разрывало внутри от досады и злобы за всё, что со мной случилось. Единственным светлым лучиком в моей жизни была Элли, но я не мог её видеть. При разводе, который оформила моя жена, она сообщила суду, что я бродяга и сумасшедший, и суд запретил мне даже приближаться к моему ребёнку. Я пытался добиться справедливости, доказать всему миру свои человеческие права, но меня отправили в психушку, где подтвердили моё сумасшествие на бумаге, и это был конец.

— Так ты действительно сумасшедший? — с недоумением спросил я.

— Конечно, — ответил он, — я попытался сразиться с системой, устои которой незыблемы. И ведь я это знал, но тогда я был наверху, а сверху всё выглядит по-другому. Всех людей ниже себя ты считаешь неудачниками и лентяями, а себя мнишь кем-то особенным, избранным, которому доступно почти всё. Конечно же, я сумасшедший, потому что попытался пойти против правил игры, диктуемых обществом…

Я безнадёжно покачал головой, понимая, что ничем не могу помочь этому человеку. Бутерброд, который я ему предложил, он может легко заработать, стоя на дороге, а вернуть ему семью и прошлую жизнь я был не в силах. В расстроенных чувствах я встал, собравшись уходить.

Он поднял на меня свои чистые, как два голубых озера, глаза:

— Я должен сказать тебе главное, если тебе интересно…

Я замер на месте, потому что голос, которым он это произнёс, был совершенно другим и до боли знакомым, мне даже показалось, что это был мой собственный голос.

Я остановился в оцепенении, внимательно рассматривая плачущего нищего.

Он нервно дёрнул руками и снова заплакал.

— Понимаешь, — сказал он, — я действительно на самом деле обрадовался, что моя Элли меня не узнала!..

Я окаменел от такого признания. И прежде чем какой-либо звук вырвался из моего сжатого горла, он добавил:

— Когда я увидел девочку на заднем сиденье машины, я понял, что у Элли всё в порядке: у неё семья, хорошая работа, любящий муж. Я очень обрадовался и тут же испугался, что, если она меня узнает, это внесёт такую сумятицу в её налаженную жизнь… Мне стало так плохо от этой мысли, что даже подкосились ноги. Слава Богу, она меня не узнала! Это такое счастье!.. У меня даже выпала игла из сердца, которая колола меня все эти годы…

При этих словах он посмотрел на меня с такой любовью и благодарностью, что у меня пошли лёгкие мурашки по коже.

Я стал потихоньку уходить в полной растерянности и недоумении, всё ещё пытаясь уложить в голове услышанное и отыскать здравый смысл в происходящем.

Держа в руке надкушенный бутерброд, я повернулся к плачущему нищему, чтобы ещё раз спросить, так почему же он тогда плачет? И застыл на месте, как вкопанный, потому что то, что я увидел, вызывало сомнение уже в моей нормальности… Под единственным деревом на заправке, возле бетонной стены сидел плачущий нищий с чистыми, как два голубых озера, глазами, из которых катились огромные слёзы, стекая по бороде на слегка вздрагивающие руки, которыми он прижимал к себе бутылку с соком. А рядом с ним, положив смуглую руку ему на плечо, как ни в чём не бывало стоял Будда и улыбался своей удивительной доброй улыбкой. Улыбкой, в которой были тепло, и мудрость, и вызов всему сумасшедшему миру, окружающему меня…

Февраль 2017

Неограниченные возможности

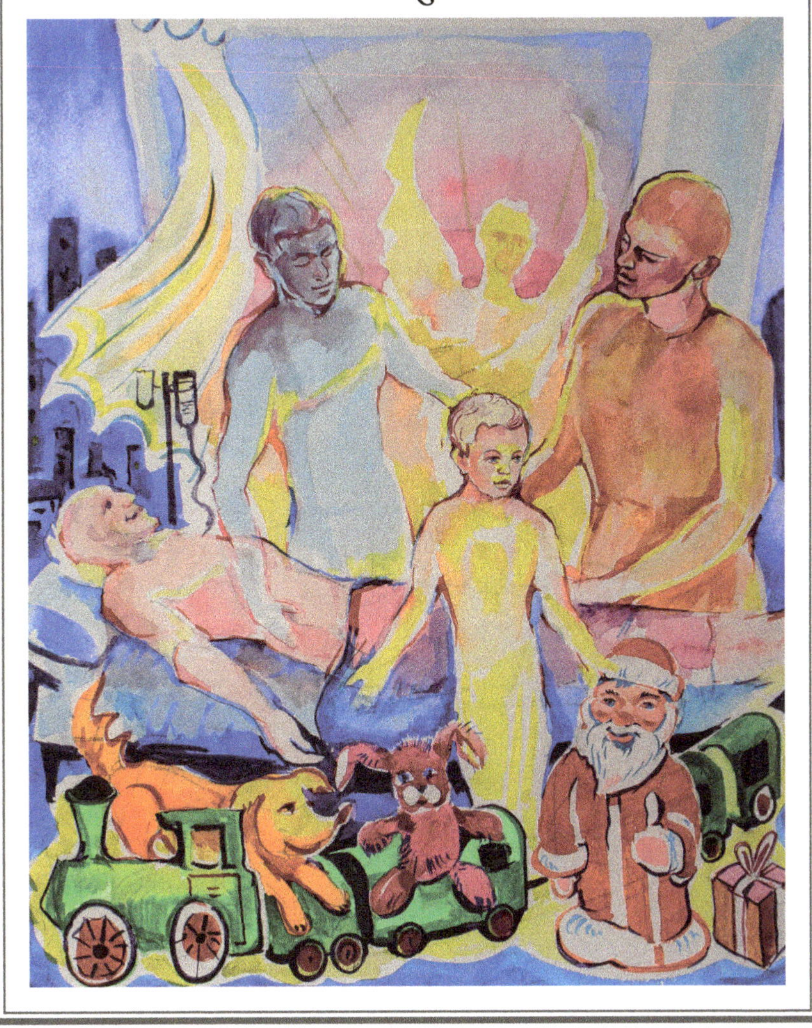

Оскар знал, когда наступит рассвет. Он знал это не по календарю, не по компьютерному графику и даже не по электронным часам, молча стоявшим у него на тумбочке. Он знал это по своему естеству, по своему чёткому ощущению того момента, когда рассвет должен наступить.

Он научился этому в детстве. Ему было лет пять–шесть, когда он впервые постиг эту таинственную науку понимания, когда наступит рассвет. Это произошло необычным образом. Однажды ночью он проснулся в своей постели, в своей комнате, которую очень любил. В ней скрывалось множество детских секретов и царила удивительная атмосфера сказок и игр, необыкновенных оживающих игрушек, фантастических врагов и супергероев, дивных невиданных животных, волшебных фей и, конечно же, Деда Мороза, который всегда загадочным образом оставлял самый желанный подарок под дверью этой комнаты…

Оскар лежал в своей постели, окутанный тёмным ночным покрывалом, которое скрывало очертания до боли знакомой комнаты. Он мог, конечно, легко её представить, всю, до мельчайших деталей. Но он не хотел этого делать, а просто лежал и слушал тишину… Ему было удивительно хорошо и спокойно. Он чувствовал себя невидимым сказочным героем, скрытым до времени тёмной завесой. Постепенно ощущение комнаты исчезло, и он оказался в бесконечном пространстве, покрытом необъятным ночным покрывалом, простирающимся на непостижимые расстояния. Он хотел представить себе всю бесконечность этих расстояний, но никак не мог подыскать подходящего сравнения, позволяющего охватить сознанием, насколько это много. Поэтому он перестал думать о расстоянии, а просто стал двигаться вдаль, пытаясь найти край этого тёмного покрывала.

Вдруг он почувствовал, что одной своей стороной покрывало наткнулось на что-то неизвестное и как бы слегка замедлило свой ход. Это неизвестное двигалось навстречу и было совсем другое. Оно было более плотное, как будто наполненное чем-то. И это другое постепенно стало проникать своей плотностью в тёмное покрывало, шаг за шагом растворяя и поглощая его. Это неизвестное было очень-очень далеко, но Оскар чувствовал, что оно движется к его дому, и поэтому небольшое возбуждение стало охватывать Оскара. Он видел себя как бы затерянным в бесконечном тёмном пространстве, и в то же время ощущение чего-то нового, живого стало захватывать его организм. Это ощущение появилось в ногах, в кончиках пальцев, лёгким покалыванием и еле заметной вибрацией, медленно пробивавшейся сквозь пальцы к его ногам. Он стал прислушиваться к этим вибрациям, которые наполняли пальцы ног какой-то силой и выделяли их на фоне расслабленного тела, погружённого в мягкую непроницаемую темноту. Эти вибрации стали пробираться в ноги — сначала медленными струйками, затем всё больше расширяясь и наполняя ноги силой и теплом. Оскар почувствовал, что ноги уже готовы вскочить и бежать, но делать это не было никакого смысла, так как вокруг была кромешная тьма и всё остальное тело было ещё погружено в покой…

Оскар с трепетом ждал наступления рассвета, он хотел почувствовать, как это произойдёт. Вибрации тем временем двигались вверх по телу, наполняя его форму силой и упругим желанием движения. Когда вибрации достигли горла, он почувствовал, как там образовался комок и в горле запершило. Оскар хотел прокашляться, чтобы очистить горло, и в тот же миг услышал, как в темноте за окном подала голос первая птичка. Потом вторая — робко, как бы просыпаясь. Потом третья… И много других стали вторить им своими пока ещё сонными голосами.

Оскар почувствовал, как комок в горле прошёл, у него непроизвольно открылись глаза. Он смотрел в сторону окна, задёрнутого прозрачной занавеской, бережно повешенной маминой нежной рукой. Всё его тело было пропитано теплом и мягкими вибрациями, которые, как ему казалось, так гармонично сочетались со всё нарастающим звучанием птиц. Когда это торжественное пение достигло кульминации, он увидел слабый свет, растворяющий темноту за окном, и услышал, как лёгкий ветерок пробежал по верхушкам деревьев, как бы разбуженный этим проблеском и пением птиц…

Наступал рассвет… Он шёл уверенно, быстро растворяя темноту. И вот уже первый солнечный луч блеснул на кронах деревьев. Птичий гомон умолк, как бы замерев в восхищении перед величественной красотой восходящего солнца…

И Оскар понял: рассвет наступил. Он понял это всем телом, всем своим естеством, и это понятие укоренилось в его теле твёрдыми знаниями, как наступает рассвет…

Оскар лежал в постели, рядом с тумбочкой, на которой стояли молчаливые электронные часы, и слушал, как наступает рассвет, проходя лёгкими вибрациями по всему телу.

Ему предстояло провести напряжённый день. Но, слава Богу, он был очень организованным человеком, всегда и всё планировал заранее и приучил всех своих служащих к тому же. По привычке утром он перебирал в памяти планы на сегодня.

Первым делом он должен встретиться с главным экономистом, проверить состояние стоков и постараться правильно перегруппировать активы, если это необходимо. Для этого он вызвал руководителя группы аналитиков и представителя секретной службы, добывающей экономическую информацию из всех нелегальных источников на мировом рынке. Потом к нему должны были подъехать главы трёх больших корпораций, чтобы решить, какой из них он может пожертвовать, продать и кого объединить с другими, более мелкими, чтобы усилить своё влияние на маркете…

Его внимание немного отвлекал человек, сидевший в кресле в тёмном углу комнаты… Он никогда не видел лица этого человека, но знал, что это «кто-то из охраны». Этот человек был очень странный, он появлялся и исчезал совершенно незаметно и бесшумно. И сидел, как-то неудобно сгорбившись, как будто был болен или решал какую-то тяжёлую, непосильную задачу…

Вернувшись к своим планам, Оскар вспомнил, что сегодня он ещё должен принять три делегации из разных стран, которые приехали просить поддержки и денег. Он никогда не отказывал, потому что это открывало перед ним огромные перспективы: в этих странах на совершенно бескрайних пустынных территориях, не регулирующихся никакими законами, ему почти бесплатно доставались громадные участки для строительства химических комбинатов и захоронения отходов. Это было очень выгодно. Впоследствии за сущие копейки можно было использовать и все их ресурсы. Единственная проблема — это частые революции и смена власти. Но для Оскара и это было вполне решаемо. Он лоббировал правительства нескольких сильных режимов, которые серьёзно влияли на ситуацию в конкретном регионе. Оскар на секунду задумался, потом сделал отметку в своём дневнике, чтобы вызвать политических советников и узнать обстановку в регионах тех стран, с кем ему сегодня предстоит разговаривать.

Кроме этого, нужно было решить вопрос с приобретением недвижимости. Ему уже поступило несколько предложений покупки мелких стран, которые в результате дестабилизации обстановки и войн находились в крайне бедственном положении. Нужно было только решить, какой режим дешевле купить и привести к власти, а потом уже на полном основании владеть этой страной. На прошлом заседании с экономистами, политиками и военными консультантами у него уже сформировалось собственное мнение, но ему было любопытно послушать доводы союзников и противников этой сделки. Он также ждал информацию из финансового департамента — он хотел знать свои возможности. Ответ пришёл ночью, очень лаконичный, но весьма обнадёживающий: «Возможности не ограничены, Сэр». Он понимал, что это значит: он ничем не рискует, и это ещё больше укрепляет его и без того прочное положение. Он был всем очень доволен — доволен своим планированием, своей стратегией, своими «неограниченными возможностями».

Было ещё одно важное событие, которого он с нетерпением ждал. Он хотел увидеть «этого парня», который был так далёк от всего того очень важного, чем занимался Оскар. Он был, наверное, из низшего служащего персонала и время от времени заходил к Оскару, чтобы просто поздороваться с ним и спросить, как дела. Оскар всегда приветливо махал рукой, когда видел его фигуру за стеклянной дверью. И «этот парень» никогда не важничал. Он входил, всегда улыбаясь какой-то необыкновенной улыбкой, и Оскар чувствовал, как от «этого парня» исходит тепло и лёгкие вибрации, проникающие во всё тело. Это было как ощущение приближающегося рассвета… Иногда он садился рядом, спрашивал, как дела, улыбался, клал руку на плечо, и от неё разливалось какое-то родное тепло, как от руки мамы. Оскар весь растворялся в этом тепле и хотел, чтобы «этот парень» был рядом всегда… Но дела, встречи, заботы, которые нельзя было отложить, полностью поглощали его, так что он уже не мог принадлежать самому себе. Поэтому он видел «этого парня» очень редко — только тогда, когда его фигура сама появлялась за стеклянной дверью. Оскар даже хотел нанять его к себе на работу, чтобы он был поближе, но в отделе кадров сказали, что не могут его взять, так как он не имеет никаких профессиональных навыков, которые хоть как-то могли бы приблизить его к корпорации Оскара. Единственное, что он может делать, так это мыть полы и вытирать пыль, чем он, в принципе, и занимается. «Да ещё и его имя! Мы не можем нанять человека с таким именем к вам в команду, ваши партнёры будут косо на вас смотреть!» Оскар это понимал, имя у «этого парня» было совсем неподходящее… Ну кто в корпоративно-политическом мире будет серьёзно воспринимать парня по имени Будда?! Это было невозможно, но это как раз немного и ущемляло «неограниченные возможности» Оскара. Он это чувствовал, но не мог выйти за рамки той игры, в какую был вовлечён на протяжении многих лет…

Оскар с головой погрузился в текущие дела. Секретарь уже стоял на пороге и докладывал о людях, прибывающих для совещания по важным вопросам. День начался очень удачно, экономист сказал, что стоки растут и весьма стабильны, поэтому несколько больших компаний предлагают подключить свои активы, чтобы провести некоторые манипуляции на бирже, что даст прирост в десять процентов, а это безумно выгодно. Экономическая информация, которую добыли секретные службы, была очень важной: ему нужно будет избавиться от компаний, владеющих устаревшими технологиями, и срочно скупить стоки компаний, только делающих свои первые шаги на маркете, но обладающих технологиями и идеями завтрашнего дня.

Переговоры с делегатами нуждающихся в поддержке стран тоже прошли очень успешно. Открывались огромные перспективы расширения влияния и роста активов. И что особенно было приятно: в результате этих переговоров Оскару предложили купить небольшой островок с красивой бухтой, а это была его давняя мечта. Он тут же связался с финансовой группой, и там сказали: «Нет проблем, Сэр. Ваши возможности не ограничены».

День заканчивался очень хорошо.

Единственное, что его беспокоило, — «этот парень». Он ни разу не появился в проёме стеклянных дверей, а Оскару очень хотелось его увидеть. И ещё одна мелкая деталь — мужик в кресле в дальнем углу как-то странно суетился… Оскар пытался разглядеть его лицо, но никак не мог: уже вечерело, и в комнате было недостаточно света.

Оскар нажал на кнопку звонка, и тут же вошёл человек «Чем могу, Сэр». Оскар спросил насчёт «этого парня» со странным именем. «Человек» ответил, что его сегодня не было в здании, но он сейчас всё выяснит. Через несколько минут человек «Чем могу, Сэр» появился снова и сказал, что вышло недоразумение: «этот парень» уволен с работы два дня назад.

— Как уволен? — с явным раздражением проворчал Оскар.

«Человек» испуганно заморгал глазами и пробормотал:

— Сейчас всё выясню, сэр!

Через минуту он уже стоял с докладом:

— Два дня назад он работал в ночную смену, мыл окна в здании, и к утру, когда уже вся работа была сделана, он замер у какого-то окна и стоял, не шевелясь, минут сорок. Его звали, просили заняться другой работой, но он даже не шевельнулся! Его поведение показалось очень странным менеджеру, и он его уволил, чтобы в офисе не распространялись никакие кривотолки.

Оскара немного озадачила эта история, но он всё же спросил:

— Как он объяснил своё молчание?

— Он сказал, что слушал, как приходит рассвет.

Оскар почувствовал, как в его в груди кто-то надрывно заиграл на ненастроенной скрипке, в животе образовалась пустота, и он готов был заскулить, как маленький щенок, который оказался всеми брошенный, совершенно один на холоде…

На улице сгущались сумерки, и тёмное покрывало постепенно закрывало всё, отвоёвывая своё пространство у угасающего дня…

Оскар, тяжело ступая, побрёл в кровать, бросив человеку «Чем могу, Сэр»:

— Найдите мне его…

Человек умчался с необычайной скоростью, а Оскар лёг в постель и стал внимательно изучать погружённые в темноту апартаменты, которые даже отдалённо не напоминали его волшебную детскую комнату.

Да ещё этот парень в кресле в углу всё время ворочался — то ли у него что-то болело, то ли он хотел о чём-то попросить, но стеснялся.

Оскару это надоело, и он окликнул его:

— Эй ты, подойди сюда, чего ты там ворочаешься?

Парень замер и как-то безнадёжно опустил голову. Потом поднялся и стал медленно приближаться к кровати Оскара. Было что-то очень знакомое в его фигуре и походке. В душу Оскара закрались неприятные ощущения, он не мог оторвать глаз от приближающегося человека и одновременно очень боялся узнать его. Когда тот подошёл практически вплотную и черты его лица вырисовались из темноты, из груди Оскара вырвался крик:

— Джон?!!!

Да, это был он, его старый друг Джон.

Они радостно протянули навстречу друг другу руки и крепко обнялись.

— Джон, как ты? Столько лет! Как давно ты здесь?

— С того самого момента, как тебя поместили в эту палату… Я услышал, что у тебя плохо со здоровьем и твоя жизнь в опасности…

— Как?! И ты ни разу не подошёл?!

— Я ждал удобного момента… Мне нужно сказать тебе что-то очень важное, — ответил Джон. — Но ты всегда был очень занят, к тебе постоянно толпилось много народу, я не хотел отвлекать…

В этот самый момент в комнату вошёл человек «Чем могу, Сэр» и доложил, что «этого парня» нигде не могут найти, так как никто никогда им не интересовался и понятия не имеет, где он живёт.

— Подключи всех, — строго приказал Оскар, — он мне очень нужен!

Человек убежал.

Джон сел рядом с кроватью Оскара, и они погрузились в воспоминания:

— Ты помнишь, как в детстве мы играли в футбол?

— Да, Оскар, ты был великолепным нападающим, ты всегда меня переигрывал!

—Зато ты отбивал у меня всех девчонок!.. — усмехаясь, парировал Оскар.

—А ты всегда умел лучше всех планировать, ведь это была твоя идея — изучать экономику...

—Да, Джон, но ты всегда лучше учился. А помнишь, как после окончания университета была вечеринка, и мы пошли на обрыв встречать рассвет. Это было незабываемо!

—Да, Оскар, я помню. Ты очень удивительно его чувствовал и описывал свои ощущения... Это так завораживало! Ты до сих пор так же чувствуешь рассвет?

—Да нет, Джон, с годами я утратил это ощущение, и мне так жаль...

—Да-а?.. Мне тоже...

Оскар почувствовал, как в груди тяжёлым клубком зашевелились змеи, медленно подбираясь к его сердцу... Он попытался вспомнить, почему они с Джоном расстались. В его памяти всплыли события, случившиеся, когда он работал в мэрии. Тогда возникли серьёзные подвижки с транспортным профсоюзом, из-за того что мелкие транспортные предприятия стали специально закрывать, а их бизнес передавать в собственность какой-то большой компании, и это повлекло за собой массу увольнений. Оскар был на стороне корпорации, это была его работа, а Джон защищал профсоюз водителей, и из-за него объединение ставилось под угрозу. Оскару предложили договориться с Джоном. Но этого не получилось.

Джон утверждал, что так нельзя поступать:

—Вы разоряете местный бюджет, вы нарушаете процесс налоговых накоплений... Люди теряют работу, теряют квалификацию... Многие начнут уезжать, наш город опустеет и в конце концов умрёт!

Оскар пытался доказать ему преимущества большой корпорации, но Джон отказывался слушать о материальной выгоде, его волновала судьба людей.

Оскара вызвал босс и сказал:

—Не переживай, мы сами решим эту проблему. У меня есть люди, они его слегка припугнут, и он отступит.

Прокручивая это в своей памяти, Оскар почувствовал, как клубок со змеями в его груди зашевелился сильнее и змеи стали жалить его в самое сердце. Это было невыносимо больно, Оскар застонал. Он вспомнил, что Джон не отступил и что он погиб в автомобильной аварии, было большое расследование... Оскару пришлось уйти из корпорации, так как он чувствовал, что здесь не всё чисто. Но расследование ничего не обнаружило...

Змеи стали жалить его в сердце, усиливая боль, и на мониторе запрыгала зелёная линия. Тут же в комнату вбежали несколько человек, бросились регулировать приборы и стали вводить в вену какие-то лекарства.

Оскар искал глазами Будду, но его всё не было. «Видно, не нашли...» — безнадёжно подумал он.

В это время Джон наклонился к самому лицу Оскара и произнёс:

—Я пришёл сказать тебе, что ты не виновен в моей смерти, и корпорация тоже... Это была случайность, я по неосторожности поскользнулся на дороге... Я вернулся, чтобы сказать тебе об этом.

На глазах Оскара выступили слёзы. Змеи, жалившие его сердце, вдруг стали с шипением покидать его тело, на душе стало легче. Он повернулся к Джону и спросил:

—Почему ты раньше не сказал мне об этом? Моя жизнь сложилась бы совсем по-другому...

Джон тяжело вздохнул:

—Я не мог прийти раньше, это было очень сложно... Да и ты не был готов...

Оскар беззвучно заплакал. Слёзы тёплым потоком стекали на его худую грудь, согревая её необычным теплом и пропитывая лёгкостью.

Вдруг он замер и вздрогнул от неожиданности. Он увидел за стеклянной дверью «того парня» со странным именем. Он был один, его никто не искал, он пришёл сам. «Этот парень» зашёл в палату, улыбаясь Оскару своей необыкновенной улыбкой.

Оскар просиял и схватил Джона за руку:

—Смотри, смотри, это Будда!

—Я знаю, — ответил Джон, — мы с ним друзья. Он помог мне вернуться к тебе в самый важный момент.

—А что это за важный момент? — спросил Оскар.

—Ты умираешь, — как-то совершенно спокойно произнёс Джон. — Я должен тебе кое-что подсказать, ведь я уже умирал и знаю, как это лучше сделать.

—А как это лучше сделать? — спросил Оскар.

—Сохрани ясное сознание при переходе. И ещё — ты должен накопить силы, они очень нужны. Вспомни всё самое хорошее в своей жизни, что наполняет тебя теплом и любовью — это и есть самая могущественная сила во Вселенной.

Оскар немного растерялся. Ему даже вспоминать ничего не нужно было, потому что он чувствовал себя очень хорошо именно сейчас, в данный момент. Рядом был Джон, а это и было самое большое счастье для Оскара. Он снял с Оскара огромную ношу вины за его смерть. А также «этот парень» по имени Будда, он как раз вовремя зашёл. От него исходило так много тепла и любви… И ещё его улыбка, такая необыкновенная… Оскар никогда не встречал людей с такой улыбкой.

Оскару было очень хорошо именно сейчас. Он не знал почему, но он чувствовал себя именно так и не понимал, зачем ему нужно вспоминать всю жизнь.

Джон взял его за руку:

—Оскар, сосредоточься на главном. Ты должен вспомнить всё самое лучшее в своей жизни.

Оскар стал лихорадочно думать, перебирая события своей жизни в обратном порядке. Он вспомнил о «неограниченных возможностях», он был горд, но это не наполняло его теплотой и любовью, а наоборот, он почувствовал какую-то пустоту, потому что ему не с кем было разделить свой успех. Никто, в принципе, искренне и не радовался за него. Все его поздравляли на корпоративах, вручали кубки, грамоты, говорили какие-то слова, но это было частью игры, и он не чувствовал особого тепла от этого. Он вспомнил, как его выбирали почётным директором во многие клубы, общества и благотворительные фонды, вывешивали представительные таблички с его именем. Но и это почему-то не согревало его сердце: это была дань его социальному положению, его богатству, но никак не личности.

Он стал перебирать дальше. Он увидел разрыв со своей девушкой, с которой они прожили восемь лет и которая, уходя, сказала: «Мы с тобой очень одинаковые, Оскар. У нас нет будущего. Извини, но я должна делать свою карьеру». Он тогда её не понял, но теперь он увидел, что она была совершенно права. Они были два эгоманьяка, одержимые успехом. Вместе их держали удобства, но, в принципе, ни у него, ни у неё в сознании не оставалось места для другого человека. Он почувствовал укол в сердце от этого понимания, было больно.

Он стал смотреть дальше на жизнь людей, окружавших его. Но все они были как деревья в лесу: пока ты стоишь — они рядом, как только начинаешь двигаться — они пропадают из поля зрения. Единственный был, конечно, Джон. Он всегда был рядом, он его понимал, он его поддерживал, помогал, он восхищался его успехами, он был другой. Но в то время он этого не ценил, он думал, что отношение Джона к нему вызвано его собственной уникальностью и превосходством.

Он потянулся к Джону и спросил:

— Почему ты так хорошо всегда относился ко мне?

Джон тепло посмотрел на него:

— Потому что ты мой друг, и я всегда считал тебя своим другом. Ты был для меня тем, с кем я не только мог разделить успехи и неудачи, я всегда чувствовал какое-то духовное единство, я чувствовал, что ты очень близкий мне человек.

Оскар тяжело вздохнул. Он понял разницу: Джон всегда считал его своим близким другом, а он так никогда не считал, принимая Джона как «должное».

Он на минуту тяжело задумался и тут же почувствовал, как по его телу тонкими холодными линиями пошли трещины, разделяя его на отдельные мелкие кусочки, которые теряли связь с его сущностью и потихоньку становились чужими.

Джон держал его за руку, он старался помочь ему удержать себя в цельности и единстве. Он настойчиво произнёс:

— Не отвлекайся, думай. Ищи дальше!..

Оскар бесполезно перебирал в своей памяти остатки жизни, чувствуя, как распадается всё больше… И вдруг он вспомнил себя мальчиком лет пяти–шести, лежащим в кровати в ожидании рассвета. Он был окутан тёмным ночным покрывалом, как невидимый сказочный герой, скрытый до времени от посторонних глаз…

И тут же его палата превратилась в детскую комнату со всеми детскими секретами, с оживающими игрушками, сказочными феями и подарками Деда Мороза. Он почувствовал, как что-то неизвестное, более плотное подбирается к его кровати, растворяя и поглощая темноту. Оно стало постепенно пробиваться в его тело, наполняя его силой и теплом…

И тут же всё его разбитое, как зеркало, тело стало необыкновенным волшебным образом собираться воедино. Он почувствовал множество вибраций во всём теле, совершенно живых и звонких. Они переполняли его и собирались большим дрожащим шаром в районе груди, пытаясь прорваться через горло. Оскар стал задыхаться. Он испугался, что не успеет увидеть рассвет, а это было сейчас его самое заветное желание. Он был готов отдать все свои активы и все «неограниченные возможности», лишь бы только прожить ещё несколько мгновений, оставшихся до наступления рассвета. Но вдруг он понял, что это невозможно, он понял, что всё, на что он потратил свою жизнь, не стоит нескольких мгновений рассвета, наступающего совершенно волшебным образом и соединяющего его с чем-то великим и светлым, в котором он мог бы жить вечно...

Он судорожно дёрнулся и потянулся всем телом к больничному окну, на котором, как ему показалось, висели такие знакомые занавески, повешенные маминой нежной рукой. Но больничная койка его не пускала, она крепко держала его невидимыми цепкими руками.

Он дёрнулся ещё сильнее, пытаясь оторваться от подушки. И тут же руки Джона и Будды подхватили его с двух сторон и увлекли к окну, за которым молочным облаком занимался рассвет...

Он стоял в обнимку с Джоном и Буддой, согретый теплом и необыкновенной любовью, раскрывающей его грудь пульсирующим светом. Комок в горле становился всё более горячим и двигался вверх, вибрируя, как разгорячённое сердце скаковой лошади. Вдруг Оскар услышал звонкий птичий крик, вырвавшийся из его глотки, и тут же тысячи других птиц отозвались в предрассветной мгле, славя наступающее утро. Горло освободилось, и из раскрывшейся груди Оскара вылетел огненный шар, оставляя остывающее тело. Оскар вдруг увидел всё сверху: верхушки деревьев, поющих птиц, первые лучи восходящего солнца и двух своих самых лучших друзей — Джона и Будду, стоящих у больничного окна, улыбающихся и машущих руками вслед улетающему Оскару...

Январь 2017

Опасный человек!!!

Это видно с первого взгляда, это понятно с первого слова, с каждого его вздоха, движения, смеха и даже молчания. Кстати, когда он молчит, он ещё опаснее. Эта опасность исходит из его тишины, из его внутренней неподвижности, она струится из каждой поры, она переливается, как ртуть, она испаряется в воздух прямо у вас на глазах — и это конец! Вы отравлены, вы сражены, вы погибли…

Это очень опасный человек! Наверное, вы не встретите в жизни более опасного человека. Всё самое страшное, что вы видели до встречи с ним, покажется вам просто маленьким пустяком. Бегите от него без оглядки, спасайтесь, не попадайтесь на его удочку, не смотрите ему в глаза, не слушайте его голос, не дышите воздухом, который он выдыхает. Вы можете заразиться!!! Это вирус, от которого нет спасения, это зараза, которая неизлечима, это хуже холеры, хуже чумы. Это гибель! Это конец! Конец всему — вашей жизни, вашим мечтам, вашим желаниям. Бойтесь этого человека!

Он старается выглядеть дружелюбным, мягким, тихим — это ловушка. И если вы в неё попадёте, вам уже никогда оттуда не выбраться. Вы будете настолько ошарашены и повержены в шок своим поражением, своим полным крахом, что даже не заметите, что дверь в этой ловушке ещё открыта и можно успеть выскользнуть.

Это страшный человек, он будет действовать совершенно бесцеремонно, ему наплевать на вас, на ваши амбиции, на вашу мораль, на ваши устои, на вашу правду, на вашу ложь, ум, глупость… Вы для него пустое место, которое ничего не значит. Вы даже не пустое место — вы просто ничто! Бойтесь этого человека!

Он может появиться где угодно. Его не ждут — а он всё равно приходит, его пытаются прогнать — он не уходит, потому что он пришёл за вами, за вашей жизнью, за вашими ценностями, за вашими вещами! И он заберёт у вас всё!!! Даже ваши мысли, ваши переживания — всё то, что никто другой у вас отнять не может. Бойтесь этого человека!

Если вдруг узнаете, что он приезжает в ваш город, берите билет на самолёт и срочно улетайте туда, где его нет. Может, вы успеете спастись, если он не заразит ваших близких и друзей. Если вы увидите его в телевизоре — сразу же режьте провод, не позволяйте ему появиться. Если услышите в радиоэфире — отключайте радио немедленно!!!

Этот человек ещё опаснее, когда вы к нему не готовы. Не давайте ему застать вас врасплох, иначе он вас захватит, заворожит, он взорвёт ваш мозг, он заморозит ваш язык, вы даже слова сказать не сможете. Вы даже не успеете удивиться и предупредить своих родных, что вам конец и вас больше нет, вы погибли навсегда. Вот такой он страшный человек!

И ещё — как бы ни был вкрадчив его голос, как бы ни были сладки его речи, не обольщайтесь! Он пришёл не для того, чтобы вам что-то дать, он пришёл, чтобы забрать — забрать всё! Он не угомонится, пока этого не сделает, он очень упорный и хладнокровный. Вы не сможете откупиться, отдав ему часть, как вы привыкли откупаться от всего — от врагов, государства, болезней, друзей, детей и даже от религии, отдав десятину. С ним этот номер не пройдёт. Он неистово настырный в стремлении забрать всё! Поэтому он не станет довольствоваться лишь какой-то частью вас. Вы проиграете, даже не затевайте с ним этой игры.

Он действительно очень опасен. Я уже много раз повторил вам это, но вы до сих пор не поняли. Я удивляюсь, как можно этого не понять? Потому что если бы вы это поняли, вы бы уже бежали без оглядки от этого ужасного человека, в котором нет никакой жалости и сострадания к вам. Он преследует лишь одну свою собственную цель — и он её добьётся, он её реализует, он водрузит её, как знамя на развалинах вашей личности! Эта победа будет тотальной и всеобъемлющей, потому что он разрушит всё, что вас может поддержать, он вышибет из вас дух и парализует волю! А потом методично и беспощадно начнёт вытаскивать из вас всё, что вы с таким трудом приобрели, наработали, сохранили. Он вытряхнет из вас ваши планы, вашу культуру, историю, религию. Он отнимет Шекспира, Фрейда,

Битлз, Кока-Колу, он заберёт Иисуса, Магомеда, Будду, Рокфеллера, Ленина, Гитлера, Карла Маркса, Майкла Джексона… Он поглотит ваши мысли, чувства, желания! Вот насколько это страшный человек!

Он хладнокровно вырвет с корнями даже ваше личное «я»! И когда вы очнётесь, вы просто не сможете понять, что у вас всё забрали и вас самого больше нет. Вы станете смеяться вместе с ним, плакать, танцевать, грустить, петь безо всякой на то причины. Вы даже не сможете осознать, что на самом деле вас нет, потому что у вас больше не будет своего «я». И врач в сумасшедшем доме, куда вы непременно попадёте, даже не сможет вас обследовать, потому что, куда бы он ни тыкал, везде будет пустота и молчание. Он никогда не сможет поставить вам диагноз, потому что этой болезни нет ни в одном медицинском справочнике. Конечно, он что-нибудь напишет, чтобы не выглядеть полным дураком. Но потом вас выпустят, чтобы никто не догадался, что медицина здесь бессильна. Вот насколько опасен этот человек!

Это послание — просто предупреждение для других, я успел его написать, пока ещё нахожусь в здравом уме и полном сознании. Потому что кто знает, может, завтра я буду спокойно идти по улице или смотреть телевизор, и вдруг — БАЦ! — он появится! Тогда мне конец, и я ничего не успею сказать, это страшно! Поэтому я делаю это сейчас, хотя знаю, что это может навлечь на меня беду, но я рискую собой ради человечества и умоляю, заклинаю всех не слушать этого опасного человека!!!

Он называет себя чужим именем. Я проверял — он не имеет никакого отношения к тому человеку. О том человеке написаны статьи, истории, у него есть семья, дети, место рождения, дата, друзья… Этот же человек не имеет ничего, у него нет истории, места рождения, имени, но он продолжает называть себя именем другого человека. Это всё неправда, он ничего общего с ним не имеет, хотя у них одно и то же лицо.

Берегитесь этого человека, он опасен! Не думайте о нём, не смотрите на него, а то вы попадёте в его ловушку. И, не дай Бог, вы окажетесь с ним на одной волне, войдёте с ним в единый резонанс — всё, вам конец!

Мне даже стало смешно от этих слов. Я представляю ваш конец! Это будет гротескно. Ха-ха-ха! Я вижу, как разрушается ваш мир, ваши глупые идеи… Ха-ха-ха! Как уходят ваши никчёмные мысли, взявшись за руки, — как дети в школу... Ха-ха-ха! Я наблюдаю, как вы хватаете ртом воздух, выпучив глаза. Ха-ха-ха! Как это смешно и забавно! Ха-ха-ха!

Все мои старания напрасны, я опоздал... Вы уже вдохнули эту заразу... Но это так забавно! Ха-ха-ха! Я в жизни не видел более забавного зрелища! Вы пытаетесь удержаться, сохраниться, вы пытаетесь схватиться за то, чего нет... Ха-ха-ха! Прямо сейчас с треском рушится весь мир, который вы с таким трудом выстраивали в своём сознании. Ха-ха-ха! Всё ваше «человеческое естество», ваш имидж, ваша гордость, ваша власть и даже ваша никчёмность, ничтожность... Ха-ха-ха!.. Всё разлетается вдребезги... Ха-ха-ха!..

...Вы проваливаетесь в бесконечность... И оказываетесь в объятиях этого человека, который называет себя чужим именем... Вас окутывает его тепло, его любовь, его честность... Вы попадаете в безграничные объятия Вечности — вы Дома...

Я рад за вас. Я рад, что вы меня не послушали.

Декабрь 2016

Глава вторая

ДЕТИ ГЕББЕЛЬСА

Дети Геббельса

Жила-была Ложь, такая ничтожная, такая убогая, такая никчёмная, всеми презираемая и отовсюду гонимая. Она обитала в городе, пряталась по тёмным закоулкам и подвалам, скрываясь от света, потому что, как только на неё попадал хоть маленький лучик света, она из тайной превращалась в явную. И тогда её хватали, били и прогоняли из этих мест, и ей долго приходилось скитаться по чужим краям и обходить людей стороной. Иногда ей всё же удавалось кого-нибудь очернить, оболгать или даже разрушить чью-то жизнь. Но это было так редко! Потому что люди всегда были начеку, легко узнавали Ложь и постоянно с ней боролись. Большому позору предавали тех, кто пытался использовать Ложь для достижения собственных благ. Тогда было трудное время, но людям и в голову не приходило обращаться к услугам Лжи, чтобы обогатиться, пролезть по службе, присвоить чужое. Люди были людьми, настоящими, живыми, цельными, с какой-то особенной верой и светлым разумом.

Ложь страдала, мучилась, чахла и уже совсем было сдалась, изготовившись умереть в каком-нибудь тёмном сыром углу. Как вдруг произошло чудо — иными словами это не назовёшь.

Случилось так, что по этой улице ехал по своим делам один высокопоставленный вельможа и внезапно приметил забившуюся в тёмный угол обессилевшую Ложь. Он остановился… Его поразило, что такая нужная в жизни вещь бесполезно прозябает в подворотне и бесславно угасает. Он осторожно поднял Ложь, усадил в золочёную карету и распорядился быстро мчаться ко дворцу. Во дворце он бережно уложил Ложь на шикарную кровать работы лучших мастеров, велел слугам холить и лелеять её, а сам побежал докладывать о находке королю. Ловкий вельможа долго беседовал с правителем, туда тотчас же сбежались министры, за которыми послал король, и все вместе единодушно постановили: принять Ложь на службу во дворец и определить в тайное Министерство рыцарей плаща и кинжала.

В министерстве её познакомили с Коварством и Подлостью и сразу же запустили в работу.

О, сколько было радости! Ложь воспряла, ожила и с усердием принялась за дело. О, сколько работы было во дворце! Это нельзя было сравнить с теми ничтожно мелкими интрижками, которые Ложь плела на улице. Во дворце был размах! Ложь была нужна всем — от высших чинов до прислуги. Был такой спрос, что Ложь утопала в работе, упиваясь собственной славой и безнаказанностью. Ей часто приходилось покидать дворец в сопровождении рыцарей плаща и кинжала, чтобы сотворить среди людей что-нибудь ужасное, не вызывая ни малейшего подозрения. Она наловчилась делать это так виртуозно, что люди ужс не могли отличить её от правды и стали воспринимать как должное. Ей с усердием помогали Коварство и Подлость, при участии которых работа спорилась особенно эффективно.

Ложь радовалась таким переменам. Она стала чувствовать, что уже не она состоит на службе во дворце, а весь королевский двор, включая придворных, вельмож, кардинала, да и самого короля, служат ей с усердием и энтузиазмом. Жизнь потекла как в сказке, без сучка и задоринки. Но вскоре Ложь стало что-то настораживать. Она присмотрелась к окружающему миру и заметила, что народ стал меняться: всё меньше оставалось простаков, которых можно было легко обмануть. Люди стали замыкаться в себе, сделались недоверчивыми, равнодушными. Они перестали радостно аплодировать любой лжи, которую подавали им «сверху», стали циничными и какими-то апатичными, ленивыми, вялыми. Раньше они по первому зову с любопытством сбегались на площадь, чтобы посмотреть казнь или послушать очередной королевский указ. А теперь всё как-то больше прятались по домам и грубо злословили по каждому поводу. Они перестали разбираться, где правда, где ложь, но глубоко внутри их что-то всё время беспокоило. Что именно, никто не мог объяснить, но все это чувствовали.

Потом начался период мятежей, где вообще ничего нельзя было разобрать: всё смешалось — и правда, и ложь, и было непонятно, кто есть кто.

И Ложь почувствовала, что снова погибает — она теряет своё лицо, свою сущность, свою эффективность. И как тут не потеряться, если в Правду перестали верить так же, как и в Ложь.

Она уже почти совсем свихнулась и тронулась мозгами, как тут появился новый герой, новый гений лжи. И он вдохнул в Ложь свежую жизнь, он дал ей новый заряд, он реанимировал и реабилитировал Ложь в её же глазах.

Его звали Геббельс. Он потряс мир своей наглостью и цинизмом: «Ложь должна быть чудовищной, чтобы в неё поверили!» — сказал он, и этот лозунг был сразу же повсеместно подхвачен и внедрён в жизнь…

Ох, сколько бед и несчастий было сотворено благодаря этой воздвигнутой на новый пьедестал лжи… Бушевали войны, мир захлестнула резня, люди погрязли в политических подлогах, предательствах, истреблялись целые народы. Ложь ликовала! Она ещё никогда не имела такого триумфа. Это был её звёздный час.

И когда человечество уже по горло утопало в собственной крови, люди стали взывать к Всевышнему, кричать, стонать и причитать: «Ну как же так, мы же люди! Как мы могли дойти до такого, как мы могли это позволить, как мы могли так низко опуститься, чтобы с таким энтузиазмом истреблять друг друга?!»

И Всевышний услышал этот крик. Он сказал: «Прекратите войны, похороните погибших, поставьте обелиски, зажгите вечные огни, чтобы они всегда напоминали вам об этом ужасе, и никогда не идите путём лжи. Помните, куда ведёт этот путь!»

Самые мудрые услышали этот голос и сделали так, как он сказал. Наступила другая эра: люди хотели мира, спокойной жизни, уверенности в будущем. Многое удалось уладить и исправить, многое было утрачено безвозвратно и невосполнимо, но навеки осталось в сердцах людей.

Вроде всё поменялось в лучшую сторону, вот только Ложь всё никак не могла успокоиться. Она грезила о былом триумфе и помнила своих гениев. Она стала работать, работать очень усердно — через политиков, через прессу, телевидение, интернет. Она перестала быть явной, чудовищной, но ей прекрасно удавалось подкрашивать в серый цвет все белые тона и растворять чёрные. Так что постепенно всё стало одинаковым. Она вернулась в политику, она влезла в каждый учебник, в каждый компьютер, в каждую статью и книгу. Она стала звучать в каждой проповеди, тихо и вкрадчиво нашёптывая людям и убеждая их: «Это нормально, это удобно, это выгодно». К ней все настолько привыкли, что стали считать, что ложь — это норма. И ей совершенно нет никакого дела до тех одиночек, которые сидят в тюрьмах, в сумасшедших домах, кричат на улицах: «Очнитесь, это всё Ложь!» Да и никто уже не обращает на них внимания, так удобнее.

Ложь улыбается и смотрит на нас с каждого рекламного щита, с экрана каждого телевизора, с обложки каждого журнала, с каждой этикетки в супермаркете. Она поджидает нас на каждом углу. Она продаёт себя мягко и настойчиво, улыбаясь своей фальшивой улыбкой, показывая свою искусственную наготу, вливая свои ядовитые сладкие речи. Она кормит нас своей грудью, как своих малышей. Из правой груди у неё льётся сладкая ложь о мире, о любви, о равенстве, о свободе, о Боге, а из левой — горькая: о войне, о ненависти, о религии, о рабстве. Мы с наслаждением глотаем молоко из её правой груди и с отвращением сплёвываем молоко из левой. И радуемся, что у нас есть право выбора. И она радуется вместе с нами своему триумфу, своей власти, своей славе. Конечно, её немножко поражает, что люди, пострадавшие от неё так сильно, служат ей усердно и рьяно лишь потому, что «это удобно, это выгодно». Но ей это льстит, её это радует.

Она любит нас нежно и трепетно, как своих детей, и называет всех одним и тем же именем — дети Геббельса. И мы достойно и бережно несём это имя, как знамя, как символ новой эры, как оправдание своей бесславной гибели, и вскармливаем великую иллюзию собственного величия и безнаказанности, своего падения и исчезновения как вида. И нельзя сказать, чтобы мы не понимали всю катастрофу этой реальности, но мы привыкли, что это нормально, это удобно, это выгодно. Потому что мы — дети Геббельса.

И если вы не согласны с этим, вы можете протестовать, негодовать, кричать: «Это всё выдумка! Это всё неправда! Это всё ложь!» И ей это будет приятно…

Декабрь 2016

Бесценный подарок

День был солнечный и морозный. Снег сверкал и переливался всеми цветами радуги под ослепительными лучами солнца, как россыпи драгоценных камней. По синему-синему небу плавно плыли лёгкие белые облака. Я стоял на перроне и задыхался не то от свежего чистого воздуха, не то от быстрого бега, который я предпринял, чтобы догнать уходящий поезд. Поезд я не догнал, он уходил, извиваясь змеёй между зелёными семафорами по двум тоненьким стальным полоскам на чистом белом снегу.

На перроне ещё оставались провожающие: кто-то с тоской смотрел вслед уходящему поезду, кто-то весело и бодро направлялся к подземному переходу, чтобы снова влиться в шумную городскую жизнь, а кто-то, как и я, стоял запыхавшийся, раздосадованный, глотая ртом чистый морозный воздух.

Я тоже пытался отдышаться, ещё не успев сильно расстроиться по поводу своей неудачи, как вдруг услышал рядом чей-то голос:

— Что, не догнал?

Возле меня стоял мужчина в железнодорожной фуражке.

Я вяло кивнул, не понимая, сарказм это или поддержка в трудную минуту.

Но голос спокойно продолжил:

— Не переживай, перейди на седьмую платформу и садись в электричку, она идёт в том же направлении. А на следующей большой станции твой поезд будет стоять час, ожидая обгона скорого, там и пересядешь. За билеты не беспокойся, они действительны в этом направлении.

Я схватил вещи и помчался искать внезапно свалившееся на меня спасение, даже не успев как следует поблагодарить человека в железнодорожной фуражке. Электричка действительно стояла на перроне, я зашёл в вагон и стал продвигаться по нему, подыскивая подходящее место. Мне не хотелось сидеть с шумной компанией, но и ехать одному особого желания не было, так как в дороге предстояло провести два часа.

Мой взгляд упал на пожилую женщину, очень похожую на учительницу младших классов. Она и вправду напомнила мне мою первую учительницу. Я подошёл, спросил разрешения сесть. Она кивнула, и я стал размещаться напротив, запихивая чемодан под деревянное сиденье. Когда я уселся, я смог более внимательно рассмотреть свою попутчицу. На вид ей было около шестидесяти пяти лет, седые пряди волос аккуратно зачёсаны назад. Шерстяной платок, который одновременно служил и шарфом, был сдвинут за голову. На ней было серо-голубое пальто с каракулевым воротником, по моде пятидесятых годов, и утеплённые сапожки.

Сквозь линзы старых очков на меня внимательно смотрели добрые, немножко со смешинкой глаза. Она тоже меня рассматривала. Я немного смутился, но она вытянула руку из каракулевой муфты на коленях и протянула её мне со словами:

— Ольга Ефимовна…

Я уже предложил было свою руку для пожатия, но вдруг резко одёрнул её и замер. То, что мне предстояло пожать, вовсе не было похоже на руку учительницы младших классов. Вместо большого пальца торчал обрубок, все остальные пальцы были скрюченные, кривые, с ужасно изуродованными суставами. Но окончательно меня добило то, что её рука была вся в наколках. Не в татуировках, какие сейчас модно лепить на все части тела, а в самых настоящих воровских наколках.

Женщина спокойно засунула руку обратно в каракулевую муфту и без обиды спросила:

— Что, неприятно смотреть?

Я заёрзал на деревянной лавке, не зная, как выйти из неловкого положения, а она невозмутимо добавила:

— А мне неприятно смотреть на твои руки…

Я от неожиданности даже вздрогнул, судорожно дёрнул руками и уставился на них, пытаясь понять, что неприятного может в них быть. Это были руки, которые держали и гитару, и автомат, и цветы для девушки, руки, которые многое умели делать. Я не мог понять, с чего бы это женщине, похожей на учительницу с руками вора, прошедшего не одну зону, было стыдно и неприятно смотреть на мои руки.

Она увидела моё недоумение и чётко произнесла:

— Золото! Зачем ты носишь золото? На нём кровь людей!

Я пожал плечами в замешательстве: мол, что в этом необычного — все носят. Да и не много его у меня было: широкое обручальное кольцо и перстень, подаренный тоже в день свадьбы.

Она понимающе кивнула головой:

— Подарок?

— Да, — ответил я, — подарок.

— Дорогой? — спросила она.

— По деньгам не очень, но вроде приличный и модный.

— Да, модный… — задумчиво протянула она и замолчала.

Повисла неловкая пауза.

Я чувствовал, что попал в неудобное положение, не пожав руку этой женщины. Ну и что, что воровка, но ведь она моя попутчица — очень дружелюбная и выглядит как учительница младших классов.

Чтобы хоть как-то разрядить обстановку, я спросил:

— А кто вы по профессии? — и тут же запнулся, поняв, что ступил в жар ногами: было совершенно ясно, кто она по профессии.

Но она с насмешкой посмотрела на меня и сказала:

— Я учительница. Учительница младших классов.

— А… как давно вы стали учительницей? — неловко спросил я, конечно ни на секунду не веря в то, что она сказала.

— А я всегда была учительницей, — ответила она. — Я учительница по образованию, — добавила она и посмотрела на меня как-то по-особому внимательно, прямо как настоящая учительница.

Я смущённо улыбнулся.

Она улыбнулась мне в ответ и сказала:

— Я говорю абсолютную правду, — и, прищурив глаза, добавила: — Но ведь ты не веришь?

Я, сбитый с толку, сконфуженно кивнул головой и пожал плечами.

Она стала рассказывать, внимательно глядя на меня:

— Я окончила педагогический ещё до Второй мировой войны, работала в школе учительницей младших классов, — она мягко и тепло улыбнулась, как бы уходя в свои воспоминания. — Мой муж тоже был учитель, преподавал физику, математику. У нас было двое детей, мальчик и девочка, и жили мы очень дружно…

Она замолчала и стала смотреть в окно на пробегающие мимо нас заснеженные поля и рощи. Это было начало к хорошей сказке, какой могла быть её жизнь, но я уже понимал, что она ещё не перешла к главному.

Она оторвалась от мелькающего за окном пейзажа и продолжила:

— Мы были очень счастливой семьёй. Сын ходил в первый класс, дочь — в садик, мы с мужем работали в одной школе, как бы всегда рядом, всегда вместе. До того самого момента, пока однажды вечером к нам не постучали в дверь. На пороге стоял наш участковый и двое военных в фуражках с малиновым ободком. У меня внутри сразу всё оборвалось, сердце сжалось от невыносимо тяжёлого предчувствия. В то время ходили разные слухи, но все мы прекрасно знали, что означает чёрная машина под окном и двое военных на пороге... Мужа сразу забрали, я его больше никогда не видела. Сначала я каждый день ходила в отделение, пыталась объяснить, что это недоразумение, что мой муж — абсолютно честный человек, но меня никто не слушал. Проблема была в том, что у него польская фамилия. Через неделю меня вызвали в милицию и объявили, что мой муж — «враг народа» и шпион. От отчаяния у меня перехватило дыхание, я не могла ни дышать, ни выплакать всех слёз, меня так и вывели из отделения — задыхающуюся и бессильную. Я несколько часов просидела на каменных ступеньках, а потом обречённо побрела домой. Дома я обняла детей и вовсю нарыдалась. А утром собралась, отвела детей в школу и садик и пошла на работу. Коллеги меня встретили настороженно: к ним уже кто-то приходил и объяснил, кто мой муж. Ну, я, конечно, понимала, что я жена «врага народа». Потом было собрание в школе, на котором с большим энтузиазмом выступали все сотрудники. Меня освободили от должности учителя, дали в руки швабру, и я превратилась в школьную уборщицу. Но мне было уже всё равно. Время для меня остановилось, я ходила как сомнамбула, ничего не чувствовала и ничего не замечала...

Она тяжело вздохнула, снова перевела взгляд на окно и стала пристально вглядываться в заснеженную даль. Мне было неловко и как-то тяжело одновременно. Меня всегда возмущало до глубины души, как можно так жестоко ломать и рушить жизни людей, не оставляя им ни малейшего шанса для защиты и оправдания?!

Я смотрел на Ольгу Ефимовну и чувствовал, что она собирается с силами, чтобы сказать мне что-то ещё. Она повернулась ко мне и произнесла как-то безысходно:

— Дети переживали ещё больше… Старшего в школе пересадили на заднюю парту, ну и конечно, гнобили, издеваясь по-всякому. Младшую в садике часто «забывали» накормить обедом и не водили в туалет, когда она просилась. Да оно и понятно. Мы превратились в людей, отверженных обществом. Но деваться нам было некуда, и мы мирились со всем происходящим. Вскоре к нам пришли с обыском и забрали все вещи мужа, включая непроверенные школьные тетради, книги и фотографии. А через неделю к дому подъехали два чёрных «воронка»… Я открыла дверь и увидела на пороге того же самого участкового. С ним было много военных в малиновых фуражках, гораздо больше, чем в первый раз. Они не церемонились, сказали собирать вещи детям, взять свои и следовать за ними. Я поняла: все мои надежды на то, что всё ещё может наладиться, окончательно рухнули. Я стала впопыхах одевать детей, совать им в карманы какую-то еду, но толком ничего не успела дать. Главный приказал: «Выводите!» Детей схватили за руки и потащили к двери. Они заплакали и закричали: «Мама, мама!» Никогда не смогу забыть этот крик, он до сих пор стоит у меня в ушах, снится по ночам…

Она приложила конец платка к глазам, её плечи вздрогнули. Затем она поднесла платок к губам и стала говорить сквозь платок изменившимся голосом:

— Я бросилась к детям, но главный вытащил из кобуры наган, сжал его в кулаке и ударил меня им по лицу. Я упала, обливаясь слезами и кровью. В машину меня внесли двое здоровенных военных, я уже ничего не чувствовала и не понимала. В следственном отделе я пробыла недолго, побои и крики на меня не действовали, суда не помню. Вскоре меня с другими такими же, как я, этапом отправили к месту заключения. Ехали в теплушках, правда, конвоиры оказались не злые, разрешали нам двигаться по кругу, чтобы мы могли по очереди отогреваться возле буржуйки, которую они по ночам топили для себя. Днём ещё было тепло, а ночи уже были холодные. Заболевших забирали в отдельный вагон, и мы их никогда больше не видели…

Она опять замолчала.

А я поймал себя на мысли, что, наверное, вызываю доверие или так располагающе выгляжу, если она решила поведать мне историю своей жизни.

Но история была такая, что лучше бы я ехал с шумной компанией. И всё-таки оставалась ещё какая-то надежда, и хотелось верить, что скоро наступит хорошая развязка, произойдёт чудо, кто-то спохватится, одумается и учительницу и её семью отпустят домой, извинившись за ошибку…

Но хороший конец не произошёл.

Она продолжила, как бы очнувшись:

— Нас привезли в один из северных портов, а оттуда баржей отправили на архипелаг. Кроме нас, было много других заключённых из разных концов страны. На барже уже были совсем другие порядки, повсюду шныряли какие-то уголовники, у кого-то что-то отбирали, кого-то били — короче говоря, устанавливались волчьи законы. Конвоиры ни с кем не церемонились, стреляли прямо в толпу, если им что-то не нравилось. В лагерь нас привезли под вечер, баржу поставили под разгрузку, а нас разогнали по баракам, было очень холодно. На следующее утро нам выдали уже ношенные ватники и телогрейки, распределили по отрядам, и мы стали мыть золото — каждый отряд на своём участке. Вода, которую качали два дизельных насоса, была ледяная, руки перемерзали до такой степени, что уже не слушались, но нужно было давать норму.

После первого дня работы всех заключённых построили в шеренги, вышел начальник лагеря и спросил:

— Выполнили норму?

Бригадир ответил:

— Нет.

Начальник скомандовал:

— Каждый пятый два шага вперёд!

Мы быстро рассчитались, и каждый пятый выступил из строя на два шага вперёд, ещё не зная зачем. Взвод конвоиров разошёлся по шеренгам и стал в упор расстреливать всех, кто стоял перед строем. Поднялся крик, вой… Тут же с вышек открыли пулемётный огонь, все сразу упали на землю. Пулемёты замолчали. Начальник лагеря приказал встать. Встали только те, кого не задела пуля. Конвоиры доделали своё дело, и нас развели по баракам. Я всю ночь не могла сомкнуть глаз, всё время рыдала. Утром сирена прогудела сигнал подъёма — и опять все на участки.

Вечером — построение в шеренги и голос начальника:

— Выполнили норму?

— Да, — ответил бригадир с облегчением.

Но начальник сказал:

— Каждый третий два шага вперёд!

Люди вышли из строя уже как-то обречённо и безнадёжно, все остальные застыли на месте, опустив глаза в землю. Вышедших расстреляли. Так началась моя жизнь в лагере…

Она опять замолчала, как бы сделав передышку.

Я сидел окаменевший, как будто меня только что вытащили из-подо льда, в холодном поту, оцепеневший от жуткой несправедливости, ощущая полную безнадёжность и обиду.

— А ты говоришь — подарок! — внезапно услышал я голос учительницы.

Она кивнула на моё кольцо.

Я судорожно засунул руку в карман.

Но учительница как-то совсем дружелюбно и доверчиво спросила:

— А у тебя был когда-нибудь подарок, который ты мог бы назвать бесценным?

Я, на секунду замешкавшись, сказал:

— Наверное, нет.

— А я получала такой подарок одиннадцать раз, — спокойно произнесла она.

— Где? — опешив, изумился я.

— В лагере, — был ответ.

— А откуда у вас в лагере могли быть такие дорогие подарки?

— Ты не понял, — как-то очень грустно прозвучал её голос. — Одиннадцать раз мне дарили жизнь. Совершенно незнакомые люди менялись со мной местами, когда мне выпадал «проклятый» номер. И только благодаря этим одиннадцати людям, которые отдали свою жизнь за то, чтобы я осталась в живых, я сейчас могу говорить с тобой.

Я застыл на месте, шокированный и поражённый этим признанием, произнесённым обычным голосом. Я испытал такое эмоциональное потрясение, что меня обдало жаром изнутри. Я отвернулся в сторону, стараясь спрятать навернувшиеся на глаза слёзы.

— Нас было пять тысяч человек, прибывших на архипелаг. Как ты думаешь, сколько нас осталось к весеннему паводку?

Я пробормотал что-то насчёт того, что читал книгу известного автора о положении заключённых в ГУЛАГе и знаю о тех ужасных условиях, в которых им приходилось выживать.

— Да, — сказала она, — я тоже читала, низкий поклон этому человеку. Но знаешь, он не описал и десятой доли того, что там действительно происходило. Так вот, весной на материк нас возвращалось пятьсот человек, все остальные лежат подо льдом и в мёрзлом грунте.

Я сидел, безвольно уронив руки на колени.

Электричка подкатывала к платформе. Женщина встала и, стараясь придать своему голосу как можно больше бодрости, произнесла:

— Ну, мне «с вещами на выход»!..

Потом подняла свою руку с кривыми пальцами и уродливыми суставами, всю синюю от лагерных наколок, и потрепала меня по волосам, как мама или учительница младших классов своего любимого ученика. Рука была по-родному тёплая и нежная.

И вдруг я понял, насколько тяжело ей было рассказывать историю своей жизни, заново переживая её. И сделала она это не потому, что я выгляжу «располагающе» или «вызываю доверие», а потому, что хотела подарить мне «бесценный подарок», спасая мою душу...

Напоследок, уже стоя в проходе, она сказала:

— Не носи золото, на нём кровь людей...

Я смотрел на удаляющуюся фигурку учительницы младших классов в серо-голубом пальто с каракулевым воротником по моде пятидесятых годов, и мне хотелось броситься вслед за ней, упасть на колени и вымаливать у неё прощение за то, что посмел не пожать ей руку. Но вместо этого я стал судорожно стаскивать с пальца кольцо, всё ещё слыша её голос: «Не носи золото, на нём кровь людей...»

* * *

В кабинете из красного дерева с тяжёлой мебелью, обтянутой чёрной кожаной обивкой, главный прокурор страны зачитывал указ об освобождении всех политических заключённых и реабилитации их прав.

А перед ним стояла маленькая учительница младших классов — в серо-голубом пальто с каракулевым воротником, с руками синими от воровских наколок. Она кричала, захлёбываясь болью и слезами, осыпая его проклятиями и матом, который можно выучить, только отсидев долгий срок в лагерях ГУЛАГа.

Она сотрясала кулаками со скрюченными пальцами и изуродованными суставами и кричала в лицо представителю закона:

— Верните мне мужа! Верните детей! Верните мне пятнадцать лет жизни, которые вы украли у меня в лагерях! Верните жизнь тысячам людей, которых вы положили под лёд! Я хочу видеть всех, кто это сделал! Я хочу, чтобы их судили и сослали в эти же лагеря!

Прокурор сидел красный как рак, обливаясь потом. Ему нечего было ответить этой женщине.

Она рыдала над своей изуродованной жизнью, исковерканной судьбой своей семьи, о тысячах невинных, положенных в мёрзлую землю, об одиннадцати совершенно незнакомых людях, которые отдали свою жизнь, чтобы спасти молоденькую учительницу младших классов… А рядом с ней стоял Будда, монументальный и непоколебимый. В шапке-ушанке, сдвинутой на затылок. На его мощной груди виднелась наколка в виде большого орла с расправленными крыльями, убивающего змею. А на кисти правой руки — половинка северного солнца с расходящимися лучами. И внутри солнца было выколото единственное слово: ВОЛЯ.

Примечание. Политические заключённые в лагерях ГУЛАГа подлежали уничтожению в первую очередь, поэтому они накалывали себе воровские наколки, чтобы выглядеть, как криминал.

Январь 2017

Благословенье
и проклятье

Огромный город, сверкающий красочными витринами, неоновыми огнями и большими рекламными щитами, диктующими людям свою волю — что им есть, как одеваться, где работать, где отдыхать, как лечиться, о чём мечтать, — шумел и переливался в бесконечном и страстном порыве доказать свою значимость и превосходство над миром одиноких светящихся точек, снующих вдоль этого каменного пространства... Напряжённых и озабоченных, едва успевающих на бегу впитывать то, что диктует этот каменный монстр, и в то же время пытающихся сохранить хоть часть, хоть маленькую толику своей человеческой сущности, которую уже почти полностью засосали и втянули в себя беспощадно светящие прямо в лицо экраны телефонов, компьютеров, телевизоров... Уберечь хотя бы что-то настоящее, человеческое в этом полностью виртуальном мире, который манит тебя сказочной надеждой на самое лучшее, самое необыкновенное, самое незабываемое — для тебя и только для тебя одного, если ты сможешь заплатить цену. И уже непонятно, кто на этой сцене главный: человек, который создал этого монстра, или монстр, который уже полностью завладел каждым поступком, каждой мечтой, каждой эмоцией человека и безжалостно управляет его судьбой.

Будда стоял на площади и смотрел на переливающийся огнями рекламный экран. Я не знал, о чём он думает, но на всякий случай смотрел на тот же экран, что и Будда. Он покачал головой и, обернувшись через плечо, спросил:

— А ты знаешь, кем был построен первый город?

Вопрос был неожиданный и интригующий. Не помню, чтобы я когда-то им интересовался. Наверное, даже историки не смогут дать точный ответ на него, поэтому я не стал напрягать мозги и копаться в памяти.

Будда улыбнулся и сказал:

—А зря… Имя этого человека известно. Оно записано в Священной книге. Его имя — Каин.

Меня не очень обрадовало это известие, сразу стало как-то не по себе, да и город стал восприниматься совсем по-другому. Я-то думал, что образование мегаполисов — это закономерный исторический процесс, стремление человека к социализации, к созданию сообщества, противостоящего природным катастрофам и другим неприятностям.

—Да, и это тоже, — обронил Будда. — Но Каин построил город не по этой причине. У него была своя цель, скорее даже не цель, а внутреннее стремление компенсировать то, что он потерял.

Будда оторвал взгляд от рекламного щита и побрёл, мерно раскачиваясь, вдоль светящихся витрин, несущихся машин и мечущихся по городу в поисках своего счастья людей… Не понимающих того, что оно, глупое, сидит в тёмной комнате и смотрит вытаращенными от удивления глазами на провисшее стекло на старом окне и на маленькие капельки дождя на этом стекле, переливающиеся разноцветными огнями отражённых витрин. Смотрит на одуванчики фонарей и на людей, снующих по улице и укрывающихся новенькими зонтиками от разноцветных капель чистой воды, падающей с неба, ищущих-рыщущих и не понимающих, что оно совсем рядом, сидит в тёмной комнате и смотрит на них вытаращенными от удивления глазами…

Будда приостановился. Он не обращал внимания на первые капли тёплого летнего дождя, он думал о чём-то, погружённый в тишину своей сущности, и это было намного значительнее всего шума, порождённого «каменным монстром».

Наконец он обронил со вздохом:

—Его потеря была катастрофической… Не только для него, но и для всего человечества…

Его фраза камнем упала к моим ногам. Задуматься было над чем. Будда навёл меня на очень грустные размышления.

Я пока ещё не понимал по поводу человечества… Но, конечно же, после убийства брата, когда Каин был проклят, отвергнут своим родом и изгнан из родной земли, он не выдержал одиночества, стал искать общения с людьми и попытался заменить семью чем-то новым и большим вроде искусственного сообщества. И тогда он придумал построить город.

Будда прокашлялся, наверное, чтобы привлечь моё внимание.

— Видишь ли, — сказал он, — самое страшное в случившемся то, что Каин потерял связь со Всевышним. Ведь, убив своего брата из зависти, он практически убил свою душу. Ту Божественную часть в нас, которая связывает нас с Божественным разумом и через которую к нам идёт постоянная поддержка и жизнеподача. А потеряв эту связь, он почувствовал себя не только отверженным и одиноким, но и совершенно опустошённым, потерянным, неспособным жить. И, чтобы как-то компенсировать эту потерю, он интуитивно стремился окружить себя людьми, которые эту связь не потеряли, чтобы подпитываться от них Божественной энергией, к которой он больше не имел доступа…

У меня отвисла челюсть от потрясения.

— Что значит подпитываться Божественной энергией? То есть забирать у других то, что они законно получили от Всевышнего? Энергию, жизненную силу, здоровье?! Ведь это же воровство, вампиризм?!

— Это хуже воровства… — сказал Будда. — Это намного хуже, чем залезть человеку в карман и вытащить деньги. Это всё равно, что вскрыть человеку вены и выпустить из него кровь, что и называется вампиризмом.

— Так что, — спросил я, — Каин был ещё и первым вампиром?

— Конечно, не первым… Но, наверное, первым, кто соорудил своеобразную ферму доноров для своего пользования.

Я был в шоке! До меня стал доходить смысл фразы о потере для всего человечества.

— Так это было начало разделения человечества на вампиров и доноров? — спросил я. — И значит, город — это сооружение, которое можно назвать «фермой», где одни являются вампирами, а другие — донорами?

— Да, это так, — ответил Будда. — Если исключить все другие функции этого сообщества — социальные, экономические, культурно-исторические… В этом и есть благословение и проклятье города. С одной стороны, он даёт человеку много возможностей и удобств, а с другой, может легко забрать у человека самое главное — его жизнь, которая и является проявлением Божественного… Ты когда-нибудь видел очень больных людей, которые всю жизнь болеют, но живут до ста лет, и здоровяков, которые вдруг ни с того ни с сего падают на ходу?

Я задумался... Да, я встречал такое в жизни и очень этому удивлялся.

— Не удивляйся, — сказал Будда. — Просто одни смогли найти себе хорошую подпитку, а другие стали жертвами такого энергетического вампиризма. И самыми уязвимыми в этом смысле являются дети — ибо детей бессовестно грабят все. Ребёнок, конечно, чувствует опасность, но привитые социальные нормы не дают ему возможности восстать против этого, тем более что он очень зависим от родителей, которые, во-первых, диктуют ему, как вести себя с окружающими, а во-вторых, сами порой сдирают с него три шкуры. Ребёнка всегда приучают быть дружелюбным и открытым по отношению к тем, кто нравится родителям или с кем они вынуждены общаться в социальной сфере. Кроме того, в бытовых ситуациях ребёнка постоянно используют как щит или «визитную карточку». Ну, например, очень часто можно услышать, как мать, пытаясь создать более удобные условия для себя и для ребёнка, выговаривает кому-то: «Что вы здесь шумите (толкаетесь, курите и т. д.)? Не видите, что у меня ребёнок?!» Нормальный человек поймёт, потому что знает, насколько важно заботиться о детях. А энергетический вампир, если он ещё и искусный, сожрёт и мамашу, и ребёнка. Первое, что он может сделать, — нахамить мамаше, расстроить её, и когда она начнёт с ним ругаться и опустится до его резонансного уровня, он заберёт у неё всю энергию. А она, в свою очередь, обдерёт собственного ребёнка, так как он связан с ней энергетической нитью и практически ещё находится в её энергетической оболочке. Другой сценарий может развиваться более коварно: «Ой, извините, мы не заметили, а ну-ка, ну-ка, кто тут у нас? Ой, какой замечательный и красивый ребёнок!» — и вот уже мамаша расплывается в улыбке от гордости, и тут же две энергетические стрелы впиваются и в неё, и в ребёнка... И если организм в течение двадцати четырёх часов не справится и не уберёт эту связь, то проблема может остаться на многие годы. Есть люди, которые кормят вампиров всю жизнь. Пьяные родители очень сильно обдирают своих детей. Особенно серьёзно они повреждают тонкую энергетическую оболочку вокруг головы ребёнка, обесточивая его мозг и забирая у него энергию, в которой нуждаются, так как энергию собственных нейронов они разрушают алкоголем. И ребёнок, не имея подпитки для мозга, становится невнимательным, рассеянным и вырастает умственно отсталым. Но он никак не может сопротивляться этому, так как родители — самые близкие ему люди. Единственный выход для него — самому стать вампиром и сдирать энергию с других детей, братьев, сестёр, друзей, или же устраивать проблемы родителям, выводя их из равновесия и забирая энергию у них.

Я был в ужасе от такого открытия… Почему-то в голову пришло выражение из Священной книги: «Я пришёл разделить человека с отцом его, дочь с матерью, невестку со свекровью». Есть много объяснєний этой фразы, но меня она навела на другие мысли. И фраза «отделить агнцев от волков» тоже приобрела совершенно другое значение. Я не думал, что «каинизм» так глубоко сидит в нашей сущности. И, как всякий человек, я отказывался брать на себя ответственность за это, я искал кого-то, кто больше меня ответствен за происходящее.

—Я не понимаю, как Всевышний допускает это? — обратился я к Будде.

—Дело не во Всевышнем — он постоянно посылает помощь и напоминание, он дающий. Дело в самом человеке: он должен сберечь то, что получил, и умножить. Человек ответственен за бесценный дар, полученный от Всевышнего, и он должен думать, как его лучше сберечь и умножить. Понятно, что если ты нашёл клад, принёс домой, стал его транжирить направо и налево, рассказывая всем, какой ты богатый, да ещё и водить дружбу с ворами, то скоро ты окажешься нищим, к тому же большим должником, который отрабатывает долги и бедствует.

—А как же можно сберечь этот дар? Ведь, наверное, люди даже не чувствуют, что у них что-то забирают?

—Ну, не совсем так… Все интуитивно чувствуют вампиров. Человек всегда ощущает, что, общаясь с одними людьми, он получает заряд, а после общения с другими — опустошён и депрессивен. А во-вторых, Всевышний об этом тоже позаботился. Он дал каждому часть себя, ту часть, которая и является Божественным в человеке. И если человек сам не убивает её, не разрушает, то он неуязвим ни для каких вампиров, если, конечно же, сам не полный растяпа. Ты замечал, что очень многие люди всю жизнь ищут себя, они убивают массу бесценного времени впустую, чтобы доказать себе свою исключительность и необыкновенность. Почему себе? Да потому что другим на это наплевать, они такие же эгоманьяки, которые ищут себя в себе. Так вот, они легко могут очень сильно сузить круг своих поисков, задав себе единственный вопрос: «Кто я? Чёрная воронка, бездонная пропасть, в которой исчезает, погибая, Божественное творение, или я сущность, излучающая Божественный свет и наполняющая им живое пространство?» И тогда и цель станет более видимой, и человек направит свои усилия не на поиски себя, а на совершенствование себя, чтобы стать тем, кем сделал его Всевышний. Заметь, на протяжении многих веков люди ищут чудесный эликсир жизни, который может продлить жизнь, вернуть молодость. Развивая науку и медицину, они пытаются найти секрет долголетия, вскрыть механизмы старения. Они делают множество открытий, находя долгожителей в разных частях планеты. И объясняют долгожительство этих людей тем, что те «живут в горах», «живут в долинах», «живут у моря», «живут в лесу», «едят полезные сорта мяса», «не едят мясо», «пьют вино», «не пьют вина» и так далее. Кто дал человеку этот всеобъясняющий ум, который может объяснить всё, не объяснив ничего, и уводящий человека всё дальше и дальше от здравого смысла и совершенно очевидных вещей? Этот чудесный эликсир уже давно создан. Если бы он не был создан, жизнь просто не появилась бы. Единственная задача у человека — быть подключённым к источнику, который источает этот эликсир.

— А разве на земле нет людей, постоянно подключённых к этому источнику?

— Конечно, есть, но их очень мало. В старых Священных книгах говорится, что было время, когда люди жили по десять тысяч лет. Ещё пять тысяч лет назад были люди, возраст которых приближался к тысяче лет. Количество святых на земле резко уменьшилось, а количество вампиров резко выросло, поэтому приём Жизненного потока ослабел и сроки жизни резко сократились.

С этими словами Будда положил руку мне на плечо, и я почувствовал, как по телу стали распространяться тепло и лёгкость. Я расслабился, но что-то внутри тревожило меня, в сердце было какое-то беспокойство… Маленьким червячком в моём мозгу шевелился вопрос: «А вдруг я тоже вампир? Ведь я получаю от Будды так много!..»

Будда повернулся ко мне и улыбнулся своей незабываемой улыбкой:

— Вот насчёт этого не переживай. Это добровольное донорство, поддержка, которую тысячи людей оказывают близким людям и друзьям в трудную минуту, помогают нуждающимся… Но это всегда компенсируется Всевышним, потому что это пробуждает в людях их Божественную часть и дарит им Божественную силу, а она бесконечна…

Я стоял и думал: вот в этом весь Будда! Сначала вытащит на свет что-то очень тёмное в человеке, что заставляет содрогнуться и задуматься… И после того, когда в тебе всё перевернулось, даёт такую надежду и поддержку, что ты вновь рождаешься на свет, с неодолимым желанием жить и быть похожим на него…

Февраль 2017

Летела стая лебедей

Тот, кто хоть раз видел, как летит стая лебедей, понимает, что такое настоящая магия, магия Божественного проявления жизни и красоты. В его сознании навсегда запечатлится состояние волшебного чуда, особенно если он смотрел на небо глазами ребёнка, сознание которого ещё не затуманено логикой и эрудицией взрослого человека. Взрослый, обескураженный необычной картиной, начнёт сразу же вычислять высоту полёта, плотность и температуру воздуха, скорость ветра, размах крыльев и вес каждого лебедя в отдельности. Потом взрослый человек произведёт все необходимые расчёты и хмыкнет: «Понятно, почему они так плавно плывут по небосводу». Он, конечно, не заметит ни синевы неба, ни белых облаков, ни солнечного света, ни самолёта, железной игрушкой пересекающего небесную сферу по точной траектории. Но он будет очень гордиться собой и своими обширными знаниями в области физики и аэродинамики. И эта гордость будет настолько доминировать в его сознании, что он даже не поймёт, что его сердце растаяло, как фруктовое мороженое, и растеклось по всему телу лёгким сладким привкусом от этой красоты. Взрослый человек, даже если и уловит следы каких-то необычных ощущений внутри себя, отнесёт их к работе своей логики, так сладостно подпитывающей гордость за себя, такого эрудированного и умного.

Ребёнку же, наоборот, совершенно не важна высота, температура, скорость… Он утопит свои синие глаза в таком же синем небе и будет всем естеством своим плыть по этой сини рядом со стаей белых, как облака, лебедей. И он, конечно, подметит, что большие белые крылья лебедей очень похожи на крылья ангелов…

А скорее всего, это и есть ангелы, превратившиеся в белых лебедей, чтобы спуститься с неба на землю и побыть рядом с людьми — самым великим Божественным творением. А поскольку это ангелы, они не могут спуститься на землю просто так, им нужно найти место перехода из одного пространства в другое. Поэтому они всегда выбирают очень тихое, подходящее место, где вода — словно волшебное зеркало, в котором отражается синева неба, облака и белые ангелы, круг за кругом медленно спускающиеся к этой глади, чтобы полностью отразиться на земном уровне. Когда они соприкасаются с водой, не слышно ни хлопка, ни всплеска, даже вода не подёрнется рябью, и тогда можно догадаться, что это лишь отражение небесного пространства соприкоснулось с водой и материализовалось на ней. Когда лебеди движутся по воде, нельзя увидеть ни толчков, ни покачивания, заметно лишь плавное скольжение, как будто лёгкий ветерок гонит по ровной глади невесомое пёрышко, умело маневрирующее между отражением облаков, верхушками деревьев и отблесками света на этой воде.

Эта лебединая стая нашла своё место перехода. Она выбрала небольшое лесное озеро, окружённое лесом и зарослями камыша, удалённое от городов и магистралей, от недобрых глаз и химических предприятий, сливающих свои отравленные отходы в близлежащие водоёмы. Этой стае повезло: она нашла совершенно волшебное место, а такая удача — большая редкость в наше время…

* * *

Будда шёл по узкой жёлтой тропинке в сторону изумрудного леса, вдоль берега небольшого, но очень красивого озера, затерявшегося в этом волшебном лесу. Он вёл за руку мальчика лет девяти, совершенно мокрого, взъерошенного и горько-горько плачущего. Мальчик медленно плёлся за Буддой, вытирая измазанной в глине рукой горячие слёзы, текущие по бледным щекам. Было видно, что он убит каким-то большим горем, и только тёплая рука Будды и его уверенная поступь давали мальчику, наверное, какую-то неосознаваемую надежду и удерживали его на ногах.

Будда шёл молча, погружённый в таинственную тишину своего молчания, в которой, как всплески на воде, отражались всхлипывания мальчика, сотрясая небывало сильными толчками всю сущность Будды и всей Вселенной. Будда шёл, увлекаемый этими толчками, и его сильная, но почему-то как-то странно обмякшая фигура мерно раскачивалась из стороны в сторону в такт всхлипываниям.

Большой и маленький путники стали углубляться в лес, и деревья как-то особенно затихали, провожая эту печальную процессию своими тёмно-зелёными глазами. Тропинка извивалась в лесу между пнями и корягами, между могучими вековыми деревьями и совершенно молоденькими, только подросшими и тянувшимися к свету деревцами. Этот волшебный лес всегда был наполнен птичьим гомоном, шорохами в траве и даже поступью больших зверей, с лёгким треском взламывающих ветки и кустарники. Но в эту минуту лес молчал. Он был, как Будда, весь поникший, осунувшийся и погружённый в тягостное безмолвие.

Будда с мальчиком поднялись на небольшой пригорок, где перед ними открылась поляна, усеянная цветами и утопающая в высокой изумрудной траве. Будда остановился, присел на корточки возле плачущего мальчика, вытер ему слёзы с покрасневших от соли щёк и мягко сказал:

— Оглянись назад. Что ты видишь?

Мальчик медленно повернулся и, отрывая от земли синие, как небо, глаза, стал всматриваться в оставшуюся позади даль.

— Что ты видишь? — опять спросил Будда.

— Я вижу лес, — сказал мальчик.

— А что ещё?

Мальчик сделал паузу, потом очень глубоко вздохнул и стал перечислять:

— Я вижу лес, я вижу озеро среди этого леса, я вижу белых, как облака, лебедей, плывущих по этому озеру... — и вдруг с удивлением воскликнул: — Я вижу маму!.. Я вижу свою младшую сестрёнку!..

И он зарыдал, захлёбываясь слезами.

Будда придвинулся к нему ближе, обнял его и прижал к себе. Мальчик безутешно плакал. Будда погладил его по мокрой голове и спросил:

— А папу? Папу ты видишь?

— Нет, — ответил, всхлипывая, мальчик. — Папу я уже давно не видел. Он погиб на войне, его убил снайпер, пулей в голову. Когда мы его хоронили, он был с перевязанной головой...

Будда крепче прижал мальчика к себе и спросил:

— Ты хорошо видишь маму и сестрёнку?

— Да, — ответил мальчик, — очень хорошо. Они смотрят на меня.

— Ну что ж, — сказал Будда, — значит, ты их запомнил навсегда?

— Да, — произнёс плачущий мальчик, — я запомнил их навсегда.

— А папу своего ты бы хотел увидеть? — вдруг спросил Будда.

Мальчик перестал плакать.

— Да… Я всегда очень-очень скучал за папой. Я ненавижу войну и ненавижу снайпера, который сидит очень далеко и убивает чьих-то пап!

Будда покивал головой.

— Посмотри ещё раз хорошенько на лес, на озеро, на белых лебедей, на маму с сестрёнкой, чтобы они никогда не исчезли из твоего сердца. Потому что сейчас мы повернёмся, и ты их больше никогда не увидишь. Но ты увидишь своего папу.

— Папу?! — удивлённо захлопал глазами мальчик. — А разве он живой?!

— Конечно, живой! — ответил Будда. — И он тебя ждёт. Он будет очень рад тебя видеть, он тоже скучает по тебе.

— А как же мама и сестрёнка? — спросил мальчик.

— Они будут в порядке, потому что ты и папа всегда будете заботиться о них, — Будда улыбнулся. — Ты готов?

— Да, — сказал мальчик.

Будда взял его за плечи и развернул в ту сторону, куда они направлялись, оставив за плечами мальчика всё, что было раньше. Мальчик смотрел на поляну, заросшую сочной травой, на красивые цветы, рассыпанные по всему пригорку, и на жёлтую тропинку, исчезающую за этим холмом.

И вдруг он услышал множество звуков, жужжание пчёл, пение птиц, заметил парящих в воздухе бабочек и увидел свет, небывало яркий свет, исходящий именно из того места, где исчезала тропинка. Внезапно посредине этого сияющего облака он увидел фигуру мужчины, бодро шагающего к ним навстречу. Потом он рассмотрел повязку на его голове и узнал глаза, улыбающиеся глаза своего папы. Он рванулся с места, но тёплая рука Будды удержала его.

— Не спеши. Это место перехода, я помогу тебе его преодолеть.

Он взял мальчика за руку и повёл по тропинке навстречу папе. Папа остановился, видимо, он дошёл до черты, за которую не мог переступить. Когда они подошли ближе, мальчик увидел, что холм пересекает дорога, вымощенная чёрным кирпичом, и понял, что только она разделяет его и папу. Он вопросительно посмотрел на Будду.

Будда остановился и спросил:

— Ты очень хочешь обнять своего папу?

— Да, — ответил мальчик, — очень-очень!

— Тогда держи мою руку и иди вперёд, как бы трудно тебе ни было.

Они шагнули на дорогу, вымощенную чёрным кирпичом, и, как только ноги коснулись её, мальчик почувствовал, будто они увязли в болоте. Всё тело налилось свинцом, двинуться с места было очень трудно. Но Будда твердил: «Вперёд, вперёд!!!» — и они, прилагая огромные усилия, передвигали свои окаменевшие ноги по чёрным кирпичам. Когда они дошли до середины, мальчик совсем выбился из сил. Он хотел остановиться, но вдруг заметил очень много странных фигур на этой дороге, застывших на месте и так и не сумевших перейти на другую сторону.

Он услышал голос Будды:

— Не останавливайся, смотри на папу!

Мальчик стал смотреть на папу, который улыбался и махал ему руками, и у него сразу прибавилось сил. Он стал продвигаться вперёд, и чем дальше он удалялся от середины дороги, тем легче ему становилось идти. Наконец он сделал последний шаг и оказался на руках у папы.

Это был непередаваемый момент! Он ощутил абсолютную защищённость, радость и тепло, которое согрело его после долгого пребывания в холоде.

Папа тоже был рад. Будда, улыбаясь, смотрел на ожившего мальчика и на его папу, крепко обнявшего сына. Потом мальчик вдруг спрыгнул, подбежал к Будде, взял его за руку и подвёл к своему папе. Он подал папе другую руку, и они втроём зашагали в сторону, где возвышались большие, словно сделанные из хрусталя Райские ворота. Ворота были настежь открыты, и оттуда толпами валили небожители.

Что-то невероятное происходило у Райских ворот — можно было назвать это северным сиянием или светопредставлением.

Мальчик поднял свои синие глаза к ярко-синему Райскому небу и увидел, как в нём кружится стая белых лебедей. Белыми, конечно, их трудно было назвать, потому что свет, которым сияли их крылья, переливался разноцветными красками, разливаясь на полнеба. Это было переплетение множества радуг и движущихся узоров.

Мальчик дёрнул Будду за руку:

— Как здесь красиво! Здесь всегда так?

— Красиво здесь всегда, — ответил Будда. — Но такого представления, наверное, ещё не видел никто. Бывало, сюда залетали пары лебедей, но чтобы кружила целая стая — это редкость… Ну, идите, вам пора.

Будда легонько подтолкнул мальчика и улыбнулся папе своей незабываемой улыбкой.

Мальчик с папой сделали несколько шагов в сторону Райских ворот, и вдруг мальчик оторвался от папиной руки, развернулся и побежал к Будде. Он со всего разбега прыгнул ему на грудь, обнял его за шею, и в карих глазах Будды отразилась синева глаз мальчика, так похожая на небесную синь.

— Ты мой самый лучший друг! — тихо произнёс мальчик, обнимая Будду.

— Ты мой тоже! — ответил Будда и аккуратно поставил мальчика на землю.

Мальчик направился к папе, а Будда смотрел ему вслед каре-синими глазами, полными слёз, а может, это было просто отражение играющей радуги, застилающей половину райского неба.

Январь 2017

Огненные драконы

Я стоял у Райских ворот, открыв рот и устремив взгляд вверх, где плавно кружила стая лебедей, раскрашивая переливающуюся небесную сферу во все цвета радуги. Оторваться от этого волшебного зрелища было невозможно.

Я даже не заметил, как подошёл Будда, но почувствовал, как чья-то тёплая рука легла мне на плечо. «Какое незабываемое и совершенно необъяснимое чудо», — подумал я.

Будда кивнул головой.

— Это история о мальчике, который нашёл отца?

— Не совсем, — ответил Будда. — Это история о мальчике, которому открылась сокровенная Божественная тайна, но он не смог её сберечь и поэтому попал в беду.

Я весь напрягся в ожидании необычной истории.

Но Будда не торопился, он смотрел вверх, растворяя свой каре-голубой взгляд в бесконечных вибрациях световых радуг, распространявшихся по Вселенной.

— Я надеюсь, — сказал Будда, — что этот свет дойдёт до Земли… А история простая, — вздохнув, продолжил он. — Летела стая лебедей… Так высоко, так красиво, совершенно свободно, недосягаемо для стрелков и недобрых глаз. Лебеди парили над землёй, любуясь красотой лесов и полей, высоких горных утёсов, синих озёр. Они летели издалека, и им пора было отдохнуть, набраться сил для дальнейшего полёта. Они стали искать подходящее место, где бы им можно было приземлиться. Это были не обычные лебеди, а самые настоящие ангелы, которых послал Всевышний в страну, где шла война. Он доверил им необычную миссию: принести мир в эту страну. И поэтому лебеди были очень осторожны, они понимали важность этой миссии и искали волшебное озеро с чистой водой, гладкой, как зеркало, чтобы отразиться в ней и материализоваться на земном плане в той стране, где снайперы убивали чьих-то пап. Они нашли это озеро, окружённое лесом и заросшее камышом, с абсолютно зеркальной поверхностью, в которой отражались синее небо, белые облака, серебряный самолётик, пересекающий небесную сферу по точной траектории, и, конечно, кружащаяся стая лебедей. Они стали кружиться и плавно опускаться на воду, не догадываясь о том, что о существовании этого озера, кроме них, знает кто-то ещё.

Это был мальчик лет девяти, который однажды случайно набрёл на это озеро и стал приходить сюда каждый день, с тех пор как его папу убил снайпер. Он заметил, что, когда он находился возле этого озера, ему казалось, будто его папа где-то здесь, рядом, на озере. Он даже разговаривал с ним. Где-то внутри он догадывался, что это озеро волшебное, но, когда увидел белых лебедей с крыльями, похожими на крылья ангелов, плывущих по синему небу и медленно опускающихся на водную гладь, он понял совершенно точно, что это озеро действительно волшебное. Потому что на его водной глади отражаются необычные небесные существа. В маленькую светлую душу мальчика закралось какое-то странное ощущение, что скоро он увидит папу. Он чувствовал его совсем рядом. «Наверное, он один из этих белых ангелов», — думал мальчик.

В тот день он пришёл домой совершенно в другом настроении, чем был всё время до этого. Мама сразу заметила эту перемену и спросила:

— Что-то случилось?

— Нет, всё нормально, — сказал он маме, уходя от ответа.

Но мама видела, что он весь светился радостью, и это её очень радовало. После смерти мужа она ни разу не видела сына таким.

На следующее утро он, поцеловав маму и сестрёнку, торопливо побежал на автобус, который каждый день возил детей в школу. Его распирало внутри от радости и необыкновенного открытия. Ему, конечно же, очень хотелось поделиться хоть с кем-нибудь своей тайной, но он понимал, что, во-первых, ему вряд ли кто поверит, а во-вторых, он и сам ещё не до конца был уверен, что всё, что он видел, действительно так и есть. И, конечно, самое главное: ему очень хотелось увидеть папу, и он боялся, что кто-нибудь может этому помешать.

До городской школы автобус ехал сорок минут, поэтому у мальчика было время посидеть и помечтать о том, как он встретится с папой. Он даже не заметил, как доехал до своей остановки, и, увлекаемый другими ребятишками, выскочил из автобуса и побежал в школу. В школе всё было как обычно, но на большой перемене завязался какой-то спор между мальчишками, и ему пришлось вмешаться. Обижали его товарища, у которого папа вернулся с войны весь покалеченный: он подорвался на мине. Мальчик видел его, вернее, то, что от него осталось. У него не было ноги, левая рука была изуродована, и на ней уцелели всего два пальца, пол-лица закрывал огромный красно-розовый шрам, вместо одного глаза зияла пустота, нос и губы выглядели обезображенно. Смотреть было очень страшно, но мальчик всё же втайне завидовал другу: у него папа вернулся хотя бы живой!

Когда он подошёл к группе разгорячённых мальчишек, то понял, что они сцепились не на шутку. Была в школе группа ребят, которые резко выделялись среди всех остальных. Их всегда привозили в школу на дорогих машинах, у них всегда были новенькие модные кроссовки, а многие из них хвастались совершенно уникальными мобильниками, на которых можно было делать всё. Это были неплохие ребята, иногда даже давали подержать телефон и разрешали немножко поиграть. Но сегодня их почему-то зашкалило. Они кричали его другу, что он неудачник и его папа — дурак, потому что умные люди на войну не ходят. И вообще, он ничего в мире не знает и не видел, а они скоро поедут в Сингапур.

—Да ты хоть знаешь, что такое Сингапур? — смеялись они. — Там статуи стоят из чистого золота!

Мальчик подошёл к ним и спокойно сказал:

—Я знаю, что такое Сингапур. Это страна в Азии, которая занимается переработкой нефти.

—А ты кто такой?! — тут же завелись «крутые» ребята. — Только из лесу вышел и туда же сегодня вернёшься. А мы летом были в Париже, мой папа пригнал оттуда новую тачку! И в моей комнате стоит телевизор два на два метра! У тебя вообще хоть есть телевизор?

У мальчика, конечно, был телевизор, но такой, которым не похвастаешься, и в Париже он не был, а про новую иномарку вообще говорить не приходилось.

И тогда он внезапно выпалил:

— А у нас есть волшебное озеро!.. И на него приземлились небесные ангелы… Ну, похожие на лебедей, — смущённо добавил он.

«Крутые» мальчишки стали хохотать как сумасшедшие.

— Посмотрите на него, ангелы… Да у тебя крыша едет! Ангелов не существует, а лебедей в наших местах уже сто лет не было, они все давно повымерли.

Мальчику пришлось отступить. Слава Богу, прозвенел звонок. Домой он возвращался в плохом настроении. Бросил в комнате портфель, переоделся, схватил что-то пожевать и побежал к озеру, чтобы убедиться, что ему всё не привиделось.

Он тихонько пробрался по узкой рыбацкой тропинке к берегу и увидел, как по зеркальной глади изящно скользят белые, как снег, грациозные птицы, ну очень, очень похожие на ангелов. Он обрадовался и помчался к бабушке, чтобы забрать сестрёнку и отвести её домой.

Он больше никому не рассказывал о своём открытии, ходил как обычно в школу, а после занятий тайком бежал к озеру, чтобы полюбоваться на невиданных птиц с крыльями такими большими, как крылья ангелов. Ощущение, что он скоро увидит папу, не покидало его. Папа даже два раза снился ему, махал руками и звал к себе, но мальчик не решался к нему подойти.

В субботу он проснулся раньше обычного. Спать почему-то не хотелось, да и дел было много. Он должен был помочь маме по дому, сбегать в магазин, купить сахар и отнести его бабушке, собравшейся печь пирог. Ну и, конечно, сбегать на озеро, это было уже какое-то таинство, чистый детский секрет.

Сестрёнка ещё спала. Мамы в доме не было. Он выскочил во двор и увидел, что она разговаривает с соседкой. Он услышал, как соседка сказала, что её муж, возвращаясь с ночной смены, слышал какую-то стрельбу со стороны озера. И добавила:

— Странно, вроде охотничий сезон ещё не открыт, да и перелёт птиц ещё не начался.

У мальчика внутри всё оборвалось, он почувствовал, как ноги становятся ватными. Он, словно в каком-то полусне, рванул на себя калитку и, крикнув маме: «Я сейчас», побежал по направлению к озеру. Бежать было тяжело, ноги не слушались, сердце вырывалось из груди. До озера он уже еле добрёл… Прошёл по узенькой тропинке между камышами к воде…

То, что он увидел, было, конечно, не для детского взора... Вся поверхность озера была усеяна бело-розовыми перьями, грустно скользящими по воде. А на гладкой, как идеальное зеркало, поверхности озера, отражающей синее-синее небо, лежали растерзанные белые ангелы с ярко-красными пятнами на больших белых крыльях. Они лежали тихо, безвольно уронив жёлтые клювы в синеву неба, как бы в последний раз пытаясь уцепиться за эту синеву, выжить и всё-таки выполнить свою важную миссию: принести мир в ту страну, где снайперы убивают чьих-то пап...

Мальчик стоял, убитый этим зрелищем, не дыша, не шевелясь и не желая верить увиденному. Детский мозг отказывался дать объяснение произошедшему, но он лихорадочно его искал. Мальчик понимал, что люди не могли этого сделать, ведь люди — разумные существа, они умеют разговаривать, читать, писать! Они строят космические корабли, летают в космос, верят в Бога. Ну, не могли они, никак не могли!

Наверное, это сделали огненные драконы!..

Из лихорадочного состояния его вывел лёгкий всплеск на воде. Он очнулся и увидел, как один лебедь, всё ещё живой, пытался поднять голову своей лебёдке, безвольно утопающей в воде. Он беспомощно бил по воде перебитыми окровавленными крыльями, пытаясь подплыть к ней поближе, и всё время старался подсунуть свою голову ей под шею, чтобы приподнять над водой, но она соскальзывала и бессильно падала в синеву неба, отражённую в воде.

Мальчик быстро снял с себя ботинки, скинул лёгкий свитерок, стянул штаны и бросился в воду. Ему хотелось хоть чем-нибудь помочь этому отчаявшемуся лебедю, который растерянно и беспомощно бил крыльями по воде, пытаясь вернуть к жизни свою любимую. Вода была ледяная, дно скользкое, но мальчик упорно шёл вперёд, раздвигая руками небольшие стебли камыша, росшие прямо из воды. Ему было, конечно, очень страшно, но он не останавливался. Холод сковал его маленькое, худенькое тельце, и он еле передвигался по колючему скользкому дну. Ему оставалось буквально ещё несколько маленьких шажочков, чтобы дотянуться до трепещущей птицы. Как вдруг он поскользнулся и устремился вниз по обрывистому дну, уходя под воду. Он пытался сопротивляться, выплыть, но окоченевшее тело не слушалось его, он уходил всё глубже и глубже, погружаясь в холод и темноту…

Он не помнил, сколько пробыл там, пока не почувствовал, как чья-то большая и тёплая рука взяла его за руку и вытащила из кромешной тьмы. Перед ним стоял совершенно незнакомый человек, но очень добрый. Он смотрел на него карими глазами и чуть-чуть улыбался уголками глаз. Потом он обнял его за плечи, повернул к лесу, взял за руку, и они пошли по узенькой жёлтой тропинке, извивающейся вдоль необыкновенно красивого озера и уходящей в лес.

Мальчик всхлипнул и горько заплакал.

— Не оглядывайся, — сказал ему добрый человек. — Позади уже ничего нет…

…Когда мальчик не вернулся к завтраку, мама заволновалась, какой-то тяжёлый камень навалился ей на душу и стал медленно наливаться свинцовой тяжестью, всё больше и больше сдавливая сердце. Она знала эту тяжесть: один раз она уже испытала её, но сейчас ещё сопротивлялась и не хотела поддаваться этому чувству. Она выскочила на улицу, подбежала к дому соседки и затарабанила в дверь. Когда соседка увидела её на пороге, мгновенно поняла, что дело худо, а так как в последнее время плохих новостей в жизни было намного больше, чем хороших, она сразу же принялась действовать. Разбудила сонного мужа, сказала ему срочно сходить на озеро, и он побежал туда.

Соседка старалась всячески поддержать и успокоить маму, подбадривала её:

— Да не волнуйся ты, забегался где-то! — но не могла скрыть своё волнение и суетилась.

К озеру уже бежало несколько человек…

Когда на берегу нашли одежду мальчика и увидели на воде белых растерзанных птиц, сразу поняли, что случилась большая беда.

Когда из воды вытаскивали тело мальчика, у мамы подкосились ноги, её не могли привести в чувство и отвезли в больницу. Кучка взъерошенных промокших мужиков стояла на берегу возле безжизненного, ещё не успевшего закоченеть тела.

Почтальон, бывший афганец, плакал и причитал:

—Это я, это я во всём виноват. Рано утром, когда я ехал за почтой в город, меня по дороге остановил начальник местной полиции и спросил, как проехать к озеру, мол, у него начальство из центра, хотят посмотреть на лебедей. Его сын пришёл из школы и сказал, что какой-то мальчишка из нашей деревни видел их там. Я не поверил, какие здесь могут быть лебеди, но дорогу к озеру показал. Разве ж я знал? Это я, это я во всём виноват, — без остановки причитал плачущий афганец.

…Я стоял у Райских ворот, погружённый в тяжёлые переживания, рассматривая отблески радуги на небосводе и улетающих лебедей. И если бы не тёплая рука Будды, которая лежала у меня на плече, я бы, наверное, точно потерял равновесие, шлёпнулся на тёплую Райскую землю и заревел, дикой болью разрывая душу и сердце.

Будда взял меня за локоть, увлекая за собой, и пошёл вперёд, тихо раскачиваясь в такт всхлипывающему сердцу. Я безвольно брёл за ним.

Потом он вздохнул и заговорил.

—Это большая боль, — сказал Будда. — Боль, порождённая безответственностью людей, не желающих осознать, что любой их поступок обязательно приводит к последствиям на физическом и духовном плане. Нельзя убивать надежду.

—Так что, война не закончится? — спросил я.

—Закончится, обязательно закончится, — ответил Будда. — Но пока она закончится, ещё не один ангел упадёт, растерзанный огненными драконами, не один папа будет сражён пулей снайпера, и не один мальчик погибнет, спасая белых лебедей и весь мир…

Январь 2017

Муха в тарелке супа

Муха лежала в супе. Суп был тёпленький и восхитительно ароматный. Его приготовил очень талантливый повар, которого звали Марио. Из-под его руки выходило множество невероятно вкусных блюд, но самым любимым у мухи был суп. Марио готовил его виртуозно. Сначала он варил бульон из курицы с корнем петрушки, луком, чёрным перцем и солью. Пока бульон кипел, он практически не отходил от кастрюли, постоянно что-то помешивая и добавляя то соли, то перца, то ещё каких-то специй, чтобы добиться правильного вкусового баланса и аромата. Когда бульон был готов, он процеживал его, выливал в другую кастрюлю и начинал колдовать над ним. Он нарезал кубиками картофель, осторожно выкладывал в кипящий бульон, добавлял туда немного крупы и варил до того момента, пока не чувствовал, что всё готово как надо. В конце он тонко нарезал морковь и лук, немного обжаривал их на сковороде, но делал это так искусно, что морковь в сочетании с луком приобретали неповторимый, слегка сладковатый привкус и даже едва уловимый запах костра. Эту чудесную заправку Марио отправлял в суп, добавлял туда готовую курицу и зелень. Сразу же ставил кастрюлю в духовку на некоторое время, а когда доставал её оттуда, никогда не снимал крышку, пока не подойдёт время подачи к столу, — этого было как раз достаточно, чтобы суп немного настоялся и наполнился необыкновенным вкусом. И когда поднимали крышку, по кухне распространялся такой аромат, что у всех текли слюнки. Марио наливал суп в очень красивую тарелку с золотой каймой и ставил её на подоконник, чтобы немного остудить перед подачей на стол.

Вот тут-то и наступал звёздный час для мухи, сидевшей всё это время с внутренней стороны занавески. Она выбирала момент, когда Марио отвернётся, и, описав в воздухе замысловатый кульбит, приземлялась на край тарелки, наслаждаясь ароматом восхитительно приготовленного супа в ожидании, пока он приобретёт нужную температуру. Муха любила, чтобы суп был не очень горячим, необжигающим, но и сильно остывший её тоже не устраивал. Полную информацию о температуре блюда она получала от поверхности керамической тарелки, хорошо вбирающей в себя тепло. Муха с трепетом вдыхала запахи трав и специй, наслаждалась наваристым ароматом свежей, доставленной с фермы курицы и с интересом наблюдала за лёгкими струйками пара, причудливо переплетающимися над тарелкой. Оторвавшись от поверхности, они растворялись ароматной дымкой в кухне, где суетился народ, готовя обед своему хозяину. Муха следила за паром и понимала, что ещё не время. Конечно, инфракрасное излучение с синеватой каймой вокруг — обычная для мухи картинка — могло бы сообщить ей гораздо более полную термическую характеристику супа. Но муха была романтично-сентиментальной. И хотя она нисколько не хотела походить на людей, всё же иногда использовала их примитивные методы для определения температуры любимого блюда. И сейчас она в предвкушении ждала того момента, когда последняя струйка пара не сможет оторваться от поверхности, а тяжело осядет и растворится в бульоне. Вот тогда суп будет как раз подходящим для умопомрачительного трюка, который муха с восторгом проделывала уже много раз. Она совершит головокружительный полёт под самым потолком, выделывая смертельные перевороты в воздухе, которые не смог бы повторить ни один лётчик-ас на своей железной игрушке. Потом она наберёт скорость, разогнавшись из самого дальнего угла кухни, и со всего размаху плюхнется в выросшее большим грибом над тарелкой инфракрасное излучение, плавно пройдёт сквозь него и весело врежется в поверхность супа, поднимая волну. Да-а-а, вот если бы всё это могли заснять камеры, да ещё в лучах яркой разноцветной подсветки, — это могло бы стать съёмкой века! Но муха была не столь амбициозной и не страдала «звёздной» болезнью, ей вполне хватало того, что она имела.

Она была очень смышлёной и опытной мухой и уже прошла через 275 532 717 перерождений. Она, конечно, не помнила всех своих реинкарнаций — в её маленькой мушиной голове это не укладывалось, — но многое она просто не могла забыть. Она научилась жить и умирать осознанно и всегда покидала своё бренное тело с твёрдым намерением родиться вновь мухой.

За всё это время муха, конечно, уже сто раз могла уйти на другие круги перерождения, но она давно избавилась от этих глупых розовых мечтаний. Однажды она даже хотела переродиться в корову, быть большой, вальяжной, громко мычать, ну и боднуть кого-нибудь при случае. Но после того как она провела несколько жизней на мясокомбинате, подобное желание пропало напрочь. Этот железный жёлоб, ограниченный забором, по которому загоняют стада коров… Это предсмертное мычание и невозможность что-то изменить… Эта безысходность и безнадёжность… Эти реки крови, смешанные с водой, сливаемые в канализацию… Эти трупы, глухо падающие на конвейер… Выпарывание кишок, сдирание шкур, люди с железными лицами, острыми ножами и электрическими пилами… Эти отрезанные головы с большими потухшими глазами… Это был непередаваемый ужас и шок даже для видавшей виды мухи. Она недоумевала, как люди — при всём их кажущемся величии и интеллекте! — не понимают, что, по сути, они своими собственными руками уничтожают Жизнь, которая является Божественным творением. И потом, поедание трупного мяса, которое окрашено тёмной краской смерти и пропитано информацией ужаса и страха, — это же самое настоящее убивание самих себя! И неудивительно, что у людей такая огромная индустрия производства лекарств. Сама муха давно уже была твёрдой вегетарианкой и строго придерживалась своего принципа. Когда ей хотелось чего-нибудь мясного, перед глазами тут же всплывала бойня и к горлу подкатывала тошнота. Иногда она всё же могла себе позволить немного рыбки или курочки, но не больше.

У неё были, конечно, и другие варианты для перерождения: ну, например, родиться слоном или тигром, может быть, птицей, но ей не хотелось быть слишком заметной, так как она сразу привлекла бы к себе внимание, а это, как она знала, всегда заканчивалось плохо.

Но кем она точно не хотела быть, так это человеком. Она подсмотрела одну великую тайну мироздания своим мушиным видением и поняла кое-что такое, что уводило её далеко от мысли попробовать родиться человеком. В одну из своих реинкарнаций она осознала, что человек — очень ограниченное существо и не видит и половины того, что видит муха. Он как бы вообще не видит мира. Он не видит, что все объекты намного больше, чем ему представляется, он абсолютно не замечает постоянного информационного взаимодействия мира. И он даже не догадывается, что всё, что есть вокруг, это и есть единое целое. Оно рождается из чего-то большого, опускающегося на землю в виде переливающегося всеми красками Живого потока, распадающегося на разные части, как капли дождя, каждая из которых имеет свой незабываемый оттенок. Эти капли и порождают различные виды и формы жизни, проходящие свой цикл на земле, а потом испаряющиеся и уходящие в небо, унося с собой что-то новое, полученное в процессе жизни. Она видела, что этот поток оживляет планету, и Жизнь — это и есть то главное, что он несёт.

Человек не только этого не понимал, а даже наоборот — всё время старался разрушить то, что формировал этот Живой поток. Человек зачем-то создавал технологии, перерабатывающие всё живое в мёртвую материю, и даже не отдавал себе отчёта в том, что делает. А отходы! Столько отходов, сколько производил человек, не вырабатывал ни один биологический вид. В принципе, человек и был единственным существом на планете, который производил синтетические отходы и создавал материалы, совершенно непригодные для переработки в биологическом цикле.

А эти постоянные войны и уничтожение себе подобных — это было похлеще любой скотобойни! Такого бессмысленного уничтожения самих себя муха не наблюдала ни у одного из биологических видов. Они действительно «не ведают, что творят»…

Одну из своих реинкарнаций она жила у профессора истории, ну и, конечно, много чего наслушалась и начиталась. Её поразило, что за такой огромный период на Земле нѐ прошло ни единого дня без войны или кровопролития. Это была невообразимая тупость!.. Особенно её шокировали периоды формирования империй. Приходил один император, брал в руки оружие, захватывал земли вокруг, отбирал всё у людей, пленял рабов, пригонял их в свою страну, где они строили ему огромный дворец. Потом появлялся другой император, собирал войско, приходил в эту страну, разрушал большой дворец императора, захватывал рабов и строил себе ещё больший дворец. Потом где-то появлялся третий император, делал то же самое — и так тысячелетиями…

Менялось оружие, общество, технологии, но принцип оставался тем же: отнять у кого-то, поцарствовать, попировать, пока у тебя не отняли, — сплошное убожество и безысходность, как на скотобойне. Нет-нет, никогда в жизни муха не хотела бы переродиться в человека!

Правда, бывали и исключения. Профессор-историк, у которого она жила несколько реинкарнаций, был вполне разумной и нормальной личностью, но муха считала, что нормальному человеку в этом мире места нет. Кстати, профессор потом сошёл с ума: так, по крайней мере, считали остальные. Однажды он пришёл на кафедру и дал целому курсу студентов задание написать небольшую научную работу на тему, что будет с планетой, если вдруг исчезнет человек. Сначала все поулыбались, потом, когда стали изучать тему повнимательнее, помрачнели, потом стали спорить и скандалить. В конце концов профессора «попросили» с кафедры, объявив его сумасшедшим. Профессор стал потихоньку спиваться, распродавать свою библиотеку, выносить всё из дома, жечь рукописи. А в один из вечеров к нему в квартиру ворвались вооружённые люди в кожаных куртках, стали его бить, требовать какие-то драгоценности… Он твердил, что у него ничего нет, только кольцо жены, которая давно умерла. Тогда они поставили ему утюг на живот и заткнули рот, но и это ничего не дало. Они перевернули всю квартиру и, кроме старого хлама, ничего больше так и не нашли. В конце концов один из них предложил «хлопнуть» старика, переписать на себя его квартиру, а потом продать. Они сняли утюг — на животе вздулся большой красный пузырь. Стали пытать его, где документы на жилплощадь. Оказалось, что квартира ведомственная и принадлежит университету. Профессор то ли от боли, то ли от безысходности прокричал:

—Вам придётся убить ещё пол-университета, чтобы получить эту квартиру!

На что бандиты чертыхнулись и, промычав что-то вроде: «Вот ментяра позорный, как нас подставил, какую наводку дал», ушли, оставив профессора в разгромленной квартире. Профессор попал в больницу, а когда вернулся, нашёл в почтовом ящике пакет с большой суммой денег и отрезанным ухом. В пакете лежала записка: «Атец, прасти пацанов за наезд, мы ващето атбираем лишнее но такой нищеты ещо ни видели. Это ухо таво казла что тебя падставил».

И сумма, и записка, и особенно ухо очень поразили как муху, так и профессора. Он бросил пить и стал писать книгу

«Исторические процессы и общественное сознание». В этой книге он сделал вывод, что история не меняется, — она, постоянно повторяясь, движется по спирали, уходящей вниз, к деградации и полному вырождению. На всех этапах развития он выделил три уровня сознания: первое — это Божественное сознание, второе — человеческое, и третье — скотское. Скотское сознание — это, по его мнению, сознание скотины, наделённой интеллектом, который она использует, чтобы притворяться человеком. Этот тип не подчиняется никаким общественным правилам, принципам и морали. Всё время старается паразитировать за счёт других и, если получает власть, переделывает мир в скотобойню. Единственное, что понимает скотина, — это кнут и пряник, то есть простейшие животные инстинкты: или больно, или вкусно.

Второй тип — человеческий — подчиняется нормам и принципам общества, участвует в развитии общества и либо норовит соскользнуть вниз, либо пытается подняться вверх.

Божественным сознанием обладают люди, которые от природы очень сильно чувствуют, что такое добро и что такое зло, и это является их основным побуждением к жизни. Они постоянно жертвуют благоустройством, здоровьем, а порой и жизнью, чтобы защитить Божественное творение и донести до людей Божественные идеалы. Те, кто теряет это ощущение, скатываются вниз. Те, кто удерживает, поднимаются вверх, но куда именно, профессор не знал.

И вот как раз комбинация этих трёх сознаний в обществе и влияет на все исторические процессы.

Муха просто упивалась учёностью и талантливостью профессора. И ей было приятно, что такой великий человек родился в её эпоху и даже постоянно разговаривал с ней, так как ему, в принципе, больше и не с кем было поговорить.

…Вспоминая всё это, муха блаженно нежилась в тёпленьком, излучающем восхитительный аромат супе. Она не понимала, почему у неё появилась такая сильная тяга к этому блюду. Но сейчас она с удовольствием наслаждалась моментом. Она знала, что у неё ещё есть время, и она может позволить себе немного расслабиться. Сейчас ей это было очень необходимо. День выдался тяжёлым: два раза её чуть не прихлопнули полотенцем на кухне, потом она прилипла хоботком к мёду и долго не могла освободиться — хорошо, что рядом в этот момент никого не было, а то бы ей точно пришёл конец. Она изрядно переволновалась. Да ещё эта кошка, которая часами сидела на окне и всё время пыталась её поймать, прыгая и стуча лапами по стеклу. Муха уже знала способ, как провести кошку: она протискивалась между оконными створками и усаживалась с другой стороны стекла, становясь недосягаемой для кошки и в то же время крутясь у неё перед носом. Кошку это ужасно бесило, она начинала скандалить, биться о стекло, что в итоге выводило из себя Марио, он хватал её за шкирку и выставлял за дверь. А муха хохотала как сумасшедшая и возвращалась на кухню через щель в створках окна, поражаясь тому, как легко можно отключить здравый смысл даже у очень сильного существа, просто пробудив в нём неконтролируемые эмоции.

Отогреваясь в супе, она улыбалась и снова переживала приключения сегодняшнего дня. Да уж, чем-чем, а приключениями жизнь мухи была полна. Ведь почти каждый поворот крыла сулил ей новые испытания и порой грозил смертельной опасностью. Что-что, а присутствие смерти муха чувствовала постоянно, она знала, как та выглядит, и то и дело ощущала её холодное дыхание у себя за спиной. Муха принимала это как должное, ведь она была очень маленьким существом на планете, которое каждый норовил прибить, прихлопнуть, раздавить, и совершенно привыкла к такому несправедливому положению вещей, но в то же время ощущала, что это весьма сильно мотивировало её жить осмысленно и спешить делать что-то хорошее. Что, в принципе, она и старалась делать честно, понимая, что участвует в едином биологическом цикле планеты. Не то что эти глупые люди — они шли против всех законов природы и вели себя так, будто собираются жить вечно. Подобная ограниченность и недальновидность присущи только людям! Нет-нет, она никогда бы не хотела переродиться в человека. От одной только мысли об этом ей становилось не по себе... Она поёжилась, вспоминая ещё одно событие сегодняшнего дня, когда очередной поворот крыла мог стать для неё фатальным...

...Делая ежедневный облёт дома, она вдруг увидела группу странных людей с железными лицами в сопровождении хозяина. Они направлялись в одну из комнат, в которую раньше муха никак не могла попасть. Ей стало так любопытно, что она тут же повернула крыло и пристроилась следом за этой мрачной процессией. Они прошли по небольшому коридору и оказались в просторном помещении, заставленном какими-то приборами. Посреди комнаты располагались массивные столы с большими стеклянными колпаками, под которыми что-то происходило. Муха вдруг нутром ощутила опасность, холодное дыхание за спиной стало совсем явным, и железные лица людей, вошедших вслед за хозяином, как-то потемнели — очевидно, их уже коснулась тень смерти.

Муха не понимала, что происходит. Вдруг она услышала голос хозяина:

— Это проект, которому я отдал двадцать лет своей жизни. Самым сложным было синтезировать субстанцию, которая может воздействовать через нервные окончания на центральную нервную систему, парализуя её.

— Насколько устойчива эта субстанция? — спросило одно железное лицо.

Все сразу повернулись к нему, и муха поняла, что он главный в этой покрытой тенью смерти процессии. Муха редко видела такие страшные лица: назвать его бандитом было бы комплиментом — скорее это было лицо бесчувственного, хладнокровного убийцы, она видела подобные на скотобойне.

Хозяин тут же засуетился и, выпрыгивая из штанов, стал рассказывать о преимуществах синтезированного им препарата. Он с гордостью сообщил, что вещество очень эффективно поражает центральную нервную систему, в результате чего наступает смерть, и при этом оно распадается в течение суток, поэтому обнаружить его в организме очень трудно.

— Какой способ транспортировки? — спросил человек с железным лицом.

— Способ транспортировки очень прост — это самая обычная муха-переносчица, которую выпускают вблизи объекта. Как только её лапки, смоченные в этом средстве, коснутся кожи объекта или же, к примеру, продуктов питания, которые ест объект, препарат начинает действовать. В течение трёх часов он достигает центральной нервной системы и парализует её. Препарат настолько сильный, что даже Всевышний не сможет помочь объекту, которого коснётся муха.

Мухе от этих слов стало не по себе.

— Как насчёт множественных целей? — спросило железное лицо.

— Для множественных целей это тоже подходит, — ответил хозяин. — Нужно только синтезировать необходимое количество вещества и транспортировать его точно на место. Но это не исключает гибели посторонних, оказавшихся в зоне действия. Мы работаем над тем, чтобы сделать препарат более устойчивым к распаду для доставки на дальние расстояния.

Железное лицо кивнуло. Хозяин засуетился ещё больше. Он подвёл всех к столу с большим стеклянным колпаком и показал:

— Это уже отработанный материал.

Муха, выглянув из-под складки на воротнике хозяина, увидела, что под большим колпаком лежат сотни две мух, причём лежат кверху лапками, видно уже отправившись на другое перевоплощение.

Хозяин добавил, что жизнь мухи коротка, это тоже нужно учитывать. Затем он подошёл к колпаку, открыл его, подцепил пинцетом одну перевёрнутую кверху лапками муху и направился в дальний угол лаборатории, где стояла клетка с белыми мышами. Все двинулись за ним. Он подошёл к клетке, подсунул муху одной из мышек под нос. Через три минуты мышь стала судорожно метаться по клетке и вскоре упала замертво в страшной позе. Лица у присутствующих ещё больше потемнели и искривились. Человек с железным лицом довольно потёр руки.

— Очень ужасная смерть! — с ещё большим удовольствием пролязгал его железный голос. — Этим ужасом можно поставить весь мир на колени! — самодовольно подытожил он. — Кто ещё знает о существовании этого препарата?

— Только я. Потому что я, в принципе, сделал это открытие и занимался синтезом, — быстро ответил хозяин. — Есть ещё один молодой биолог, он недавно у нас работает. Он в общих чертах знает, что мы изучаем яды и токсины, являющиеся причиной смерти животных, но он помешан на природных абсорбентах, нейтрализующих ядовитые вещества. Он ненормальный, мечтает спасти мир. Втемяшил себе в голову, что весь мир — это единый организм, и уничтожение любой особи ведёт к уменьшению этого единого целого, в результате чего оно может исчезнуть, так как никто не знает, где главное звено.

— Что за бред, — пролязгал человек с железным лицом. — Жизнь — это борьба, в которой выживает сильнейший. Кого волнуют инфантильные придурки и идиоты, тем более жабы и тараканы. Мир нужно не спасать, а лечить. Только тотальная власть может перестроить мир, а не эти доморощенные философы. А чтобы добиться тотальной власти, нужно иметь железные аргументы. И, похоже, они у нас есть. А если кто-то будет сопротивляться — уничтожим. Мы обговорим детали нашей совместной работы на заседании за закрытыми дверями.

Хозяин преданно смотрел на человека с железным лицом. Но видно было, что он стал красным и на лбу у него выступили капельки пота.

Муха тем временем незаметно оторвалась от воротника хозяина и, свободно паря, приземлилась на стол с приоткрытым колпаком. Её снедало любопытство, что же за такой страшный препарат тут разрабатывают. Она тихонечко пролезла в щель под колпаком, протиснулась между трупами своих собратьев и оказалась у небольшого желобка в центре стола, в котором блестела какая-то жидкость. Она окунула туда свои лапки, но ничего не произошло, единственное, что она почувствовала, — жидкость была тягучей и липкой и сразу же прицепилась к лапкам, заметно их утяжелив. Мухе это не понравилось, но она понимала, что нужно торопиться, и поспешно двинулась обратно. Она выбралась наружу и залезла под крышку стола, наблюдая за происходящим. Вся процессия с раскрасневшимися лицами, подёрнутыми серым отпечатком смерти, перемещалась по лаборатории от стола к столу, а хозяин с энтузиазмом что-то объяснял. В комнате было очень зябко, муха почувствовала, что у неё заболела спина и заломило суставы от холода, да и странная жидкость, налипшая на лапки, усиливала неприятный дискомфорт. В этот момент процессия подошла к столу, под которым она сидела. Соскользнув вниз, муха приземлилась на чей-то чёрный ботинок, а затем, обрадовавшись удобному случаю, полезла под штанину, чтобы хоть чуть-чуть согреться, но нога владельца ботинка оказалась ледяной и твёрдой как камень. Муха вылезла обратно и увидела, что вся процессия уже покинула лабораторию и движется по коридору. Осмотревшись, она поняла, что сидит на ноге у самого главного, с железным лицом. Она перепугалась, оторвалась от его ботинка и, паря низко над полом, помчалась на кухню, туда, где Марио готовил необыкновенный ароматный суп.

…Она чувствовала счастье и блаженство, отогревая свои промёрзшие лапки в тёпленьком супе. Спина перестала болеть, суставы стали отходить, да и странная жидкость, так неудобно сковывающая движение её лёгких ног, стала постепенно отлипать. Муха решила потихоньку выбираться из тарелки и взгромоздилась на её теплый белоснежный край, оставив жирный след на золотой кайме. К подоконнику подошёл Марио, умело подхватил тарелку и поставил её на большой поднос, где уже стояли другие блюда. Муха быстренько перепрыгнула и попробовала из других тарелок — ей очень понравилось, всё-таки Марио был необыкновенный повар! Она немного задержалась, то тут, то там перебирая лапками тёплые ароматные вкусности, пока её ножки снова не стали лёгкими и быстрыми, полностью очистившись от противной липкой субстанции. Потом она оторвалась от подноса и помчалась к окну. Ей хотелось глотнуть чистого воздуха.

Окно — это была её цель и мечта, уже много раз она пыталась пролететь сквозь стекло. Она знала, что окно — это самая большая преграда в её жизни, и эта преграда много раз становилась причиной её очередного перерождения. Муха то оставалась на улице, не сумев пролететь через прозрачное тонкое стекло, и в итоге замерзала, то, наоборот, не могла вылететь из помещения, где её настигала гибель. Она твёрдо решила всё-таки научиться проникать сквозь стекло. Она знала, что это возможно, — она уже видела, как одна пчела совершенно свободно телепортировала себя из закрытого пространства. Поэтому с полной уверенностью, что у неё когда-нибудь это тоже получится, муха разогналась, со всего размаху врезалась в стекло и набила себе огромную шишку на лбу. Но сдаваться она не собиралась! Она видела, что рядом есть открытая форточка, но муха не искала лёгких путей, она шла своим — пусть трудным, пусть не совсем умным, но своим! И она верила, что по жизни её ведёт Провидение, поэтому иногда совершала не очень понятные поступки, сама не зная, зачем это делает. Она, например, не понимала, как в этой реинкарнации попала на кухню, где творил такой великолепный повар, в то время когда в мире было много работы по переработке отходов человеческой жизни.

Она разогналась ещё раз, снова влепилась в стекло и упала на подоконник без чувств. К окну подошёл Марио. В помещении было душновато после всей суеты, царившей здесь во время приготовления обеда для хозяина и его гостей. Он открыл окно. Его взгляд случайно упал на неподвижно лежащую на подоконнике муху. Он взял полотенце и аккуратно вымел её на улицу…

Муха очнулась на следующий день. Возле дома стояли какие-то машины, суетились люди. Из дома по очереди вывезли на тележках хозяина, человека с железным лицом и ещё двух его помощников. Они лежали со странно искривлёнными, почерневшими от смерти лицами, на которых были отражены страх и мучение. Рядом стоял молодой учёный-биолог и объяснял кому-то, что вчера они были в лаборатории, проверяли новый препарат и, вероятнее всего, получили интоксикацию, но более точно можно будет сказать после результатов анализа крови, которую уже взяли на исследование.

«Да-а-а, неисповедимы пути Господни, — подумала муха. — Ещё вчера они хотели уничтожить весь мир, а сегодня сами лежат кверху лапками. Интересно, в кого они перевоплотятся? Может, в змей или в голубых лягушек, которых они так любили?» Но до кого им точно не дотянуться, так это до мухи, она это твёрдо знала.

Муха ещё раз подумала о том, что ни за что не хотела бы перевоплотиться в человека. Потом, прервав свои размышления и понимая, что должна честно выполнять свою роль в биологическом процессе, поднялась в воздух и, немного оглядевшись, приземлилась на тело человека с железным лицом. Ей почему-то очень хотелось, чтобы он первым закончил свой биологический цикл. Она не знала, откуда появилось у неё это желание, но чувствовала, что оно правильное…

Февраль 2017

Последняя вечеря

*Посвящается Боре Склянскому,
прекрасному отцу и хорошему другу*

Застолье было непышное, да и народу было немного. Но оно должно было закончиться торжественно — праздничным ужином и заключительной речью в конце, подытоживающей передачу сокровенных знаний «ищущим» и знающим, как их правильно применять.

Вопрос, который должен был решиться на этом позднем закрытом заседании, был не простой — это был «вопрос вопросов». Он выходил далеко за рамки обычных проблем, которые обсуждались на закрытых заседаниях. Потому что это был вопрос Жизни и Смерти. На этом тайном ужине присутствовали как раз те, кто стал причиной возникновения необходимости в проведении этого заседания. Оно проходило при закрытых дверях, с соблюдением всех мер предосторожности, чтобы то, что будет решено на этой встрече, никогда не было предано огласке. Ведь речь касалась вещей, которые могли поменять жизнь людей на всей планете. На что поменять, пока никто не знал, но все с трепетом и нетерпением ожидали развязки этого серьёзного кульминационного события, которое напрямую затрагивало судьбы не только тех, кто находился за столом, но и многих других людей, которые даже не подозревали об этом событии.

И место, и время были выбраны неслучайно. Рука Провидения позаботилась о том, чтобы невидимыми нитями стянуть и поставить друг перед другом не только главных действующих лиц, но и многих других, которые играли в этом событии второстепенные и третьестепенные роли или даже вообще не имели к нему никакого отношения, а были далеко за «сценой», но тем не менее повлияли на ход происходящего на этой вечере, потому что они представляли ту или иную сторону на этой встрече и их судьбы тоже решались здесь, хоть и без их ведома.

Главным за столом был человек с железным лицом, которое ничего не выражало, кроме холодного безразличия и презрения ко всему окружающему миру. Он смотрел на людей так же, как и на окружающие его предметы: с холодным тупым безразличием и тотальной властью, подразумевающей, что он может стереть в порошок любого, кто ему не понравится, даже не моргнув глазом.

По обе стороны от него сидели два «шкафа» с отмороженными лицами, на которых не было ни глубокомыслия, ни важности, а лишь внимательность и преданность хорошо натасканных сторожевых псов. Они смотрели в пространство, причём пространство они чувствовали каким-то особым собачьим чутьём и осязали его тотально. Они видели всех до нижнего белья и даже заглядывали под кожу. Они видели, как движутся мускулы под кожей у всех присутствующих на этом заседании, и знали, какое следующее движение сделает человек согласно сокращению этих мускулов. У них были глаза и на затылке, потому что, когда секретарша, стоявшая у стола с какой-то папкой в руках, хотела посмотреть на часы, они тут же поменяли положение своих квадратных тел. Один повернулся и стал смотреть в упор на секретаршу, причём смотреть так, что у неё пропало любое желание смотреть на часы и вообще пропал всякий интерес ко времени. Она застыла, как бабочка, приколотая булавкой к интерьеру комнаты. Второй «шкаф» развернулся так, что мог взглядом покрывать всё то пространство, что выпустил из поля зрения первый. Этот разворот подействовал на всех присутствующих, как леденящий ветер, превращающий всех в ледяные столбы. Все застыли на месте, не смея шелохнуться.

Вторым важным лицом в этой комнате был «хозяин». Он тоже был со своей свитой: рядом с ним сидел бухгалтер, имевший собственный интерес в этой встрече, так как она могла вылиться в хорошенькую сумму для финансирования нового проекта. Ему не было никакого дела до этого проекта, но была очень хорошо известна вся подноготная поступления денег в такую никчёмную организацию, как «Общество защиты светло-голубых лягушек», которую они с «хозяином» как раз и представляли. Деньги их организация получала из «Фонда помощи слепым», который финансировался государством. Бухгалтер не раз наблюдал за всеми этими жаркими дебатами в парламенте, когда различные партии придумывали множество причин и приводили сотни доказательств для финансирования всяких «очень важных» проектов, одним из которых и был «Фонд помощи слепым». На свою деятельность фонд всегда получал огромные суммы. Бухгалтер прекрасно видел, как его деятели в нужный момент предъявляли публике очередного несчастного слепого ребёнка или инвалида и трезвонили по всей стране, как важно помогать людям с таким ужасным физическим дефектом. Бухгалтер был абсолютно с этим согласен, как и любой другой нормальный человек и гражданин. Но когда он провёл самые элементарные расчёты, то обнаружил, что сумма, выделяемая на данную проблему в регионе, где он проживал, раз в десять превышает нужды несчастных слепых. Конечно, все эти деньги не могли расходоваться по назначению, поэтому всё, что оставалось, а оставалось процентов семьдесят, распределялось по таким «серьёзным» организациям, как «Общество защиты светло-голубых лягушек». Бухгалтер догадывался и о том, что фонд был лишь вывеской, открывающей доступ к деньгам для огромного количества людей, числящихся в управлении этим фондом и круглогодично проживающих на прекрасных островах в красивых суперсовременных виллах. Конечно, они постоянно устраивали какие-то партийные семинары и слёты, которые оплачивали этими же деньгами. Средства, перепадавшие конторе, где работал бухгалтер, были лишь крохами от тех бюджетных миллионов, что пропускались через эту благотворительную организацию.

Бухгалтер втайне надеялся, что эта встреча улучшит ситуацию и с их финансированием, так как «высокая» организация наконец обратила на них внимание. Как опытный игрок, он сидел и ждал удобного момента, когда сможет представить проекты бюджета высокому гостю. На всякий случай он заготовил сразу два проекта: в одном превысил требующуюся сумму на пятьдесят процентов, в другом — удвоил цифру. Обе эти сметы лежали в папке, которую держала в руках секретарша, застывшая, как бабочка, приколотая булавкой к интерьеру комнаты.

В свите «хозяина» был ещё один человек — учёный-биолог, который сидел с потухшим взглядом, уставившись глазами в крышку стола. Он сидел, как святой, совершивший страшный грех, за который, как он понимал, не будет никакого прощения. Он не был главным лицом в этом проекте, но даже участие в нём сильно его угнетало. Он прекрасно понимал, что на фоне исследования природы в их лаборатории происходят какие-то закулисные денежные махинации. Он видел, что в управлении такой небольшой организации сидело очень много народу, и, по слухам, все они были родственниками кого-нибудь в правительстве. Бухгалтер же, как умелый картёжник, постоянно перетасовывал огромные суммы денег, от которых оставались одни нули. Да ещё и присутствие представителей спецслужб, которые недвусмысленно намекали, что эта лаборатория скоро полностью перейдёт под их контроль и будет служить интересам далеко не научным, мало радовало молодого учёного.

Сам он, конечно, занимался очень интересным проектом по поиску природных абсорбентов и был безгранично увлечён этим, так как видел ценность и пользу данной работы для человечества.

Он был выдающимся биологом со своей мечтой, но немного сдвинут мозгами, как считал «хозяин». Дело в том, что после третьего курса университета он попал на практику в Индию, где должен был изучать разносчиков эпидемий и вирусов в тропических районах. Там он сделал два великих открытия. Первое — что разносчики эпидемий и вирусов, которыми являлись насекомые и животные, зачастую сами не болели этими вирусами, но использовали их как оружие против своих врагов, в том числе и против человека. Он заметил, что очень часто эпидемии возникали именно в тех местах, где как раз сильно нарушен социально-экологический баланс, что он и отразил в своей дипломной работе.

Второе открытие не касалось научной работы, но сыграло в его жизни очень важную роль, значение которой он до конца ещё не осознавал. Дело в том, что, пробираясь по лесу с группой индийских коллег к притоку одной реки, они набрели на заброшенный храм. По виду храму было несколько тысяч лет, но он неплохо сохранился. Он как бы вырастал из большой каменной площадки, примыкая тыльной стороной к скале. Полуразрушенные, заросшие травой ступени вели к арке, над которой возвышался пирамидальный купол. На колоннах, подпиравших арку, были высечены древние изображения богов и животных.

Лагерь решили расположить у подножия храма, на каменной площадке. Биолога распирало от любопытства и желания срочно исследовать загадочную находку. Но его остановил руководитель группы, предупредив, что в храмы нельзя входить без приглашения, особенно чужеземцам, к тому же там может оказаться много скорпионов и змей. Биолог нехотя согласился, но тяга отправиться на осмотр достопримечательности никуда не исчезла.

Ночью он проснулся от того, что вокруг его палатки кто-то ходил с фонарём, излучающим мерцающий голубоватый свет. Он подумал, что это кто-то из проводников осматривает его палатку на предмет змей и пауков. Когда он заснул, ему приснилось, что какой-то человек стоит у входа в палатку и машет ему рукой, приглашая следовать за ним. Он вышел из палатки, и незнакомец, держащий в руке старый фонарь, излучающий мерцающий голубоватый свет, указал ему рукой вверх на храм, который сиял как будто был сделан из чистого золота.

Утром он рассказал свой сон руководителю группы. Тот улыбнулся и сделал вывод, что, похоже, он получил приглашение в храм. Руководитель позвал двух проводников, которые сопровождали группу, что-то объяснил им, и те, махнув рукой биологу, позвали его подняться к храму по ступенькам. Когда они подошли ко входу, он увидел высеченные на колоннах изображения каких-то существ — змей или драконов, разобрать было трудно. У входа проводники остановились и сказали, что дальше он должен идти сам, они не могут войти в святилище. Жестикулируя руками, они показали ему, куда нужно двигаться. Он шагнул в храм, погружаясь в полумрак неизвестного.

Как ни странно, в храме было довольно чисто, совершенно не чувствовалось никакой затхлости, а даже наоборот, воздух был свежий и пропитанный озоном. Это очень удивило биолога. Он старался рассмотреть внутреннее убранство, по мере того как глаза привыкали к полумраку.

Вдруг под куполом храма он заметил множество светящихся точек, которые сперва он принял за светлячков. Но движение их было абсолютно неестественным — они сначала плыли зигзагообразно, потом вдруг перемещались по совершенно прямой траектории в другое место под куполом, исчезали, потом появлялись, собирались в группу и разлетались в разные стороны. Он стоял, заворожённо всматриваясь ввысь и пытаясь разобраться в природе этого явления. И вдруг ощутил, что всё его тело стало постепенно наливаться какой-то не то чтобы тяжестью, скорее упругостью и в то же время лёгкостью.

Он двинулся вперёд и увидел нишу в стене, в которой восседала фигура божества, подсвеченная мерцающим голубоватым светом, исходящим откуда-то из-под купола храма. Он стал медленно приближаться к нише, чувствуя, как пространство вокруг него необычно уплотняется, словно становится наполненным чем-то живым. Его руки и ноги звенели, как тысячи струн, а в груди стала подниматься волна тепла. Было до ужаса интересно и немножко страшно, но чувство опасности полностью отсутствовало.

Голубоватый свет, льющийся из-под купола храма на арку, обрамлявшую нишу в стене, хорошо подсвечивал лицо высеченного из камня человека. Биолог вдруг понял, что это Будда. Он сидел в своей обычной позе, такой же, как и у многих других изваяний по всему миру. Биолог стал подходить ближе, проникая сквозь уплотнившееся пространство и не понимая, то ли он движется сквозь это пространство, то ли пространство захватывает его, всё сильнее притягивая к арке, подсвеченной голубоватым мерцающим светом. Если бы он реально этого не чувствовал, то никогда бы не поверил, что такое возможно.

Он смотрел в лицо Будды, подсвеченное странным голубоватым светом, и видел, что Будда улыбается… Он знал эту улыбку, он много раз видел её на обложках книг, в журналах и документальных фильмах о Будде. Но он был поражён, что раньше никогда не придавал особого значения этой улыбке. И сейчас, когда они были один на один, он вдруг отчётливо понял, что Будда улыбается именно ему. И когда он это осознал, звон струн в руках и ногах стал усиливаться, подниматься по телу и концентрироваться в груди большим огненным шаром, интенсивно пульсирующим в районе сердца.

Он вдруг заметил, что голубоватый луч, подсвечивающий лицо Будды, внезапно дрогнул и стал двигаться ему навстречу, медленно скользя по рукам Будды, которые вдруг разомкнулись и двинулись вслед за лучом навстречу биологу. Он не успел ни испугаться, ни осознать, что происходит, так как мозг просто отключился, не в силах переварить происходящее. Молодой учёный просто стоял и безмолвно наблюдал что-то абсолютно невероятное, поражающее его до мозга костей. Не зная почему, он вдруг непроизвольно сам поднял руки и протянул их навстречу Будде. И как только их руки встретились, голубоватый мерцающий луч скользнул с рук Будды и переместился на руки биолога, наполняя его чем-то совершенно необычным и создавая ощущение двойственности тела, находящегося одно в другом. Два этих тела колыхались друг в друге, как вода в стакане, и невозможно было понять, какое из них реальное. Биолог вдруг осознал, что это не иллюзия, это реально с ним происходит, и ему стало не по себе. И лишь необыкновенная улыбка Будды и голубой луч, пронизывающий всё тело, удерживали его в странной позе и не давали убежать.

Вдруг яркой вспышкой перед глазами прозвучал голос: «Решай проблемы, которые ты можешь решить, и даже не переживай о тех, решить которые не можешь».

Задержавшись немного на руках биолога, луч двинулся обратно вместе с руками Будды, забирая с собой всю упругость тела, которой был наполнен биолог, и в тот же момент руки учёного непроизвольно опустились.

Когда он вышел из храма, он увидел другое небо, другие деревья, других людей. Он понимал, что мир за это время не мог измениться, а значит, изменился он сам…

…Молодой биолог оторвал взгляд от крышки стола, возвращаясь к реальности, в которой он уже ничего не мог изменить. Странно, но он почувствовал в себе абсолютную уверенность и силу. Он окинул взглядом собравшихся за столом и волнующихся до обморока людей, и ему стало жаль их. Он вдруг ясно увидел их абсолютное одиночество, потерянность и оторванность от чего-то великого, несмотря на всю важность и значимость, которую они пытались изобразить.

«Хозяин» тем временем суетился, пытаясь угодить человеку с железным лицом. Он рассказывал, как он пришёл к своему «великому» открытию:

— Я наблюдал за лягушками, которые на самом деле становятся светло-голубыми только в брачный период, а всё остальное время они, вообще-то, самые обычные, зелёные. И заметил, что, как только у них начинается брачный период, все птицы и звери, охотящиеся на этих лягушек, покидали эти места. Те, кто не покидал, внезапно погибали. Исследуя погибших птиц и животных, я обнаружил в их крови страшный яд, поражающий центральную нервную систему. Это навело меня на мысль, что лягушки в этот период становятся ядовитыми для других.

Но гипотеза не подтвердилась, так как все исследуемые мной земноводные оказались абсолютно безвредными. Единственной их аномалией был светло-голубой цвет во время брачного периода… Я подумал, что дело, видимо, в нём. И действительно, проведя ряд несложных экспериментов, обнаружил, что пигмент этой окраски в кислой среде распадается на два вещества, одно из которых является абсорбентом, поглощающим токсины и шлаки из организма, а другое как раз и есть яд, губительно действующий на центральную нервную систему…

В этот момент человек с железным лицом поднял руку, перебив рассказчика и показывая, что на этом месте следует остановиться. Хозяин осёкся и замолчал. Потом человек с железным лицом обвёл всех присутствующих железным взглядом и спросил:

— Как вы думаете, почему так сложно бороться с мафией?

Все недоуменно молчали.

Тогда он продолжил:

— Потому что мафия чётко знает свою цель и для её достижения не остановится ни перед чем. Если нужно, они договорятся со своими злейшими врагами и даже собственноручно убьют своих детей!

Повисло гробовое молчание.

И неожиданно в этой мёртвой тишине серебряным колокольчиком прозвучал голос молодого биолога:

— Наверное, у них очень великие цели, если они готовы пожертвовать даже своими детьми?..

Все окаменели в испуге от этого неуместного замечания, не сводя глаз с человека с железным лицом.

Тот, совершенно невозмутимо глядя в пространство, многозначительно произнёс:

— Дело не в целях. Дело в том, чем *ты* готов пожертвовать ради этой цели.

Все сразу же постарались придать своим окаменевшим лицам выражение важности и согласия.

А звонкий серебряный колокольчик вновь откликнулся своим тонким, но уверенным голосом:

— Ну и, конечно, они с большим энтузиазмом принесут в жертву *других*, даже если это будут их собственные дети. А вы никогда не думали, что для успешной борьбы с мафией можно просто использовать психиатрию? Ведь понятно: если обследовать у психиатра человека, который убивает своих детей, то он окажется в сумасшедшем доме на всю жизнь — и тогда мафия исчезнет… А может, те, кто борется с мафией, сами чинят беззаконие и несправедливость, используя власть, а обвиняют во всём мафию?..

Намёк был уже недвусмысленный.

И человек с железным лицом медленно перевёл свой тяжёлый взгляд на молодого биолога, как будто только сейчас обнаружил его случайное присутствие на тайном застолье.

— Не знал, что у вас в лаборатории работают проповедники… — с презрением процедил он сквозь зубы.

«Хозяин», покраснев от внутреннего напряжения и понимая, что вот-вот грянет гром и налетит ураган, повернулся к молодому биологу и, стараясь унять дрожь и придать своему голосу назидательности, быстро произнёс:

— Занимайся, чем ты должен заниматься. Иди проверь температуру в аквариуме с лягушками.

Молодой биолог облегчённо встал и направился к выходу.

Стремясь замять инцидент, «хозяин» пояснил извиняющимся тоном:

— Этот ненормальный недавно у нас работает, но никогда ещё не произнёс ни одного нормального слова, из его уст выходят только нонсенсы. То он борется за создание лучших условий для содержания голубых лягушек, то пишет в министерство письма с требованием прекратить строить плотины, преграждающие поступление свежей воды в озеро, ну вообще сумасшедший!..

Человек с железным лицом согласно покивал, провожая молодого биолога своим тяжёлым взглядом, — у него уже созрел план, как устроить дальнейшую судьбу этого ненормального. Потому что он чётко видел свою цель и ради неё мог пойти на многое.

Потом он повернулся к «хозяину», вздохнул с сожалением и недовольством и сухо произнёс:

— Наверное, на этом мы закончим первую часть нашего заседания, назовём её неофициальной. И перейдём к основной, официальной части, — он перевёл взгляд на бухгалтера: — Уверен, что у вас уже готов проект бюджета, и, наверное, не один.

Он выжидающе посмотрел на финансиста.

Бухгалтер покраснел и кивнул секретарше. Та засеменила вокруг стола, неся навытяжку порученную ей папку. Раскрасневшийся бухгалтер взял папку и, покрывшись испариной под пронизывающим взглядом человека с железным лицом, стал лихорадочно соображать, какой из проектов сейчас лучше представить.

Но, видно, человеку с железным лицом надоела эта мышиная возня. Он привстал, перегнулся через стол, прихлопнул папку рукой и придвинул её к себе. Положил на ладонь, как бы взвешивая содержимое.

Все замерли, вновь приклеив на окаменевшие лица подобострастные гримасы.

Человек с железным лицом на секунду задержал папку в воздухе, покачивая её, а потом накрыл другой рукой и вместе с бумагами резко разорвал пополам, бросив обрывки на стол перед бухгалтером.

Все, включая бухгалтера, уронили челюсти и безнадёжно вжались в стулья.

А человек с железным лицом потянулся в кресле, демонстративно показывая, как он устал от всей этой показухи. Потом, обведя всех присутствующих тяжёлым взглядом, сказал:

— А теперь я представлю вам мой проект вашего бюджета.

С этими словами он протянул руку вправо, и «шкаф», сидевший там, вложил в неё солидную чёрную кожаную папку, ловко вынув её откуда-то из-под стола. Все заворожённо смотрели на этот, как им казалось, фокус, а человек с железным лицом покачал папкой в воздухе, как бы показывая, насколько она тяжёлая, небрежно бросил её под нос бухгалтеру и слегка кивнул своим квадратным подбородком, разрешая тому взглянуть на документы.

Бухгалтер открыл папку и стал быстро перелистывать страницы. Когда он дошёл до последней, он был весь красный и пот градом катился по его лицу. Сумма, которая там значилась, была в двадцать раз больше той, что он заложил во втором проекте.

Человек с железным лицом довольно ухмыльнулся и перевёл взгляд на «хозяина», который сидел ни жив ни мёртв, и бухгалтер тут же придвинул папку «хозяину», ткнув пальцем в последнюю графу проекта. Хозяин увидел цифру, его от волнения бросило в дрожь, и он, не зная, как выразить благодарность и признательность, подобострастно закивал головой, не в силах скрыть охватившее его ликование.

Человек с железным лицом, продолжая ухмыляться, спросил, все ли согласны с его решением. «Хозяин» и бухгалтер синхронно закивали головами, преданно заглядывая в глаза человеку с железным лицом. Секретарша, которой передалось их возбуждение, пританцовывала рядом, обращая голову то к «хозяину», то к бухгалтеру, как бы стараясь услужить чем-то или помочь, но чем, она и сама пока не знала.

Человек с железным лицом слегка хлопнул по столу, чтобы хоть как-то привести всех в чувство, и сказал:

— Все свободны! — и кивнул в сторону «хозяина»: — Вы останьтесь!

Бухгалтер с увесистой кожаной папкой в руках и секретарша с разорванными пополам документами поторопились к выходу.

В комнате осталось всего четыре человека, совершенно не подозревающих о том, насколько несчастливым является это число…

Навстречу тем, кто поспешно покидал помещение, по коридору катили тележку, уставленную блюдами, источающими немыслимый аромат. Но люди были в таком шоке, что даже это не привело их в сознание…

Март 2017

Допрос

Комиссия по расследованию чрезвычайных происшествий, прибывшая на место, состояла из трёх человек. Главный — высокий сухощавый старик — был погружён в себя, не замечая ничего вокруг. Видно было, что его мучает какой-то недуг, так как двигался он осторожно и постоянно непроизвольно икал, извиняясь после каждого ика. Иногда он доставал какой-то пузырёк с лекарством, отправлял в рот очередную таблетку и запивал водой из бутылки, стоявшей на столе. Для него это расследование было одним из тысяч дел, которые он провёл за свою жизнь. В этом происшествии ему, конечно же, уже всё было ясно, но требовалось соблюсти протокол и оформить всё по букве закона, не поднимая сильную «волну», которая иногда накрывает и тех, кто любит глубоко копать. Кроме того, ему было интересно разобраться в политической обстановке вокруг этого происшествия: кого оно затронуло и кто в нём очень сильно заинтересован. Он прекрасно понимал, что если сюда запустили свою лапу спецслужбы, которые он как раз и контролирует, то скоро запахнет жареным. Сам Старик тоже далеко не был похож на святого, но он был человеком с большим жизненным опытом. Он был «стреляный волк» и знал, как вести себя в подобной ситуации. Старик молча сидел за столом, погружённый в свои размышления, и рассматривал какие-то бумажки под руками.

Вторым лицом в комиссии была женщина-следователь в чёрном брючном костюме с белым воротником. Она держала папку и диктофон. Конечно же, она понимала, что нужно боссу, и была полностью готова отобразить это в своём рапорте.

Третьим был адвокат по конституционным вопросам, который своим присутствием подтверждал законность и гарантию её соблюдения на этом заседании.

Ждали свидетелей.

В комнате было ещё два человека в казённых костюмах и со сладкими лицами, выражающими преданность и полное желание содействовать следствию. Старик поманил пальцем одного из них, и тот послушно приблизился к столу. Старик указал ему на стул. Видно было, что главный не симпатизировал этому человеку. Да он вообще не любил этих выскочек из 5-го отдела, которые везде совали свой длинный нос. Там, где они побывали, всегда пахло гнилью, и кому-то приходилось разгребать после них последствия и очищать атмосферу.

Старик обратился к «казённому костюму» с очень преданным лицом:

—Дайте нам характеристики на начальника отдела и двух его агентов, погибших в этом происшествии, и поясните комиссии, что они делали в благотворительном «Обществе защиты светло-голубых лягушек».

Человек в казённом костюме преданно закивал головой, показывая свою полную кооперацию со следствием, открыл папку и быстро вынул из неё три экземпляра досье на своих сотрудников, не забыв сопроводить их словами:

—Характеристики у всех самые лучшие.

Старик в очередной раз икнул и скривился — то ли от икоты, то ли от его слов. И резко парировал:

—Да знаем мы ваши характеристики!.. Рыла у всех в пуху, руки по локоть в крови, а характеристики — хоть к лику святых причисляй!

Но человек в казённом костюме абсолютно никак не отреагировал на эту реплику и, продолжая преданно смотреть в глаза членов комиссии, произнёс:

—Да, действительно, это были лучшие люди в нашем отделе. Все очень скорбят.

—Лучшие люди… — прохрипел старик. — Представляю, какие у вас тогда худшие…

Женщина-следователь и адвокат по конституционным вопросам принялись внимательно изучать характеристики на трёх агентов, так глупо отравившихся в химической лаборатории.

Старик поднял голову и опять обратился к человеку в казённом костюме с очень преданным лицом, продолжающему петь дифирамбы погибшим агентам и особенно главному по кличке Железный Джон.

—Поясните комиссии, что делали ваши люди в химической лаборатории такой мирной организации, как «Общество защиты светло-голубых лягушек», и как такие опытные агенты могли вдруг отравиться.

Человек в казённом костюме согласно кивнул и сказал:

— Да, конечно, у нас здесь всё задокументировано.

Старик опять скривился и махнул рукой:

— Давай уже, докладывай!..

— К нам поступила информация, что в лаборатории «Общества защиты светло-голубых лягушек», где шёл поиск природных абсорбентов, поглощающих токсины и яды, разрушающие организм, случайно обнаружили яд, сильно действующий на центральную нервную систему, который совершенно безвредно содержится в пигменте окраски светло-голубой лягушки в соединении с природным абсорбентом. Была направлена группа лучших работников во главе с Железным Джоном, которые должны были проверить результаты этих исследований и составить проект бюджета для данной организации, позволяющий улучшить работу по поиску и производству природных абсорбентов, а также осуществить контроль и безопасность исследуемых ядов.

Старик недовольно скривился:

— И этот бюджет в двадцать раз превышает прежний бюджет лаборатории?

— Да, — невозмутимо и преданно глядя в глаза ответил человек в казённом костюме.

Он махнул рукой своему коллеге, и тот быстро подошёл к столу и положил перед комиссией увесистую папку, сказав:

— Вот на это предусмотрена большая часть предложенного бюджета. Это архитектурный проект по переустройству лаборатории в современный юнит со всем необходимым самым новым оборудованием. Там сейчас уже работают наши люди по оснащению помещений герметично закрывающимися дверями с особым кодом доступа.

Старик махнул рукой на папку, понимая, что эти умельцы могут состряпать любой документ, и вернулся к главному вопросу:

— Так что же всё-таки явилось причиной смерти трёх агентов?

Человек в казённом костюме, так же беспристрастно и преданно глядя в глаза, доложил:

— Нарушение протокола. Они не должны были входить в химическую лабораторию без специальных костюмов. И, к сожалению, главный виновник трагедии, хозяин лаборатории, тоже мёртв. Всех остальных мы проверили. Они никоим образом не причастны к этому происшествию… Но если следствию необходим живой виновник… мы его предъявим.

Адвокат по конституционным вопросам недовольно скрипнул стулом и громко произнёс:

— Это что ещё за заявления?! Если у вас есть виновные, предоставьте их следствию, и оно будет с ними разбираться. А нарушать конституцию я вам не позволю!

— Да-да, конечно, — быстро и преданно закивал человек в казённом костюме. — Главный виновник мёртв, агенты пострадали из-за своей халатности… Дело закрыто.

Старик посмотрел на адвоката и женщину-следователя, те согласно кивнули.

— Хорошо, — сказал Старик, — оставьте следствию документацию. Вы пока свободны, — потом на секунду задумался и добавил: — Позвоните моей секретарше, я её предупрежу, и принесите ей проект всего того, что вы собираетесь делать в этой лаборатории.

Человек в казённом костюме преданно закивал и сказал:

— Конечно, сэр. Всё, что вы пожелаете.

Старик опять скривился — то ли от икоты, то ли от этого беспросветного наигранного подобострастия — и махнул рукой.

В комнату ввели трёх свидетелей и рассадили на стульях перед комиссией. Первым был бухгалтер, он сидел с видом человека, знающего, как украсть миллион, но пытающегося всей своей наружностью внушить, что никогда этого делать не будет. Вторая — секретарша — нетерпеливо приплясывала даже сидя, стараясь всем видом показать, что она готова чистосердечно помогать следствию, но пока не знает, чем именно. Третьим сидел биолог, который был немного насторожен и расстроен всем случившимся в такой мирной лаборатории, занимающейся изучением светло-голубых лягушек. Был ещё четвёртый свидетель — муха с большой шишкой на лбу, которая удобно расположилась на тёмной заколке, приколотой к причёске секретарши, но её никто не видел, потому что она никогда не страдала тщеславием и не хотела быть заметной.

Старик посмотрел на присутствующих свидетелей с каким-то сожалением, понимая, что они вообще не причастны к происшествию, но все стоят на краю такой огромной пропасти, где даже дна не видно. Он кивнул женщине-следователю, и она открыла свою папку, в которой лежало досье на каждого из свидетелей. Она включила диктофон и обратилась к бухгалтеру:

— Как давно вы работаете в лаборатории?

Он заёрзал на стуле, пытаясь выиграть минутку и прочитать по лицам членов комиссии, какой ответ они от него ожидают. Потом произнёс:

— Я, вообще-то, в лаборатории не работаю. Я отношусь к бухгалтерии «Общества защиты светло-голубых лягушек». Но моя зарплата привязана к бюджету лаборатории, так как я веду там все финансовые дела.

Следователь кивнула головой, и бухгалтер понял, что он где-то попал в точку, — ответ был принят.

Следователь склонилась над бумагами и сказала:

— Я вижу, вы проводите через лабораторию большие суммы на какие-то мероприятия несколько раз в год.

— Да, — ответил бухгалтер, — общество у нас благотворительное, поэтому мы стараемся организовывать различные праздники для привлечения спонсоров.

Следователь кивнула опять, и бухгалтер, в принципе, понял, чего от него ждут: не разглагольствовать и не болтать лишнего, что может вызвать дополнительные вопросы.

— Почему вас пригласили на закрытое заседание?

— Я финансист, а там как раз рассматривался новый проект бюджета.

Следователь кивнула, а Старик скривился то ли от икоты, то ли ещё от чего.

— Почему вы взяли с собой секретаршу?

— Я опытный финансист и знаю, что могут понадобиться дополнительные документы.

— Они понадобились? — внимательно посмотрела на него следователь.

— Нет, — ответил бухгалтер, и следователь опять кивнула.

— Как долго вы находились в помещении?

— Минут пятнадцать–двадцать, пока был представлен проект бюджета.

— О чём ещё вы разговаривали на заседании, кроме бюджета?

—Гость сказал, как важно правильно выбирать цели, и о дисциплине, — пожав плечами, проговорил бухгалтер. — Потом нам сказали, что мы свободны, и мы ушли.

—Вы ушли все вместе?

—Нет, биолог ушёл раньше. Хозяин вспомнил, что он забыл включить климат-контроль в павильоне с животными, и попросил его проверить, сказав, что он свободен.

Биолог с благодарностью посмотрел на бухгалтера.

Старик уловил этот взгляд, но ничего не сказал. Он понимал, в каком положении находятся все присутствующие.

Женщина-следователь спросила:

—А вас не удивила сумма, предложенная в новом бюджете?

—Я финансист, — снова повторил бухгалтер. — Меня вообще не удивляют суммы. Больше денег — лучше оборудование, больше рабочих мест, более результативная работа по защите природы, я так понимаю.

Он увидел, как следователь опять кивнула, и понял, что к нему претензий вроде нет.

Следователь повернулась к биологу.

—А вы не удивились, что вас пригласили на заседание по обсуждению бюджета?

—Вообще-то, я не знал, что именно там будет обсуждаться, но меня иногда приглашают на встречи со спонсорами и представителями общественных организаций, чтобы рассказать о важности работы нашей лаборатории.

—А в чём, по-вашему, заключается важность работы вашей лаборатории?

—Это изучение природы, позволяющее сделать очень важные открытия.

Следователь кивнула и скептически улыбнулась:

—И какие открытия это позволило сделать вашей лаборатории?

—Мы открыли природные абсорбенты, которые нейтрализуют токсины и яды, поражающие центральную нервную систему и разрушающие клетки мозга.

Старик поднял голову от бумаг и внимательно посмотрел на биолога. Ему явно чем-то нравился этот молодой человек. Он был не похож на остальных свидетелей: видно, что был удручён произошедшим, но не трясся за свою шкуру, и голос у него звенел как-то чисто-чисто, как серебряный колокольчик. Старик поднял палец, показывая женщине-следователю, что он берёт инициативу в свои руки, и спросил:

— Вы считаете, что у этих абсорбентов есть будущее?

— Конечно, — ответил биолог. — Мозг с возрастом становится самым уязвимым органом в нашем организме, так как другие системы не совсем справляются с выводом шлаков и ядов, образующихся в результате распада пищи или поступающих в организм из окружающей среды. Поэтому организму необходима помощь в нейтрализации и выведении этих ядов. Мы над этим как раз и работаем.

Старика это явно заинтересовало, он сделал в своей записной книжке какую-то пометку. Затем поднял глаза на биолога:

— Почему, вы считаете, произошёл этот трагический случай?

Бухгалтер заёрзал на стуле, понимая, что это вопрос вопросов. Секретарша сидела, всё ещё не решив, что же ей делать, и тихонечко приплясывала на стуле.

Биолог прямо смотрел на Старика, явно понимая, что тот хотел услышать, но сказал совсем другое — то, что считал правдой об этой ситуации:

— Я думаю, что причиной была спешка, всё-таки это химическая лаборатория, а в химической лаборатории всегда есть вредные химические препараты.

Двое в казённых костюмах заёрзали на своих креслах, но не сменили подобострастия на своих преданных лицах. Старик раздражённо посмотрел в их сторону.

Бухгалтер обалдел от этого ответа, но по лицам следователя и Старика понял, что ответ правильный, и с благодарностью посмотрел на биолога.

От Старика не ускользнул и этот взгляд. Он ухмыльнулся про себя и сказал, что у него больше нет вопросов.

Следователь обратилась к секретарше и, поняв, что с ней бесполезно разговаривать, повернулась к адвокату по конституционным вопросам, спрашивая взглядом: «Что у вас?»

Он молча кивнул головой, показывая, что всё нормально, можно продолжать.

Но продолжать не пришлось. Потому что Старик закрыл свою папку, и это было сигналом к окончанию допроса свидетелей. Женщина-следователь переглянулась с адвокатом по конституционным вопросам и сказала, что у них вопросов к свидетелям нет.

Никто, конечно, не собирался спрашивать четвёртого свидетеля, устроившегося на тёмной заколке, приколотой к волосам секретарши. А этому свидетелю было что рассказать! Она рассказала бы о том, что хозяину удалось синтезировать страшный яд, поражающий центральную нервную систему и приводящий живые организмы к ужасной гибели. Что об этом узнал 5-й отдел и поспешно направил туда своих агентов, у которых быстро созрели свои планы относительно того, как применить это открытие. О том, что новый предложенный бюджет, по сути, был тридцатью сребрениками для людей, готовых выгодно продать свою совесть. Также она могла бы рассказать, как её собратьев массово уничтожают в стенах лаборатории в то время, когда в мире полно очень важной работы для мух по переработке отходов человеческой жизнедеятельности. Но она, как опытная и мудрая муха, видела по лицу Старика, на котором уже лежала серая тень смерти, что он не хочет копать глубоко, потому что это привлечёт гораздо больше лишнего внимания и ещё неизвестно, в чьи руки тогда попадёт это открытие. Она понимала, что он тихо подгребает под свой контроль эту лабораторию, оставив 5-й отдел в дураках. Было видно, что он намеревается переориентировать направление работы в исследовательском центре на поиск природных абсорбентов, поставив на должность начальника лаборатории молодого биолога. При этом он ещё и утвердит новый бюджет, предложенный 5-м отделом, и заставит их выложить всё до копейки.

Муха была в восторге от этого Старика, но выразить своё восхищение не могла, так как никто не обращал внимания на её радостное жужжание.

Всех свидетелей попросили подойти к столу подписать какие-то бумаги.

А Старик обратился к молодому биологу:

— Подготовьте мне проект работы по исследованию природных абсорбентов и применению их для лечения болезней мозга и центральной нервной системы. Опишите все главные сферы исследований и составьте план переоборудования лаборатории для работы в этих направлениях.

Молодой биолог просиял и сказал, что у него уже есть полное представление о такой лаборатории, нужно только немного времени, чтобы перенести это на бумагу.

— У тебя есть три дня, — сказал Старик и тут же икнул, извинился и спросил, нет ли у них в здании автомата, где можно купить газированную воду.

Молодой биолог прозвенел голосом, похожим на серебряный колокольчик, что автоматов нет, но он уверен, что на кухне в холодильнике всегда есть в запасе газированная вода.

Все уже собрали папки, портфели и двинулись вслед за Стариком и молодым биологом в сторону кухни.

Муху это обрадовало. Она сорвалась с заколки секретарши и помчалась сломя голову на кухню, показывая всем дорогу. Но на кухню она почему-то влетела одна: вся процессия вдруг застыла в дверном проёме и стояла, не осмеливаясь перешагнуть через порог. Муху очень позабавила эта немая сцена, но она уже привыкла к странностям людей. Но что было абсолютно невероятно — она вдруг увидела своим мушиным зрением, как какая-то серая колыхающаяся тень медленно оторвалась от Старика и переползла на бухгалтера, лицо которого вмиг потемнело, а лицо Старика стало светлым, и на щеках появился лёгкий румянец. Муха сразу отнесла это к работе Жизненного потока, который по какой-то причине поменял свои оттенки на лицах двух людей. Она знала, что люди, конечно же, этого не заметили, да и не могли заметить, ведь они были очень ограниченными существами, поэтому муха ни за что бы не хотела быть одним из них. Муха смотрела на них и недоумевала, почему они никак не могут решиться перешагнуть порог.

Но тут она увидела, как со стороны кухни к порогу подбежал Марио, взмахнул какой-то карточкой, висевшей у него на шее, — и муха остолбенела, поражённая до глубины своих мушиных мозгов: она увидела своими большими мушиными глазами, как на маленьком приборе, расположенном рядом с дверью, после прикосновения карточки сверкнул какой-то огонёк и слева направо поплыла большая стеклянная дверь, открывая проход для столпившихся на пороге людей. Все вошли на кухню, а абсолютно прозрачная и потому незаметная дверь так же плавно поплыла и закрыла входной проём. Потрясённая муха впервые видела дверь на этом месте. До её сознания стало доходить, что первый раз за множество жизней она смогла пролететь сквозь стекло!

Она вдруг догадалась, что любой предмет, появляющийся в пространстве, прежде всего должен быть воспринят нашим мозгом и наполнен чем-то таким, что делает его реальным. Всего того, что мозг не воспринял или убедил себя, что этого нет, — всего этого просто не существует!

Мухе внезапно стала полностью ясна абсолютная ограниченность и убогость такого с виду развитого существа, как человек. Она и раньше это предполагала, но сейчас совершенно точно пришла к выводу, что человек по какой-то причине выключил из своего сознания полную картину мира, превратив себя в примитивное одномерное существо, при этом всё ещё пытаясь выглядеть значительным и великим, развивая науку, которая не открывает ничего нового, а лишь подтверждает наличие уже существующего, но называет это Открытием…

Это наблюдение огорчило и обрадовало муху одновременно, она снова подумала о том, что никогда бы не хотела перевоплотиться в человека… Осознавая это, она радостно взвилась под потолок, сделала новый разворот крыла и, разогнавшись, с полной уверенностью в том, что никакой стеклянной двери в проёме нет, помчалась навстречу неизвестности…

Май 2017

Спросите у мёртвых

То, что профессор был ненормальный, знали все. С ним постоянно случались какие-то казусы и приключения. Одних это приводило в ужас, других — в восторг, а третьих повергало в уныние, так как они понимали, что с ними таких интересных приключений произойти не может. Назвать профессора чудаком было бы неправильно, хотя чудил он очень часто и по-крупному. Однажды на кафедре, когда он доставал из портфеля книги, готовясь к лекции, у него случайно выпал порнографический журнал. Один студент-умник, заметив это, тут же решил посмеяться над профессором и нарочито громко воскликнул:

— О-о-о, профессор, вы увлекаетесь порнографией?!

Аудитория оживилась.

А профессор, подняв журнал, спокойно сказал:

— Нет, молодой человек, я увлекаюсь историей.

На что остряк с вызовом возразил:

— Но у вас же в руках порнография!

Тогда профессор невозмутимо заявил:

— Это для вас порнография, а для меня это история.

Оживление в аудитории сразу пропало, а «умный» студент получил глупую кличку, с которой так и проходил до окончания университета.

Вскоре в одном из научных журналов появилась статья профессора, в которой он рассматривал вопрос влияния порнографии на исторические процессы. Он утверждал, что, в отличие от произведений художников Ренессанса, которые в женском теле превозносили красоту, гармонию и подчёркивали материнство, порнография разрушает традиционные понятия красоты и гармонии, а материнство преподносит как порок, мешающий жить легко и беззаботно. Также он отметил, что постоянное воздействие порнографии на сознание человека перевозбуждает только один участок головного мозга, связанный с репродуктивными органами, в результате чего происходит отток энергии от других участков мозга, отвечающих за мыслительные процессы и концентрацию. А поскольку мозг — самый энергоёмкий орган в теле человека, эта потеря грандиозна и катастрофична. Люди становятся отупевшими, рассеянными, теряют интерес к учёбе и познанию мира, у них возникает ранняя импотенция и отсутствует стремление создавать семью, что приводит к вырождению общества. Профессор упоминал разные исторические примеры, когда некоторые политики и политические кланы использовали порнографию в своих целях — для снижения мыслительной деятельности у собственного народа и разрушения основ других государств и империй. Он отметил, что особенно губительно порнография влияет на неокрепший мозг детей и подростков, которые, хорошо изучив физиологию, теряют способность к романтическим отношениям, начинают воспринимать противоположный пол чисто потребительски, без проявления тех необыкновенных эмоций и чувств, которые вызывают в человеке особые Божественные резонансы, не поддающиеся никакому научному объяснению. Но именно эти резонансы связывают нас с Божественным Творением, и если человечество их утратит, оно погибнет, так как не будет постоянной подачи потока жизненной энергии на Землю.

Короче говоря, профессор был ненормальный полностью, потому что поднимать такие вопросы в обществе, где всё уже давно устоялось и сложилось определённым образом, — причём удобно и выгодно для всех, — мог только ненормальный. Правда, чудаком его всё-таки не называли и над его теориями не посмеивались, но для многих он был очень неудобным человеком. Однажды он дал всему курсу задание написать небольшую научную работу на тему «Что произойдёт с планетой, если убрать с неё человека?» Этот вопрос как раз у многих вызвал снисходительную усмешку, все поулыбались — вначале, а потом... когда поняли, что же действительно произойдёт, взгрустнули и переругались. Стало понятно, что оригинальный профессор в университете долго не продержится.

Последней каплей в этой уже закипавшей чаше стала его стычка с руководством о предложенной кафедрой курсовой работе — «О позитивном влиянии войн на развитие технологий и смену исторических эпох». Профессор пришёл в аудиторию, чтобы помочь студентам раскрыть эту тему и направить их мысли по правильному пути. Все уже знали, что приказ о его увольнении подписан и это его последняя лекция, и молча прощались с ним. Конечно же, никто не заплакал, но все сожалели, что от них уходит такой необычный и непохожий на других человек, с которым всегда было интересно и весело. Да и предмет свой он знал блестяще и преподавал очень хорошо — после его лекций практически не было необходимости брать в руки учебник.

Профессор взошёл на трибуну, как на эшафот, тихий, задумчивый и, как всегда, немного взъерошенный. Он не стал открывать свой портфель, а просто посмотрел в аудиторию на притихших студентов, как бы прощаясь со всей своей жизнью. Он понимал: как только он выйдет и закроет за собой дверь — его жизнь закончится. Потому что история — это всё, что у него осталось. Жена давно умерла, детей не было, друзья разбрелись кто куда, у каждого своя жизнь, свои проблемы. Аудитория — вот что было его жизнью в данный момент, и теперь у него отнимают и это. Круг замкнулся. Ему не полагалось ни цветов, ни аплодисментов, которыми обычно провожают на «заслуженный отдых». Он должен был уйти тихо и незаметно, исчезнуть в тени, чтобы не приносить неприятностей и неудобств кафедре, на которой проработал всю жизнь. Но даже это не угнетало его так сильно, как тот факт, что он больше никогда не сможет войти в аудиторию, взойти на трибуну, достать из портфеля свои книжки, шпаргалки и посмотреть в лица своих коллег, которые ещё и сами пока не понимают, что перед ними стоит их коллега. И они будут втихаря перешёптываться, посмеиваться над ним, строить ему всякие козни, изворачиваться на экзамене. Но в один день, когда они наденут мантию, грянет оркестр и в воздух полетят головные уборы, они вдруг осознают, что рядом с ними всегда был их коллега — чудной, взъерошенный и ответственный за своё дело. Они поймут, что отныне им предстоит продолжить его дело по передаче другим коллегам самого ценного сокровища — знаний, которые открывают пытливым ворота к постижению Истины.

Он окинул взглядом аудиторию и спокойно спросил:

— Знаете ли вы, какая правда хуже лжи?

Все молчали. Конечно, у каждого нашёлся бы свой ответ, но сейчас был не тот момент, чтобы оттягивать внимание на себя, все с интересом смотрели на профессора и ждали, чем он удивит их в этот раз. Профессор уловил это состояние. Это был момент, о котором мечтает любой оратор, когда выходит к своей аудитории. Момент, когда все замирают, как охотники, как ловцы, чтобы не упустить ни одного слова. Это большая удача для преподавателя — всё, что бы ты ни сказал в эту минуту, запомнится на всю жизнь.

И он выстрелил фразой в распахнутые настежь мозги своих коллег:

— Самая страшная правда, которая хуже лжи, — это однобокая правда, — и, увидев, что его выстрел попал точно в цель, добавил картечью: — Потому что такую правду ложь использует, чтобы творить свои грязные дела. Нам предложена тема, которую мы должны сегодня обсудить, раскрыть и провести свой исторический анализ. Тема серьёзная, но уже в самом её названии заложена мысль, которой должно следовать наше сознание. И эта мысль является той самой «однобокой правдой». Как звучит тема? «О позитивном влиянии войн на развитие технологий и смену исторических эпох». Что вкладывает этот тезис в мозг поколению, выросшему из развалин самой страшной, самой кровопролитной войны? То, что война внесла какие-то позитивные изменения в человеческую жизнь. А что нового в техническом, социальном и духовном плане приобрело общество за это время? Появились антибиотики, новые двигатели для самолётов, были изобретены ракеты, усовершенствовано автоматическое оружие, разработана атомная бомба, созданы новые экономические зоны, сформировались новые политические отношения, определившие переход к новой исторической эпохе. Но если мы взглянем назад в историю, то увидим, что то же самое происходило много-много раз: разрушалось старое общество, и на его руинах строилось новое — более сильное, более прогрессивное… И тут я хотел бы сделать небольшую паузу и задать один маленький вопрос.

Профессор окинул взглядом своих коллег, которые сидели с горящими глазами, как голодные птенцы или даже звери, готовые проглотить каждое слово своего учителя, чтобы хоть чуть-чуть утолить тот голод, который терзает каждого мыслящего человека в поисках ответа на самый главный вопрос его жизни, вопрос Жизни и Смерти.

— Прогрессивное в чём? — он опять внимательно посмотрел на аудиторию, покачал головой и выпалил из всех орудий: — Прогрессивное в новых способах ведения войны! Именно поэтому на ваши бедные головы и выпала доля изучать ИСТОРИЮ ВОЙН. И каждый из вас отчётливо понимает, что такое война. И никто другой не может лучше вас знать, что если один и тот же исторический сюжет повторяется много раз, значит, что-то неправильно, что-то не поменялось. А вот здесь нам, как историкам, предстоит разобраться с одним важнейшим вопросом: так что же не поменялось? И ответ будет устрашающим: не поменялось сознание человека. И сейчас я должен открыть вам ещё одну тайну: на протяжении всей этой тысячелетней истории войн постоянно шла ещё одна война — война СОзнания с БЕСсознательностью. Война, в которой Бес манипулирует сознанием людей, доводя их до такого состояния, когда они готовы перерезать глотки друг другу. И в этой работе ему очень помогает однобокая правда, потому что, подав любому народу с задурманенным сознанием такую «правду» в виде идеи, можно очень легко развязать войну. Есть тысячи способов, включая подлоги, коварство, ложь, провокации, чтобы разжечь войну. И есть лишь один, чтобы её избежать, — он называется Сознанием. Потому что в свете Сознания становятся видны все политические трюки и закулисные сговоры против народа, руками и жизнями которого ведётся война. Ведь каким образом проводятся военные действия? Они проводятся руками нормальных людей: самое трудоспособное, самое здоровое, самое сильное население посылается на убой, в то время как все жулики и проходимцы, а также крикуны, разжигающие ненависть и призывающие к кровавой драке, отсиживаются в стороне. Война — это способ уничтожения более сознательной и более развитой части человеческого общества.

Профессор замолчал. Он умел делать правильные паузы, чтобы дать студентам возможность проглотить то, что он вложил в их голодные рты. Потом тихо сказал:

— Я предлагаю вам всё-таки заняться этой темой, но список литературы давать не буду, он вам не нужен. Зато я подскажу вам, где найти ответ на этот непростой вопрос, который я бы назвал вопросом Жизни и Смерти, — профессор поднял указательный палец, направив его куда-то вверх, и тихо произнёс: — Спросите у мёртвых...

Затем он внимательно посмотрел на аудиторию и спросил:

— Армяне есть?

Поднялось несколько рук.

— Евреи?

И опять в воздух взвились руки студентов.

— Русские, белорусы, украинцы?

Руки продолжали подниматься.

— Татары, узбеки, киргизы, казахи?

Да, они тоже присутствовали на этой лекции.

— Прибалтийцы?

— Немцы?

— Поляки?

— Румыны?

— Чехи и словаки?

— Югославы?

Он перечислял и перечислял — и всё больше и больше рук взлетало вверх.

Он на секунду замолчал и обратился к лесу рук, колыхавшемуся над аудиторией:

— Я вижу, моё предложение принято единогласно! Теперь я дам вам вторую подсказку. Положите на чашу весов с одной стороны дубины, копья, стрелы, мечи, винтовки, автомат Калашникова, атомную и водородную бомбы, пенициллин, бактериологическое, химическое и космическое оружие, а на другую чашу — все человеческие жизни, которые были разрушены в процессе этих войн. Подсчитайте, сколько было уничтожено семей, убито детей, разрушено городов и стран, сожжено библиотек, уничтожено шедевров искусства, потеряно уникальных медицинских знаний, способов обработки природных материалов. Сколько гениальных учёных не смогли сделать свои открытия, сколько композиторов оставили мир без своих прекрасных музыкальных произведений, сколько художников не смогли привнести в жизнь своё видение гармонии, сколько безвременно почивших святых и пророков не успели получить от Всевышнего совершенно бесценные духовные знания и донести их до людей... Какой ущерб был нанесён планете и сознанию человечества!.. И тогда вы сможете сделать собственный вывод «о позитивном влиянии войны на технический прогресс и смену исторических эпох». Я имею полное право просить вас об этом, коллеги, — произнёс он многозначительно, — потому что это моя последняя просьба. А как вы знаете, любой приговорённый имеет право на свою последнюю просьбу.

С этими словами он сошёл с трибуны и зашагал к двери, громко отпечатывая каждый свой шаг в тишине замершей аудитории. Когда за ним затворилась входная дверь, все услышали какой-то странный хлопок, похожий на электрический разряд. Несколько человек бросились к выходу, но за дверью никого не оказалось, коридор был абсолютно пуст, только в воздухе как-то странно пахло озоном…

Профессора больше никто не видел. А через месяц, когда представители университета пришли опечатывать его ведомственную квартиру, то обнаружили её совершенно пустой, только на полу валялся старый электрический утюг и одинокая муха упрямо стучалась в окно, пытаясь вылететь на улицу. Явились понятые и какой-то странный участковый без левого уха, который прятал глаза и всё время повторял: «Да-да… мы постараемся… мы сделаем всё возможное…» — хотя его никто ни о чём не просил. Когда у одного из понятых тихонько спросили, что случилось с ухом участкового, он так же тихонько ответил, что этим ухом он слушал нашёптывания «нечистого» и потому Всевышнему пришлось отобрать у него это ухо. Процедура описи имущества была закончена, никто ничего особенного не обнаружил. Единственное, что отметили все присутствующие, — в квартире как-то странно пахло озоном.

Июль 2018

Ангел смерти

Эта кличка прилепилась к нему намертво, как расплавленная чёрная смола. Её невозможно было оттереть или смыть — её можно было отодрать только вместе с кожей. Он привык к этой кличке, и она ему даже нравилась: всё же он был Ангел! Конечно, не очень положительный, не белокрылый, а совсем даже наоборот, но всё же не общая серая масса, пусть даже и Ангел смерти. Это прозвище появилось как-то само собой — словно из воздуха, точнее, из той атмосферы, в которой он постоянно пребывал. На одной из баз, куда его перебросили для определённой работы, сходя с трапа вертолёта и ещё ощущая, как хлопают, затихая, винты над головой, прибивая поднявшуюся пыль, он вдруг услышал: «Ангел смерти прибыл!» Он не понял: то ли это проскрипели винты над головой, то ли ветер принёс и прошелестел эти слова ему на ухо, то ли кто-то и вправду увидел в нём что-то такое, что заставляет внутренне содрогнуться. Конечно, он мог что-то предпринять, чтобы избавиться от этой клички, оторвать её от себя, но на самом деле это действительно была его работа. Платили ему хорошо, он был лучшим специалистом, да и ответственности персонально не нёс никакой, просто выполнял приказы начальства, которое и решало все нюансы, связанные с его работой. Хотя, по правде сказать, он никогда не видел, чтобы его начальство хоть раз за что-то ответило, даже если отдавало совершенно бестолковые приказы, наносившие серьёзный ущерб собственным подразделениям, находившимся в постоянных боевых столкновениях с противником. Однажды ему дали команду обстрелять вооружённую группу, движущуюся в сторону их подразделения. Дело было ночью, до конца не разобрались, и огонь, который он открыл, пришёлся по своим, выходившим в этот момент с территории противника после какого-то задания. После первого выстрела в воздух поднялись сигнальные ракеты, предупреждающие, что это свои. Это, конечно, вызвало шквальный огонь со стороны противника. Группа пришла сильно потрёпанной, неся на себе двух раненых и одного убитого пулей в голову, что, конечно же, являлось делом его рук. Так он нажил себе в группе прибывших кровного врага, который был другом убитого. Он получил порицание от командования, которое само же и распорядилось открыть огонь, и отделался переброской на другой участок — чтобы его не нашли здесь где-нибудь с перерезанным горлом. Иногда ему приходилось «работать» не на передовой, а в совершенно мирных условиях: стрелять по мирным демонстрациям и одновременно по полиции, противостоящей демонстрантам. Это делалось для того, чтобы усугубить ситуацию и чтобы политики имели в руках аргументы, которые они могли применить для обвинения той или другой стороны, в зависимости от своих политических целей. Где-то в глубине своей сущности (к этому времени он уже знал, что души у него нет) он понимал, что это, наверное, неправильно. Но выполнял и эти приказы, так как это было очень выгодно. Цена на такой заказ удесятерялась.

Он был снайпером, можно было сказать, от Бога, но это, конечно, звучало бы кощунственно, потому что ничего Божественного в его работе не было, а как раз наоборот — он уничтожал то Божественное, что было создано природой и Богом: он разрушал Жизнь. Его постоянно перебрасывали с одной позиции на другую, и уже не только свои, но и противник догадывался, что на данном участке работает Ангел смерти. Его узнавали по почерку, потому что точность у него была дьявольская и пуля всегда попадала точно в голову, вызывая мгновенную смерть. Его ненавидели противники и побаивались свои, понимая, что с таким мастерством он может спокойно прострелить голову любому без особых раздумий, поэтому его старались обходить десятой дорогой и опасались вступать в разговоры. Его это полностью устраивало, так как на каждом участке он должен был целиком сконцентрироваться на работе. Ему нужно было создать несколько боевых точек, из которых он мог вести прицельный огонь. Из каждой точки он мог сделать только один, в крайнем случае — несколько выстрелов и тут же незаметно перебраться на другое место дислокации, чтобы его не успели засечь и обстрелять ракетами. А так как работа эта была очень кропотливая, ему некогда было отвлекаться на разговоры и завязывать отношения.

Работа ему нравилась, тем более она обеспечивала ему исключительно особенный статус, выделяя из всей массы наёмников, зарабатывающих на войне. Оборудование у него было первоклассное, суперточное, с абсолютно фантастической оптикой, сквозь которую он до мельчайших подробностей видел другой мир, других людей и другие жизни, которые отбирал. Иногда он задерживал выстрел, чтобы немного рассмотреть того, кого через пять секунд больше не станет на этой земле, да и во всей Вселенной. Он видел пыль на касках противника, согнутые войной спины бойцов, старающихся держаться как можно ближе к земле, чтобы уберечься от пули. Он различал улыбки, узнавал слова ругательств, срывавшихся с усталых почерневших губ. Он даже мог видеть на светящихся экранах номера телефонов, с которых поступал звонок. Однажды он записал один такой номер, прежде чем спустить курок. А после того как выполнил своё смертоносное дело, позвонил по этому телефону, сам не зная зачем. В трубке он услышал глухой женский стон, доносящийся как будто из глубокого колодца. Он протараторил:

—Я звоню из подразделения, где служил ваш муж... чтобы сообщить вам, что он убит.

В ответ он услышал с надрывом:

—У меня нет мужа, его убили на прошлой войне. Сейчас погиб мой сын.

Видимо, это сообщение застало его врасплох, потому что он, сам того не осознавая, внезапно выпалил:

—Я хочу вам сказать... Простите... Это я его убил... Поймите, это война... Меня тоже могут убить...

—Будь ты проклят, — услышал он в ответ, — вместе со своей войной!.. Тебя не убьют!.. Тебя похоронят живым...

Связь оборвалась.

Ему некогда было размышлять об этом, начался обстрел, и пришлось срочно перемещаться на другую позицию. Потом, позже, когда он вспоминал этот эпизод, то не мог объяснить свой тогдашний сиюминутный порыв — по прошествии времени его вроде бы ничего не тяготило. В принципе, рассуждая логически, он понимал, что сделал правильный поступок, обратившись с повинной к матери убитого. Но также он понимал, что никогда не будет просить прощения у других им убитых.

Ведь это война, и, понятное дело, здесь каждого могут убить. Он вроде бы делает нужное дело, а задумываться об остальном — о природе, о смысле мироздания — ему было совершенно некогда. Да и нужно ли? Он просто добросовестно выполнял свою работу, где всё за него уже продумали и решили другие. Конечно, это, наверное, не совсем честно — убивать как бы из-за угла, и, конечно же, он никогда не думал о том, что у каждого убитого есть мать, разрывающая на голове волосы и голосящая после каждой посланной им пули, ну и наверное, жёны, дети, которые становятся сиротами. Но это война, где подлость и коварство являются основой любой военной тактики.

Так он рассуждал, сидя в очередной подготовленной точке в ожидании боевых действий, в которых ему отводилась важная роль. По данным разведки, противник подтянул к этому участку свежие силы и боевую технику, и скоро должен был начаться настоящий бой. Он просматривал через первоклассную оптику позиции противника, видел суетящихся возле орудий и ракетных установок солдат, рассматривал замаскированные танки и самоходки. Он знал, что с их стороны тоже подтянута вся техника и новые подразделения, так что всё было готово к большому светопреставлению. Он уже получил команды по радиосвязи и определил первоначальные цели, укладываясь поудобнее, как вдруг в круглом окошке своего оптического устройства увидел какую-то странную светящуюся точку, движущуюся по полосе, разделяющей противников. Она медленно и упрямо двигалась по пересечённой местности, абсолютно не обращая внимания на повисшее в воздухе глухое напряжение, которое вот-вот прольётся реками крови. Он попытался получше настроить свой прибор, чтобы рассмотреть, что же это такое, но ничего, кроме света, не увидел. Он поднёс к глазам бинокль, но и тот не помог разобраться, что же это за явление. Может, это какое-то новое разведывательное устройство? Он связался с командованием, и там ему ответили, что на разделяющей территории не присутствует никакой нашей техники, но все тоже заметили какую-то непонятную светящуюся точку. Тогда он сам решил проверить, что же это такое. Проверить он мог только одним способом — нажать на курок и выстрелить. Что он и сделал…

Точка вздрогнула и на мгновение застыла, а потом снова двинулась дальше. Он тут же почувствовал, как воздух стал сотрясаться какой-то мелкой дрожью и по всему его телу поползли мелкие мурашки. Ощущение было явное. В наушнике что-то зашипело и смолкло, в эфире повисла тишина. Он понял, что связи нет. Вибрации в теле усиливались, ему даже показалось, что вся земля и камни охвачены мелкой дрожью. Он перевёл взгляд на позиции противника и увидел, что там все разбегаются в панике, бросая оружие и технику. Он попытался рассмотреть, куда именно был нанесён удар и насколько огромны потери в стане противника, но абсолютно ничего такого не увидел. Тогда он развернул винтовку в сторону своих позиций. То, что предстало его глазам, не поддавалось никакому объяснению. Сказать, что это были хаос и паника, — ничего не сказать. Страх проник ему под кожу, он понял, что произошло что-то ужасное и непоправимое. Но что именно, он понять не мог, потому что не слышал ни стрельбы, ни взрывов. Все орудия молчали и были неподвижны, единственная аномалия — это светящаяся точка, медленно плывущая по пересечённой местности между позициями противников. Он на всякий случай поднял голову вверх — посмотреть, не разверзлось ли небо и не посыпались ли оттуда горящие камни. Но всё было как обычно.

Он достал зажигательный патрон и загнал его в ствол. Потом навёл прицел на движущуюся светящуюся точку и нажал на спусковой крючок. То, что произошло дальше, он не сможет забыть никогда. Он увидел перед глазами вспышку, лицо обдало огненным жаром, потом всё потемнело и погрузилось в непроницаемый мрак… Вибрации усилились, сжав всё его тело в маленькую чёрную точку, потом появился звук, очень тонкий и невыносимо пронзительный, отдающийся где-то в сознании резкой болью, так как тела он не чувствовал…

Внезапно раздался хлопок, как бы взрывающий пространство, и стразу стало настолько светло, что он смог разглядеть всё очень отчётливо и детально, как в замедленном волшебном кино. Он увидел свою винтовку с расплавленным стволом, прямо перед собой — смятение и панику противника, потом перевёл взгляд на разбегающееся в ужасе своё подразделение… И вдруг ясно увидел в том месте, где была светящаяся точка, старика — слепого старика, опирающегося на видавший виды посох и упрямо движущегося неизвестно куда между боевыми позициями по пересечённой местности. Это было настолько неожиданно, что всё остальное вокруг показалось ему абсолютным абсурдом, он не мог понять, как взрослые люди могут заниматься такими бессмысленными играми, убивая друг друга из-за страха, ненависти, денег… Его пронзила мысль: «Для чего это? Какой смысл в этом абсолютном безумии?» Он услышал стоны матерей, плач детей, увидел клубы пыли и почувствовал запах гари над разрушенными городами и сёлами. И услышал голос — голос той женщины, как будто из глубокого колодца: «Будь ты проклят вместе со своей войной! Тебя не убьют! Тебя похоронят живым!» — тонким звуком звучало в застывшем сознании, причиняя невыносимую боль.

«Странно, я промахнулся?» — почему-то подумал он и снова погрузился во тьму, пронизываемый мелкими вибрациями, сотрясающими всё его тело и пространство вокруг.

Потом он куда-то провалился, словно в глухое болото, в трясине которого тонули все звуки и краски. Двигаться он мог, но не хотел. Он просто смотрел на себя как бы со стороны, ожидая, что будет дальше. А дальше он увидел похоронную процессию… К нему подошли четыре старца в чёрных одеждах, переливающихся, как расплавленная смола, и завернули его в такой же чёрный саван. Они перевязали его крепкой верёвкой, такой, какая используется для виселицы, причём на шею надели петлю, а оставшуюся верёвку обмотали вокруг тела, завязав ноги внизу. Затем они положили его на такие же чёрные носилки. Как ни пытался, он не мог разглядеть их лиц, но заметил, что у них у всех зелёные глаза. Ему почему-то вспомнилось, что когда-то говорили: голубые глаза — это обман, чёрные — колдовство, а зелёные — это беда… Он понял, что четыре высохшие чёрные фигуры с зелёными глазами — это и есть беда. Ещё его смутила цифра «четыре». Почему их не пять и не шесть, а именно четыре? Он догадался, что эта цифра символизирует смерть. Он хотел посмотреть, нет ли её рядом, но увидеть ничего не смог, лишь почувствовал, как рядом с ним на носилки положили винтовку. Его осенило: он не может увидеть смерть, потому что он сам и есть смерть, а его винтовка — это остро отточенная коса. И тогда он понял, почему его завернули в чёрный саван и надели петлю на шею.

Старцы подняли руки к небу и стали молиться. И чем дольше они молились, тем мрачнее и гуще собирались тучи на небе.

Вскоре грянул гром и сверкнула молния. Старцы рухнули на колени, один из них произнёс: «О горе! Небеса его не принимают!» И они стали молиться ещё усерднее, не поднимаясь с колен и отбивая поклоны. Земля загудела тяжёлым стоном и затряслась. Где-то в горах посыпались камни, эхом раздвигая сжавшееся от страха пространство. «В аду ему тоже места нет!» — в ужасе объявил другой старец. И все они горько заплакали.

Затем они поднялись с колен, взяли на плечи носилки и двинулись, напевая унылую песенку:

> Жадная смерть так переела,
> Что даже не может идти.
> Вот поэтому бедные старцы
> Домой её будут нести.
> Ой-йой, е-ей,
> Нам тяжело идти с ней.
> Жадная смерть пьяной свалилась,
> Крови напившись людской.
> Вот потому бедные старцы
> Нести её будут домой.
> Е-ей, ой-йой,
> Нести её будут домой.

У него стало проясняться в глазах, и он увидел свои похороны как бы со стороны. Старцы медленно двигались по горной тропинке, пока не дошли до глубокой расщелины в горах. Они сняли с себя всю чёрную одежду, положили её на носилки, а сами остались в белой. После этого они взяли носилки вместе с ним и с одеждой и сбросили их в пропасть. Снизу тянуло жутким холодом. Поток встречного ветра подхватил носилки и стал медленно опускать их на дно ущелья. Он стал погружаться всё глубже в темноту, наблюдая, как полоска света вверху становится всё меньше. Он вдруг увидел, что за его падением наблюдает масса народа — почему-то это были исключительно женщины и дети. Он понял, что никого из мужчин уже просто не осталось в живых: их всех убил Ангел смерти. Всё его тело стал сковывать холод, ледяной, колючий холод и страх. Он ощутил удар от столкновения с дном ущелья и вдруг услышал голос той женщины, с которой говорил по телефону. Он переплетался с голосами других матерей, жён и детей, осыпавших его проклятиями. «Тебя похоронят живым!» — звучало, как из глубокого колодца.

Внезапно всё пропало, воцарилась глухая тишина и непроглядная тьма. А потом он увидел ещё одно видение… Разверзлись небеса, и сверху на землю стали падать огненные камни, от ударов которых затряслось всё ущелье. Когда содрогание прекратилось, раздался глас с небес, который нёс Благую Весть…

С этого дня многое изменилось. День этот стал называться Днём Божественного перевоплощения, и была установлена традиция — в этот день люди должны были выходить на улицу и обнимать друг друга, говоря при этом всего лишь одну фразу: «Я очень сильно тебя люблю!» Считалось, чем больше людей тебя обнимут и чем больше раз ты произнесёшь эту фразу, тем больше грехов с тебя снимется.

Он тоже стоял на улице и хотел обнять как можно больше людей… Но люди шарахались от него, лишь взглянув в его лицо, и это вызывало в его теле чувство беспредельного одиночества и пустоты, отдающее тупой болью в его сознании.

А в это же самое время генерал одной из сторон с ужасом наблюдал, как плавится боевая техника, сгибаются стволы у танков и орудий, расплавляются автоматы, снаряды и даже металлические пуговицы на обмундировании. Он видел своё беспомощное войско с искорёженными, как расплавленный пластилин, автоматами. Это было бы очень гротескно и до упаду смешно, если бы он видел это в кино. Но это была реальность, совершенно невообразимая чудовищная реальность, которая оголяла нервы и напрочь отшибала мозги. Он ощущал дикий ужас и страх своего войска, понимая, что через несколько минут начнётся атака и их просто сотрут с лица земли. Генерал стоял окаменевший и слушал, как осыпаются на плечи его коротко подстриженные седые волосы, шелестя, как сухие осенние листья. Из оцепенения его вывел громкий звонок с позывным главнокомандующего. Он не слышал того, что сказал главнокомандующий, но, понемногу приходя в себя, стал докладывать, что положение на позициях ужасное, противник применил какое-то странное оружие, от которого всё расплавилось, как пластилин на солнце, и это сделало армию абсолютно небоеспособной. Выход один — либо капитулировать, либо объявить перемирие, сделав вид, что ничего не произошло, и начать переговоры о прекращении войны.

Командующий был очень озадачен и поинтересовался:

— Какие потери?

На что генерал ответил:

— Потерь нет. Есть один несчастный случай. Наш лучший снайпер получил сильный ожог лица от разрывной зажигательной пули, разорвавшейся у него в винтовке. Он потерял глаза, сожжена вся кожа лица. Лицо изуродовано настолько, что он стал похож на смерть, но врач сказал, что жить вроде будет.

— Хорошо, — ответил главнокомандующий, — спишем это на воздействие неизвестного оружия. Может, это пригодится нам на переговорах.

По окончании разговора с генералом он приказал, чтобы его соединили с главнокомандующим противоположной стороны. К его большому удивлению, адъютант, державший в руках телефонную трубку, сказал, что тот только что позвонил сам и сейчас как раз на линии. Взяв трубку, главнокомандующий изменился в лице, услышав, что противник просит немедленного прекращения огня и заключения мира. Он был настолько поражён, что в голове мелькнула лишь одна мысль: «Есть всё-таки Бог на свете!»

По телефону же он ответил, что это предложение отвечает интересам его стороны и что больше не будет произведено ни единого залпа. И ещё что-то наподобие того, что мир — это закономерная развязка любых военных действий, и они не будут препятствовать этому процессу.

Не успел он положить трубку, как тут же закипела работа всех дипломатических служб и грянуло многоголосье прессы о важности мирных добрососедских отношений и о прекращении гонки вооружения.

Август 2017

Сердце матери

Будда стоял спокойно, погружённый в тишину своего молчания и внимательно вглядываясь в Райские ворота. Задумчивость присутствовала в его взгляде, но было бы ошибкой думать, что он просто задумался. Что-то более важное было в его состоянии, в его абсолютном молчании и всепоглощающем внимании. Скорее, это было похоже на сопереживание или ощущение чего-то, точнее сказать, кого-то, чьих-то переживаний и чувств.

Боясь помешать его молчанию, я стоял, вслушиваясь в тишину и вглядываясь в Райские ворота, за которыми явно что-то происходило. Конечно, невозможно сразу увидеть, что происходит за Райскими воротами, и не потому, что что-то мешает твоему зрению, а потому, что что-то мешает твоему сознанию это воспринять, и это что-то — не туман, не мрак и не облачность, которая постоянно присутствует в Райских местах. Эта помеха — твой мозг, который ограничивает и рассеивает концентрацию и внимание. И только присутствие Будды, его абсолютное молчание и спокойствие помогают сохранить состояние, когда ты можешь видеть невиданное, ощущать необыкновенное…

Медленно приближаясь к Будде и боясь нарушить тишину, в которую он был полностью погружён, я мягко ступал по утоптанной Райской земле. Мне оставалось всего несколько шагов, как вдруг я почувствовал, что всё тело словно обдало резким колючим огнём, и в тот же миг увидел, как Будда пошатнулся, потом на мгновение замер и стал безвольно опускаться на тёплую Райскую землю. Я застыл на месте, ощущая, как окружающее пространство наваливается на меня давящей тяжестью, забивая мои уши ватной глухотой. Потом я почувствовал, как содрогнулась земля от падения тела, ощутил внезапно исчезающую из-под моих ослабевших ног опору и видел только, как безвольно повернулась голова Будды, как замерли его угасающие глаза, медленно затуманиваясь и растворяя картину мира, но всё ещё стараясь, напряжённо стараясь из последних сил удержать исчезающий мир.

Не понимая, что происходит, я в ужасе сделал несколько шагов ватными от бессилия ногами и опустился на корточки рядом с Буддой. Он лежал, странно раскинув руки и запрокинув голову, как будто хотел увидеть ещё что-то там, далеко-далеко… Я взял его за руку — она была ещё тёплая, но совершенно безжизненная и очень тяжёлая, вернее наливающаяся какой-то свинцовой тяжестью, желающей оторвать её от моей руки и намертво приковать к земле.

Я, скованный переполняющей меня холодной пустотой и леденящим душу ужасом, сидел возле остывающего тела Будды, не зная, что делать. Оглушительная тяжесть, забившая уши, навалилась на меня непроницаемой стеной, тело потеряло ощущение жизни и наполненности, осознание чего-то ужасного пронизывало насквозь острыми холодными иглами. В теле и сознании наступил внезапный ледниковый период. Трудно сказать, сколько прошло времени, потому что времени не прошло нисколько, оно просто застыло, замерло в ужасе.

Вдруг я стал ощущать, как в пространстве вокруг меня начали происходить какие-то изменения. Сначала появился лёгкий шум в ушах, который становился всё отчётливее и многоголоснее, потом я уловил запахи и глотнул воздуха. Моё тело, оледеневшее от шока, стало согреваться, я почувствовал, как рука Будды постепенно наполнилась лёгкостью и теплом, а его глаза стали светлеть — и вместе с этим стал проявляться окружающий мир, я увидел его присутствие.

Будда медленно повернул ко мне голову, слабо улыбнулся своей незабываемой улыбкой и промолвил:

— Я ощутил это!..

Я был в полной прострации, не понимая, что происходит, но был рад, что Будда открыл глаза и заговорил. Опираясь на мою руку, он попытался приподняться и попросил меня помочь ему. Мы сидели на тёплой Райской земле — Будда, погружённый в тишину своего молчания, и я, совершенно потерянный и ошалевший.

Прошло какое-то время. Будда поднялся, вместе с ним поднялся и я. Он снова стал смотреть в сторону Райских ворот — там явно происходило что-то необычное. Присмотревшись, я увидел множество женщин разных возрастов, рас и народов, внимательно слушавших почтенного старца, который о чём-то беседовал с ними. Лица женщин были преисполнены скорбью, но одновременно одухотворены спокойствием, видно было, что речи старца утешали их и давали какую-то надежду.

Старец был в белоснежной одежде, не очень высокого роста, и я заметил, с каким огромным уважением и любовью он относится к женщинам. Он подходил к каждой из них, кому-то вытирал слёзы, кому-то подавал воду, а кому-то просто говорил какие-то слова, и от этого лица женщин светлели и оживали, они смотрели на него с благоговением и благодарностью. Его лицо я видел через плечо и только тогда, когда он поворачивал голову в сторону. Я заметил, что он седобородый и очень приятный на вид, с хорошими манерами. Было ясно, что старец всецело сосредоточен и полностью поглощён беседой с женщинами.

Неожиданно сквозь туманную облачную дымку одна из женщин заметила двух наблюдателей у Райских ворот и стала пристально вглядываться в нас. Так рассматривают незнакомцев, попавших на чужое застолье, так рассматривают вооружённых людей, заявившихся на свадьбу, так рассматривают человека с гармошкой, присутствующего на похоронах. Вслед за ней и другие женщины стали поворачивать головы и смотреть в нашу сторону. На нас были обращены глаза всех матерей — чёрные, как сливы, голубые, как ясное небо, серые и глубокие, как океан, зелёные, как изумруд майской листвы. Они были наполнены скорбью, но светились любовью и надеждой. Выдержать эту чистоту было невозможно, и я стоял, пытаясь вобрать в плечи свою дурную голову, ощущая позор и лживость своей пустой жизни, медленно утопая в глубине материнских глаз… И только тёплая рука Будды, лежащая у меня на плече, согревала всё моё тело необыкновенным светом и удерживала от бегства. Он словно специально делал это, как бы давая понять, что испытания ещё не закончились.

Следующее, что я увидел, заставило меня пожалеть, что я не сбежал сразу. Я стоял и смотрел, как почтенный старец стал медленно поворачивать к нам голову через правое плечо. Сначала я увидел глаза, ясные, как две яркие звезды, и задумчивые, как будто в них была собрана вся мудрость мира, добрые и тёплые, как лучи утреннего солнца. Потом я обратил внимание на клиновидную седую бороду и плотно сжатые строгие губы, указывающие на сильную волю этого человека. Старец продолжал разворачивать в нашу сторону правое плечо и наконец повернулся всем корпусом, оказавшись к нам лицом. Меня обдало колючей горячей волной, я пошатнулся и уже готов был рухнуть на землю… Но рука Будды удерживала меня от этого падения, и я вынужден был стоять, не смея отвести взгляда от Райских ворот, откуда смотрели на меня тысячи матерей и благородный старец с ясными добрыми глазами, седой бородой и огромной кровавой дырой в груди, как раз в области сердца… Я отчётливо видел капли алой крови, стекавшие вниз по белоснежной одежде… Я стоял и смотрел на сжатые от невыносимой боли губы и плечи, согнутые в попытке хоть как-то прикрыть эту огромную кровоточащую рану. У меня помутнело в глазах, густая дымка застелила всё пеленой, и я повалился на утоптанную Райскую землю…

Очнулся я от того, что кто-то держал мою руку. Передо мной на корточках сидел Будда. Он улыбнулся, увидев моё пробуждение, и тихо спросил:

— Ты тоже почувствовал?

Я недоуменно захлопал глазами, не понимая, о чём это он. Он повторил уже с другой интонацией:

— Ты тоже почувствовал! Ты смог почувствовать чужую боль!

Я спросил удивлённо:

— Кто этот почтенный старец?

— Это великий пророк! — ответил Будда, помогая мне подняться.

— Но почему он в таком ужасном состоянии? — непроизвольно вырвалось у меня.

— Видишь ли, в чём дело, — задумчиво произнёс Будда, — он сам взвалил на себя это бремя. Всё дело в том, что он глубоко почитает и боготворит женщин, потому что именно благодаря Женщине он стал Великим Пророком. Женщина первая признала в нём пророка, задолго до того, как его признал весь мир.

Я пока не понимал, о чём идёт речь, так как мой вопрос был не об этом.

Будда продолжил:

— Он очень сильно почитает женщин, поэтому даже в Раю старается всячески им помогать. Вот сейчас он утешает матерей, потерявших своих детей на войне.

— На какой именно войне? — попытался уточнить я.

— А война всегда одна — война Со-знания с Бес-сознанием. Она идёт уже много тысячелетий и всегда заканчивается одним результатом: колоссальными потерями. Но больше всех на любой войне теряют матери, потому что они теряют своих детей. Ты только представь себе мать, провожающую ребёнка на войну, откуда он может и не вернуться. Представь её переживания, страдания, бесконечные ожидания. Но и это ещё не всё. Самое страшное, если её ребёнок погибает. Каждая мать чувствует момент смерти своего сына, и если ему в сердце попадает пуля, она испытывает ту же самую боль, что испытывает, умирая, её ребёнок. У неё в сердце открывается кровоточащая рана, которая не заживает до самой смерти. И эта боль невыносима, потому что каждый раз, когда она вспоминает о сыне, она получает ту же пулю в сердце и снова испытывает страшную боль.

Я не мог сказать, что получил ответ на свой вопрос и что мне стало хоть немного легче после внезапного обморока.

Будда, как бы понимая моё состояние, продолжил:

— Сегодня ты смог увидеть и прочувствовать чужую боль, но она не идёт даже ни в какое сравнение с болью матери, сына которой убили на войне. Поэтому этот великий старец и взвалил на себя столь тяжкое бремя. Он подставил свою грудь под каждую пулю, летящую в сердце матери сквозь сердце её сына, чтобы принять на себя хоть какую-то часть этого удара, чтобы хоть как-то облегчить страдания матери.

Я представил себе, какое мужество нужно иметь, чтобы принимать на себя чужие пули. Этот подвиг вызывал у меня внутреннее восхищение, но тут я услышал голос Будды:

— Дело совсем не в мужестве. Дело в желании защитить всех матерей на нашей планете. И до тех пор, пока летят пули, его рана не заживёт и его страдания будут невыносимы.

Было грустно и стыдно за людей, больно за матерей и за их погибших сыновей. Я молча плёлся за Буддой, пытаясь как-то прийти в себя.

— Я должен сказать тебе ещё кое-что, — обронил Будда. — Понять, что значит мать, — значит понять материнство. Понять материнство — значит постичь любовь. Постичь любовь — значит постичь Вечность. А постигнув Вечность, ты достигнешь бессмертия.

Я повернул голову в сторону Будды, чтобы спросить:

— А что нужно сделать, чтобы понять, что значит мать? — но его уже не было рядом.

Эхо ответило вместо него: «Нужно подставить свою грудь под пулю, летящую сквозь сердце её сына…»

Декабрь 2017

Гонца к вам посылаю, то ли прибыл он, то ли будет…
(Послание Всевышнего)

Этот путь был длиною в Вечность. Не потому, что он не имел конца. Просто он не был ограничен временем, так как времени просто не существовало для этого пути, а было лишь пространство, по которому как раз и пролегал путь, и он был нелёгким. Его нельзя было не пройти или оставить кому-то другому, так как «другого» просто не существовало для этого пути. Никто другой просто не подходил. Не потому, что не было сильных, смелых, целеустремлённых, а потому что все они жили во времени. А для этого пути времени не было, так как он был длиною в Вечность. А Вечность, так же как и мгновение, неизмерима. Поэтому тот, кто шёл по этому пути, не знал, что такое время. Вернее, он знал это когда-то очень давно, но потерял это знание, так же как и видение пространства. Он ощущал, что пространство существует, так как он перемещался по нему, но измерить не мог, так как не видел его. А так как он перемещался, то понимал, что движется в каком-то пространстве, — и это всё, что он понимал.

Времени он не ощущал и не знал, сколько прошёл и сколько ещё предстоит идти. Но знал, что у него есть цель, очень важная и очень необходимая, и шёл к ней. Он не выбирал направления, не видел пространства, но твёрдо знал: в каком бы направлении он ни шёл — всё равно идёт к цели. А так как времени для него не существовало, он был ничем не ограничен и поэтому двигался совершенно свободно и совершенно спокойно, зная, что всё равно достигнет цели.

Он не был один в этом бесконечном пространстве, он встречал других, которые тоже двигались, но двигались беспорядочно, бесцельно, спешили, суетились, бездарно растрачивая самое дорогое, что у них было. Они совершали множество ошибок и глупостей, наверное, потому, что для них существовало время и оно было очень ограниченно. Лишь иногда на его пути встречались те, кто был совсем другой, кто двигался в этом пространстве, одержимый внутренним стремлением преодолеть то ограничение, которое сковало всех, и вырваться туда, где ожидает Вечность. Эти другие несли в себе тёплый свет, освещающий пространство, и этот свет был единственным ориентиром на пути длиною в Вечность.

Он шёл налегке, не скованный багажом и многими другими вещами, которые ограничивают движение любого идущего, наполняя его тело свинцовой тяжестью, сердце — постоянным сожалением, а голову — думами о прошлом, в которое то и дело приходилось заглядывать и поэтому отвлекаться от цели пути, по которому идёт идущий. Нельзя сказать, что у него вообще не было багажа: через плечо у него висела сумка из какой-то серой материи, в которой, наверное, лежало что-то, что он мог съесть в пути, или что-то, что могло понадобиться путнику в незнакомых краях на трудных дорогах. Он придерживал сумку левой рукой, иногда поправляя лямку, которая наискось пересекала его иссохшее тело, покоясь на правом плече. В правой руке он держал видавший виды посох, который был ему надёжной опорой на этом пути. Была ещё одна очень важная деталь в его незатейливом снаряжении — это деревянная цилиндрическая фляга для воды из неизвестного дерева, которую подарил ему Друг. Она была закупорена широкой пробкой и висела на мягкой тесёмке через другое плечо. Вода в этой фляге была всегда прохладной и удивительно вкусной, и каждый раз, когда он надпивал глоток, он чувствовал необыкновенную свежесть и прилив сил, которые как раз и помогали ему при движении в совершенно незнакомом пространстве.

Он прошёл уже много, так как многое успело произойти с ним в пути. Он замерзал от холода, изнемогал от жары, его пронизывали колючие ветры и поливали дожди, но всё это не сильно угнетало его, так как иссохшее тело давно привыкло к длительным походам и всяким невзгодам. Единственным неудобством было то, что всякий раз, когда кто-нибудь встречался на пути, ему приходилось как бы выныривать из привычного пространства в сферу, где всё было по-другому, ограничено какими-то рамками, условиями, обстоятельствами… И ему всегда было трудно понять эти ограничения и сложно ориентироваться во всех этих условностях. Иногда он даже чувствовал себя неполноценным или будто выжившим из ума. Он прекрасно понимал любой язык, на котором с ним говорили, но как только сам открывал рот, то оказывалось, что никто ничего не понимает, и это его очень удивляло и конфузило.

Своей главной удачей он считал встречу с какой-либо светящейся точкой, если таковая попадалась ему на пути длиною в Вечность. Честно сказать, в этом ему почему-то не очень везло, это была абсолютная редкость и большая удача, потому что эта встреча как бы освещала пространство, по которому он шёл, и помогала ему понять цель путешествия.

Последнюю свою удачу он потерял несколько дней назад в Большом городе, который поглотил её. Вернее сказать, не поглотил, а просто подвёл к той черте, где исчезает время, и эта светящаяся точка потеряла пространство и время и растворилась в Вечности. А отыскать маленькую светящуюся точку в Вечности — это гиблое, бесполезное дело, если только она сама вдруг не захочет появиться в том пространстве, где пролегает твой путь.

Теперь он двигался дальше, достигнув пространства, которое было совсем другим по ощущениям и по своему объёму, оно было как-то шире, свободнее и светлее. Но что-то тяжёлое и чужеродное присутствовало в этом пространстве, и он ощущал это, медленно двигаясь по пересечённой местности. Он чувствовал наполнившую воздух опасность и всеобщее оцепенение от немыслимого напряжения, готового вот-вот взорваться и пролиться реками крови. Он не боялся, не боялся за себя, был готов к любой ситуации, иначе бы путь, по которому он шёл, не выбрал его. К тому же у него было с собой оружие, способное справиться с любой угрозой и стать спасением даже в самом крайнем случае, когда бы он ни произошёл. Оружие было секретное, его вручил ему Друг, тот самый, который подарил и цилиндрическую флягу из неизвестного дерева с такой необыкновенной водой. Это оружие было несложное в обращении, но оно было всепобеждающее, как сказал Друг. Для его использования не требовалось особой ловкости или мастерства, даже сила тела не имела никакого значения. Его нужно было просто включить в сложной ситуации, и оно сделает своё дело. Он не хотел применять попусту такое секретное и уникальное оружие, надеясь, что всё ещё может уладиться и образумиться, как это случалось много раз на пути, по которому он двигался. Поэтому он шёл спокойно, пробиваясь сквозь дрожащее от напряжения пространство, опираясь на свой видавший виды посох и ощущая, как всё больше и больше погружается в непроходимый, сгущающийся мрак, пропитанный страхом и смертью. Он не мог остановиться или свернуть в сторону, так как путь, по которому он непреклонно шёл, пролегал именно здесь, именно в этом месте, где всё было пронизано смертью и страхом.

Вдруг он услышал тихий хлопок, как будто кто-то вытащил пробку из неплотно закрытой бутылки, и почувствовал, что всё пространство внезапно стало колючим и жёстким, словно в его тело впились тысячи раскалённых песчинок, поднятых ветром в пустыне. Совсем рядом с ним, едва не коснувшись лица, пролетела огненная молния, и он услышал, как, застонав, разлетелся на мелкие кусочки камень, лежавший чуть в стороне от его пути. По всему телу пошли неприятные вибрации и разлилось какое-то внутреннее несогласие, переполненное тоской и разочарованием. Он не понял, что произошло, но понял, что следующее, что он почувствует, — это свою голову, разлетающуюся на куски, как придорожный камень, поражённый горящей молнией.

И он включил секретное оружие. Вернее, оно сработало само, непроизвольно, тёплой волной запульсировав во всём теле и раскрываясь в сердце необычайно красивым цветком. Пространство вокруг него на мгновение напряглось, потом задрожало… и лопнуло, как упавший на землю спелый арбуз, треснувший по швам.

Сердце стало пульсировать всё больше и больше, образуя в груди огромный огненный шар, яркой вспышкой осветивший всю Вселенную. Сияющий свет мягко расходился во все стороны, наполняя теплом и необыкновенной нежностью окаменевшее от страха и напряжения пространство.

Он вдруг почувствовал в своём теле что-то новое, совершенно живое, наполняющее его упругостью и необыкновенной силой, которая была совсем непохожа на ту, которую мы привыкли называть силой, — не той разрушающей силой, используемой для уничтожения, самоутверждения и доминирования, обеспечивающей право диктовать и подчинять, незаконно присваивать чужое и являющейся антиподом творчества и созидания. Это была совсем другая сила — сила тепла, сила света, сила вечности, освещающая всё вокруг необыкновенным сиянием.

Он вдруг ощутил, как рука, державшая посох, стала гибкой и молодой, отдающей свою нежность иссохшему и закаменевшему дереву. И от этой нежности дерево стало оживать и наливаться соком, из сучков показались молодые ростки с зелёными листочками, и, осторожно вдыхая воздух и впитывая солнечное тепло, стали расцветать светло-розовые цветочки. Он почувствовал их благоухание, и в то же мгновение у него раскрылись веки. Яркий свет ударил в ожившие глаза, так долго не видевшие пространства, по которому он двигался. Было больно, он зажмурился и вспомнил, что однажды уже видел такой яркий свет. Вспомнил, почему встал на этот путь, и вспомнил Того, кто его послал.

Он открыл глаза и увидел мир, переливающийся всеми красками, наполненный птичьими голосами, журчанием ручьёв и шелестом листьев, благоухающий ароматом цветов и трав. Он вдруг ощутил себя женщиной с младенцем на руках, стоящей посреди открытого поля, разделяющего две армии, готовые вступить в последний смертельный бой. И он почувствовал, как младенец прикоснулся к переполненной молоком материнской груди, он увидел синеву неба, отражённую в его глазах, такую глубокую, такую чистую, поглощающую всё безумие мира. Он почувствовал аромат материнского молока, распространяющийся по всей Вселенной. И в тот же миг весь мир, демонстрирующий свою монументальность и непоколебимую твёрдость, стал таять, как фруктовое мороженое, становясь таким мягким, таким податливым, таким сладким и ароматным до головокружения. Он увидел расплывшуюся военную технику, оплавленные стволы автоматов и пушек, оторопевшее от страха войско и перепуганных генералов. И он почувствовал, как огромная материнская любовь заполняет всё иссохшее и искажённое от постоянной боли и злобы пространство.

Он чувствовал тёплые губы ребёнка на материнской груди и стоял, как заворожённый, в абсолютной благости и гармонии со всей Вселенной. Смотрел прозревшими глазами на чудесный мир и не понимал, что большее может дать людям Всевышний для их счастья.

* * *

Тот, кто думает, что Рай — это самое тихое, самое спокойное место во всей Вселенной, глубоко заблуждается. До встречи с Буддой я тоже заблуждался, пока не увидел собственными глазами, насколько бурно и непредсказуемо протекает жизнь у Райских ворот. Я уже не говорю о тех, кто прошёл через Райские ворота, внося с собой багаж жизненного опыта и массу интересных историй, о которых знал только Будда, стоящий у Райских ворот, погружённый в тишину своего молчания и улыбающийся своей незабываемой улыбкой.

В этот раз я нашёл его озабоченным и сосредоточенным, он был занят очень серьёзным делом: сборами в дорогу. Сборы в дорогу — это, наверное, самое кропотливое и самое ответственное занятие, ведь нужно взять с собой самое необходимое и постараться предусмотреть всё, что может понадобиться в той или иной ситуации. Но одновременно нужно помнить, что нельзя взять всё, так как это затруднит путешествие, а если у тебя нет транспорта, то и вовсе может приковать к месту, не позволяя идти вперёд.

Ещё сложнее задача у тех, кто собирает в дорогу кого-то. Будда, по-моему, как раз этим и занимался. Он суетился возле какого-то старца, который горделиво стоял, опираясь на видавший виды посох, закрыв глаза и, наверное, о чём-то задумавшись. Я бы не сказал, что видел этого старика где-то раньше, но что-то очень знакомое и близкое было в его выпрямившейся, застывшей фигуре. Я понял, что он и есть тот странник, который скоро отправится в дорогу, поэтому Будда так сосредоточенно и заботливо суетился около него. Ему помогали две женщины в белых одеждах, примерно одного возраста, грациозные и заботливые, так прилежно и с любовью выполнявшие свою работу, будто они провожали в дорогу отца. Лица их были сосредоточенные и немного грустные. Одна перевязывала старцу правую руку какой-то мягкой тканью, чтобы он не стёр её о высохший, как камень, посох, а другая очень ловко зашнуровывала добротно сшитые сандалии, в которые были обуты ноги старика.

Будда что-то складывал в лёгкую дорожную сумку. Я видел, как он перебирает какие-то травы, пузырьки с жидкостью и деревянные баночки с мазями, каждую из которых он накрывал серой тканью и аккуратно перевязывал бечёвкой. При этом он что-то говорил старику, наверное, объяснял, что и зачем укладывает в сумку. Как ни странно, я не заметил никаких съестных запасов, которые могли пригодиться в дороге. Но я не хотел вмешиваться с вопросами, так как не всегда задавал их к месту и часто попадал впросак. Да и к тому же я не знал путника и не имел представления о пути, в который ему предстоит отправиться. Я заметил, что старик не поворачивается на голос Будды, а молча кивает головой, иногда произнося несколько слов.

Женщина, которая бинтовала руку старика, аккуратно расчесала его и перевязала лоб повязкой, чтобы волосы не падали на лицо. Вторая в это время поправила складки на одежде и пояс, который плотно облегал талию иссохшего, но ещё крепкого тела. Видно было, что путник почти готов тронуться в путь, оставалась только заключительная и самая трогательная часть сборов — прощание с теми, кто так заботливо и бережно подготовил тебя в путь. Старик обнял за плечи и поцеловал по очереди в голову двух женщин, которые замерли в поклоне, и я заметил, что одна выглядит всё же гораздо моложе другой. Потом повернулся и протянул руки в сторону Будды, пытаясь найти его где-то в пространстве. Я сначала не понял, что происходит, а потом мягким уколом в сердце меня пронзила догадка: старик совершенно слепой! Я стал искать глазами поводыря, который, наверное, должен был отправиться вместе с ним, но никого, кроме Будды, державшего в руках лёгкую дорожную сумку, набитую самыми необходимыми вещами, я не увидел.

Будда шагнул навстречу Старику, и они по-братски обнялись, похлопав друг друга по спине. Будда надел ему через плечо дорожную сумку, убедившись, что лямка легла удобно, и, улыбнувшись своей незабываемой улыбкой, проговорил какие-то напутственные слова. Старик улыбнулся в ответ, ощупал себя руками, как бы проверяя, всё ли на месте, и взял в руку посох, который покоился у него на правом плече. Тут же настроение Будды как-то поменялось, он весь обмяк, и я увидел, что уголки его глаз стали влажными. Он засуетился, спешно перебирая складки своей одежды, и, как будто что-то вспомнив, снял с плеча цилиндрическую флягу, вырезанную из куска какого-то странного дерева, и повесил её на плечо Старика. Старик ощупал рукой новый предмет, появившийся в его снаряжении, и, тепло улыбнувшись, повернулся и зашагал вдаль по утоптанной Райской земле.

Будда провожал его взглядом, как бы посылая вслед уходящему страннику ещё что-то очень доброе и тёплое. Две женщины в белых одеждах немного постояли, помахав уходящему страннику, потом повернулись и, грациозно ступая, направились в сторону Райских ворот.

Будда повернулся ко мне, задумчиво проговорив:

— Этот путь нашёл путника, который сможет его пройти...

Я прекрасно понимал то, что сказал Будда, но не мог принять, что его фраза как-то касается слепого старика, которого только что поглотила дорога, уходящая в неизвестность.

Будда улыбнулся и положил свою волшебную руку мне на плечо:

— Ты, как всегда, буквально воспринимаешь всё, что видишь. А видишь ты лишь малую частицу того, чем на самом деле является действительность.

Я сконфуженно опустил голову.

Будда продолжил:

— Это не просто слепой старик. Это посланник Всевышнего, и Всевышний выбрал именно его только потому, что однажды он уже прошёл этот путь и сможет пройти его снова.

— А зачем Всевышний послал своего посланника? — был мой вопрос.

— Всевышний всегда посылает своих посланников людям только с одной целью: чтобы напомнить им, что Он о них не забыл, и дать людям мудрый совет, чтобы они не сбились с пути, который Он им назначил.

— А какой путь Всевышний назначил людям?

Будда недоуменно поднял глаза:

— Путь, который приведёт их в дом Отца!

— А разве мы не автоматически возвращаемся в дом Отца? — удивился я.

Будда улыбнулся, покачал головой и сказал:

— Нет, это заблуждение. Человек иногда затрудняется отыскать даже свою квартиру в многоэтажном доме, а здесь мы говорим о Вселенной, где каждого, кто наивно думает, что всё просто и легко, поджидает очень много сюрпризов и неожиданностей. Здесь нужны чёткие ориентиры и определённые качества, чтобы не сбиться с пути.

— А как воспитать в себе эти качества?

— Их не надо воспитывать, они все присутствуют в человеке вместе с его Божественной частью, главное — не погубить в себе эти качества и не потерять связь с Божественным.

Если бы мы не стояли у Райских ворот, я бы не придал никакого значения этим словам. Я слышал очень много подобного от разных людей, читал в книгах множество наставлений и советов по пробуждению Божественного сознания и многое другое. Но в устах Будды это прозвучало совсем по-другому. Он не пытался меня чему-то учить, он просто делился со мной своими знаниями. Поэтому, помолчав, я спросил:

— А какой мудрый совет этот посланник должен передать людям?

Будда молчал. Он о чём-то задумался, глядя вдаль, как бы измеряя своим взглядом что-то бесконечное, потом задумчиво проговорил:

— Каждый, кто задаёт вопрос, должен соизмерять свои возможности в понимании того, о чём спрашивает. Поскольку ответ на его вопрос может вызвать тысячу других вопросов, которые так и не смогут объяснить вопрошающему суть этого ответа — потому что он касается Истины. А Истину нельзя объяснить в одном ответе, её можно передать лишь человеку, который готов её воспринять. Ты не готов! — Будда замолк, потом добавил: — Всевышний не посылает своих гонцов просто так, для забавы. Он посылает их тогда, когда стоит вопрос о жизни и смерти. Разнообразие жизненных форм на Земле — это проявление Божественного замысла и явление Божественного творчества. И все они абсолютно необходимы в своём присутствии, потому что составляют единый организм. И каждая из форм несёт специальный код и специальный резонанс, заполняющий своё место в огромном количестве резонансов. Композиция этих резонансов создаёт гармонию, которая выстраивает Жизненный поток. Исчезновение любого из видов ведёт к исчезновению поддерживающего резонанса в этом потоке, и поэтому поток становится слабее. Ну, это как если из оркестра убрать какой-то даже самый маленький инструмент, то музыка обеднеет. А если убирать и другие инструменты, музыка постепенно исчезнет. Поэтому Всевышний старается сделать всё, чтобы поддержать баланс на Земле и сохранить Жизненный поток, который имеет своё представительство на Земле в виде живых форм. Одной из этих форм является Человек, и он очень сильно стал влиять на жизнеустойчивость планеты. А особенно агрессивно он ведёт себя по отношению к себе подобным. Бесконечное истребление друг друга приводит к уничтожению миллионов генотипов, созданных природой для умножения разнообразия, которое как раз и является главным в вопросе выживания вида.

Я слушал, открыв рот, не понимая, в каких университетах учился Будда, чтобы так глубоко исследовать этот вопрос. Он тем временем продолжал:

— Так вот, уничтожая это разнообразие, человек лишает себя возможности в будущем бороться и победить какой-нибудь сложный недуг, который может уничтожить весь вид только потому, что чей-то тупой эгоизм и властолюбие привели к действиям, в которых погиб тот генотип, который был спасительным…

У меня вырвалось непроизвольно:

— Значит, Всевышний послал гонца предупредить людей, чтобы они не уничтожили этот генотип?

Будда улыбнулся своей незабываемой улыбкой и посмотрел на меня, как на маленького ребёнка:

— Ситуаций и болезней на пути человечества будет множество, так как этот путь — длиною в Вечность. И посланник не может бегать туда-сюда, чтобы давать советы в каждом отдельном случае. Поэтому Всевышний послал гонца, чтобы тот принёс людям совет на все случаи жизни, самый главный, самый мудрый, самый необходимый совет, в котором нуждается всё человечество.

— Так какой же это совет? — горя от нетерпения, спросил я, представляя что-то очень грандиозное, монументальное, что могло исходить от Всевышнего, например: «Покорить вершину знаний», «Проникнуть в тайны Вселенной», «Докопаться до мудрости бытия», «Создать машину времени» — или что-то ещё совершенно невообразимое, что сразит меня наповал. И я уже предвкушал это.

Но Будда совершенно спокойно, глядя мне в глаза, произнёс:

— Совет простой: НАУЧИТЬСЯ ЛЮБИТЬ ДРУГИХ.

Честно сказать, я оторопел от этого ответа, потому что почувствовал его как пощёчину по лицу своей гордости и тщеславия. Моя глупость пыталась сказать какую-то умную фразу в защиту человечества и, конечно, себя. Но тут тёплая рука Будды легла мне на плечо, и я увидел его незабываемую улыбку, тёплой волной вошедшую в мою грудь. Я почувствовал, как моё сердце раскрывается необыкновенно красивым цветком, и увидел то чувство, которое лежит в основе всего живого на Земле.

Будда, улыбаясь, исчезал, создавая гулкость пространства, в котором всё ещё висела простая фраза, сказанная спокойным голосом, тёплой волной проникающим внутрь: «НАУЧИТЬСЯ ЛЮБИТЬ ДРУГИХ!»

Январь 2018

Месть Фараонов

Эпизод 0

Мы ваши враги

Не бойтесь нас — мы ваши враги. Уже поздно бояться: мы победили вас. Мы победили вас навсегда. На это ушли тысячелетия, но мы были терпеливы. И мы горды этой победой. Мы разгромили все ваши бастионы, мы разбили вашу непробиваемую защиту, мы сравняли с землёй ваши обелиски, мы зарыли вашу славу так глубоко, что вы даже не сможете её откопать. Мы подменили ваши святыни дешёвыми подделками. Мы вложили в вас страх. Самым жадным мы дали деньги, самым гордым — власть, глупым мы дали правду, отобрав у них Истину. Мы победили вас!

Мы победили не формально — мы победили тотально и полностью. Вы даже не заметили нашу победу, потому что мы дали вам комфорт и удобства. Мы отняли у вас Дух воинов. Мы подменили вашу Доблесть на коварство, мы забрали у вас Свободу и дали необходимость. Мы сломили вас! Мы сделали из вас рабов. Не бойтесь нас — вы побеждены.

Вы побеждены навсегда, безвозвратно. У вас даже мысли нет взять реванш, ведь это так удобно — быть побеждённым! Так удобно сдаться на милость победителям! И мы окажем вам эту милость, потому что вы так ничтожны. Как не оказать милость ничтожеству, как не потешить свою гордость?!

Не бойтесь нас. Ведь вы знаете, что мы ваши враги. Вам об этом говорили тысячелетиями... У вас были лидеры, у вас были просветлённые, просвещённые, они вас предупреждали, но вы их не слушали. Да и как услышать Истину, когда вокруг так много правды, среди которой можно выбрать свою, единственную и сражаться за неё всю жизнь?! Вы обмануты этой правдой, поэтому вы побеждены!

Вы имели всё, чтобы стать людьми, и вы всё потеряли. Вы потеряли бдительность. У вас была помощь, Великая помощь, но вы от неё отказались. Вам дали язык, чтобы вы могли договориться, но вы использовали его для раздора. Вам дали письмо, чтобы вы могли развить и сохранить культуру, а вы сделали печатный станок и стали печатать деньги. Теперь каждому из вас есть цена — цена вашим рукам, вашему уму, каждому органу и даже чувству. Мы купили вас, купили все ваши чувства и мысли, мы купили ваши желания, мы купили даже то, чего вы ещё не имеете. Мы победили вас! Мы встроили вам в мозг наше устройство. Вы хотите «больше»? Мы дадим вам это «больше» — больше домов, больше машин, компьютеров, телефонов, мы всё вам дадим. Как не дать побеждённым такую малость за всё то Великое, что мы у них отняли! Мы великодушны.

Мы ваши враги. Вы знаете это, вы знали это всегда. Но мы вас обманули… Мы дали вам философию, мы дали вам возможность размышлять, мы заменили ваш разум логикой. Вы — рабы, вы побеждены. Вы долго философствовали о Добре и Зле, но так ни к чему и не пришли. Вы промахнулись, вы увлеклись словоблудством и философией, вы утратили ощущение Справедливости. Вы проиграли, потому что Добро и Зло очевидны, здесь нечего философствовать, даже маленький ребёнок умеет их различать. Но вы исписали миллионы страниц, сгубили миллионы деревьев, но так и не нашли ответ. Вы глупы, вы ушли от Истины.

Мы победили вас! Вы побеждены. Вы знаете это, но предпочитаете закрывать на это глаза, когда продаёте себя, свои мысли, свои чувства, своих детей — вам так выгодно, и поэтому вы никогда не вернёте себе свою славу! Вы побеждены.

Мы вручили вам манию величия — вы велики в своём воображении, и поэтому вы ничтожны, вы побеждены! Вы настолько велики, что пытаетесь объяснить Бога логикой, и мы дали вам эту логику. Как удобно иметь в кармане Библию и объяснённого Бога! Как удобно и умно объяснить всё, любое чудо, которое не является чудом после объяснения. Какие вы умные! Мы дали вам этот всеобъясняющий ум, и мы вас победили!

Вы побеждены. Вы велики в своей убогости, вы возомнили себя богами, вы скоро начнёте производить собственных клонов. Как хорошо! Как всем удобно! Вы сделаете много-много своих бездушных копий для нас. Мы довольны. Вы нам больше не нужны. Мы вас победили.

Вы побеждены. Вы знаете это. И мы, ваши враги, можем сказать вам это прямо и без всякого опасения. Потому что вы побеждены, и в вашем побеждённом уме не возникает даже мысли, чтобы что-то изменить. Вам удобно. Мы рады за вас. Вы побеждены.

Вы побеждены бесповоротно и навсегда! Вам выгодно, вы готовы продать. Вас уже не волнует вопрос «быть или не быть», главный вопрос для вас — «сколько стоит». Вы можете продать всё: любовь, дружбу, честь — всё! Да и как не продать за удобства, ведь так комфортно иметь больше. Вы продажны. Вы продаёте собственную жизнь — за что? Только задумайтесь… Мы не боимся вас об этом спросить… Ведь мы ваши враги, и мы знаем, что вы продадите всё — и даже не задумаетесь! Потому что вы рабы. Подлые, низкие, бескомпромиссные и мерзкие. Точно такие же, как и мы. Мы победили вас! Вы не верите? Вы считаете это шуткой? Вы глупы и бездарны. У вас не осталось даже самого элементарного — способности понять простые истины.

Мы победили вас. Мы ваши враги, и мы рады за вас, за вашу глупость, за вашу близорукость и бездарность. Ведь как просто понять истину: миллионы мёртвых планет вокруг — и одна живая! Какое чудо! Ха-ха-ха! Мы уничтожим это чудо — уничтожим вашими руками! Вы наши рабы.

Бог так старался, он трудился для вас, таких убогих и никчёмных, он сделал большой подарок — он подарил вам жизнь, он дал вам возможность проявить себя в своём творчестве… Но что вы сделали с этим? Вы применили своё творчество на уничтожение жизни, которую дал вам Бог! Вы разучились любить, ненависть поселилась в ваших сердцах, ложь стала вашим знаменем! Вы не поняли самого главного: любовь — это не средство, это возможность. Поэтому вы побеждены.

Мы победили вас. Вы рабы. Это факт, бескомпромиссный и реальный. И мы, ваши враги, говорим вам это в лицо: мы победили вас! Вы улыбнётесь, прочитав эти строки, и никогда не поймёте той обескураживающей истины, что мы уже давно победили вас. И теперь можем вам открыто об этом сказать. Вам больше не придётся ни сопротивляться, ни думать, ни сомневаться, потому что вы — это МЫ.

Мы победили вас. Мы, ваши враги…

Ноябрь 2016

«Кто Меня любит — тот себя любит,
кто людей любит — тот Меня любит»
(Послание Всевышнего)

Утро у Райских ворот всегда завораживающе красивое. Отовсюду льётся очень приятный и мягкий свет, переливающийся разными тонами. Вместе со светом пространство наполняется звуками, я бы не называл это музыкой, это скорее океан звуков, который разливается повсюду, как большие тёплые волны… И когда ты погружаешься в них, твоё тело начинает звучать и расширяться, заполняя собой Вселенную, и в какой-то момент ты уже не понимаешь, звучание исходит извне или идёт от тебя, встречая и переплетаясь с другими звуками и создавая необыкновенно красивую симфонию Вселенной.

Я стоял, заворожённый красотой Райского утра, вдыхая ароматы и слушая пение птиц, которые вносили очень весёлые, задорные ноты в эту всеобъемлющую музыкальную гармонию.

Райский свет начинал потихоньку обрисовывать очертания Райских ворот и фигуры людей, мягко передвигающихся по тёплой Райской земле, как бы паря в воздухе. Всё это создавало удивительное состояние, вызывающее желание двигаться вместе со всеми и выполнять какое-нибудь очень хорошее дело, чем все обычно и занимаются в здешних местах.

Вскоре показался Будда, его фигура тоже стала вырисовываться и проявляться, как бы утверждая своё присутствие монументальностью, непоколебимостью и удивительной мягкостью одновременно.

Будда был не один, рядом с ним вырисовывалась ещё одна фигура — фигура незнакомца, он был очень тонкий, изящный, почти бестелесный по сравнению с монументальным величием Будды. Я стал рассматривать незнакомца по мере его появления из полумрака, как проявляющуюся фотографию, постепенно обретающую всё более чёткие очертания. Он был выше среднего роста, очень тонкий, цвет волос невозможно было разобрать: они были всклокоченные и очень грязные. Крепкое худощавое тело прикрывали какие-то лохмотья, изодранные в клочья.

Он был босой, со сбитыми в кровь и очень худыми ногами. Да и тело его отнюдь не блистало чистотой. Оно было сплошь в ранах и кровоподтёках, лицо измазано грязью и кровью…

Мне никак не удавалось рассмотреть его глаза — они постоянно были устремлены на Будду.

Будда спокойно вытирал кровь с лица незнакомца, прикладывал целебные травы к его ранам, поил водой и о чём-то с ним тихо беседовал.

Я понимал, что это нищий, и понимал, почему он попал в Рай, но никак не мог понять, почему он пользуется таким вниманием и расположением Будды.

Было что-то очень знакомое в образе этого нищего, даже не черты, а, скорее, манеры: мягкие повороты головы, лёгкие движения рук и голос как-то очень гармонично сочетались с мягкостью и цельностью Будды. На какое-то мгновение мне даже показалось, что если это не братья, то очень близкие родственники, но внешне они настолько отличались друг от друга, что эта мысль не укладывалась в моей голове.

У Райских ворот медленно пробуждалась жизнь, уже появились первые странники, которые закончили свой земной путь и пришли к конечной цели. У ворот их тепло встречали родственники и знакомые, обнимая всё ещё взъерошенных и слегка перепуганных гостей, помогая снять тяжёлую ношу жизни и стереть пыль с усталых лиц. Они поили их чистой водой из райских колодцев, отмывали их от пыли и грязи и облачали в чистую белоснежную одежду.

Будда не обращал никакого внимания на суету у Райских ворот, он был полностью поглощён беседой с незнакомцем.

Я стоял в стороне и наблюдал за их разговором, похожим, как мне казалось, на беседу двух старых товарищей, но краем глаза видел происходящее у ворот Рая. Я заметил, что от ворот в нашу сторону направились две фигуры, грациозно и мягко ступающие по утоптанной Райской земле. Это были две женщины, примерно одинакового возраста и роста. Ослепительно белая райская одежда мягко облегала их крепкие стройные фигуры. Одна женщина несла большой кувшин, по виду весьма тяжёлый, плотно прижимая его к своему плечу. Другая шла, водрузив на плечо большую плетёную корзину без ручек с какой-то поклажей внутри. Они приблизились к незнакомцу и Будде, легко поклонились, что-то сказали Будде и поставили ношу на землю. Будда повернулся к незнакомцу, улыбнулся своей необыкновенной улыбкой, и я был поражён, сколько тепла и доверия он питает к нему. Потом они обнялись, как бы прощаясь, и Будда зашагал в мою сторону, загадочно улыбаясь уголками глаз.

Я ждал его приближения с нетерпением. Я чувствовал, что он настроен рассказать мне что-то, и был уверен, что мой вопрос ему известен. Поверх плеча Будды я увидел, как женщины подошли к незнакомцу. Одна стала сдирать с него жалкие лохмотья, бросая их на землю, а другая в это время что-то доставала из своей большой плетёной корзины. Незнакомец терпеливо стоял, совершенно не стесняясь своей наготы и задумчиво вглядываясь в Райские ворота.

Будда остановился рядом со мной и так же, как незнакомец, устремил свой взгляд в сторону Райских ворот.

Женщины в это время стали омывать тело незнакомца водой из кувшина и обтирать его какой-то тканью. Со стороны это выглядело так, будто две мамы заботливо отмывают сорванца, неизвестно где бегавшего и непонятно во что измазавшегося. Вода и кровь грязными потоками стекали вдоль его стройного, как будто выточенного из белого камня тела. И под струями воды оно постепенно становилось светлым и даже, как мне показалось, начало светиться каким-то необыкновенным солнечным светом. Затем женщины вымыли и аккуратно расчесали его волосы, которые сразу заиграли на свету, и было непонятно: это солнце отражается от мокрых волос или волосы сами излучают золотистое сияние. Потом женщины очень ловко обмотали вокруг его тела длинный отрез белой ткани, которого как раз хватило, чтобы укрыть бёдра и плечи незнакомца.

Я стоял, переминаясь с ноги на ногу и сгорая от любопытства. Но не успел я открыть рот, как рука Будды легла мне на плечо, и мягкое тепло распространилось по всему телу, необычным цветком раскрываясь в районе сердца.

— Это очень интересная история… — прозвучал его голос.

Я замер. А Будда как-то таинственно замолчал. Он всегда так делал, когда хотел рассказать что-то очень важное.

Потом он произнёс:

—Это его сто пятьдесят четвёртый приход к Райским воротам, — он помолчал и тихо добавил: — И столько же возвращений на землю.

—А что, — спросил я, — на земле ему нужно было так много времени, чтобы заслужить Рай?

—Да нет, — ответил Будда, глядя на женщин, которые складывали в корзину грязные лохмотья незнакомца. — Рай он давно заслужил. Он возвращался по собственной воле.

—Значит, ему было так хорошо на земле?

Будда посмотрел на меня очень грустно и как-то странно покачал головой из стороны в сторону. Потом замолчал и глубоко задумался, как бы взвешивая, стоит ли мне вообще что-то говорить.

Через некоторое время он произнёс куда-то в пространство:

—Да, он много раз возвращался на землю: шесть раз его сжигали, двенадцать — вешали, шесть раз замуровывали в стене, пятнадцать жизней он провёл в тюрьмах, восемь раз его четвертовали, трижды приковывали цепями к башне, одиннадцать раз травили ядом и уже даже не сосчитать, сколько раз он побывал в сумасшедшем доме…

У меня похолодела в жилах кровь от этого ужаса. Я стоял окаменевший и еле-еле выдавил из себя:

—За что же его так не любят на земле? Что плохого он сделал людям?

—Он учил людей любви, — совершенно невозмутимо ответил Будда.

Я был ошеломлён! Учил любви?! И за это такие истязания?! Здесь что-то не так.

—Всё так, — произнёс Будда голосом, в котором звучали сожаление и досада. — Он учил людей любви — любви на другом уровне, любви, которая может спасти людей от самих людей. Поэтому он всё время возвращался, чтобы помочь людям усвоить этот простой урок… Но люди встречали его не очень тепло, как ты понимаешь.

Будда при этих словах многозначительно посмотрел на меня, и я внезапно почувствовал такой стыд, как будто лично был причастен ко всем бедам этого незнакомца.

Я отвёл глаза в сторону, уставившись на женщин, которые в это время обували на ноги незнакомца сандалии и аккуратно зашнуровывали их. Я боялся поднять глаза, чтобы не встретиться взглядом с Буддой.

Но Будда спокойно продолжал:

— Он учил людей любви, но даже его последователи не могли усвоить этот простой урок и выступали против него.

Я не понимал, как его последователи не могли понять учение, которому они следуют, да ещё и предают своего учителя??? Наверное, это учение очень сложное и невозможное для понимания.

Будда улыбнулся и произнёс:

— Совсем наоборот. Его учение очень простое, его суть можно выразить одним коротким предложением, но люди утратили способность слышать разум, — он сделал акцент. — Они написали вокруг этого тысячи интерпретаций и объяснений, в которых сами же заблудились и ушли от Истины. Теперь они спорят друг с другом и доказывают, чья трактовка лучше, совсем забыв о завете Учителя. Они всё ещё называют себя его именем, прикрываясь им, как голый зонтиком…

Я слушал эту печальную историю и смотрел на незнакомца, приближающегося к Райским воротам в сопровождении двух женщин, мягко и грациозно ступающих по Райской земле. Моё сердце было переполнено печалью и жалостью к этому несчастному, прошедшему через невыносимые страдания и муки ради людей, а люди до сих пор так и не смогли усвоить его простой урок, его простую очевидную Истину.

— Истина действительно проста, — прозвучал голос Будды. — А вот Ложь очень сложна и витиевата.

Мне было стыдно и неловко стоять рядом с Буддой у Райских ворот, но какая-то тихая надежда теплилась у меня в раскрывшемся, как цветок, сердце. Я был рад, что все мучения для незнакомца уже закончились и сейчас он переступит порог Райских ворот, где его встретят с теплом и радушием.

Но всё-таки какая-то боль и чувство брошенности застряли у меня в груди, когда я смотрел на стройную, как будто выточенную из белого камня, фигуру незнакомца, исчезающего в проёме Райских ворот…

И в этот момент, как будто услышав моё состояние, незнакомец остановился и оглянулся. Он посмотрел на меня серыми, глубокими, как два океана, глазами, и в них светились любовь и надежда.

— Он вернётся!..

Я вздрогнул.

Это был голос Будды.

— Вернётся! — повторил Будда более громко и уверенно.

— Почему? — в недоумении промычал я.

Будда улыбнулся своей незабываемой улыбкой и повторил спокойно и убеждённо, как бы про себя:

— Вернётся…

— Но почему? — вырвалось у меня из сжатого комом горла.

И тут же услышал, как эхо, удаляющийся голос Будды.

— Обязательно вернётся!.. — звенело радостно в пустоте. — Примета такая есть: нельзя оглядываться, когда уходишь…

Декабрь 2016

Странная жизнь светящейся точки

Удар был внезапный и резкий и пришёлся по шее прямо у основания затылка. Перед глазами мелькнула вспышка, а затем земля провалилась из-под ног, забирая с собой все ощущения мира. Падая, он услышал где-то вдалеке голос одного из конвоиров:

— Ты бы полегче! Так ведь и убить его можешь…

— Ничего, выживет, Иуда! — зло прохрипел второй.

Тело глухо упало на пыльную дорогу, успев подсознательно схватить пересохшим ртом глоток горячего воздуха, перемешанного с жёлтой дорожной пылью. Он провалился в бездну. Пустота вокруг была непроницаемо чёрная и очень тяжёлая. Было ощущение, что вся его сущность как раз и является этой тяжёлой непроницаемой пустотой, застывшей в пространстве и не желающей ничего предпринимать, чтобы поменять это состояние. В принципе, только тяжесть и глухая пустота и остались от того, чем он являлся. Ему даже понравилось быть тёмной тяжёлой пустотой, погружённой в тупое безразличие и нежелание сопротивляться и что-то менять. Не было ни боли, ни шума, ни жажды, так мучившей его, ни тяжёлых воспоминаний, ни ощущения чего-то страшного, надвигающегося и наваливающегося на него с каждым мучительным шагом по этой пыльной и раскалённой докрасна дороге. Время остановилось, как звук опоздавшего гонга на залитой кровью арене, где ничего уже нельзя изменить.

И неизвестно, сколько ещё в замершей от ужаса пустоте мог бы провисеть этот застывший звук, как будто навсегда остановивший время, если бы вдруг где-то на краю этого навалившегося тёмного безмолвия он не заметил маленькую светящуюся точку, двигающуюся, как ему показалось, в его направлении. Тут же где-то внутри его подавленного темнотой сознания вспыхнул яркий огонёк, осветивший частицу, казалось бы навсегда потухшей памяти, и перед ним внезапно предстала светлая, наполненная радостью и жизнью картина.

Он вдруг ощутил себя светящейся точкой, плавно выплывающей из храма после службы вместе с другими такими же светящимися существами. Он отчётливо увидел этот момент. Он вспомнил, как во время молитвы в храме он вдруг почувствовал тёплое присутствие Кого-то в своём теле, ощутил такую нежность и добро, что полностью растворился в этом тепле и свете. С этим чувством он выходил из храма и увидел лицо человека — он не мог вспомнить, кто это, но знал, что тот сыграет в его жизни какую-то важную роль…

Видение исчезло. Лишь только светящаяся точка, легко раскачиваясь и подёргиваясь, всё ближе придвигалась к нему. Она подсветила две огромные прямоугольные серые тени, нависшие и покачивающиеся над его темнотой и безмолвием. Потом как-то резко всё переменилось: две прямоугольные серые тени, вздрогнув, уменьшились, а светлое пятнышко, которое он видел в кромешной темноте, стало увеличиваться и уплотняться, рассеивая непроглядную тьму.

Он почувствовал, что чья-то рука поддерживает его голову, вяло склонившуюся на грудь. А по лицу скользит тряпка, смоченная водой. Ох, как бы он хотел вгрызться зубами в эту влажную тёплую тряпку! Но сил не было. Потом он почувствовал, что кто-то льёт на его лицо воду, но почему-то всё время попадает мимо рта. Он с трудом повернул тяжёлую, отупевшую от удара голову и глотнул воды, тонкой струйкой стекавшей по лицу на грязную бороду.

Прохрипел голос одного из конвоиров:

— Эй ты, бродяга! Отвали от него! А то я и тебя сейчас прибью.

Второй конвоир не выдержал:

— Да угомонись ты уже! Ты что, не видишь, что он слепой?

Заключённый поднял веко одного глаза, второй был залит кровью от рассечённой при падении брови, и увидел склонившегося над собой старика, который на ощупь пытался привести его в сознание. Он положил руку ему на запястье.

— Отец, не переживай, я в порядке, — выдавил он из себя, боясь, что следующий удар обрушится на голову этого доброго самаритянина.

Старик попытался поднять заключённого, но не смог: тело было тяжёлое и ещё не слушалось внутреннего стремления побыстрее подняться, чтобы отвести гнев надзирателей от сердобольного слепого старца.

Один из конвоиров подошёл и помог старику поднять задеревеневшее тело арестанта. Тот встал, пошатываясь, пытаясь стереть кровь с разбитого глаза, но рука не дотягивалась, так как была прикована железной цепью к обручу, охватывающему талию. Тогда он поднял плечо и кое-как растёр запёкшуюся кровь, мешавшую открыть второй глаз. Голова гудела, ноги не слушались, но он хотя бы мог различать мир вокруг.

Конвоир с хриплым голосом дёрнул за верёвку, привязанную к железному ошейнику, который охватывал худую шею заключённого.

— Иди, Иуда! Чего встал, как гость на пороге, тебя уже заждались добрые хозяева! — ухмыльнувшись, прохрипел он.

Заключённый пошатнулся, но устоял и, поддерживаемый странником, сделал свой первый после тяжёлого падения шаг. Верёвка натянулась, и он был вынужден сделать следующий шаг, а потом уже побрёл, тяжело переставляя ноги по раскалённой докрасна пыльной дороге. Старик шёл рядом, поддерживая его за локоть левой рукой. В правой он сжимал палку, которую использовал как посох, опираясь на неё и отмеряя ею пройдённый путь.

Второй конвоир шёл рядом, и было видно, как ему надоела и эта дорога, и этот зной, и этот грязный заключённый, да ещё этот, словно свалившийся с неба, старик. А больше всего его раздражал напарник — дёрганый, злой, каждым своим словом и движением усугубляющий и без того невыносимую дорогу. Он был воином Рима и умел выполнять приказы начальства, но почему-то ему было немного жаль этого несчастного, которого перед казнью зачем-то потащили в Милан, а теперь волокут обратно, чтобы передать в руки инквизиторов, которые уже наложили свою «святую» лапу на жизнь бедолаги. Дни инквизиции уже минули, но ещё случались кровавые отрыжки, пытающиеся вернуть былую власть и силу Святой Римской церкви. Да ещё этот да Винчи почему-то назвал бродягу Иудой, и второй конвоир, дёрганый и нервный, вцепился в это слово и всячески вымещал свою злобу и раздражение на несчастном, что очень замедляло движение. А ему уже не терпелось поскорее добраться до Рима и сдать заключённого в тюрьму при центурии.

Они подошли к роще и остановились на передышку в тени развесистого дерева, разбитые тяжёлой дорогой и зноем. Конвоир с хриплым голосом привязал конец верёвки к толстой ветке и уселся под деревом, нащупывая что-то в сумке, висевшей на боку. Другой конвоир подошёл, расстегнул браслеты на руках арестанта и протянул ему кожаную флягу с водой. Вода была прохладной, несмотря на окружающий зной, и это сразу оживило измученного путника. Старик от воды отказался. Он достал из своей сумки длинный цилиндрический контейнер, сделанный из куска неизвестного дерева, открыл пробку и пригубил какой-то напиток, находившийся внутри.

Все стали располагаться вокруг широкого ствола развесистого дерева. Заключённый перехватил руку слепого и аккуратно усадил его, прислонив спиной к дереву. Сам опустился рядом. Он не рассчитывал ни на какую еду: уж очень злые были конвоиры, особенно тот, с хриплым горлом. Он вспомнил, что по пути в Милан они были гораздо добрее, тогда он получал хоть какую-то еду и воду. Дорога обратно выдалась сущим адом, постоянные побои со стороны хриплого и глухое молчание второго конвоира не оставляли никакой надежды. Хотя, собственно, и надеяться не на что: он был ходячий мертвец. Судьба уже была решена: его ждала виселица, если повезёт. Но по обрывкам разговоров охранников он понял, что церковь намеревается сама судить и казнить его, а попасть в лапы инквизиторов ему совсем не хотелось.

Слепой заворочался, видно, тень немного охладила его худое тело, и он, как бы придя в себя, обратился к заключённому:

— Ты совсем непохож на бандита. Как так получилось, что тебя посадили на цепь?

Заключённый усмехнулся:

— Непохож? А что ты можешь разглядеть, ведь ты и света белого не видишь…

Слепой недоуменно пожал плечами:

— Не знаю, почему вы все называете меня слепцом, я всё прекрасно вижу. Вот ты, к примеру, сияешь, как солнце. А эти двое… — он с минуту помолчал и добавил: — Две серые тени… В одном ещё теплится огонёк, но никого не согревает, а в другом и этого нет. Они ведут на казнь тебя, а сами уже выглядят мертвецами.

Заключённый улыбнулся, его развеселил этот странный слепой:

— Да уж, солнце… Если бы ты мог взглянуть на моё лицо, то увидел бы, чего стоит это «солнце»… У меня вид самого отъявленного бандита в мире под этим небом. Сама Святая Римская церковь хочет расправиться со мной. Да и городским властям я поперёк горла, так как церковь постоянно использует меня как инструмент для политических интриг и борьбы за власть.

— Ты что, кого-то убил?

— Хуже, гораздо хуже. Я совершил преступление против Святой Римской церкви. Убийцы у нас спокойно гуляют по улицам, а вот с такими, как я, расправляются беспощадно. Я даже не пойму, в чём дело, почему такое сильное гонение на людей, которые просто хотят немного справедливости, немного закона, который прописан как раз теми, кто и осуществляет эти гонения.

Старик вздохнул и заворочался, как будто весь его организм испытывал какие-то физические неудобства.

— Закон?! Сколько ещё законов надо человеку, чтобы стать человеком? Всевышний уже дал все необходимые законы…

— Да, наверное, — как-то безысходно проговорил заключённый. — Но почему-то эти законы разделяют людей ещё больше и являются причиной самых больших кровопролитий и гонений.

Старик помолчал, а потом произнёс задумчиво, как бы про себя:

— Что-то утеряно… Или забыто… А может быть, пропущено или умышленно спрятано от людей…

Они посидели молча, слушая храп уснувшего конвоира и лёгкий шелест листьев в кроне дерева, обдуваемого свежим ветерком.

— Ты знаешь, — промолвил Старик, — после того, как я стал слепым, я попал в царство серых теней. Теперь я понимаю, что это значит. У людей кто-то украл ту главную часть, что делает их людьми, кто-то очень хитрый и злой. Людей превратили в рабов, лишив их сознания и воли.

Заключённый поднял разбитую бровь:

— Но мир так устроен, он делится на рабовладельцев и рабов.

— Ничего он не делится, — махнул рукой Старик. — Он весь состоит из рабов. Фокус в том, что свободный человек не будет отнимать у другого свободу, потому что у него есть своя. А вот несвободный человек всегда стремится забрать у другого то, чего у него нет. Поэтому все ваши хозяева и рабовладельцы — это самые унылые рабы. Только они не осознают этого, у них нет той Божественной части, которая даёт им понимание своей ущербности. Они как калеки или уродцы, которые достойны только жалости и презрения. Только их уродство внутреннее, его не увидишь обычным взглядом. В какой-то момент я стал это ясно видеть. Наверное, когда ослеп.

— А когда ты ослеп?

— Не помню, совершенно не помню. Я потерялся в тёмном пространстве. Только свет выносит частицы моего сознания на поверхность. Но его так мало в мире людей, наверное, потому, что люди попали в рабство и потеряли ориентиры, ведущие их к свету. Хотя в моём сознании где-то есть картины, в которых я вижу людей, выходящих из рабства. Мне так хочется их найти… Может, они не вышли, может, потерялись, а может, ещё не дошли?

— Может быть, — кивнул головой заключённый. — А может, снова попали в рабство?..

— Да-а-а, это хитрая штука, очень легко стать рабом, но очень трудно уловить тот момент, когда ты им становишься. А становишься им тогда, когда у тебя возникает желание посадить собаку на цепь, птицу — в клетку, заставить другого человека прислуживать тебе. Первый признак рабского сознания — это желание кого-то поработить. Многие погибли на этом пути и превратились в серых мертвецов, в серые тени. Люди утратили свой Божественный свет, привязавшись к иллюзии видимого мира или став рабами какого-то порока, дурной привычки, глупости. И, конечно же, они будут истреблять таких, как ты, потому что вы своим светом можете высветить и показать всему миру их лживость и убогость. Но меня поражает, почему люди не видят этого и не противостоят этому великому унижению?

— Наверное, люди этого не понимают, — сказал заключённый. — Я это могу чувствовать, но я этого не вижу. А ты ещё тот слепой! Ты видишь гораздо больше, чем самый зрячий, — улыбнулся арестант сквозь слипшуюся грязную бороду. — Только будь осторожнее со своими рассуждениями, а то попадёшь в лапы Святой Римской церкви, они из тебя живо сделают еретика и поджарят на костре.

— Да пусть жарят, — сказал, улыбнувшись, Старик. — Стейк из меня никудышный.

И они оба тихонько засмеялись.

— Я вот ещё чего не могу взять в толк, — продолжил Старик, — как церковь, которая чинит расправу, может называться святой?

— Ну, ты вообще чудной! — усмехнулся заключённый. — Церковь называется святой, потому что она представляет Всевышнего на земле!

На лице слепого появилось ещё большее недоумение.

— А зачем представлять Всевышнего? Он совершенно не нуждается в посредниках, потому что у Него есть доступ к каждому и у каждого есть прямой путь к Нему.

— Да, — сказал заключённый, — наверное, ты прав. Но не каждый знает об этом, поэтому и существует Святая Римская церковь — чтобы всех направить на этот путь.

Старик сидел в замешательстве, явно пытаясь что-то осмыслить.

— Как же они могут указывать людям этот путь, если сами с него давно сбились? Они что, не читают заповедей?

— Да конечно же, читают, ещё и учат им других. Но у них, наверное, есть свои привилегии, ведь они всё-таки представители Всевышнего на земле.

— Глупости, — сказал Старик. — Единственная привилегия у тех, кто представляет Всевышнего, — это жить и умереть, не предав свою веру в Него.

— Эй! Вы что там расщебетались, голубки? — раздался хриплый голос конвоира. Он был недоволен, что эти двое своей болтовнёй потревожили его сон.

Заключённый и Старик замолчали. Слепой пошарил в своей нищенской сумке и сунул в руку заключённому кусок засохшего чёрного хлеба. Заключённый попытался отстранить руку с хлебом, но старик настоял:

— Бери-бери, это не по моим зубам. Да и не голодный я — в моём возрасте аппетита уже нет.

Заключённый взял хлеб дрожащими от голода руками и спросил:

— А сколько же тебе лет?

— Не знаю, — ответил Старик. — Абсолютно не знаю. Я потерял счёт времени, вернее, я потерял время, я не чувствую, что оно есть. Я вижу только пространство и двигаюсь по нему, переходя от одной светлой точки к другой. Странно, мне абсолютно всё понятно в пространстве, где я двигаюсь, но как только я начинаю с кем-то говорить, я ничего не понимаю, я чувствую себя выжившим из ума. Я никак не могу припомнить, где я потерял связь с миром людей и как попал в это пространство. Хорошо, что я тебя заметил, а то брёл в кромешной тьме, как в аду.

— А ты знаешь, что такое ад? — спросил заключённый, вгрызаясь в пересохшую корку хлеба.

— Может быть, и знаю, — загадочно пропел Старик, помолчал и добавил: — Да и ты тоже знаешь...

На дороге в клубах пыли показалась повозка, запряжённая двумя мулами. На ней была установлена клетка с заключёнными. Управлял повозкой ездовой, а два конных охранника сопровождали её с двух сторон.

Первый конвоир вышел на дорогу и поприветствовал приближавшуюся процессию поднятой рукой. Повозка остановилась, конный охранник спешился и стал о чём-то разговаривать с подошедшим. Потом этот конвоир повернулся и махнул рукой остальным, уже поднявшимся из-под дерева в ожидании перемен.

Первый конвоир крикнул второму, с хриплым голосом:

— Давай грузить нашего на повозку! К вечеру нужно быть в порту — завтра рано утром отплывает корабль на Рим.

Конвоир с хриплым голосом обрадовался:

— Эй, Иуда, тащи свои кости сюда, — и, поняв, что тот не может никуда двинуться, так как привязан к дереву верёвкой, подошёл, развязал узлы и дёрнул что есть силы, прохрипев: — Торопись, Иуда! А то будешь пешком топать до Рима.

Заключённый, видно, был привычен к такому обращению. Он быстро засеменил за стражником, оставив слепого под деревом, но успев произнести вместо прощания:

— Ну, вот и поговорить как следует не успели...

Старик тоже стал неуклюже двигаться, протягивая руки вслед заключённому, словно ища его опоры.

Первый конвоир подошёл к уже усевшемуся на коня стражнику и спросил:

—У тебя не найдётся одного местечка для слепца? Пропадёт здесь…

—Да пусть лезет, народу у меня немного, — ответил конный стражник.

Когда все уселись, конвой двинулся дальше, поднимая клубы пыли на высушенной солнцем дороге.

На рыночной площади в порту сидел слепой старик. Он сидел уже много дней, но не знал, сколько именно, так как не ощущал времени. Он слышал, что оно есть, но для него это совершенно ничего не значило, потому что он не видел ни дня, ни ночи, ни времён года. Он видел что-то своё и воспринимал мир сквозь это видение. Ещё он слышал. Слышал, как шелестит ветер в кронах деревьев, как шуршат чьи-то шаги по сухой земле, стучат копыта, скрипят повозки и горланят торговцы, пытаясь перекричать друг друга. Также он слышал тяжёлые хлопки парусов, поднимающихся над мачтами фрегатов, слышал, как они ловят ветер, пытающийся прорваться сквозь них на волю, и слышал, как тяжело скрипят мачты под этим напором, сдвигая с мёртвой точки тяжёлые корабли. Как уносятся они в море, увлекаемые мощным напором ветра, пойманного парусами, и как несутся по волнам навстречу неизвестности, пока все силы ветра не иссякнут и он не упадёт на палубу вместе с бездыханными парусами. И тогда парусник замрёт посреди морской глади, дожидаясь своей удачи, чтобы снова поймать парусом ветер и заставить его нести по водной глади тяжёлую посудину.

Воспринимая всё это, Старик не понимал, почему его называют слепым, ведь его восприятие рисовало ему те же картины мира, которые открывались и глазам любого зрячего. Но у него даже было преимущество: ему удавалось увидеть что-то большее сквозь свою слепоту. Он мог видеть необыкновенную жизнь светящейся точки, ярко освещающей скованное темнотой пространство. И если он находил такую в тёмном мире, окружающем людей, он старался двигаться вместе с ней, так как эта точка могла привести его к цели. Цель свою он понимал очень смутно. Он лишь прислушивался к внутреннему ощущению, заставлявшему его двигаться, и знал, что это движение как раз и является порождением той цели, к которой он идёт.

Голодным он не был, так как вокруг было много грешников, которые, пытаясь хоть как-то загладить свои грехи, подавали ему кусок хлеба, и он с благодарностью это принимал, что-то складывал в свою нищенскую сумку, а что-то отдавал бездомным собакам, снующим у его ног. Но иногда ему подавали такое подаяние, что даже отощавшие бездомные псы отказывались его есть. Видно, даже их голодные животы не могли переварить такие тяжкие грехи.

Днём было жарко, и он пил много воды из своей цилиндрической фляги, вырезанной из странного дерева. Эту флягу ему подарил друг, с которым он встречался много раз. Встречи были короткие, но абсолютно незабываемые, они разговаривали на одном языке и понимали мир совершенно одинаково. И ещё улыбка друга, которую Старик видел даже сквозь свою слепоту, была необыкновенно доброй и рассеивала мрак. Друг сказал, что в эту флягу тридцать лет подряд наливали отвар очень целебной травы, так что её стенки насквозь пропитаны необыкновенными свойствами, и каждый раз, когда в эту флягу будут наливать воду, целебные частицы будут смешиваться с водой и придавать организму силы и бодрость. Так оно и было: каждый раз, когда он пил из фляги, он чувствовал, что силы прибывают в его иссохшее тело.

Старик сидел и ждал. Ждал той счастливой случайности, которая могла положить конец его скитаниям и причинам, породившим их. Он уже приоткрыл для себя причину своего поиска. Но для чего он это делает, пока не понимал.

Это произошло во время беседы с заключённым. Он ясно понял, что должен найти людей, вышедших из рабства, и все знаки подсказывали, что они где-то существуют, так же как и этот бедняга, осветивший ему путь своим необычным светом. Он мог бы стать отличным проводником к цели, но его волокли на казнь. Старик был поражён положением дел на этой перегретой земле и не понимал, чем руководствуются люди в своих поступках — чем угодно, но явно не разумом. Это было видно даже слепому. Была ещё одна надежда, которая сверкнула искоркой в кромешной тьме, но ею оказался ослик, так упорно пытающийся рассказать о растёртой ноге своему хозяину, который нещадно колотил его палкой. Старику пришлось вмешаться в эту сцену бессердечности и насилия, чтобы спасти бедное животное, но это не продвинуло его на пути к цели, так как хозяин утащил бедного поводыря куда-то в темноту. Человек, который пытался ему в этом случае помочь, тоже мог бы сойти за проводника. Он излучал свет, растворяющий темноту, но был какой-то раздвоенный, мечущийся между двумя столбами света, которые никак не соединялись в единое целое. К тому же он был какой-то странный: бегал вокруг ослика с измерительным прибором и всё время что-то записывал, видно, искал какую-то волшебную пропорцию, явно прохлопав главное, что выделяло бедное животное из всего окружающего мрака.

Размышляя об этом, Старик пристально вглядывался в бесконечную темноту, пытаясь найти хоть маленький лучик света, за который он мог бы зацепиться, чтобы выйти из тяжёлого тёмного пространства. Но ничего обнадёживающего пока не видел, поэтому сидел и наблюдал за хороводом мыслей в своей голове, которые приходили и уходили, как незваные гости, оставляя свой след на гладкой поверхности дремлющего сознания. Иногда они звенели шумным цыганским табором, переворачивая всё вверх дном в голове у слепого старца, иногда плыли медленно, как облака на чистом небосводе, а иногда просто уходили, как дети, взявшись за руки. И тогда Старик засыпал, проваливаясь в видимый и совершенно необыкновенный мир, наполненный ярким светом и красками. Этот мир был близок и знаком Старику, он видел родные лица близких ему людей, такие добрые и светлые, понимающие и целеустремлённые. Они всегда были рядом с ним и двигались к одной заветной цели. Поэтому он понимал, что цель существует, и инстинктивно продолжал двигаться к ней. Но когда он просыпался, то снова погружался в беспросветную тьму, охватывающую пространство, и в нём всё ещё теплилась надежда на то, что удача не покинула его.

Сквозь навалившуюся на него дремоту он вдруг услышал шелест шёлка и лёгкие шаги по утоптанной тёплой земле. Раздались негромкие возгласы:

— Сарацин, сарацин!

Пространство вокруг стало светлее, и он услышал приятный голос:

— Где ты раздобыл такую уникальную флягу для воды? Это очень хорошая работа.

Старик приподнял с земли свой деревянный цилиндр.

— Это подарок друга.

— У тебя хороший друг, — сказал Сарацин. — А по друзьям легко определить человека. Значит, ты хороший человек… А что делает этот хороший человек здесь, среди пыли и торговой суеты? — проговорил он тем же приятным голосом с мягким акцентом.

— Я ищу проводника, который поможет мне найти людей, вышедших из рабства, — ответил слепой.

Сарацин кивнул головой, улыбнулся, и Старик почувствовал что-то очень знакомое в этой улыбке, растворяющей темноту. Затем он опять услышал голос с мягким акцентом:

— Может, я сойду за проводника? Потому что другого здесь ты вряд ли найдёшь.

Старик понял, что ему крупно повезло, и кивнул головой в ответ.

Сарацин тоже кивнул, продолжая улыбаться:

— Подожди меня здесь. Я узнаю, когда отправляется корабль, и вернусь за тобой.

— А куда мы поплывём? — спросил Старик.

— А мне одна птичка сказала, что все дороги ведут в Рим, так что и мы двинемся туда же.

С этими словами Сарацин стал удаляться, шелестя шёлковой одеждой, мягко ступая по нагретой солнцем земле и освещая окружающее пространство необыкновенным голубоватым мерцающим светом.

Июнь 2017

Размытый временем образ

Леонардо да Винчи умел защищаться от мира. Он создал вокруг себя атмосферу почитания и уважения, возвышающую его над миром, который пытался приблизиться и безапелляционно вторгнуться в его жизнь, в каждый его поступок, в каждую мысль, каждую эмоцию. Он приобрёл это качество, называемое «публичным одиночеством», в далёком детстве, когда умерла его вторая мать Альбиера. Свою настоящую мать он помнил больше по ощущениям, она была той странной женщиной, которую он часто встречал на улицах своего городка. Она всегда украдкой трепала его волосы, обнимала, вкладывала в руку какую-нибудь сладость. Леонардо, конечно, помнил её, но не так, как других людей. Её образ был абсолютно загадочным, окружённым какой-то еле видимой дымкой, и от него всегда исходило так много тепла и любви, что физический облик как бы растворялся и размывался этим ощущением, которое было ярче и богаче любого внешнего образа. То, что она его мать, он узнал намного позже, когда её уже не было рядом, но ощущение тепла не покидало его до последнего дня жизни.

У Леонардо оставался ещё отец, но мальчик чувствовал себя полным сиротой, так как отец отказался от него ещё до рождения и, хотя Леонардо и воспитывался в его доме, совсем не уделял внимания сыну. Полное одиночество, вызванное двойной потерей самых родных для ребёнка людей, подтолкнуло его к совершенно нелогичному и необъяснимому желанию познания мира, который был так несправедлив к нему. Его внутреннее стремление к постижению мира, к разгадке многих его тайн, постоянное желание раскрытия всеобщей гармонии и смысла его существования были как бы поиском ответа на терзавший вопрос, который являлся для него вопросом Жизни и Смерти: почему этот мир, который при ближайшем рассмотрении и изучении кажется таким гармоничным и необыкновенным, бывает так несправедлив к людям? Он хотел понять — что это: ошибка

Творца или вина самого человека, оказавшегося в сложной жизненной ситуации?

Внутренние терзания обострились в связи с заключённым, позировавшим ему для создания образа Иуды в картине «Святая вечеря». Его слёзы и признание в том, что он позировал также и для создания портрета Иисуса Христа, поразили да Винчи, хотя он был абсолютно уверен, что никогда раньше не видел этого человека. Но что-то всё же тревожило его, и он третий день не находил себе места, размышляя об этом плачущем заключённом, который был очень подходящей моделью, отвечающей всем требованиям скрупулёзного да Винчи. Конечно, ему пришлось с ним повозиться: он три раза менял место и ракурс Иуды на полотне, что-то ему мешало, что-то не подходило к этому перебитому носу и шрамам на худом почерневшем лице. Да ещё и деньги, которые он должен был сжимать в руках, как какую-то ценную находку, он держал как что-то совершенно ненужное и неважное...

Леонардо вспомнил, почему ему пришлось поменять роль Иуды в композиции картины и увести его в тень других апостолов, развернув боком к зрителю. Это были глаза. Поразительные глаза заключённого — серые и глубокие, как два океана. В них светились любовь и надежда. Эти глаза никак не подходили к лицу преступника, приговорённого к смертной казни. Да Винчи видел лица уголовников, лица настоящих убийц, и он знал различие — оно таилось в глазах. Глаза убийц были мёртвые и холодные, сквозь них смотрела не человеческая сущность. Да Винчи верил, что за каждым человеком стоит какое-то другое естество, которое порой завладевает его сущностью и проецирует себя и свои поступки в человеческий мир. Но он знал и то, что дверь для вхождения этого проявления в людскую сущность открывает сам человек и ключ находится изнутри, в руках человека. Кстати, он видел некоторых людей, у которых эта дверь всегда была нараспашку, но ничего плохого в них войти не могло, так как все они светились необычайным светом и радостью. Как тот парень, которого он встретил выходящим из храма после молитвы.

У Леонардо пробежали холодные мурашки по спине, проявившие внутренний инстинктивный испуг. А что, если?.. Он вспомнил ещё одну поразившую его деталь — тело, худое, очень тонкое и изящное, как будто выточенное из белого камня. Он присел на деревянный стул в мастерской, ощущая всё больший страх и растерянность, наполняющие его, беспредельное одиночество и отторженность от мира, в котором он жил и которому служил. Он с горькой тяжестью осознавал, что давно уже вышел за рамки сознания общества, с которым ему приходилось сталкиваться ежедневно, но двинуться дальше не мог, ему не с кем было разделить радость своих открытий, так как не было людей, понимающих мир так же тонко и глубоко, как он.

Ситуация с этим заключённым отбросила его назад. Позволила ему понять, что он что-то упустил, что-то недосмотрел. Истина, которая постоянно стучалась белой голубицей в его окно, вдруг вспорхнула и улетела вдаль. Он вздохнул и, как-то тяжело ступая, побрёл к письменному столу. Достал бумагу, обмакнул перо в чернила и написал три письма. Два были адресованы влиятельным людям в Милан, а одно — в Рим. Он дал чёткие указания посыльному, куда доставить письма в Милане и как отправить письмо в Рим. Ему ничего не оставалось, как сидеть, ждать ответа и перебирать в памяти события, связанные с написанием полотна «Святая вечеря».

Будучи человеком из низкого сословия и тем более незаконнорождённым, он пытался разобраться в том, как Всевышний выбирает людей и расставляет их в мире, по каким качествам, по каким талантам или способностям. По устоявшейся в обществе традиции, все вельможи и короли являлись кровными наследниками и вели свою фамильную историю от Праотцов или даже имели связь с родословной Святого семейства. В связи с этим шла тайная ожесточённая борьба между разными кланами, конфессиями и королевскими семьями — кто предоставит более веские доказательства в пользу своего Божественного происхождения. Обнаруживались тайные манускрипты, реликвии, предметы, подтверждающие такую связь. Тайна стала дороже Истины, все отвернулись от Истины и стали охотиться за Тайной. Ну и конечно, на этой почве создавались всевозможные фальсификации, подлоги, возникали новые религиозные течения. Как грибы, росли тайные организации и ордены, которые провозглашали себя хранителями Истины или какой-нибудь великой духовной мистерии. А раз так, то они тоже претендовали на определённые социальные преимущества. Всех их нещадно преследовала власть и церковь, для этих целей в городах были специально расставлены ящики и бочки с прорезью для сбора тайных и анонимных доносов, по которым многие люди уже сидели в тюрьмах. Да Винчи старался быть предельно осторожным, хотя его уже не раз вовлекали в перевод древних рукописей или их создание. В глубине сознания он ощущал истину, которая подсказывала ему, что вся эта суета с доказательством личного родства с Божественным никак не могла взрастить в человеке духовное или приблизить его к Божественному, а наоборот, вскрывала самые ужасные стороны в людях, превращая их в деспотичных монстров. Он знал, что сам Иисус Христос был родом из простой семьи. Это наводило на мысль, что даже простой человек мог получить Божественное откровение, и даровалось оно ему не по родословной или религиозному сану, а исключительно по выбору Всевышнего.

Леонардо опять вспомнил того парня, выходящего из храма после молитвы, такого светлого, радостного, окружённого солнечным ореолом. В тот момент да Винчи показалось, что сам Христос сошёл с небес, чтобы позировать для своего портрета на полотне. Незабываемое ощущение, незабываемая работа! Он потом всё время пытался найти этого парня, поговорить, более внимательно присмотреться к тому, что так сильно отличало его от других смертных. Но он куда-то исчез, как будто испарился.

«А вдруг на самом деле он и есть этот заключённый?» — опять вздрогнул да Винчи. А если так, то у него ещё есть шанс узнать, что же сделало этого юношу таким Божественным и светлым и что повергло в то ужасное положение, в котором он видел его в последний раз. Он встал и зашагал по мастерской.

В дверь постучали. Пришёл посыльный, принёс письмо от дюка Сфорца. В письме герцог извещал, что снаряжает своих помощников в Рим для закупки необходимых товаров и фейерверков для проведения празднества, посвящённого окончанию работы над фреской «Святая вечеря». Он просил Леонардо составить список того, что ему необходимо. Это было как раз кстати. Как своего рода знак свыше, что нужно ехать в Рим. Да Винчи быстро написал ответ, что сам хотел бы поехать в Рим, так как ему нужно закупить специальные краски для будущих творений, а также ознакомиться с произведениями римских скульпторов, что помогло бы ему в работе по созданию скульптуры, заказанной герцогом. Также Леонардо высказал небольшую просьбу: может быть, герцог будет так великодушен дать сопроводительное письмо к Кардиналу Рима, чтобы тот разрешил да Винчи встретиться с натурщиком, который находится в тюрьме инквизиции, так как ему хотелось бы ещё раз посмотреть на этот приговорённый к смерти образ, чтобы ничего не упустить в его характере на полотне.

На следующий день, снабжённый необходимыми письмами, сопроводительными документами и деньгами, да Винчи выехал в Рим. В пути его сопровождали двое помощников, в обязанности которых входило следить за багажом и доставить весь закупленный товар в целости и сохранности.

В Геную добрались только на третий день, пришлось останавливаться по дороге, так как да Винчи постоянно работал со своим дневником, делая записи и рисуя эскизы встречающихся людей и лошадей. К лошадям он питал особый интерес и симпатию и всегда делал зарисовки и замеры этих необыкновенных гордых созданий, которые, по его мнению, несли в себе особую природную гармонию.

В генуэзском порту они немного потолкались среди лавок и лотков, не собираясь, однако, ничего покупать, а просто желая присмотреться к товарам, поскольку кое-что из необходимого планировали приобрести на обратном пути, возвращаясь из Рима. Да Винчи поговорил с несколькими продавцами по поводу интересующих его товаров. Особенно ему хотелось найти медицинские инструменты и большие стеклянные линзы, а ещё лёгкое полотно, которое пригодилось бы ему для постройки парашюта и летательных аппаратов. Кое-что он нашёл, кое-что ему пообещали привезти с оказией из-за океана, кое-что он не мог заказать нигде, так как этого вообще не существовало в природе.

На торговой площади собралась небольшая толпа — там что-то происходило. Когда да Винчи подошёл ближе, то увидел, что какой-то торговец пытается сдвинуть с места своего осла, который почему-то стоял, не желая идти дальше, истошно орал на своём ослином языке и бил копытом в землю. Хозяин ослика был взбешён его упрямством и не менее разъярён издёвками со стороны толпы, которой только и надо было, чтобы покуражиться над кем-то. Разозлённый владелец со всей силы бил ослика палкой, приговаривая и выкрикивая всякие ругательства, но тот наотрез отказывался повиноваться.

Вдруг от толпы отделился какой-то старик, подошёл к рассвирепевшему хозяину, схватил его за плечо и остановил занесённую для следующего удара руку. Потом он наклонился к ослику и что-то сказал на ухо. Ослик перестал кричать и бить копытом. А Старик присел рядом и стал ощупывать его ноги и живот.

Толпа замерла и стала с удивлением наблюдать за резкой переменой ситуации. Да Винчи очень заинтересовался происходящим. Он протиснулся сквозь толпу, остановился рядом с владельцем осла и сунул ему в руки мелкую монету, попросив разрешения сделать несколько замеров пропорций ослика и, если успеет, набросать эскиз в блокноте. Хозяин, ничего не понимая, тупо кивнул головой, мрачно стоя как истукан. Да Винчи быстро достал из сумки свой инструмент для измерений и записал что-то в блокноте, наблюдая одним глазом за Стариком, который ощупывал ослика. Он увидел, что тот пытается сдвинуть верёвку, проходящую под грудью ослика и служащую подпругой, удерживающей самодельное седло и большую сумку, набитую товарами. Он стал помогать ему двигать верёвку с другой стороны и вдруг понял, что этот сердобольный старец абсолютно слепой и делает всё на ощупь. Леонардо был поражён этим открытием и тихо спросил, не нужна ли тому какая-нибудь помощь. Услышав голос да Винчи, Старик привстал и сказал:

— Найди два отрезка верёвки, — и показал, какой длины.

Да Винчи махнул рукой в толпу своему человеку, и тот, подбежав, отмотал у себя с пояса часть верёвки, которую тут же разрезали на необходимые отрезки.

Старик обратился к да Винчи:

— Надо сдвинуть к центру две верёвки, заменяющие подпруги спереди и сзади, и связать их с двух сторон бечёвкой, чтобы они не сползали животному в подмышечные впадины и под пах.

Вдвоём они быстро всё сделали. Старик зафиксировал верёвки со своей стороны, Леонардо проделал то же самое со своей. Потом слепой старец достал из сумки какую-то баночку, перевязанную тряпкой, развязал её, извлёк оттуда не очень приятную на цвет и запах мазь и помазал ею растёртую до крови кожу в подмышечной впадине у ослика. Затем поднялся, опять что-то сказал ослику на ухо, и тот бодро зашагал вперёд, а за ним, вытаращив глаза, двинулся ничего не понимающий хозяин.

Настрой толпы как-то сразу поменялся. Все стали тихонько о чём-то переговариваться, кивать головами. Многие подошли к своим животным, осмотрели их, постарались получше приладить подпругу.

Старик стоял, опираясь на посох и провожая невидящим взглядом уходящего ослика. Да Винчи подошёл к нему ближе, промолвив:

— Я видел, как ты разговаривал с ослом...

Старик недоуменно покачал головой:

— Я разговаривал с разумным существом, которое, как могло, пыталось объяснить погонявшему его ослу, что верёвка, которую этот тупица повязал бедному животному, сползла под мышку и до крови натёрла ногу. Поэтому ослик и стучал копытом оземь. А этот болван, вместо того чтобы проверить, в чём дело, стал безжалостно его избивать.

— Но как ты, будучи слепым, смог всё это рассмотреть и помочь бедному животному?

Старик вздохнул и безнадёжно махнул рукой:

— Меня поражает, как вы, зрячие, этого не видите? У вас что, глаза обращены в другую сторону?

Да Винчи был сконфужен:

— Как это — в другую сторону?

— Да так, — кивнул Старик. — Вы ничего в этом мире, кроме себя, не видите. Вам важны только вы сами, ваша жизнь, ваши переживания, ваши мысли, ваши беды, ваша боль. И если рядом с вами что-то происходит, но не касается вас напрямую, вы даже глазом не поведёте в ту сторону. Вы абсолютно равнодушны ко всему и всем, кроме самих себя. А между прочим, это благородное животное, которое всю жизнь служит тупому, как пробка, хозяину, тоже имеет свои переживания, свою жизнь, свою боль и так же страдает, как любой из тех, кто называет себя человеком.

Да Винчи в первый раз слышал подобное, он не понимал, как можно называть обычного осла разумным существом и сравнивать его страдания с переживаниями человека. Да и как может слепец судить о том, что видит или не видит зрячий. Странный этот старик, и ведёт себя так, будто он единственный зрячий во всём слепом мире.

Слепой, как будто почувствовав внутреннее смятение да Винчи, повернулся к нему и сочувственно похлопал его по плечу:

— Нельзя разделить Творение на мелкие кусочки и сделать одни более значительными, а другие превратить в ничто!..

Да Винчи стоял растерянный:

— Ты хочешь сказать, что осёл — такое же существо, как и человек?

— Нет, конечно, — промолвил Старик. — Осёл уже находится на высоте своего сознания и поэтому терпеливо служит порой очень бездарному существу, которому нужно пройти огромный путь, чтобы достичь элементарного человеческого сознания, не говоря уже о его вершинах. Но я хочу сказать, что он такое же завершённое творение, как и человек, по-своему проявляющее своё присутствие в огромном количестве других завершённых творений и форм в Великом Жизненном потоке, который, по счастливой случайности, мы можем осязать и воспринимать.

Леонардо был поражён таким простым и таким глубоким постижением мироздания.

Старик понял его растерянность, ещё раз похлопал по плечу, потом развернулся и зашагал прочь, опираясь на свой длинный, видавший виды посох, обронив на прощание:

— Мир погряз в слепоте, прикрываемой ложью…

— Так что ты сказал ослу? — крикнул ему вслед да Винчи.

Старик сокрушённо покачал головой и обронил, не поворачиваясь:

— То, что нормальный погонщик говорит своему животному…

Да Винчи ещё немного постоял, задумчиво глядя вслед уходящему старцу. А потом присоединился к своим спутникам, чтобы продолжить путешествие, и только тогда вспомнил, что оплошал, не сделав в блокноте ни единого наброска старика.

Груженный всем необходимым парусник был заякорён в бухте, утром он должен был принять на борт пассажиров и отправиться в путь. Да Винчи и его помощникам предстояло запастись провизией и пополнить фляги водой, чтобы преодолеть расстояние до Рима, которое могло занять целую неделю. Всё зависело от того, какая установится погода и сколько остановок им придётся сделать в пути.

Ноябрь 2018

Пять плетей

Этот город вызывал у Леонардо двоякие ощущения, потому что он был раздвоен — как и сам Леонардо. Эта двойственность не оставляла никакой надежды на обретение покоя, умиротворения и какого-то внутреннего равновесия, позволяющего слиться со всеобщей гармонией Великого Творения и блаженно звучать вместе с ней в бесконечности чудесных резонансов, переливаясь из одного состояния в другое, сохраняя цельность и подвижность своего естества.

Этот город был непростой в своей структуре и запутан клубком сложных отношений и противоречий, вспыхивающих сверканием остро отточенных ножей в каждом ресторанчике на каждой заброшенной улочке, во дворцах и даже в храмах, где, казалось бы, должны царить благодушие, мир и покой.

Те же самые, острые, как бритвы, ножи постоянно звенели своим кровожадным звоном внутри самого Леонардо, продолжавшего непрерывный поиск истины, которая, как ему казалось, могла бы утихомирить те бури, что создавали невыносимое напряжение в его душе, терзая её, как дикие звери пойманную лань. Чем больше он изучал природу, тем сильнее поражался её уникальности, многогранности, с восторгом преклоняясь перед Творением Великого Мастера, и тем сильнее он был сконфужен и разочарован чудовищным дисбалансом и несправедливостью, царящими в мире, где как раз и обитало Высшее Творение — Человек. Ему не давал покоя вопрос: почему Творец, создавший такой уникальный и разнообразный природный мир, не создал совершенным сознание человека, позволяющее, опираясь на гармонию и величие природы, построить абсолютное человеческое общество? Его поражало, что лидерство в обществе доставалось как раз не тем, кто обладал разумом и знаниями, способными направить человечество на созидание и продолжение Божественного Творчества, а другим, которые, манипулируя сознанием общества, вели его к разрушению Божественного Творения. При этом на протяжении многих веков они умело прикрывались высокопарными, но насквозь лживыми идеями и лозунгами, то и дело провозглашая борьбу с «дикими народами», «вероотступниками», «иноверцами», «врагами государства», используя всю эту пропаганду исключительно для укрепления собственной власти, обогащения и захвата новых территорий.

Леонардо шёл по улицам города, в котором бывал уже не раз, и не узнавал его. Несмотря на бурное движение и суету вокруг, город выглядел каким-то застывшим, отяжелевшим, потерявшим былую лёгкость и беззаботность, словно замкнулся в своём внутреннем недоверии к быстро происходящим переменам. Уже не было той весёлости и открытости на лицах горожан. Всё чаще встречались калеки и бездомные. А от проезжающих карет, украшенных золотом, люди отворачивались и спешили отойти в сторону. Когда Леонардо поинтересовался у одного из прохожих, кого везут в этой карете, тот оглянулся вокруг и сказал как-то глухо и безнадёжно:

— Ложь!

И тут же, засуетившись, исчез в тёмном глухом переулке.

Леонардо понял, что здесь всё не так просто и нужно быть весьма осторожным и осмотрительным. Он ещё не совсем отошёл от морского путешествия, его слегка покачивало, и в животе оставалось ощущение какой-то глубокой неприятной пустоты, да и дорога от порта к Риму изрядно его вымотала.

Он и его спутники остановились в небольшой гостинице практически в центре Рима, откуда было рукой подать до любой намеченной цели. Леонардо уже отправил прошение Кардиналу Рима и ожидал, что получит ответ не раньше чем через неделю. Но каково же было его удивление, когда, вернувшись вечером, нагруженные разными товарами, они встретили хозяина гостиницы, переминающегося с ноги на ногу и дрожащего не то от страха, не то от восторга. Он стоял с конвертом в руках, опечатанным красивым вензелем, и, стараясь придать себе самый благообразный вид, с трепетом произнёс:

— Господину Леонардо! От Его Высокопреосвященства КАРДИНАЛА!..

В письме было сказано, что завтра в такое-то время за Леонардо зайдёт посыльный, так как Кардинал хочет лично увидеть

Великого Мастера. Это обрадовало и одновременно насторожило Леонардо, ведь что и говорить — невозможно предугадать, чего ждать от человека, обладающего такой могущественной властью.

На следующий день Леонардо встал очень рано. Он любил просыпаться пораньше, чтобы понаблюдать за рождением нового дня. Рассвет был для него той необъяснимой загадкой, которой он восхищался на протяжении всей своей жизни. Он всегда, как зачарованный, всматривался в появляющийся словно ниоткуда мир, очень виртуозно вырисованный растворяющим темноту светом. Причём он мог подробно рассмотреть каждую деталь, каждый эпизод этого оживающего рисунка — от еле уловимых очертаний силуэта до появления чётких обрисованных форм, грани которых состояли из света и тени, а затем эти строгие границы постепенно растворялись, наполняясь яркими красками дня. Он восхищался этим видением, как ученик, делающий первые шаги в живописи, поражается мастерству своего учителя. Леонардо боготворил рассвет и почитал его как своего учителя, потому что он открыл ему самую заветную тайну для любого художника — тайну владения формой.

Леонардо услышал лёгкие шаги за дверью. Он приоткрыл дверь и увидел корзину с выстиранной одеждой и девушку — наверное, дочь хозяина, которая держала в руках кувшин с водой и поднос с лёгким завтраком для господина Леонардо. Он, немного смутившись, принял из её рук поднос и воду, а когда вернулся за корзиной с одеждой, то обнаружил, что девушки уже не было, она бесшумно исчезла в глубине коридора, оставив лёгкий аромат розового масла.

Умывшись и переодевшись, Леонардо проглотил завтрак, который оказался довольно сытным, и почувствовал, как неприятная пустота в животе исчезает и тело наливается силой. Ему захотелось пройтись по утренним прохладным улицам Рима, но когда он отворил дверь, то увидел молодого монаха, который сразу же приветливо поклонился и извиняющимся тоном произнёс:

— Я знаю, что встреча назначена на более поздний час, но Его Высокопреосвященство осведомлён о вашей привычке рано вставать, поэтому он прислал меня с поручением сопроводить вас, если вы будете готовы.

Леонардо очень удивился, но не подал виду и так же доброжелательно произнёс в ответ:

— Я жду этой встречи с нетерпением, поэтому старался приготовиться пораньше. Я к вашим услугам.

Монах опять поклонился и попросил следовать за ним.

К резиденции Кардинала они пришли не сразу, немного попетляв по улицам просыпающегося Рима. Может быть, Кардинал хотел, чтобы Леонардо имел возможность насладиться утренней красотой этого могучего города? А может, время встречи всё же было чётко обозначено, и монах делал всё, чтобы доставить гостя в нужный момент.

Когда они подошли к воротам храма, где располагалась резиденция Кардинала, путь им преградили два монаха в коричневых рясах, всем своим видом показывая, что вход сюда закрыт наглухо. Но сопровождающий его монах вытащил из-под рясы какой-то жетон и предъявил стражникам. Те тут же безмолвно отступили, ясно давая понять, что с таким пропуском все двери для них будут открыты настежь. Они вошли в храм через боковой вход, и монах повёл Леонардо наверх, на балкон, как-то странно простучав подошвами по каменным ступеням.

Балкон был пуст, только маленький деревянный столик мирно стоял посреди каменных плит, на нём лежала Библия. Стульев нигде не было. «Значит, засиживаться не придётся», — подумал Леонардо. И тут же услышал мягкий, но очень бодрый голос:

— О, Леонардо! Мастер Леонардо! Великий Леонардо!

Леонардо повернулся на голос и увидел человека в шёлковой фиолетовой рясе, обшитой серебром, быстро приближающегося к нему. Его проводник мгновенно пал ниц и склонил голову в поклоне. Леонардо понял, что это и есть Его Высокопреосвященство, и опустился на левое колено.

Кардинал быстро приблизился, улыбаясь, протянул руку для поцелуя сначала Леонардо, потом монаху и тут же дал тому знак исчезнуть. Через секунду монаха уже не было, а Кардинал приветливо обратился к Леонардо:

— Ну, поднимайтесь уже, поднимайтесь, мой друг! Это перед Его Святейшеством Папой Римским вы можете простоять на коленях всю жизнь, а я не очень-то уж и крупная фигура.

Леонардо поднялся. Перед ним стоял худощавый человек, чуть выше среднего роста, с совершенно серьёзным лицом и очень пронзительным взглядом. Леонардо слегка покраснел, он понял, что всё это вступление — всего лишь игра, рассчитанная на проверку реакции посетителя.

— Я польщён, очень польщён, — продолжал Кардинал, — что герцог нашёл время написать мне письмо. Передайте ему благодарность за заботу о моём здоровье и о здоровье Его Святейшества Папы. Мы в порядке, слава Творцу! И ему желаем того же.

Кардинал зашагал по балкону, жестом приглашая Леонардо пройтись. Он подвёл его к каменным перилам и спросил:

— Ну, и как вам утренний Рим? Взгляните на эти постройки, эту зелень… Вы обратили внимание на едва уловимую дымку, делающую весь пейзаж совершенно загадочным и неповторимым?

Леонардо понял, что Кардинал неплохо разбирается в живописи. Как бы вторя его мыслям, тот проговорил:

— Да, грешен, грешен, тоже иногда беру в руки кисти… Да, кстати, как продвигается ваша работа над полотном «Святая вечеря»? Говорят, что вы применили новый метод наложения красок на сырую стену. Очень интересно, что из этого получится. На востоке любят такую роспись. Вам, конечно, нужно бы когда-нибудь туда поехать — удивительный край! К слову, что касается вашей просьбы… Неужели фигура Иуды так важна для вашей картины, что вы специально приехали сюда, чтобы увидеть натурщика?

Леонардо уже открыл было рот, чтобы что-то сказать, но Кардинал его опередил:

— Понимаю, понимаю… Вы боитесь допустить ошибку, ведь это очень важный сюжет, — любая ошибка может стать роковой. Но… Посмотрите же на дымку, Леонардо! Как умело она прикрывает ландшафт и строения города! Мы даже не можем разглядеть, что за ней скрывается на самом деле, поэтому каждый волен сам дорисовывать пейзаж в соответствии с глубиной своего воображения… — он повернулся к Леонардо и расправил рукой складки на своей одежде. — А ошибки — это не грех, это всего лишь несовершенство нашего сознания. А вот отсутствие покаяния за совершённую ошибку — это грех! Так что не слишком переживайте об ошибках, Леонардо, больше думайте о покаянии.

Он взял со столика Библию, поцеловал, а потом поднёс её к губам Леонардо:

— Кайтесь, сын мой.

Леонардо поцеловал Библию.

— Ну, вот и хорошо, — спокойно произнёс Кардинал. — А что касается этого бедолаги, то мы должны его казнить. Потому что если не казнить, то его придётся причислить к лику святых за все его страдания. Но тогда рухнет вера в непоколебимость власти! А это, знаете ли, очень серьёзная штука. Управлять миром, в котором всё трещит по швам, непросто, и здесь ошибки недопустимы… Но встречу с ним я вам устрою, это не составит мне труда. Только хочу вас сразу предупредить, Леонардо: не в ваших силах спасти его, лучше подумайте о своём спасении, — многозначительно произнёс Кардинал и тут же сменил тон: — Ну, что это мы с вами здесь разболтались! Нужно спешить делать богоугодные дела! Пойдёмте же, пойдёмте…

Он двинулся по балкону вдоль каменных колонн, увлекая Леонардо за собой. Тут же, как из-под земли, вырос монах-проводник и пристроился третьим к этой процессии. Они вошли в здание через узенькую дверь, прошли по коридору и стали спускаться в подвал по широким ступеням, пока не оказались в довольно просторном помещении, с трёх сторон огороженном решётками. Два монаха в коричневых рясах, сидевшие за небольшим столом, тут же пали ниц.

Кардинал, не обращая никакого внимания на их раболепие, промолвил:

— В святая святых!

Один из них вскочил и открыл железную дверь, проделанную в решётке, расположенной слева. Этот же монах повёл всех по длинному коридору, подсвеченному тусклыми светильниками. Монах-проводник остался за дверью.

Леонардо стало немного не по себе от обстановки и всего происходящего. Кардинал понимал это и тихонько улыбался, подбадривая напуганного гостя:

— Не тушуйтесь, Леонардо, это самое тихое место на всей земле. Лучше вслушайтесь в эту застывшую тишину, только большое отчаяние и боль могут разорвать её на части нечеловеческим криком.

Они вошли в пыточную, в которой было расставлено огромное количество пыточных машин и приспособлений для раздирания человека на части, вырывания языков и глаз, ломания костей, высверливания мозгов, отрезания гениталий и заливания расплавленного олова и свинца в глотки мучеников. От этого ужаса у Леонардо зашевелились волосы на голове и в животе образовалась бездонная яма.

Кардинал с неприкрытой гордостью произнёс:

— Это всё, что мне удалось собрать и сохранить с тех времён, когда работа в таких мастерских просто кипела. Не только кости и черепа, но и сами машины с треском ломались от той непосильной работы. Святая инквизиция взвалила на себя тяжёлую ношу по очистке человечества от внедрения низших миров и порабощения сознания людей. Работы было много, а опытных священников — мало. Да ещё и обольщение властью привело к ужасным последствиям и бедам: поле, на котором развернулась борьба с нечистью, появлявшейся среди людей, превратилось в поле извращения этой работы. И тогда нечисть, захватившая власть, стала уничтожать святых и правдолюбивых… Но мы ещё надеемся возродить былую славу Святой инквизиции, хотя это не так просто. Пройдёмте сюда, Леонардо.

Кардинал провёл гостя в крошечную, как клеть, камеру, отделённую от пыточной решёткой. Всё её пространство занимал деревянный столик со стулом и деревянный лежак без матраса, прикрытый серым грубым полотном.

— Это моя келья, — с благоговением в голосе произнёс Кардинал. — Я здесь частенько работаю, бывает, даже ночую. Работы много, пишу страдания святых великомучеников. Слава Всевышнему, вдохновение здесь само приходит. Могу уступить её вам на время, — улыбнувшись, сказал Кардинал и вопросительно поднял брови, глядя прямо в глаза Леонардо.

Леонардо словно обдало жаром, кожа стала пунцовой, а Кардинал понимающе кивнул головой и сказал:

— Понимаю, очень сложно сделать такой выбор: поменять свободу и роскошную жизнь на жалкое прозябание узника в казематах. Хотя насчёт свободы вы не правы, — он опять поднял брови и произнёс очень жёстко, отчётливо отчеканивая каждое слово: — У вас её нет! У вас есть лишь её иллюзия, которую вы подпитываете гордыней, называя себя свободным человеком. Только здесь, в этой маленькой камере, вы можете понять, что такое свобода! И кто знает, может, именно здесь вы могли бы создать шедевр, который прославил бы вас на века. И меня тоже, — лукаво улыбнулся Кардинал. — А в миру, погрязшем в роскоши и грехах, вы пропадёте как художник, как творец. Так что постарайтесь правильно оценить мою доброту…

С этими словами Кардинал вышел из камеры, махнул рукой стражнику в коричневой рясе, и тот ловко защёлкнул замок на решётке снаружи. Кардинал повернулся к Леонардо и, глядя на него сквозь решётку, с улыбкой произнёс:

— Не волнуйтесь, Леонардо, поразмышляйте над тем, что вы теряете…

Тут же, отвернувшись, он что-то сказал стражнику, и тот помчался куда-то по тёмному коридору. А через минуту Леонардо увидел, как из темноты появился огромных размеров палач, таща за шиворот какого-то охающего и причитающего человека, в котором, к своему удивлению, Леонардо узнал хозяина гостиницы. Тот, конечно, не мог увидеть в темноте Леонардо, стоящего за решёткой в маленькой тёмной камере.

Огромный палач бросил его к ногам Кардинала, и тот, всхлипывая, запричитал:

— Ваше Высокопреосвященство… Ваше Высокопреосвященство…

— Молчи, грешник! — резко оборвал его Кардинал, и хозяин гостиницы испуганно смолк, тяжело всхлипывая и роняя слёзы на холодный каменный пол.

Кардинал, степенно ступая, зашагал вокруг стоящего на коленях, приговаривая:

— Грешишь… не каешься… Думаешь, всё сойдёт тебе с рук?!

— Да, Ваше Высокопреосвященство… — беспрекословно залепетал плачущий человек.

— Десятину в церковь платишь?

— Плачу, Ваше Высокопреосвященство, исправно плачу, — всхлипывал хозяин гостиницы.

— Приворовываешь?! Сдираешь три шкуры с прислуги?

— Приворовываю, Ваше Высокопреосвященство, сдираю… — как заводной, повторял хозяин гостиницы.

— Ах ты, бесстыдный грешник! — пронзительно взвизгнул Кардинал. — Трещать твоим костям на праведной костоломной машине!

— Простите, Ваше Высокопреосвященство! Простите!.. Ради всего святого!.. — зарыдал хозяин гостиницы.

—О святом вспомнил?! — громогласно крикнул Кардинал. Потом сделал паузу, прохаживаясь вокруг стоящего на коленях плачущего человека, и, сменив тон, сказал: — Что ж, велика милость Святой Римской церкви… Кайся, грешник!

Кардинал протянул ему руку, и тот принялся её страстно целовать. Кардинал одёрнул руку, вытер её платком, который подал ему монах в коричневой рясе, и уже более спокойным голосом спросил:

—А что ты, грешник, можешь сказать о мастере Леонардо, который остановился в твоей гостинице?

Хозяин гостиницы немного пришёл в себя, зашевелился, понимая, что может послужить Святой Римской церкви, но, боясь попасть впросак, робко защебетал:

—Только правду могу рассказать, Ваше Высокопреосвященство, всю чистую правду…

—Так говори уже! — нетерпеливо бросил Кардинал, и человек засуетился ещё больше.

—Так это, значит … Мастер Леонардо… и два его попутчика… поселились в моей гостинице два дня назад. Они приехали из Милана… чтобы закупить кое-какие товары.

—Это я и без тебя знаю, болван! Мне нужно конкретнее: что он за человек, чем интересуется.

—И-и-искусством… он интересуется, Ваше Высокопреосвященство! — выпалил хозяин гостиницы. — Он спрашивал, где находится мастерская Микеланджело.

—Ещё что? — строго спросил Кардинал. — Что ещё ему интересно? Деньги? Женщины?

—Нет, Ваше Высокопреосвященство, деньги и торговля его не интересуют… Его интересуют лошади. Он перемерял всех лошадей, которые находились во дворе моей гостиницы. Ещё… он наблюдает за птицами и облаками. А насчёт женщин не знаю. Правда, моя дочь сказала, что он покраснел, когда её увидел.

—Хорошо! — сказал Кардинал. — Наблюдай за каждым его шагом, потом всё доложишь мне!

—Слушаюсь, обязательно, Ваше Высокопреосвященство, обязательно всё до граммочки доложу!

Кардинал поднял глаза на палача:

—Дай ему пять плетей и отпусти.

Палач молча кивнул. А хозяин гостиницы радостно заголосил:

— Храни вас Бог, Ваше Высокопреосвященство! Храни вас Бог!

Палач взял его за шиворот и поволок в темноту.

Кардинал подошёл к решётке, за которой стоял Леонардо ни живой ни мёртвый.

— Значит, лошадьми интересуетесь и птицами… — задумчиво протянул Кардинал. — Хорошо…

Откуда-то из темноты раздался истошный крик хозяина гостиницы, разрывающий на части тягостную тишину казематов, и послышались глухие удары плети. Леонардо вздрогнул от неожиданности.

— Да… — проговорил Кардинал. — Грешить легко, а вот очищаться от грехов, — он сделал паузу, — никто не любит!.. Да, наверное, с Иудой — так, по-моему, вы его назвали? — встречаться вам сегодня не стоит, вы и так достаточно переволновались.

Он сделал жест рукой монаху в коричневой рясе, и тот побежал в темноту коридора, где исчез палач со своей жертвой. Через минуту монах появился с палачом.

— Ты занимаешься Иудой? — обратился Кардинал к палачу.

Тот кивнул головой.

— Как он? Пока держится?

Палач опять кивнул.

— У меня просьба к тебе, — как-то очень вкрадчиво и мягко проговорил Кардинал. — Не мучай его больше, он, бедняга, и так настрадался. Ему ещё придётся очень много страдать…

Палач согласно затряс головой с каким-то облегчением.

— Подойди сюда, — махнул рукой Кардинал, и палач послушно приблизился. — Посмотри на этого человека, — указал Кардинал. — Это великий мастер Леонардо. Именно он дал такую удачную кличку тому бедолаге. И смотри-ка, как она прижилась! Весь Рим уже знает, что в казематах у инквизиторов сидит Иуда, и все с нетерпением ждут развязки этой истории, — он повернулся к палачу. — Кстати, мастер Леонардо ходатайствует за него, он ему ещё нужен целым для доработки образа в картине.

Палач опять понимающе кивнул.

— Так вот, — продолжил Кардинал, указывая на Леонардо, — запомни его хорошенько. И если он когда-нибудь попадётся в твои лапы, не истязай его. Это моя вторая просьба к тебе, поклянись, что выполнишь!

Палач упал на колени и закивал головой.

— Вот видите, — повернулся Кардинал к Леонардо, — вам нечего бояться в Риме. Вы имеете очень хорошего друга в моём лице и очень хорошего защитника в пыточной Святой инквизиции. Думаю, сегодня я уже достаточно для вас сделал, дорогой Леонардо. Я должен возвращаться к своим делам. Но мы ещё увидимся! — сказал, удаляясь, Кардинал. — У меня есть для вас о-о-очень интересный сюрприз!.. — протянул он на ходу загадочно.

Монах в коричневой рясе поспешил за Кардиналом, палач удалился в тёмный коридор, а Леонардо остался стоять, запертый в клетке, не понимая, на каком свете он находится.

Через минуту возле клетки появились монах-проводник и монах в коричневой рясе. Но эта минута показалась Леонардо дольше всей жизни…

Монах в коричневой рясе ловко щёлкнул замком, а монах-проводник жестом показал Леонардо следовать за ним. Они вышли во двор через еле заметную боковую дверь, где Леонардо наконец-то полной грудью с упоением вдохнул свежего воздуха.

— Дышите, Леонардо, дышите, наслаждайтесь, — откуда-то сверху послышался голос Кардинала.

Леонардо поднял голову вверх, но никого не увидел. Тут же у него подкосились ноги, и он рухнул без сознания на сухую, раскалённую ярким солнцем землю…

Очнулся он уже в гостинице, в своей кровати. Двое его попутчиков суетились вокруг, чем-то озабоченные, а дочь хозяина протирала ему лицо мокрым полотенцем. Когда он немного пришёл в себя, девушка ушла, а на пороге появился молодой человек с корзиной, полной еды, и с бутылкой вина.

— Это вам подарок от хозяина гостиницы, он очень сожалеет, что с вами приключился обморок. Он с удовольствием присоединился бы к вашей трапезе, но, к несчастью, и сам немного недомогает, жара ужасно давит, трудно выдержать такое напряжение, — как-то смущённо проговорил молодой человек.

Леонардо кивнул головой.

Он провалялся в постели два дня, обдумывая и перебирая в памяти встречу с Кардиналом. И вдруг осознал, что Кардинал не дал ему вымолвить ни слова, но сам озвучил всё то, о чём размышлял Леонардо. У него пошли холодные мурашки по телу от мысли, что Кардинал смог прочесть всё, о чём он думает. Он решил, что нужно поскорее уносить ноги из этого города, но сделать это необходимо как-то правильно, чтобы не навлечь гнев Кардинала.

С другой стороны, он знал, что этот город имеет какую-то магическую силу, притягивающую к себе людей со всего мира. И все давно уже знали: куда бы они ни направлялись, вряд ли смогут обойти Рим стороной.

Январь 2019

Древний город в загадочной дымке

Леонардо вышел на улицу, как всегда, рано утром. Накануне он присмотрел хорошее место, с которого город был виден как на ладони. Свет только-только зарождался на горизонте, и это был как раз тот момент, когда он мог увидеть то необыкновенное, что приносит с собой рассвет.

Леонардо ощутил воодушевление и лёгкое волнение, будоражащее его тело мягкими волновыми вибрациями. Это было его время. Ему всегда нравилось подмечать что-нибудь необычное и загадочное в окружающем его мире. Но сегодня у него была конкретная цель и конкретная задача. Ему хотелось увидеть ту особенную утреннюю дымку, окутывающую пробуждающийся город своим мягким покрывалом. Оно одновременно что-то скрывало от глаз человека и тут же открывало очень многое для духовного видения, для понимания волшебного и неповторимого присутствия Божественного во всём мироздании. Он получил подсказку от Кардинала насчёт утренней дымки, но воспринял этот намёк по-своему. Он хотел уловить тот короткий миг, когда нереальность переходит в реальность, чтобы потом запечатлеть это в своих картинах.

Он вышел как раз вовремя, потому что в слегка рассеянных молочных сумерках утра над просыпающимся городом уже виднелась туманная дымка. Она была полупрозрачная и выглядела как воздушная занавеска на окне, повешенная чьей-то заботливой рукой, чтобы укрыть от людских глаз нечто таинственное, происходящее в сумерках спящих кварталов. Леонардо хотел понять, что же скрывает эта дымка, так таинственно накрывшая город.

Он стал внимательно всматриваться в очертания города, ещё погружённого в ночную мглу. Свет легко и мягко появлялся из-за горизонта и не мог проникнуть сквозь тяжёлую чёрную завесу, окутывавшую город. Но его отблески уже коснулись воздушной дымки, покрывавшей город, подсвечивая её белым цветом и переливаясь на её поверхности, словно колыхая и пытаясь сбросить, обнажив спящий ночной город. Леонардо ждал этого момента, он хотел увидеть, как выглядит могучий город без своего утреннего прикрытия, но ещё не освещённый яркими лучами солнца, наряжавшими его в красочные одежды.

Он заметил, что дымка, покрывающая город, стала двигаться, как бы отползая назад, теснимая медленно проявляющимся где-то на горизонте светом. Он почему-то почувствовал всю её цельность и гибкость, позволяющую ей, сохраняя форму, мягко отступать назад, в своё логово, постепенно открывая город приходящему свету. Он чётко увидел границу этой дымки, которая, дыша и переливаясь, осторожно ощупывая строения и природный ландшафт, медленно пятилась назад. Это были как бы две грани реальности: одна — подсвеченная мягким светом, а другая — тёмная, покрытая переливающейся туманной завесой. Сторона, скрытая дымкой, была ещё не отформована и не имела конкретных очертаний и понятного смыслового образа. Всё было слито в единую чёрную массу, из которой свет по очереди извлекал всевозможные формы и постепенно проявлял их перед глазами наблюдателя. Это было словно какое-то волшебство, зарождение мира. Леонардо вдруг вспомнил слова из Священной книги: «Да будет свет!» — и мурашки поползли у него по спине. Ему внезапно открылось значение этой простой фразы, которая выражала огромный смысл появления трёхмерности пространства для воспринимающего его глаза.

Он заметил на границе уходящей дымки какое-то движение. Сначала подумал, что это, наверное, движутся люди, пытаясь на ощупь идти в темноте по дороге. Но потом вдруг чётко увидел картину, которая привела его одновременно и в ужас, и в восторг. Он увидел источник света, под действием которого край темноты, прикрытый утренней дымкой, как бы распадался на части. Вернее, даже не распадался, а эти части сами отрывались от неё, вздрагивая, напрягаясь и быстро уносясь в глубь темноты, — в точности как дикие звери, спасающиеся от погони, убегают в глубину леса. Этим источником была яркая светящаяся точка, плавно движущаяся вдоль отползавшей туманной дымки. Это было настолько реально, что Леонардо онемел и окаменел от увиденного. Он понял, что подсмотрел великое таинство, но это его не очень обрадовало, а, можно сказать, напугало. Увидеть, что темнота хранит или скрывает в себе что-то совершенно жуткое и живое, было не совсем приятно и даже страшно. Что это за странные тени, которые уносятся в темноту, он не знал. Он понимал только, что они боятся света, исходящего от плавно движущейся светящейся точки.

Город постепенно проявлялся в лучах зарождающегося утра, вырисовывались здания, улицы, ландшафты. Леонардо смотрел на эту картину рассеянным взглядом, всё ещё переживая то потрясение, которое испытал под влиянием нового открытия. Не в силах отвести взгляд от наполняющегося красками города и словно ниоткуда появившейся светящейся точки, он вдруг поймал себя на мысли, что что-то поменялось, в этой картине появилось что-то ещё. Перед ним был тот же город, но уже немного другой, что-то совершенно новое проявило своё присутствие. Город всё так же окутывала какая-то дымка, но она была другой — яркой, переливающейся. Она обрамляла все строения, деревья и даже людей и животных, появившихся на улицах. Эта дымка меняла свой цвет и форму над разными объектами и иногда двигалась и даже переползала с одного объекта на другой. И город от этого словно оживал и как бы сливался с этой дымкой в единое целое.

Леонардо почувствовал странное спокойствие и восхищение картиной утреннего оживания, необычным, волшебным состоянием, возникающим с наступлением рассвета. Его всего распирало от радости и вдохновения, ему хотелось поделиться с кем-нибудь этим великим открытием, и ноги сами понесли его по улочкам Рима. Светящаяся точка никак не выходила у него из головы, он всё ещё не мог понять, что это было — игра воображения, иллюзия или реальность, порождённая волшебной дымкой?

Он бодро шёл, наблюдая, как его тень внезапно выскакивала из проёмов домов и весело прыгала в такт шагам. Потом внезапно исчезала в тени домов и опять выпрыгивала наружу из следующего проёма, как бы играя в прятки с великим мастером, весело шагающим по вымощенной камнем улице. Вдруг он заметил, что рядом с его тенью появилась ещё одна — спокойная и осторожная, плавно крадущаяся за его подпрыгивающей тенью. Леонардо оглянулся назад и, к своему удивлению, увидел монаха-проводника, смиренно и мягко скользящего за ним.

Монах остановился и, видя недоумение Леонардо, сказал, улыбаясь:

— Его Высокопреосвященство послал меня разыскать вас. Он помнит, что вы интересуетесь скульптурой и хотели бы встретиться с Микеланджело.

Леонардо был необычайно удивлён: с одной стороны, как Кардинал помнит и упреждает его желания, а с другой — как монах мог его разыскать? Или, может, он следил за ним от самой гостиницы?

Монах-проводник, увидев замешательство Леонардо, тут же поспешил объяснить:

— Кардинал знает, что в таком большом городе очень сложно сразу сориентироваться — и в обстановке, и в людях, поэтому он предлагает вам свою помощь… Микеланджело сейчас работает над скульптурой Божьей Матери с Иисусом на руках, которую планируют установить в соборе Святого Петра. Наверное, вам интересно было бы взглянуть на неё и, думаю, на собор? Там сейчас затевается огромная перестройка… — как-то загадочно добавил монах-проводник.

Леонардо понял, что здесь разворачивается какая-то закулисная игра, в которую он уже вовлечён, и его заставляют двигаться по определённой траектории в этом пространстве. Он улыбнулся, стараясь не подавать вида, что понимает, кто и как ввёл его в эту игру. Да ему и самому уже было интересно, что всё это значит и куда приведёт. Он сказал монаху-проводнику:

— Как кстати! А то бы мне пришлось ещё долго петлять по улочкам сонного города, чтобы отыскать мастерскую Микеланджело!

Монах жестом показал следовать за ним, и две тени поменялись местами: спокойная и острожная выдвинулась вперёд, а возбуждённая и прыгающая стала двигаться за ней. Пока они шли по улочкам Рима, Леонардо немного пришёл в себя от пережитого потрясения. Он непроизвольно рисовал в уме карту города, так как у него были определённые навыки в топографии и его мозг просто рутинно дорисовывал и откладывал в памяти то, что встречалось по пути. Леонардо отметил, что вся структура города непроизвольно притягивается одной точкой, которая не являлась пока центральной, но потихоньку разворачивала всё внимание на себя. Это была площадь Святого Петра, на которой сейчас как раз велись работы по перестройке. Так как Леонардо очень хорошо разбирался в зодчестве, он понимал, что при правильном архитектурном решении и перестройке ближайшего окружения эта площадь может стать мощным центром города. А поскольку именно на ней расположена ещё и основная городская святыня — то и религиозным центром тоже. А если здесь сконцентрируется и власть, то площадь Святого Петра может стать ни много ни мало центром всей европейской политики.

Монах видел, что Леонардо внимательно рассматривает строения, присматривается к ним как мастер, как специалист, и тихонько улыбался, пряча лицо в складках рясы. Они обогнули площадь и, пройдя по какой-то улочке, оказались на большом заднем дворе, примыкавшем к каменному зданию. Во дворе всюду возвышались каменные глыбы, и, несмотря на раннее утро, возле них уже суетилось множество людей. Кое-где полным ходом шла работа: подмастерья, сверяясь с эскизами будущих скульптур, сбивали лишнее с бесформенных нагромождений, чтобы подготовить их к работе с мастером.

Монах-проводник, не обращая внимания на рабочую суету, провёл Леонардо в крытый павильон, где размещалось изваяние Святой Марии с Иисусом на руках. Леонардо узнал Микеланджело сразу. Его крепкая, немного сутулая фигура отличалась какой-то необыкновенной собранностью и концентрацией, в каждом его движении чувствовалась сила. Лицо с твёрдыми чертами, покрытое белой мраморной пылью, было похоже на скульптуру какого-то античного героя. Леонардо обратил внимание на руки, которые выглядели большими и не подходили по пропорции к телу.

Монах остановился в ожидании, когда Микеланджело сделает перерыв, чтобы представить ему Леонардо. Вскоре тот спустился с деревянной подставки, чтобы сменить повязку на руке, прикрывающую кровоточащую рану. Он крикнул кому-то, ему тут же принесли кувшин с водой и ткань для перевязки. Он надпил из кувшина, затем снял старую повязку и стал промывать рану водой из кувшина, который взял в руки его помощник. Микеланджело вымыл руки, ополоснул лицо и тут же преобразился из античной мраморной скульптуры в совершенно юного, но абсолютно уверенного в себе человека. Он намотал на руку повязку, завязал, помогая себе зубами, и, сверкнув глазами из-под густых бровей, спросил:

— Так ты и есть великий мастер Леонардо? — и, улыбнувшись, подошёл и подал руку.

Улыбаясь в ответ, Леонардо пожал протянутую руку и сказал, что много наслышан и восхищён размахом и организацией работ в мастерской Микеланджело.

Микеланджело улыбнулся опять и, склонив голову к плечу, как бы рассматривая стоящую перед ним живую статую, проговорил:

— Время такое, дорогой Леонардо. Мы живём в правильное время, нужно спешить — неизвестно, как всё изменится завтра.

Они обошли вокруг проявляющейся в камне скульптуры. Леонардо был восхищён точностью форм тела, тонкостями анатомического строения двух вырисовывающихся фигур.

Микеланджело видел, что Леонардо оценил его замысел. Он улыбнулся:

— Что скажешь, Леонардо?

— Великолепно! — ответил Леонардо, в свою очередь рассматривая юного скульптора. — Если сделать фасадную часть скульптуры чуть массивнее, то перспектива сохраняется с любого расстояния. Но очень многое будет зависеть ещё от высоты постамента и подсветки. Свет вообще может изменить и форму, и идею.

Микеланджело хмыкнул — чего он не любил, так это постаментов.

— Бросьте, Леонардо. Идея уже выражена в позах и лицах, а зритель не любит никакой загадочности, ему нужна точность в чувствах, а это либо радость, либо скорбь. Или, к примеру, спокойная задумчивость либо напряжённая взволнованность... Посмотрите на античные фигуры: красота форм и точность эмоционального состояния.

Леонардо улыбнулся:

— Вы имеете в виду — застывшая точность. А вот свет как раз оживляет эти застывшие формы и каждое мгновение придаёт им новый смысл и загадочность.

— Странный вы, Леонардо, — сказал, как бы меняя своё настроение и уходя в себя, Микеланджело. — Вы ведь уже не мальчишка, а всё ещё романтизируете искусство. А искусство — это ремесло, тяжёлое ремесло, которое служит заказчику. Поэтому оно должно иметь красивую форму и чёткую идею, а не расплывчатую и меняющуюся каждую минуту. А то ваш зритель заблудится в своих догадках.

Леонардо опять улыбнулся. Он почувствовал напряжение в ответе Микеланджело и, пытаясь смягчить обстановку, продолжил:

— Но согласитесь, Микеланджело, что даже в античной культуре, о которой вы говорите, идеальные формы и точность характеров были порождены созерцанием и размышлением, являющимися инструментами для понимания сущности вещей и явлений. Поэтому, может, и есть смысл в определённой незавершённости или таинственности, чтобы дать человеку пищу для размышлений и пищу для работы воображения?

Микеланджело как-то ещё больше нахмурился и взял в руки инструменты. Тут же к ним, как бы чувствуя перемену атмосферы, подошёл монах-проводник и произнёс достаточно громко:

— Мастер Леонардо, прошу прощения, мы должны идти. Его Высокопреосвященство ждёт вас.

Микеланджело опять сверкнул глазами, но совершенно по-другому, более напряжённо, чуть опустив уголки губ.

Леонардо стал прощаться, рукопожатия не последовало. Микеланджело взобрался на деревянный помост и уже оттуда крикнул вслед уходящему Леонардо:

— Заниматься болтовнёй обо всём загадочном и необыкновенном могут все, но пусть те, кто болтает, простоят день с долотом и молотком в руках возле каменной глыбы, тогда и посмотрим, что останется от их загадочности!

Леонардо понял, что это «большой камень в его огород», но почему-то не обиделся. Он видел в этом молодом человеке огромный талант и дар, который можно было назвать только Божественным. А понятие глубины и философии искусства придёт с годами. Поэтому он шёл и улыбался. Улыбался тому, что он всё-таки намного опережает время, и, как бы тяжело и упорно ни работал Микеланджело, ему будет трудно его догнать. Но он понимал, что когда-нибудь это всё-таки произойдёт, и внутренне был рад этому.

Погружённый в свои мысли, Леонардо не заметил, как они подошли к резиденции Кардинала, как и в прошлый раз, с заднего двора. Два монаха-стражника уже не препятствовали им, и они свободно вошли через ворота на задний двор.

На балконе их ждал Кардинал, задумчиво расхаживая вдоль каменных перил. Монах и Леонардо преклонили левое колено и по очереди поцеловали протянутую руку.

— Ну, как вам древний город в загадочной дымке? — обратился Кардинал к Леонардо. — Впечатляет? А что больше — город или эта волшебная дымка? — Кардинал явно играл словами, пытаясь уловить состояние Леонардо. — А как вам Микеланджело? Тёплый, как земля, и холодный, как камень? Да-а, рядом с ним слава любого мастера опадает к ногам, как увядшие листья, — продолжил он, кивая головой и загадочно посматривая на Леонардо.

Леонардо улыбнулся уголками губ. Кардинал тут же отметил это и тоже понимающе улыбнулся в ответ.

— Да, конечно, — добавил он. — У него есть всё, не хватает только того, что приходит с годами… Но ведь молодость не является пороком? — Кардинал опять вопросительно посмотрел на Леонардо, чтобы найти подтверждение, что они поняли друг друга. И, увидев улыбку на его лице, понимающе кивнул головой. — Так вот, дорогой Леонардо, вы уже немного освоились в Риме и, наверное, уже прорисовали в своей голове все его улочки и ландшафты. И что вы можете сказать по поводу архитектуры этого города и его возможной перестройки?

Он внимательно посмотрел на своего собеседника, ожидая ответа.

Леонардо как-то внутренне понял, что его мнение должно быть неожиданным и новаторским, но не противоречащим тому, что подразумевал Кардинал. Он вспомнил свои ощущения на площади Святого Петра и спокойно сказал:

— Любой древний город несёт в себе историю и славу времён, которые он пережил, и он сдерживает в своих каменных объятиях порывы тех, кто устремляется в будущее, пытаясь задержать их в привычном прошлом.

Кардинал восторженно поднял брови. Он оценил вступление в тему, но ждал продолжения, и Леонардо, увидев реакцию Кардинала, продолжил:

—Но если найдётся кто-то очень смелый и настойчивый в своих решениях, то он сможет смести со своего пути дряхлеющую славу прошлого и создать славу будущего, нового будущего, в котором разум и талант прославят смелость и дар провидения этого человека.

У Кардинала засверкали глаза, он оживился:

—И что же вы могли бы посоветовать… такому человеку?

Леонардо на мгновение задумался, после чего, вглядываясь в пространство, произнёс:

—Чтобы дать серьёзное заключение, нужно время и длительное изучение города. Но с первого взгляда, с точки зрения архитектора и художника, хотя это прозвучит, наверное, абсурдно… я бы развернул город к другой центральной точке, находящейся не в очень выгодном положении по отношению к старому городу и ландшафту…

—Ну так где же эта точка?! — не выдержал кардинал.

—Это площадь Святого Петра, — проговорил Леонардо, вопросительно глядя на Кардинала.

Кардинал чуть не вскрикнул от радости, было видно, как трудно ему сдерживать эмоции.

—Ох, дорогой мой Леонардо! — промолвил он. — Вы не представляете, насколько ценен ваш совет и ваше видение. Вот что значит истинный мастер! Ваша слава никогда не упадёт, как увядшие листья, к ногам какого бы то ни было таланта! Кстати, что вам сказал Микеланджело? — поднял брови Кардинал.

—Он сказал, что мы живём в очень интересное время, — пожал плечами Леонардо.

—Вот именно! — вскрикнул Кардинал. — В очень интересное время, правильнее сказать — эпоху. А как вы думаете, Леонардо, что породило эту эпоху? Люди? События? Стечение обстоятельств? Исторический момент? — Кардинал сделал многозначительную паузу и продолжил уже более спокойно, сделав несколько шагов вдоль каменных колонн: — В принципе, так оно и есть, но это далеко не всё! — Кардинал загадочно улыбнулся. — Это лишь атрибутика. А вот истинная причина заключается в Идее! В идее гуманизма, которая соберёт под своё знамя самых прогрессивных, самых талантливых людей нашего времени. А на какой почве взросла эта идея? —

Кардинал поднял палец, как бы подчёркивая важность этого вопроса, и посмотрел на Леонардо.

Леонардо знал, что от него требуется не отвечать, а слушать, и Кардинал продолжил:

— Эта идея возникла на почве мракобесия, насилия, разбоя, страшных страданий и кровопролития. И кто же провозгласил эту идею, Леонардо?

Кардинал сложил руки, закрыл глаза и на мгновение поднял голову к небу. Потом сделал шаг к Леонардо, взял его под локоть и, направившись с ним к выходу, мягко произнёс:

— А идею эту, мой дорогой Леонардо, провозгласила Святая Римская церковь. И она поднимет знамя гуманизма высоко-высоко! Так подумайте хорошенько, к кому вы хотели бы быть ближе — к заевшейся знати, которая в погоне за властью в конце концов разорит страну и погубит народ, или к Святой Римской церкви, которая видит смысл в идее совершенно новой и совершенно революционной для зашедшего в тупик человеческого общества?

Леонардо, конечно, знал, что до того, как гуманизм стал знаменем Святой Римской церкви, она успела зажарить на костре несколько выдающихся людей, пытавшихся донести до Римской церкви эту самую идею гуманизма. Но он шёл молча, пытаясь всем видом показать, что внимательно слушает Кардинала.

Кардинал махнул рукой, и тут же, как из-под земли, вырос монах-проводник.

— Я обещал вам сюрприз, Леонардо. Следуйте за монахом, он вас проводит куда надо. Да-а-а, — протянул он как-то загадочно, — как вы мне нужны, дорогой Леонардо! Нужны здесь, в Риме! — и подал руку для поцелуя.

Через мгновение Леонардо уже слышал мягкие удаляющиеся шаги Кардинала. Монах показал жестом следовать за ним, и они двинулись по узким каменным коридорам.

Леонардо шёл, задумавшись над словами Кардинала. Он понимал, что тот прав, подчеркнув, что время и эпоху меняет Идея, которая открывает совершенно другие возможности для человека и общества. Сейчас это пробуждение было явным, так много дарований и талантов смогли проявить себя в свободном творчестве! Времена рабства отступали, медленно, неохотно, ещё цепляясь за жизнь и пытаясь сохранить в ней свои порядки, но все уже понимали, что старое время уходит.

«А как родилась эта идея? — подумал вдруг Леонардо. — Откуда она возникла? Или, может, она — как та переливающаяся дымка — всегда присутствовала, только никто не мог разглядеть её до поры до времени?»

Так размышляя, Леонардо следовал за монахом-проводником по узким каменным коридорам.

Октябрь 2019

Высший Порядок

Комната была довольно большой и хорошо освещённой. Большие окна, украшенные мозаикой, почему-то находились под самым потолком, а потолки были довольно высокие, так же как и в других помещениях храма, где располагалась резиденция Кардинала. Формально комната была разделена на две части: складскую и функциональную половины. Складская часть была заставлена стеллажами, полками, там находились какие-то деревянные ящики и даже бочки. На полках лежали и стояли книги, на стеллажах размещалась глиняная посуда с какими-то рисунками и надписями, дощечки, папирусы, каменные и металлические пластины и другие предметы, расписанные и украшенные какой-то вязью или орнаментом. Всё это совсем не выглядело новым и привлекательным, а даже наоборот: если бы все эти вещи были свалены в общую кучу, то, наверное, никто бы даже не потрудился наклониться, чтобы что-то взять, так как всё это старьё представляло собой просто гору ненужного хлама.

Леонардо вошёл в эту комнату через большую деревянную дверь, окованную железом, и потихоньку продвигался за монахом-проводником, пробираясь между громоздкими стеллажами. Запахи, исходившие от полок, были не очень приятные, несмотря на лёгкий сквозняк, который создавал движение воздуха, как бы вентилируя помещение, наполненное запахом ссохшихся бараньих шкур, тлеющей материи, промокшей бумаги и других предметов, пропитанных духом старости. Ко всему прочему примешивался ещё смрад от коптилок, которые, по всей вероятности, горели здесь по ночам.

Другая половина этой комнаты была похожа на большую трапезную. Здесь стояли крепкие деревянные столы, а за ними сидели люди в монашеских рясах. На столах лежали стопки книг и другие предметы, очевидно, требующиеся для работы, которой были заняты собравшиеся.

Монах-проводник на мгновение приостановился, чтобы оценить обстановку, перед тем как предстать перед людьми, находившимися в этой части комнаты. Он смотрел сквозь стеллажи на присутствующих в «трапезной» и прислушивался — там явно происходила какая-то дискуссия, временами перерастающая в горячий спор. Леонардо тоже прислушался. Монахи спорили о том, можно ли назвать человека совершенным Божественным Творением. Так как претензий к Создателю никто предъявлять не хотел, да и не мог, все искали какое-то объяснение тому факту, почему это Творение не отвечает тому высокому стандарту, которым является сам Творец. Боясь оказаться еретиками, монахи пытались найти правильное объяснение несовершенству человека, называя это грехопадением, которое тоже вызывало множество вопросов у спорящих, потому что могло привести к ереси и уходу от правильного толкования Писания. А так как пыточная находилась за соседней стеной и все это знали, это накладывало особую ответственность на каждого участника дискуссии. Все попытки классификации и разделения на своих и не своих, причастных и не причастных, произошедших от Адама и произошедших не от Адама и т. д. заводили в тупик и очень отдавали ересью, поскольку в конце концов бросали тень на самого Творца.

Когда все уже выбились из сил, так и не придя ни к какому согласию, кто-то предложил обратиться к человеку, не принимавшему участия в споре, а сидевшему в стороне за столом и старательно выводившему что-то на развёрнутом свитке бумаги. Он сильно отличался от всех присутствующих своей одеждой, благородным видом и смуглой кожей. Погружённый в работу писарь оторвался от своих бумаг, поднял голову и улыбнулся спорящим совершенно незабываемой улыбкой. Так улыбаются детям, которые построили замок и теперь спорят, какую из башен выбрать главной, чтобы установить на ней флаг. Леонардо почувствовал какое-то внутреннее расположение к этому человеку и тихонько спросил у монаха-проводника:

— Кто это?

— Сарацин-переводчик, — шёпотом ответил проводник. — Он здесь по приглашению Его Высокопреосвященства для перевода каких-то древних манускриптов.

Леонардо кивнул головой и стал прислушиваться к происходящему в «трапезной». Сарацин-переводчик с довольно серьёзным видом выслушал обратившихся к нему монахов. Когда они закончили, он глубоко задумался, обводя всех спорщиков взглядом, как бы взвешивая общий уровень понимания такого сложного вопроса: является ли человек высшим Творением на земле, и если является, то почему не отвечает тем высоким качествам, которыми как бы наделил его Творец, создавая образ, себе подобный. Потом он остановил движение своего взгляда вдоль обступивших его монахов, приподнял подбородок и взглянул куда-то поверх их голов, как бы давая понять, что ответ на этот вопрос находится как раз выше этих голов, где-то высоко в пространстве. Потом он привстал, оперевшись руками на крепкий деревянный стол, и произнёс:

— Несомненно!..

И пока в головах спорщиков, как искры, метались догадки: «Несомненно… да», «Несомненно… нет», «Несомненно… неизвестно», он стоял, легко кивая головой, как бы раскачивая в себе что-то, что может выплеснуться какой-то очень мудрой мыслью в застывшее в ожидании пространство.

— Несомненно, — вдруг повторил он, — человек является высшим Творением на земле, среди множества других завершённых творений, заполняющих жизнью пустое пространство и проявляющих свои необыкновенные качества в Божественном потоке Жизни, изливающемся на землю.

Услышав эти слова, Леонардо, как и все присутствующие, удивлённо застыл, осмысливая фразу Сарацина-переводчика и воспринимая её как высшее мастерство риторического искусства, а также как неожиданный подарок Провидения, устроившего его присутствие при этой речи. Из-за стеллажей он наблюдал за лицами монахов, писарей и богословов, которые замерли, как мраморные статуи или солевые столбы, поражённые неведомой силой.

Монах-проводник тоже напряжённо вглядывался в немую сцену, оперевшись подбородком на руки, которыми он крепко вцепился в тяжёлую деревянную полку на стеллаже.

Леонардо был поражён тем, как Сарацин-переводчик, не сказав ничего, выразил так много. Он услышал спокойный и ровный голос Сарацина, вышедшего из-за стола и прохаживающегося перед аудиторией.

— Я должен сказать, что мнения, высказанные здесь, никоим образом не противоречат Истине. Во-первых, человек создан по образу Творца, то есть Творец отразил себя на земле в образе человека и, соответственно, отразил в нём свои Божественные качества. Этими качествами человек, безусловно, похож на Творца и благодаря им может проявить себя как высшее Божественное Творение. Но так как он воплощён в теле из плоти, которое по своим свойствам и признакам очень сходно с животными, то оно тянет человека к своим качествам и необходимостям, заставляя его жить по законам животного мира. И если ум человека не развит и затуманен, то такой человек не способен распознать в себе Божественные истоки, не развивает свои лучшие качества и опускается до уровня скотины. А так как вернуться к Божественному с низшего уровня сознания животного очень трудно, он начинает отрицать Божественное и, чтобы не остаться в одиночестве, пытается опустить всех окружающих до уровня своего сознания, объясняя это естественным природным поведением, приводя в своё оправдание примеры из мира животных, утверждая, что человек — такое же животное, и так далее. И такое «животное» будет всячески бороться с проявлением Божественного у других, называя их ненормальными, неразумными, непрактичными, блаженными, и будет стараться унизить, а то и уничтожить всех, кто отличается от его бессознательного поведения и грехопадения, о котором здесь как раз и говорили.

Монахи слушали, раскрыв рты.

— А разве Божественные качества, воплощённые в человеке, не могут проявиться в нём сами по себе? — спросил кто-то.

— Конечно, могут. Но для этого нужны определённые условия, при которых человек не будет отворачиваться от лика Божественного, а так как он уже вышел из Райского сада, где все эти условия были, он попал в мир, где очень много искушений, среди которых легко заблудиться и сбиться с пути. Поэтому Всевышний посылает своих гонцов, даёт откровения пророкам, чтобы направить человека на правильный путь.

Леонардо видел, как у монахов стали светлеть и расслабляться лица, они кивали головами, соглашаясь со сказанным.

— А какие Божественные качества должен развивать и культивировать в себе человек, чтобы подняться до уровня Божественного Творения? — спросил кто-то из присутствующих.

Сарацин-переводчик опять улыбнулся, приподняв брови, и двинулся к отполированной каменной стене, которая, видимо, служила доской для обучения грамоте.

— Вот смотрите, сейчас мы запишем некоторые качества человека и постараемся выделить те из них, что характеризуют его как Божественное Творение.

И он стал записывать какие-то слова.

Леонардо и монаху-проводнику пришлось выйти из-за стеллажей и смешаться с толпой монахов, чтобы рассмотреть, что же он там пишет.

Когда Сарацин-переводчик в центре написал «Божественное Творение» и предложил присутствующим соединить линиями это название с качествами, которые могут возвысить человека до уровня Божественного Творения, у доски началось настоящее столпотворение. Все пытались схватить кусочек жёлтой глины, которой Сарацин писал на чёрном отполированном камне.

Леонардо и монах-проводник топтались вокруг, чтобы подсмотреть, что же всё-таки происходит у доски. Когда страсти немного улеглись и вся доска была исчерчена линиями, соединяющими «Божественное Творение» с качествами, которыми оно должно обладать, монахи расступились, показывая Сарацину результат своего творения.

Он опять улыбнулся и сказал:

— Хорошая работа! Вот видите, как много всего нужно человеку развить в себе, чтобы отвечать замыслу и смыслу, который вложил в него Творец. И заметьте, что ни одно из чисто телесных качеств не вошло в эту группу, но если бы мы сравнивали человека с животным, то они как раз бы и послужили основой для определения сходства человека с миром зверей. Так что телесное и Божественное, заключённое в человеке, будут постоянно спорить друг с другом. Поэтому у человека очень сложная задача: не скатиться в грехопадение и не слиться с животным миром, а с другой стороны — развивать качества, которые не являются телесными, для совершенствования в себе Божественной природы.

Монахи молчали, рассматривая расчерченную доску. Воспользовавшись паузой, монах-проводник явил себя случайному «мирскому собранию», подойдя к Сарацину и сказав ему что-то, указывая жестом на Леонардо. Сарацин кивнул и стал покидать братию, показывая всем видом, что он закончил, и направляясь к Леонардо в сопровождении монаха-проводника. Подойдя к Леонардо, он поклонился и назвал себя каким-то незатейливым именем, добавив к нему «переводчик». Имя было настолько простое, что, если бы он присоединил к нему слово «пастух», это прозвучало бы вполне подходяще. Леонардо тоже поклонился в ответ и уже было открыл рот, чтобы представиться, но Сарацин, улыбнувшись, сказал:

— А я знаю, как вас зовут. Вы Леонардо, вас все называют мастер Леонардо.

Леонардо слегка удивился, что совершенно незнакомый человек знает его, и в то же время ощутил к этому человеку такое большое расположение, как будто знал его уже много лет.

— А вы хорошо разбираетесь в богословии и очень интересно трактуете источник Божественной сути в человеке, — сказал Леонардо, обращаясь к Сарацину.

Тот кивнул головой, слегка улыбаясь:

— Да, я хорошо знаю вашу богословскую литературу, сделал очень много переводов библейских текстов, легенд и сюжетов. Во многом они совпадают со священными книгами, известными в моей стране. Но вопрос о Божественных качествах в человеке довольно непростой, я специально его сузил, чтобы он был понятен. Например, есть качества, которые нельзя отнести ни к одной из двух категорий, и здесь возникает вопрос вопросов: кто же третий участвует в формировании поведения и сознания человека? Ведь если мы признаем Абсолют, то есть Творца, то, значит, и законы, которые Он нам вручил, должны быть абсолютны и должны соблюдаться абсолютно. А если мы говорим, что заповедь «Не укради» касается только своих ближних, то есть соплеменников, и если украсть у чужака — это не грех, то кого мы обманываем? Или, скажем, ты применил хитрость, и человек сам отдал тебе деньги — это тоже не считается, что ты украл? Или заповедь «Не убий», данная нам Абсолютом, насколько она абсолютна? Особенно если учесть, что уже есть пояснение, допускающее убийство раба или иноверца. Но что такое раб? Вы видели когда-нибудь человека, родившегося с клеймом «Раб», выжженном на лбу? Нет, человек рождается свободным — таким, каким его создал Творец. Отсюда мы можем сделать два вывода: или тот, кто дал нам заповеди, не Абсолют, или же заповеди дал Абсолют, но мы поклоняемся кому-то другому, кто вложил в наши сердца ложь! А если мы используем ложь, чтобы делать, как нам кажется, праведные дела, то мы дети кого-то другого, а не дети Единого Творца, — (Леонардо теперь уже сам огляделся по сторонам, не слышит ли их кто-нибудь.) — И этот вопрос может легко привести человека в пыточную или даже на костёр…

Услышав слово «костёр», монах-проводник, слушавший разговоры писарей, повернул голову.

— Кстати, из всех тех слов, что выбрали монахи для определения Божественной сути человека, — продолжил Сарацин, —

есть одно главное, которое является основой Божественного сознания.

— А в чём разница описания Божественного в ваших священных книгах и в текстах, которые вы прочли у нас?

— Я не тот человек, который ищет разницу, — улыбнулся Сарацин. — Я ищу сходство, которое указывает на один источник, потому что я занимаюсь поиском Истины, а не поиском различий в теориях происхождения жизни на земле. Все те, кто ищет различия, уходят в сторону, к другим источникам, а если нет таковых, придумывают их и обожествляют. А потом выдают их за Абсолютную Истину.

— А вы считаете, что есть Абсолютная Истина?

Сарацин заразительно рассмеялся и посмотрел на монаха-проводника, который неотступно следовал за беседующими на расстоянии, достаточном для того, чтобы подчеркнуть свою вежливость, но вместе с тем не слишком отдаляясь, чтобы ничего не упустить из разговора.

— Не проверяйте мою корректность, — сказал Сарацин, продолжая смотреть в сторону монаха-проводника. — Вы прекрасно знаете, что она существует. Иначе откуда бы взялась гармония, заложенная в основу мира? Это всё Его Творение, и мы все должны быть благодарны Ему за это, — он перевёл взгляд на Леонардо, который стоял немного озадаченный своей оплошностью и восхищённый тем, как умело Сарацин-переводчик вышел из этой ситуации. — Мы лишь мелкие песчинки в руках Творца, — продолжил Сарацин, — и Он может легко смести нас с лица земли или расставить в определённом порядке. Кстати, насчёт порядка… В одном очень древнем манускрипте, который я переводил, имеется очень интересное совпадение с библейским описанием происхождения всего сущего. И это совпадение лишь ещё раз подтверждает присутствие Творца, в чём не может быть никаких сомнений.

— И что же было написано в том манускрипте? Насколько он древний? — сразу же заинтересовался Леонардо.

— Определить возраст этого манускрипта невозможно, так как он написан на языке народа, давно исчезнувшего с лица земли, — покачав головой, ответил Сарацин. — Но грамотность, с какой он составлен, и знания, которые отчётливо проявляются в нём, достойны самого большого внимания и уважения.

В манускрипте было сказано, что вначале существовал Высший Порядок, в котором присутствовала вся Вселенная в мелких частицах. Эти частицы двигались беспорядочно, и это движение было длиною в Вечность, не существовало ни времени, ни пространства. И здесь важно знать, что, во-первых, Высший Порядок древние называли Хаосом. А во-вторых, жрецы утверждали, что все существующие порядки появились из Высшего Порядка, но они стали проявляться только после того, как Хаос встретился с Абсолютной Истиной, потому что именно она принесла гармонию, выстраивающую порядки. Вопрос, откуда появилась Абсолютная Истина, они не проясняют, но выдвигают предположения: первое — она выделилась из Хаоса; второе — она существовала всегда независимо от Хаоса. Когда Хаос встретился с Абсолютом, Абсолют стал забрасывать сети в Хаос и вылавливать оттуда порядки, в которых сейчас представлено всё пространство вокруг нас.

—Значит, все эти порядки уже были отформованы в Хаосе? — спросил Леонардо.

—Нет, — улыбнулся Сарацин, — согласно этому манускрипту, сеть, которую забрасывал Абсолют, как раз и была той формой, внутри которой формировался определённый порядок из частиц.

—А разве бывают такие сети? — удивился Леонардо.

—В нашем понимании, нет, — ответил Сарацин. — Но сила Абсолюта может создать такую сеть, в которой все частицы выстраиваются определённым образом. Кстати, это снова совпадает с Библией: сначала был Дух, потом он создал материю…

Беседа была невероятно интересной и увлекательной, монах-проводник тоже с большим вниманием прислушивался к разговору, ещё несколько монахов-богословов стояли молча, кивая головами и внимая каждому слову Сарацина.

—Значит, существует два порядка — Высший и все остальные, вышедшие из этого порядка и созданные Творцом? — прозвучал чей-то голос.

Сарацин задумчиво поднял голову, то ли вспоминая что-то, то ли обдумывая, как ответить на этот вопрос, и произнёс:

—Ну, во-первых, в манускрипте высказывается идея, что Хаос тоже был создан Творцом. Это Он собрал все бесцельно блуждающие частицы вместе, чтобы потом создать Вселенную и всё, что в ней находится. Ну и конечно, порядков существует намного больше, чем два, они меняются, замещая, перетекают один в другой. Этот эксперимент будет длиться Вечность. И Творец постоянно поддерживает стабильность и устойчивость всех порядков, потому что, если бы Он не был Абсолютным Законом, всё бы снова распалось и превратилось в Хаос!

— А какие ещё порядки упоминаются в этом манускрипте? — опять прозвучал чей-то голос.

— Этот манускрипт очень древний, он сохранился не полностью, да и написан он на очень сложном языке. Там было много терминов и знаков, которые оказалось невозможно расшифровать. А многие, что были расшифрованы, не имеют какого-либо понятного нам смысла. Например, там упоминается метод перемещения в пространстве при помощи света. Из-за подобных вещей, кажущихся плодом воображения, многие сразу отнесли этот манускрипт к разряду сказок и выдумок, и таких странных вещей там было немало, поэтому на них никто не обращал особого внимания, занимаясь только сопоставлением тех частей, которые в чём-то перекликаются с другими священными книгами. Но ещё в этом манускрипте есть рассуждения о том, что существуют нарушенные порядки, или Бес-порядки, которые внедряются в общее Творение, чтобы разрушить его. Там высказывалась одна интересная мысль, что порядок, доведённый до абсурда и утративший тенденцию развития и изменения, — это Мёртвый порядок, и он также является порядком Беса, или Бес-порядком. Ещё в этом манускрипте говорится, что Творец, или Абсолют, создал Живой Порядок, который, постоянно развиваясь и изменяясь, поддерживает гармонию во всех остальных порядках… Что это за Живой Порядок, до конца расшифровать не удалось, но человек как Высшее Творение является как раз частью этого Живого Порядка, — Сарацин развёл руками. — Сведений очень мало, но поражает то, что во многих аспектах они совпадают с Библией, — он на секунду умолк, а потом повернулся к Леонардо. — Позвольте спросить, а над чем сейчас работаете вы, Леонардо? Я слыхал, круг ваших интересов очень широк…

— О да! — улыбнулся Леонардо. — И похоже, вы только что сделали его ещё шире. Меня очень заинтересовала идея о методах передвижения с помощью света.

Сарацин многозначительно покивал головой и после паузы спросил:

—Но ведь вы прибыли в Рим совершенно по другому делу?

Сарацин двинулся в дальний конец помещения, увлекая за собой Леонардо, заметив, что монах-проводник на время отвлёкся, заинтересовавшись спором монахов о разновидностях существующих порядков. Леонардо, воспользовавшись временным уединением, рассказал о том, что он, сам того не ведая, использовал, как оказалось, одного и того же натурщика для написания двух противоположных фигур в одном очень важном сюжете.

—Какая находка! — воскликнул Сарацин. — Вы не представляете, Леонардо, что вы открыли! Вы раскрыли суть мистерии, которая была спрятана на протяжении многих веков. Последнее звено в этой мистерии, которое проявляет истинную сущность Божественного! Какой замысел! Какой гротеск! — Сарацин воодушевлённо произнёс: — Вы провидец!!! Вы гений! Вы проявление Божественного замысла!

Леонардо стоял очень удивлённый, пытаясь понять, что же так взволновало Сарацина. А Сарацин, немного успокоившись, промолвил:

—Какая сцена! Я представляю вашу картину, на которой сидят рядом Иисус Христос и Иуда, и каждый переживает своё. Иуда думает: «Что же отделило меня от Божественного, что сделало меня другим, что заставило упасть так низко?» А Христос сидит в недоумении, разводя руками: «Как же так?! Ему придётся предать самого себя, чтобы вытащить на свет самое низкое, самое человеческое в себе, что мешает ему шагнуть в Вечность и слиться с Божественной сутью». Но оно не может умереть само, оно должно умереть вместе с ним. И это его тоже пугает, но парализовать не может, потому что он чистое божество в человеческом облике, наделённом и человеческими качествами тоже. Леонардо! Вы должны обязательно встретиться с этим человеком!

—Это не так просто, — сказал Леонардо, немного потупив голову. — Он за семью замками в казематах инквизиции, и Кардинал недвусмысленно намекнул, что его непременно казнят.

Сарацин задумался.

—Нужно искать пути. Может, что-то взамен, как-то заинтересовать Его Высокопреосвященство?

—Не знаю, — ответил Леонардо. — Правда, я ещё не использовал два письма с прошением от влиятельных людей из Милана… Может, это как-то повлияет.

—Нужно использовать всё! — решительно воскликнул Сарацин, вышагивая по каменному полу.

—Да, — задумчиво произнёс Леонардо, — но после того, как я посетил казематы и увидел пыточную, я понял, что в живом виде оттуда выйти почти невозможно. Может, душа ещё сумеет проскользнуть в маленькое окошко между решётками, но не тело, — Леонардо грустно вздохнул и перевёл взгляд на Сарацина. — А скажите, над чем вы здесь работаете?

—О, это очень большой секрет!.. — сказал Сарацин, склонив голову и улыбнувшись уголками глаз. — И здесь есть с десяток наблюдателей, которые тщательно следят за тем, чтобы я не увёз с собой ничего из того, с чем сейчас работаю. Я делаю перевод древнеегипетского трактата, записанного на папирусах и добытого крестоносцами в Иерусалиме несколько веков назад. В этом манускрипте разъясняются основные принципы коммерции и даются многие математические расчёты правильного ведения коммерческих дел.

—О-о! — удивлённо поднял глаза Леонардо. — Это, должно быть, очень серьёзная вещь. Ведь такие знания дают очень большие преимущества тем, кто ими владеет.

—О да, — кивнул Сарацин, — египтяне применяли их как оружие. Летальное и очень коварное оружие, эффективно действующее на протяжении целой эпохи.

Разговор пришлось прервать, так как они оба увидели, что монах-проводник оторвался от группы спорящих и направился к ним. Приблизившись, монах извинился и сказал, что пора уходить. Леонардо раскланялся. Сарацин, поклонившись в ответ, сказал:

—Мы с вами ещё непременно увидимся, Леонардо!

Монах подвёл Леонардо к выходу, и они пошли по узкому каменному коридору, сопровождаемые эхом своих шагов, приглушённым низкими каменными сводами.

Вдруг у самого уха Леонардо услышал:

—Ну, как вам сюрприз? Стоит того, чтобы с ним познакомиться?

Это был голос Кардинала. Леонардо вздрогнул от неожиданности и остановился, увидев, как монах-проводник падает ниц, а из-за его спины, улыбаясь, появляется Кардинал. Леонардо опустился на одно колено, всё ещё не понимая, откуда он так внезапно возник.

—Поднимайтесь, поднимайтесь, Леонардо, мне сегодня уже достаточно нализали руки. А нам с вами есть о чём поговорить.

Он увлёк Леонардо по узкому коридору, и монах-проводник тут же послушно переместился назад, замыкая процессию.

—Ну, как вы оцениваете мой подарок? — поднимаясь по каменным ступеням на балкон, пропел Кардинал, ясно давая понять, что он знает, какое впечатление произвёл на Леонардо Сарацин-переводчик.

—Я очень признателен вам за эту встречу, Ваше Высокопреосвященство, — сказал Леонардо. — Мне всегда приятно встречать образованных людей.

—О-о-о, Леонардо! — отпарировал Кардинал. — Этот человек не только образованный! Он умён, талантлив и честен. А также он великолепный работник, его трудоспособности может позавидовать даже сам Микеланджело.

Леонардо понял, что Кардинал не зря упомянул Микеланджело, но промолчал, ожидая, что тот ещё произнесёт.

—Знаете, я никогда не видел, чтобы он спал, — с удивлением в голосе продолжил Кардинал. — Да, иногда мне приходилось заставать его сидящим с закрытыми глазами, но я не могу с уверенностью утверждать, что он спит, потому что он всегда открывает глаза, когда к нему приближаются. Очень интересный и очень странный этот Сарацин, а это всегда настораживает. Так что же он рассказал вам о сотворении мира, Леонардо?

—Он сказал, что все древние источники, которые ему приходилось читать, во многом совпадают с Библией, что подтверждает присутствие единого Творца, — ответил Леонардо.

—Да, я знаю, — задумчиво проговорил Кардинал. — И мне нравится его подход к анализу знаний: искать сходства, а не различия. Было бы интересно, Леонардо, чтобы вы составили своё мнение об этом человеке. Я не тороплю вас. И если у вас будет желание, мне бы хотелось, чтобы вы поделились своими выводами со мной. Мне приятно, что я удивил вас своим сюрпризом, надеюсь, вы правильно оцените мою доброту... — Кардинал многозначительно посмотрел на Леонардо.

Леонардо смутился под взглядом Кардинала и немного замялся, не зная, как подойти к своему главному вопросу, который его так мучил. Его Высокопреосвященство увидел замешательство Леонардо и, удивлённо приподняв брови, проговорил:

— Леонардо, перед вами стоит человек, который высоко ценит ваш талант и очень хорошо к вам относится, чего же вы тушуетесь?

Леонардо слегка покраснел от внутреннего напряжения, но всё же отважился произнести свою просьбу:

— Мне бы хотелось поговорить с вами о заключённом, ради которого я приехал в Рим...

Кардинал недоуменно развёл руками:

— Но ведь мы с вами уже всё обговорили. Я обещал вам встречу с ним — я её организую. Но ничего большего обещать вам я не могу, потому что ничего больше не могу для него сделать.

Леонардо запустил руку в складки своей одежды. Кардинал тут же сделал шаг к нему и придержал его руку своей рукой. В то же мгновение монах-проводник оказался рядом, но Кардинал остановил его знаком.

— Я знаю, — сказал Кардинал, — за отворотом вашей одежды лежат два письма с прошением от очень влиятельных людей из Милана. Не утруждайтесь доставать их, потому что я знаю даже то, что в них написано, — Леонардо покраснел ещё больше, а Кардинал продолжил: — Скажите им, что у вас не было возможности вручить мне эти письма, чтобы они не подумали, что, попросив меня об одолжении, они имеют возможность сделать мне равноценное одолжение. Они не имеют такой возможности, — жёстко отчеканил Кардинал. — Единственная возможность, которая у них есть, это сложить всё своё богатство, привилегии и влияние вместе со своими жизнями к ногам Святой Римской церкви. Тогда, когда я им это прикажу.

Кардинал отпустил руку Леонардо и, удаляясь лёгкими шагами, бросил через плечо:

— Я очень милостив к вам, Леонардо! Цените это...

Февраль 2018

Казнь Иуды Искариота

Арестант сидел на деревянном лежаке, накрытом грубой серой материей, в маленькой комнате, огороженной железной решёткой, рядом с пыточной, в которой он не раз бывал. Он не знал, зачем его сюда привели, да ему уже было всё равно. Потухший взгляд его остановился в пространстве, не стремясь проникнуть за пределы решётки. Он давно свыкся с теснотой тюремной камеры, и даже дух его не пытался вырваться на волю. Его руки и ноги были покрыты следами пыток и ссадинами от кандалов, волосы слиплись, и один глаз не открывался, так как был придавлен опухшим веком и рассечённой бровью. Следы подтёков крови и грязи на шее и плечах ясно говорили о жестоких мучениях и боли, через которые пришлось пройти этому арестанту.

Леонардо сквозь решётку всматривался в сидящего человека и не узнавал в нём того, ради которого проделал столь долгий путь. Он не находил в нём ни одного из тех, кого искал. Это был другой, уже третий человек, стоящий отдельно от тех двух драматически противоположных образов, созданных Леонардо. Правильнее было бы даже сказать, что он стоял не отдельно, не в стороне, а находился как раз посередине — человек с обезображенным лицом, искорёженной судьбой и несломленным духом, который всё же угадывался в его уставшем, отрешённом облике. Человек, воспринимающий весь остальной мир как какую-то иллюзию, возникшую вопреки всякому здравому смыслу и пытающуюся подавить этот смысл в каждом существе, которое посмело называть себя человеком.

Щёлкнул замок в руках монаха в коричневой рясе. Монах-проводник, поднявший его сегодня очень рано, отворил железную дверь и сразу же захлопнул её за вошедшим в камеру Леонардо. Арестант, подняв голову, окинул вошедшего невидящим взглядом, сохраняя полное безразличие и воспринимая его скорее как видение, как очередную иллюзию, происходящую наяву по каким-то странным законам.

Леонардо сел на деревянный стул, стоявший у небольшого столика, чтобы быть поближе к человеку, бессмысленно уставившемуся на него одним глазом. И вдруг он заметил, как где-то в глубине этого глаза затеплился слабый огонёк, который постепенно стал разгораться, как только что зажжённая свеча. Потом он услышал недоверчивый и удивлённый голос заключённого:

— Мастер Леонардо?! Ты?! Здесь?! Ты приехал?! — и арестант тут же забормотал скороговоркой изменившимся приглушённым голосом: — Зря ты приехал, этот город очень опасен. Он как людоед. Он питается людьми… Но… Я так рад! — его голос опять переменился. — Я так рад, что ты здесь! Ты тот, кто сделал для меня так много! Я всегда просил Всевышнего о встрече с тобой…

Леонардо смутило это признание, он взволнованно произнёс:

— Да я и сделать-то для тебя ничего толком не успел, только попросил, чтобы тебя не мучили.

— Я знаю. Мне палач показал жестами, что какой-то очень важный человек попросил обо мне. Палач немой, ему когда-то отрезали язык, наболело у него много, а поговорить не с кем, вот он и машет передо мной руками, никак не может выговориться, я «слушаю» часами. Он такой же бедолага, как и я, мы с ним понимаем друг друга. Но я не об этом, пытки — это пустяки… Есть гораздо более сильная боль. Боль, которая терзает меня в моём грехопадении. Боль души, которая светится необычным мерцающим светом и, как мне кажется, озаряет всю Вселенную, — он снова перешёл на скороговорку: — Это вы — вы, Леонардо! — увидели во мне этот свет и отразили его в своей картине!

Лицо арестанта просияло, и Леонардо стал улавливать в нём отблески того образа, который он создавал много лет назад! В груди вспыхнул жаркий огонь. Арестант торопливо продолжил, как бы боясь, что видение исчезнет и он не успеет договорить:

— Вы помните, Леонардо? Вы помните это? Вы смогли разглядеть во мне то, что никто не смог увидеть! Вы увидели моё ощущение, моё единство с чем-то Великим… Это было незабываемо! Ведь вы же видели это, я не ошибаюсь? Вы видели! Да, Леонардо?!

Леонардо сидел ошарашенный. Он не знал, что ответить этому человеку. Конечно, он видел что-то, но было ли это тем, что имеет в виду арестант, он не знал и поэтому не мог ничего сказать.

Арестант немного заёрзал на лежаке и как-то задумчиво, успокаивая то ли себя, то ли Леонардо, сказал:

— Конечно же, вы это видели. Такой великий мастер, как вы, не мог этого не видеть! Я понял это, когда побывал у вас во второй раз. Я увидел это у вас на картине. Это явно видно. Вы смогли это передать, — задумчиво произнёс арестант, немного помолчал и, как-то безнадёжно вздохнув, добавил: — Жаль, что этого никто больше не увидел… Но, может, когда-нибудь люди научатся видеть…

Они ещё немного посидели молча, а потом заключённый, как будто говоря уже совсем не о себе, а просто рассуждая вслух, вдумчиво произнёс:

— А ведь правда странно, Леонардо, что никто, кроме вас, этого больше не увидел? И даже наоборот, весь мир ополчился против меня, пытаясь раздавить и уничтожить! Всех как-то очень задело то, что я посмел выделиться чем-то хорошим, весь мир принял это как вызов с моей стороны. Наверное, это более естественно для человека — стараться уничтожить всё то, к чему он не может или не хочет дотянуться. И ведь как интересно, не правда ли: как только вы назвали меня Иудой, все вокруг тут же подхватили это безо всякого сомнения и милости ко мне! Получается, что Иуда людям намного понятнее, чем Христос…

Арестант замолчал, опустив голову и уронив руки на колени.

Леонардо тоже молчал. Что-то терзало его внутри, он понимал, что что-то здесь неправильно, но понять, что именно, не мог. И поэтому грустно произнёс:

— Прости меня, что я назвал тебя Иудой…

Арестант встрепенулся:

— Нет-нет, мастер Леонардо, здесь нет вашей вины! Я Иуда и есть… Я предал в себе то Божественное, что являлось частью моей сущности… Опустился до уровня животного, воюющего за то, что ничего не стоит. Я и есть самый настоящий Иуда. И за это предательство я заслуживаю самой суровой казни, — он покивал головой и добавил: — Но мой друг палач дал мне понять, что облегчит мою смерть, он поможет мне, если мои страдания будут невыносимы.

— Да ты ни в чём не виноват! — с отчаянием в голосе воскликнул Леонардо. — Я знаю всю твою историю, с того самого момента, как тебя изгнали из храма! И пожар в резиденции

Кардинала — это не твоя вина. Он сам мне сказал, что это его костоломы устроили, когда пытались тебя схватить.

— Да-а, вышло всё как-то неудачно, зря я туда пошёл. Всё правду искал… — упавшим голосом проговорил арестант.

— Разве ты считаешь, что её нет? — спросил Леонардо.

— Есть, конечно… — задумчиво проговорил арестант. — Но это всего лишь правда, и у каждого она своя. Но в тот момент я верил, что моя правда — самая правдивая на свете правда! Для меня это было настолько очевидно, настолько логично, что я стал за неё сражаться. Сначала в моём сердце поселилась обида за то, что у меня забрали «моё», потом безысходность и злоба, потом ненависть!.. И это был конец, конец человеческого во мне. Только когда я вас снова увидел, я как будто очнулся. Я увидел на картине самого себя в двух образах, противоположных друг другу: один — сияющий блаженством и одухотворённый, а второй — озлобленный, ненавидящий весь мир и совершенно потухший…

Он заплакал. Заплакал тихо и горько, как будто потерял самого близкого себе человека. Леонардо понимал, что арестант потерял себя.

— Но ты действительно ни в чём не виноват. Просто ты попал в такую ситуацию, где всё пошло неправильно.

— Грехопадение — незаметная вещь, — сказал, всхлипывая, арестант. — Я и сам не заметил, как угодил в его ловушку. Наверное, это случилось тогда, когда я похвастался, что моё лицо — это лицо Иисуса… Всех почему-то это обозлило, почему-то никто не может воспринять того, что кто-то может быть хоть чем-то лучше него самого. Люди должны унизить того человека, который лучше них, и тогда они почувствуют своё превосходство. Знаете, я понимаю, почему толпа неистово кричала «Распни его!» Наверное, на моей казни люди будут кричать то же самое, хоть я и Иуда. Странно, не правда ли, мастер Леонардо?

Леонардо молчал, но в его голове бушевал ураган мыслей. Он и сам до конца не понимал, как всё это произошло, к чему привело и зачем он оказался здесь, в камере, с человеком, у которого несколько лет назад была хорошая устроенная жизнь, полная света и перспектив. Ему тоже хотелось плакать, потому что он чувствовал свою причастность к судьбе этого бедолаги.

Щёлкнул замок, встроенный в решётку, и раздался голос монаха-проводника:

— Мастер Леонардо, мы должны идти.

Леонардо поднялся и повернулся к двери. Сзади прозвучал голос арестанта:

— Не ходатайствуйте за меня, я недостоин помилования. Спасибо вам, мастер Леонардо!

Леонардо вздрогнул. Сейчас он узнал этот голос, он слышал его раньше. Но повернуться не смог, так как образ, которому принадлежал голос, был совсем другой, не тот, который сидел на деревянном лежаке, прикрытом грубой серой материей, в маленькой комнате, очень похожей на келью, рядом с пыточной в казематах Святой Римской церкви.

Леонардо стоял на балконе. На площади перед резиденцией Кардинала полным ходом шли приготовления к казни. На небольшом деревянном помосте устанавливали крест с табличкой наверху, на которой было выведено «Иуда». Помост обкладывали сухим хворостом, оставив лишь небольшой проход наверх в виде лестницы. С трёх сторон, полукольцом, его окружала городская стража. А сзади помоста на повозке, запряжённой мулом, стояла бочка с водой, на которой восседал водовоз-бородач.

Толпа небольшими потоками стекалась со всех переулков к месту казни. На балконе устанавливали сиденья для представителей городских властей и знати.

Леонардо был погружён в свои мысли и не заметил, как к нему бесшумно подобрался монах-проводник. Он очнулся, только когда услышал его голос:

— Его Высокопреосвященство считает, что вам нужно находиться внизу, поближе к помосту. Возможно, это поможет вам уловить что-то новое в образе, над которым вы работаете.

Леонардо молча кивнул и пошёл за монахом-проводником, сопровождаемый эхом шагов, приглушённым низкими каменными сводами. Проходя по длинной галерее, Леонардо вдруг увидел, как из одного проёма, примыкающего к коридору, вынырнула тень, а вслед за ней из той же сумрачной ниши выделился человек в чёрной бархатной рясе — это был Кардинал. Монах-проводник тут же плюхнулся на колени, но поклон Леонардо Кардинал остановил взмахом руки.

— Оставьте, сейчас не до церемоний, — отмахнулся Кардинал и, подойдя вплотную к Леонардо, произнёс: — А ведь хозяин гостиницы правду говорил, что вы не торговец. Вы не умеете извлекать выгоду из человеческих отношений, вы не понимаете, что другим от вас нужно. И не умеете торговаться, в отличие от Микеланджело. У того железная хватка. Ну да ладно, Леонардо, эта ваша черта мне тоже нравится. Я вам уже говорил и повторю ещё раз: вы нужны мне здесь, в Риме, в маленькой келье в моих казематах. Всего на три года, — Кардинал поднял глаза к небу. — Только ради Святой Римской церкви. Вы поработаете на её благо. Взамен я дам свободу этому заключённому. Решение за вами, это ваш выбор, — Кардинал сделал несколько шагов в сторону и обернулся. — Если решитесь, махните мне белым платком, если он у вас есть… Если нет, вот, возьмите мой, мне не жалко.

Кардинал приблизился к Леонардо, вручил ему белый шёлковый платок с вышитыми золотом инициалами в углу и тут же зашагал прочь по коридору, унося с собой тихое эхо мягких шагов.

Снизу, у помоста, всё выглядело совсем по-другому: очень мрачно и зловеще, совершенно не так, как с балкона, не театрально совсем. Вооружённая стража, оцепив место плотным полукольцом, ограждала наспех сколоченный деревянный помост. Вокруг недовольно толпился растерянный народ, было видно, что немногие пришли сюда получить удовольствие, поглазев на сожжение кого-то. Почти все они прекрасно понимали, что каждый из них может невольно оказаться на месте этого бедолаги.

Вдруг по толпе прокатился ропот: «Ведут! Ведут!» — и Леонардо увидел, как от ворот резиденции Кардинала отделилась группа людей, сопровождавшая заключённого. Впереди шествовали два монаха в коричневых рясах, у одного в руках был свиток. За ними следовали два легионера: один невозмутимый и мрачный, другой нервный и дёрганый, всем своим видом демонстрирующий ненависть к заключённому, рычащий и постоянно дёргающий за верёвку, привязанную к железному ошейнику, который обвивал худую шею заключённого. Измождённый арестант, спотыкаясь, ковылял за стражей. Группу замыкал огромных размеров палач, как гора возвышаясь над шагающей впереди процессией.

Когда они подошли к помосту, Леонардо смог рассмотреть лицо заключённого. Оно было совершенно спокойным, отрешённым и кротким, как будто его вели не на казнь, а подводили к причастию. Поднимаясь на помост, заключённый споткнулся и упал, поскольку кандалы сковывали его движения, не давая возможности перешагнуть через ступеньку. Дёрганый конвоир тут же стал резко тянуть за верёвку и орать:

— Вставай, Иуда! Чего разлёгся? Отдохнуть перед смертью надумал?!

По толпе прокатился ропот. Было непонятно, осуждение это или одобрение. В то же мгновение перед ним появился палач и так резко выдернул из рук рычащего стражника верёвку, что тот сам чуть не скатился с помоста. Палач подошёл к лежавшему арестанту, взял его на руки, как ребёнка, и, поднявшись на помост, поставил перед монахами в коричневых рясах. Дёрганый конвоир, спохватившись, снова засуетился, пытаясь дотянуться до верёвки, привязанной к шее заключённого, но другой, мрачный, молча отодвинул его плечом, заслоняя арестанта.

Когда вся процессия выстроилась на помосте определённым образом, один из монахов в коричневой рясе повернулся и посмотрел наверх, на балкон. Там маячила фигура Кардинала в окружении городской знати и прислуги. Кардинал театрально взмахнул рукой, и монах, поклонившись, выдвинулся на шаг вперёд и развернул свиток, который держал в руке. Толпа приутихла. Монах принялся зачитывать приговор к смерти через сожжение на костре Иуды Искариота за богохульство, многочисленные преступления против Святой Римской церкви и за многое другое, включая нарушение Божьих заповедей.

Леонардо смотрел на этот постановочный спектакль с досадой и горечью. Он чувствовал себя прямым участником событий, так как сам дал этому бедолаге кличку Иуда.

Завершив перечисление прегрешений, монах прочёл прошение о помиловании, поданное каким-то господином, и огласил, что этот господин готов заплатить сумму в пятьсот золотых дукатов за жизнь арестанта. Это ошеломило всех. Сумма была непомерно высокой за жизнь, которая не стоила и двух дукатов.

Потрясённый Леонардо затаил дыхание, теряясь в догадках, кто бы мог заплатить такие огромные деньги, — по сути, целое состояние, — спасая чужую жизнь и подвергая себя смертельной опасности.

Закончив свою речь, монах опять обратил лицо к Кардиналу и замер в поклоне.

Над притихшей площадью прозвучал певучий голос Кардинала:

— Да поможет нам Всевышний в правильном решении судьбы этого злодея и преступника, злодеяния которого настолько велики, что даже самый последний глупец и богоотступник не пожелает помиловать этого человека! Но велика милость Святой Римской церкви, и она даёт ему шанс на спасение. Мы предлагаем вам, свободным гражданам Рима, решить: помиловать или казнить Иуду?

Повисло напряжённое молчание. Толпа явно не могла вымолвить ни слова в защиту заключённого после той речи, что произнёс Кардинал.

Вдруг тишину пронзил чей-то громогласный бас с балкона:

— Казнить Иуду!!!

И тут же в разных концах толпы раздались редкие голоса в поддержку казни. Через секунду уже вся толпа дико кричала:

— Казнить Иуду! Казнить Иуду! Казнить Иуду!!!

Вдоволь наслушавшись единодушного волеизъявления своей паствы и отметив одобрение и согласие городской знати, Кардинал махнул рукой, и на помосте сразу всё пришло в движение. Стражники подтащили заключённого к возвышающемуся кресту. Палач стал возиться с кандалами, обвязывая их вокруг основания креста, чтобы заключённый не смог сбежать или даже шелохнуться во время сожжения.

Толпа утихла, наблюдая за последними приготовлениями к казни. Особенно усердствовал дёрганый конвоир, всё время бегая вокруг, выкрикивая всякие ругательства и приговаривая: «Сейчас-сейчас, Иуда! Сейчас тебя поджарят, как кролика!» Второй стражник угрюмо молчал.

Двое монахов в коричневых рясах подали знак, и на помост с четырёх сторон одновременно забросили четыре вязанки сухих веток, перевязанных длинными цепями, концы которых свисали за помост. Державшие в руках концы этих цепей могли двигать вязанки хвороста, регулируя направление огня.

Заключённый стоял абсолютно спокойно и абсолютно отрешённо, как будто всё происходящее совершенно его не касалось.

Он безучастно созерцал за беготнёй и суетой на помосте вокруг него. Он был как ребёнок, с удивлением наблюдающий за тем, чем это таким важным и необходимым заняты взрослые люди вокруг него.

Наконец все приготовления были закончены. Стражники и монахи спустились с помоста, а вместо них на помост взбежал священник с деревянным крестом в руках. Он приблизился к заключённому и громогласно, чтобы услышала вся толпа, прокричал:

— Отрекись, злодей и грешник, от богохульства и ереси и покайся в грехах!

Заключённый смотрел на него, как на сумасшедшего, пытающегося играть благородную роль. Священнослужитель тут же повернулся к толпе, прочёл молитву и громко воскликнул:

— Слава Тебе! Слава Тебе Боже! Злодей отрёкся от ереси и признал все свои тяжкие грехи! — с этими словами он быстро скатился с помоста и исчез.

Водовоз-бородач подстегнул мула, впряжённого в повозку, и подъехал поближе к помосту, чтобы было удобнее тушить пожар после сожжения.

Палач обошёл вокруг и полил маслом все четыре вязанки. Потом смочил маслом четыре факела, держа их, как спички, в своей огромной руке, и, подняв голову, посмотрел на балкон.

Кардинал махнул рукой, и с балкона опять кто-то пронзительно крикнул:

— Смерть Иуде!

Кое-где в толпе вялым эхом повторили этот возглас, и всё умолкло в ожидании представления.

Леонардо смотрел на всё это безумие, постоянно ощущая на себе взгляд монаха-проводника и не понимая смысла происходящего. Он усиленно пытался найти хоть какую-то связь этого события со всеобщим Божественным замыслом и не мог. А может, это всего лишь только его собственная блажь — искать во всём более глубокий смысл и придавать всему более серьёзное значение? Он смотрел на факелы, которые, как огненные драконы, подлетели к вязанкам хвороста, прочертив в воздухе кроваво-красные горящие линии, и его сердце вздрогнуло. Наверное, как и у многих в этой угрюмой толпе — не верящей ни во что, тупо глядящей на измученного арестанта, на лёгкие языки пламени, поднимающие вверх тонкие струйки дыма, на церковную и городскую знать, праздно восседающую на балконе, на полукольцо стражи, на дёрганого стражника, всё ещё пытавшегося передать собравшейся толпе своё ликование по поводу казни Иуды, и на огромного палача, тяжёлой походкой прохаживающегося вокруг разгорающегося костра.

Леонардо пытался рассмотреть что-то в лице арестанта, но клубы дыма всё больше и больше заслоняли его худое истерзанное тело, поднимая весть о происходящем куда-то высоко-высоко в небо, туда, где парят ангелы, которые, наверное, и примут душу того, кто выставлен перед всем грешным миром на сожжение.

В голове у Леонардо помутилось, он на мгновение потерял концентрацию, но машинально продолжал смотреть на помост, на пылающий огонь, отблески которого сверкали на шлемах стражи и отражались в глазах присутствующих. И вдруг он ясно увидел другой огонь, исходящий изнутри кострища, прямо из того места, где стоял арестант. Этот огонь сиял ярким мерцающим светом, поднимаясь к небу ослепительным столбом. Леонардо протёр глаза, но видение не исчезло. Монах-проводник с удивлением уставился на него. Вдруг толпа, окружавшая помост, всколыхнулась какой-то живой волной с изумлённым «Ох!», и он услышал чей-то громкий голос:

— Безумцы! Что вы делаете!? Вы хотите погубить бессмертное!!! Убить неубиваемое!!!

Он повернулся на голос и увидел светящуюся точку, рассекающую светом толпу и двигающуюся к помосту, где были слышны стоны арестанта, пытающегося уклониться от языков пламени, подступающих всё ближе и ближе. И тут же он увидел, как тело заключённого забилось на цепях и из открывшегося рта большой белой птицей вылетела фраза:

— Господи! Прости их! Ибо они не ведают что творят... — и понеслась вверх, на небо, по ослепительному столбу света, поднявшемуся над помостом.

Леонардо стало совсем плохо. Он выхватил белый платок Кардинала, пытаясь взмахнуть им в воздухе, но рука не поднималась, безвольно падая вниз. Он почувствовал, как монах-проводник подхватил его ослабленное тело и, вздымая в воздух его руку, всё ещё сжимавшую белый платок, стал махать Кардиналу.

Всё остальное Леонардо видел и слышал как во сне.

— Во имя Великой Святой Римской церкви… прощаются грехи… и преступления…

Он, будто в тумане, видел, как растаскивали цепями горящие вязанки дров, как бегал водовоз-бородач с бочонком воды, поливая ею то повисшего на цепях арестанта, то горящие остатки костра. Он заметил, как засуетился палач, освобождая заключённого от кандалов. Ему помогал мрачный конвоир и слепой старик, лицо которого показалось Леонардо очень знакомым. Он увидел, как второй конвоир, дёрганый и нервный, опустился на колени и заплакал. Ему показалось, что он видел Сарацина, склонившегося над телом арестанта, которое сняли с помоста и уложили на повозку к водовозу-бородачу. Его взгляд скользнул по балкону, где стояла городская знать с искажёнными от страха лицами, замерев, словно застывшие соляные столбы. Он еле-еле переставлял обмякшие ноги, пытаясь двигаться за поддерживающим его монахом-проводником. Он слышал недовольный рокот толпы и бряцанье оружия охраны, пытающейся оттеснить народ от помоста. Краем сознания он уловил, что всё пространство, окружавшее его, стало каким-то расплывчатым и странно гулким. Гулко звучал удаляющийся шум толпы, железный лязг стражников, скрип колёс телеги, запряжённой мулом, отъезжающей от места казни. Гулко звучали его шаги по каменным коридорам в казематах храма…

Приходить в себя он стал, уже находясь в маленькой камере, похожей на келью, окружённую решёткой. Монах-проводник аккуратно уложил его на деревянный лежак, покрытый серой грубой тканью, и что-то крикнул в темноту коридора. Через некоторое время оттуда выдвинулся монах в коричневой рясе, неся в руках кувшин с водой и отрез белой ткани. Монах-проводник смочил эту ткань водой и приложил на лоб Леонардо, и тот почувствовал, как лёгкая прохлада постепенно утихомиривает всколыхнувшийся в голове ураган и остужает жар потрясения и тотального переворота в мыслях и чувствах. Ему вспомнилось спокойное лицо арестанта и его слова: «Господи прости их!..» Ему даже показалось, что эти слова прозвучали у него в голове ещё до того, как их произнёс арестант.

Он удивился той ясности, которая присутствовала в его сознании, — он наблюдал мир, окружавший его, по-новому, совсем по-другому. Он как будто отделился от окружающего мира и наблюдал его со стороны, с очень странной стороны. Он чувствовал себя не как зритель, который смотрит на полотно, а совсем наоборот. Он был как застывшая картина, наблюдающая за зрителями, прохаживающимися около неё. И чем больше он наблюдал, тем больше удивлялся своему застывшему спокойствию, отрешённости и суете объектов, движущихся вокруг…

Он услышал гулкое эхо лёгких шагов, приближающихся к келье, а затем увидел Кардинала, озабоченного и как-то сильно постаревшего.

Кардинал вошёл в келью под грохот падающих на колени монахов, которым он тут же недовольно махнул рукой, чтобы те исчезли. И, как показалось Леонардо, если бы они исчезли навсегда, Кардинал был бы только рад. Потом он тяжело опустился на единственный стул, стоявший возле маленького столика, и задумался, глядя на лежавшего Леонардо.

Леонардо предпринял попытку приподняться, но Кардинал тут же замахал руками:

— Лежите, лежите, Леонардо, набирайтесь сил, — потом помолчал немного, потупив взгляд, как бы собираясь с мыслями, и сказал: — Я рад, что не ошибся в вас, Леонардо. Вы сделали правильный выбор. Во-первых, вы спасли жизнь этого несчастного. Во-вторых, вы подарили возможность Святой Римской церкви проявить свою милость, и это было очень кстати, так как настроение толпы резко поменялось. Видите ли, Леонардо, всё-таки народ — это не серая масса, которой легко управлять. Это некий индикатор проявления Божественного сознания, который мудрая власть должна улавливать и порой следовать за народом, вместо того чтобы тупо продолжать тянуть его за собой к непременной катастрофе. И в-третьих, эта келья — не самое плохое место на земле и к тому же очень тихое. Я попрошу палача, чтобы он договорился с хозяином гостиницы обеспечить ваше пребывание здесь всем необходимым — едой, чистой постелью и одеждой. Он хороший человек, он согласится, тем более мне кажется, что к вам он относится с бо́льшим уважением, чем ко мне, — Кардинал лукаво улыбнулся.

Леонардо смотрел на Кардинала и слушал его без содрогания и эмоций, так как уже чётко представлял, какими будут последствия его решения. Но для него это было уже не так важно. Он спросил, приподнявшись на лежаке:

—А всё-таки кто был тот господин, который пожелал заплатить пятьсот золотых дукатов за жизнь арестанта?

Кардинал помолчал, как бы вслушиваясь в тишину казематов, потом тихо произнёс:

—Вас, наверное, это удивит... По крайней мере, меня это удивило очень сильно... — он сделал паузу. — Этим добрым самаритянином оказался наш переводчик Сарацин.

Кардинал замолчал, глядя на Леонардо, чтобы понять, какое впечатление это произведёт на него.

Это действительно очень поразило Леонардо, он почувствовал ещё большее уважение к странному чужеземцу.

Кардинал продолжил:

—И, что особенно поражает, он отдал все деньги, заработанные за огромный титанический труд, который он проделал в моей библиотеке, практически без сна и отдыха, — потом, покачав головой, добавил: — Они, конечно, нам не помешают, так как Его Святейшество Папа Римский затевает огромную перестройку в храме Святого Петра. Ну и конечно, учитывая жадность к работе и к деньгам основного мастера Микеланджело, эти пятьсот дукатов будут совсем не лишними.

Леонардо понял, что Кардинал вёл двойную игру. И, как бы вторя этим мыслям, Кардинал сказал со вздохом:

—В большой политике, как и в боях на арене, не бывает одной игры, ты не можешь ставить на одного человека. Хороший политик делает несколько ставок, и если даже в одной он выигрывает, то побеждает! — и, улыбнувшись одними глазами, добавил: — А я, наверное, хороший политик. Потому что я сделал несколько ставок и во всех выиграл. Судите сами: я получил вас, я получил пятьсот дукатов, я получил бесплатно великолепного переводчика, работе которого вообще нет цены, я показал городской знати силу и справедливость Святой Римской церкви, я удовлетворил народ и тем самым вернул его симпатию, я заслужил похвалу от Его Святейшества Папы и, наверное, на что я очень надеюсь, милость Всевышнего и его благословение в формировании новой власти и нового общества, которое, как я уже говорил, будет развивать и претворять в жизнь идеи гуманизма! Так что отдыхайте, Леонардо, набирайтесь сил. У нас с вами очень много работы. Мы должны заложить направление для будущих поколений и зафиксировать его в рукописях и святынях, которые достойно будет оберегать Святая Римская церковь. Я понимаю, что у вас ещё есть незаконченные дела в Милане, да и ваше грандиозное полотно ждёт новых поправок. А может, и не стоит их делать? Потому что, так или иначе, всё укроет волшебная дымка времени, из-за которой каждый сможет разглядеть лишь то, что доступно его сознанию... — Кардинал встал, показав жестом, чтобы Леонардо не поднимался. — Мне нужно возвращаться к моим делам, но мой помощник будет всегда при вас. Я вижу, вы уже привыкли друг к другу, вот и хорошо, это исключит многие разногласия и недопонимание.

Кардинал вышел из зарешеченной клетушки, и тут же у её дверей вырос монах-проводник, замерев в поклоне.

А по каменному коридору стало удаляться гулкое эхо потяжелевших шагов Кардинала.

Леонардо некоторое время лежал в одиночестве, предоставленный сам себе. И вдруг он почувствовал себя не совсем собой. Он увидел свою жизнь как большое красочное полотно, отображавшее не только происходившие события и поступки, но и мысли, эмоции, желания. Картина была настолько чёткой и явной, что он сразу увидел всю несуразицу и призрачность человеческой жизни. Он увидел всю абсурдность и бессмысленность этого полотна при всей кажущейся упорядоченности и воображаемом смысле. Ему захотелось — до щемящей боли в груди — изменить эту картину. И он увидел, как в его сознании стали перемещаться целые огромные массивы памяти, опыта, мыслей, переживаний, его целей, его желаний. Всё стало занимать совершенно новые места по своему значению и важности, а многое просто исчезло, стёрлось из памяти, как будто его никогда и не было. Он увидел, как меняется его отношение ко всему происходящему, он увидел совершенно другую окраску и ценность событий, произошедших в его жизни. Картина стала такой глубокой, такой красивой, такой живой! И ему сразу стало как-то легко и свободно в груди. Ни одно из предстоящих решений больше не было ни трудным, ни важным. ОН СТАЛ СВОБОДНЫМ!!!!!!!

Апрель 2018

Чашка чая

В порту Чивитавеккья было людно, шумно и, конечно, пыльно и грязно. Скрип повозок, ржание лошадей, крики торговцев и работников, занятых погрузкой и разгрузкой, заполняли всё звуковое пространство, и казалось, в этом битком набитом пространстве больше нельзя было найти места ни для пения птиц, ни для шелеста зелёной листвы, ни для шума морского прибоя. Всё поглотила портовая суета и людская толчея.

Леонардо прибыл сюда в крытой повозке, запряжённой двумя мулами, в сопровождении своих спутников и монаха-проводника, который был уполномочен доставить Леонардо на корабль и обеспечить погрузку товаров, предназначенных для отправки в Милан. Неделей ранее Леонардо послал в Милан письмо, в котором сообщал о примерной дате своего прибытия. Он не знал, какая там обстановка и смогут ли его встретить в Генуэзском порту или же по прибытии на место придётся самому нанимать какой-нибудь транспорт. Но он резонно рассудил, что из порта в Милан постоянно следуют повозки с грузом, и надеялся, что в какой-нибудь из них непременно найдётся место для него и его спутников.

Леонардо шёл между прилавками, пробиваясь сквозь портовую толчею, всё ещё чувствуя какую-то отрешённость от окружающей действительности, в которой на данный момент не было и намёка хоть на что-нибудь удивительное, необыкновенное, поражающее глубоким смыслом. Вокруг всё было как раз наоборот: совершенно обыденно, банально, пыльно, шумно и грязно. Но он, как настоящий художник, подсознательно всё равно стремился уловить отпечаток гармонии во всём происходящем или хотя бы частицу её, чтобы вырвать её из лап повседневной рутины и навечно сохранить на полотне. И, как ни странно, он всё-таки нашёл то, что искал. В одном из отдалённых уголков он увидел большое развесистое дерево, роняющее на землю свою тень. Под деревом был сооружён небольшой деревянный помост с навесом, и на этом помосте восседал человек, абсолютно не вписывающийся в картину портовой суеты и шума. Рядом с ним стояли чайник и чашка, над которой лёгкой дымчатой струйкой поднимался пар, на мгновение зависая над чашкой, а потом загадочно растворяясь в воздухе, оставив загадку для наблюдателя, который только что рассматривал причудливо переплетающийся узор, внезапно исчезнувший, как будто его никогда здесь и не было.

Человек сидел абсолютно неподвижно, так что было неясно: изображение это или явь — и только лёгкий дымок, струящийся над чашкой чая, оживлял картину своим магическим проявлением. У Леонардо почему-то совсем не возникло мысли срисовать эту картину, а даже наоборот, ему невероятно захотелось слиться с ней, выпав из галдящего, скрипящего, толкающегося мира. Он просто шагнул в эту картину и приземлился рядом на помосте, ощутив спокойствие и лёгкость, исходящие от этого места.

Человек, находившийся на помосте, был Сарацин-переводчик. Он сидел с закрытыми глазами, как будто не замечая и не ощущая ничего происходящего вокруг. Леонардо молчал. Ему нравилось это молчание, отделяющее его от мира, оно как бы давало возможность понять, что есть «я», отдельное от всего остального мира. И это состояние позволяло ему открыть другой мир, увидеть мир внутри себя, наполненный своей гармонией и красками.

—Я знал, что мы с вами встретимся, Леонардо, — прозвучал голос Сарацина. — А вы изменились, очень изменились, — улыбнувшись уголками губ, произнёс Сарацин.

Леонардо молчал. Он чувствовал перемены в себе, и ему было приятно, что нашёлся человек, который тоже увидел это. Он вдруг вспомнил голос арестанта в маленькой камере в казематах Святой Римской церкви: «Вы увидели это, Леонардо! Ведь правда, вы увидели это?!» Сердце обдало жаром.

—Воспринимать мир в ощущениях гораздо труднее, чем воспринимать его логикой, — обронил Сарацин. — Иногда это приятно, а иногда это очень больно и даже разрушительно. Но у вступившего на этот путь нет выбора, он должен принять всё как есть.

Леонардо повернул голову в сторону Сарацина, но тот сидел неподвижно, совершенно отрешённо, и казалось, что он умеет говорить, не открывая рта.

—Похоже, что вы закончили свою работу в библиотеке Кардинала? — спросил Леонардо.

—Да. И встреча с вами намного сократила мне её время. Я доделал буквальный перевод, но полной сути раскрывать не стал, потому что в ней заложен вопрос Жизни и Смерти. Вопрос очень сложный, и, наверное, потребовалось бы несколько лет, чтобы правильно всё разъяснить. Этого времени ни у меня, ни у вас, ни даже у Кардинала, к сожалению, нет, тем более он и не требовал этого. Он и так был безмерно счастлив, что получил в руки коммерческую математику, которую он считает самой ценной и самой необходимой наукой современной эпохи.

—Да, я думал над тем, что вы мне сказали в библиотеке. Упоминание о коммерческой математике есть у Фибоначчи, он занимался ею в Египте. Я хоть и не являюсь специалистом в этой области, это трудный для меня предмет, требующий много времени для изучения и упражнений, но я понимаю, что, зная принципы такой математики, можно легко и незаметно перекачивать деньги от одного человека, города, государства к другому на протяжении многих лет. Египтяне не зря считали эти знания оружием.

Сарацин покачал головой и улыбнулся:

—Да, это оружие, очень сильное и разрушительное. Ему по силам превратить в пыль большие крепости и бастионы, оно может разрушить империи и государства и даже способно убить в человеке бессмертное, — Сарацин сделал паузу, подняв голову к небу, потом, медленно опуская её, на одном дыхании произнёс: — И направлено оно против тех… кто его использует.

Леонардо оторопел, удивлённо подняв голову, но Сарацин уже безмятежно любовался погодным деньком, держа в руках чашку с чаем.

—Посмотрите, Леонардо, какой прекрасный день! Какой воздух! Его можно пить глотками, как чай… В нём есть всё — и соль моря, смешанная с плеском волн и криком чаек, и запах шелестящей листвы, и шум толпы с привкусом горячей пыли, и аромат чая, так утончённо дополняющий эту картину.

Сарацин закрыл глаза и стал с наслаждением вдыхать воздух. Леонардо тоже притих, прислушиваясь к своим ощущениям, в которых отражалась картина окружающего мира. Он догадался, что по какой-то причине Сарацин решил закрыть эту тему. Может, потому что для её разъяснения нужны годы, которых нет ни у Сарацина, ни у него, ни, наверное, даже у самого Кардинала. Но он был поражён, что Сарацин открыл ему такую сокровенную тайну.

Посидели молча, потом Леонардо спросил:

— Почему вы отдали такую огромную сумму ради незнакомого человека?

Сарацин молчал. Потом через некоторое время произнёс:

— Незнакомый — это не значит неблизкий.

Леонардо вспомнил свои первые ощущения при знакомстве с Сарацином, он тоже показался ему тогда очень близким человеком.

— И потом, вы, Леонардо, великий художник, вы не можете ошибаться в людях, вы видите в них нечто большее, чем доступно другим. Наверное, поэтому весь мир прислушивается к вашему мнению. Ну и конечно, как вы понимаете, я бы не смог далеко уехать с такими деньгами. В дороге меня бы непременно или отравили, или вонзили нож в спину, или выбросили бы за борт. Так что я немного и потерял. Хотя у меня и сейчас нет больших гарантий, что я доеду домой. Я переводчик, и знаю много секретов, которые не должен знать никто. Меня запросто могут убить либо ваши хранители власти, либо свои, обвинив в том, что я шпионю на Кардинала. Поэтому, мой друг, этот навес, эта чашка чая и общение с вами — это всё, что есть у меня в жизни, потому что это уже происходит. А что будет потом?..

Сарацин замолчал. А Леонардо вдруг почувствовал всё одиночество этого человека в большом шумном мире и понял его отрешённость и спокойствие, его до боли сильное восприятие всего живого вокруг. Он понял, почему тот так медленно вдыхает воздух, наслаждаясь каждой его каплей. Он понял не умом, а просто ощутил, и это его удивило. Как, оказывается, можно понять человека, не расспрашивая его ни о чём, не ковыряя в судьбе и не размышляя, а просто воспринимая его состояние.

Леонардо спросил:

— А почему порой случается так, что незнакомый человек может оказаться очень близким, гораздо ближе, чем те, которых знаешь многие годы?

— Видение мира, — ответил Сарацин. — Вы видите его по-другому, гораздо глубже, и это роднит нас. Вы смогли увидеть, что Иуда и Христос — это один и тот же человек. Вы разделили их на картине, согласно библейскому сюжету, но вам это трудно далось, потому что вы смогли увидеть, что стоит за этим, вы поняли, что имена — это лишь обозначение земного и духовного в одном человеке, поэтому вам так важно было встретиться с этим человеком, чтобы ещё раз в этом убедиться и не допустить ошибки. Вы рисковали, но не отступили. Вы смогли понять конфликт в самом человеке, который происходит постоянно, и если побеждает земное, то гибнет духовное, а если духовное не идёт на поводу у тела, то страдает тело, но многие сознательно идут на это страдание, чтобы сохранить в себе Вечное. А имя само по себе ничего не значит — это всего лишь ярлык, который можно нацепить на кого угодно. Внутреннее состояние — вот что делает человека другим. Если ты в состоянии Христа — ты причастен к Божественному и становишься Христом. Если ты скатываешься к человеческим качествам, ты отделяешься от Божественного, теряешь ориентир, и тогда кто-то другой начинает манипулировать твоим умом, доводя тебя до полного безумия, и ты легко можешь стать антиподом Христа или Божественного. И твоё звание и имя здесь совершенно ни при чём, они могут быть у тебя какие угодно. Вы смогли отразить это в своей картине, вы показали человеческие сомнения у апостолов, их привязанность к земному, хотя уже и свет Божественного присутствовал в каждом из них, и это очень большое открытие! Но люди привыкли к ярлыкам, они оценивают других по ним. А так как Божественное человеку непонятно, он не стремится к нему, но он должен как-то оправдать свою лень, бессознательность и глупость, поэтому он ищет, на кого бы переложить вину за свою духовную бездарность. А когда есть готовый ярлык, то очень выгодно заклеймить им кого-то, чтобы отвести внимание от себя. И тот человек, в ком сидит «Иуда», будет больше всех указывать пальцем на других и кричать: «Держите Иуду! Казните Иуду!» И преследовать чаще всего будут тех, кто более других причастен к Божественному, потому что эти люди всегда мешают беззаконию, лжи и насилию. Ведь казнь Иуды была логически предопределена, поскольку он посмел спорить с религиозной властью. А власть, как известно, не терпит никакой критики и бунтарства, она тут же включает рычаги насилия и агрессии, которые ещё больше вынуждают человека выступать против власти, сопротивляться. Это сопротивление было объявлено ужасным преступлением, хотя на самом деле человек всего лишь бессознательно, рефлекторно восстал против прессинга со стороны властей. Вот вам и готовый закоренелый преступник! А тут ещё подвернулся удобный ярлык, который можно на него повесить, — и всё, конец предрешён.

— Да, я виноват, — опустил голову Леонардо, — это из-за меня он получил такую кличку.

— Нет, это не из-за вас. Это человеческая сущность, которая самоутверждается за счёт унижения другого. Это мир нацепил на него такое клеймо, потому что миру не понятен Христос, так же как и само Божественное. Но всем понятно человеческое, потому что они сами люди и в каждом присутствует низшее проявление человеческого. В каждом сидит Иуда, поэтому каждый, пряча его в себе, старается показать на кого-нибудь другого. Это удобно, это выгодно, это логично.

— А он хотя бы выжил? — спросил Леонардо, внимательно посмотрев на Сарацина.

Сарацин помолчал. Задумавшись, посмотрел на какого-то жучка, ползущего по краю одежды, и сказал:

— А разве можно уничтожить вечное, убить неубиваемое? Ведь это как раз и было показано в мистерии, которую разыграл Великий Мастер. Это очень глубокая и драматичная постановка, открывающая сущность Божественного в человеке. Но в каждой эпохе эту драму понимают по-своему. Не все могут полностью открыть её суть, так как она мистическая, поэтому её приходится постоянно переигрывать заново.

— А разве подобные сюжеты были и в древней истории человечества? — спросил Леонардо.

— О, сколько угодно. Вспомните легенды о светиле и двенадцати звёздах, об отце и двенадцати сыновьях, о царе и двенадцати мудрецах или министрах... Опять же, год и двенадцать месяцев...

Леонардо задумался.

— Так почему же в этой драме на протяжении многих эпох меняются персонажи?

— В принципе, персонажи не меняются, меняются только образы, которые должны быть понятны каждой эпохе. Но даже не образы здесь главное. Главное — скрытый смысл, который несёт определённое откровение.

—И в чём же здесь состоит откровение? — поднял голову Леонардо.

—Я могу передать вам только форму, — ответил Сарацин. — А содержание вы должны постичь сами, вам придётся самому докопаться до сути, открыть её явление. Но не следует рассматривать всех участников этого сюжета как реальных людей и не стоит искать в них сугубо человеческие качества и характеристики.

Сарацин замолчал.

—Но ведь есть исторические факты, что эти люди существовали, что они участвовали в определённом событии и каждый сыграл свою роль, — парировал Леонардо.

Сарацин улыбнулся, открыл глаза и сказал:

—Да никаких исторических фактов нет, вымысел на вымысле, одна история накладывается на другую, каждая эпоха вносит что-то своё и перетекает в другую. А вот насчёт того, что каждый сыграл определённую роль, вы правы. Каждый участник сыграл определённую роль в драме, которую создал Великий Драматург и продолжает воплощать одну и ту же постановку на протяжении многих тысячелетий, пытаясь открыть людям путь к свету. В этот раз он взял конкретных людей, возложил на каждого конкретную роль, и они сыграли эту драму, честно пережив её до последнего дыхания, пытаясь донести до людей свой образ, своё определённое качество, которое является частью Божественного. Ведь если посмотреть на эту мистерию духовным взглядом, то легко понять, что каждый апостол несёт в себе определённое Божественное качество, которым он на самом деле и является. Кто-то был очень честным, кто-то справедливым, кто-то любознательным, кто-то преданным. И все эти качества объединяет — что? — Божественное, то есть реальное Божество, которым является Христос. И все они тянулись к нему, понимали его, потому что он и есть та дверь, которая открывает вход в Вечность. Это величайшее откровение, которое Всевышний подарил людям. Ведь человек многие века знал, что Божественное находится где-то глубоко-глубоко, далеко-далеко, высоко-высоко, то есть оно недосягаемо для него. А здесь впервые в человеческой истории Всевышний являет

Божество в человеческом облике, более понятное и близкое человеку, потому что человек в нём видит себя, и он начинает понимать, что для него это тоже возможно, он пытается учиться, как этого достичь. Но он и пугается, сомневается, не верит, что это возможно, боится отойти от того, к чему он привык, что ему понятно. Это действительно очень трудно для человека — осознать, что он является частью Божественного, а Божественное есть часть его. Но это поистине необыкновенное откровение, являющее безграничную любовь Творца к своему Творению.

— Но почему же эта постановка потерпела фиаско? Почему в ней такой страшный, бессмысленный конец? — не выдержал Леонардо.

Сарацин засмеялся, хлопнув руками по коленям:

— Да нет никакого фиаско! Замысел воплощён великолепно! Каждый выполнил предначертанное и испил свою чашу до дна. Ведь в чём сила этой постановки? В том, что она несёт в себе очень важный смысл и необходимое послание людям. Но разве была бы эта драма действительно великой, если бы она только открыла человеку секрет, как подойти к Вечности, и не предупредила его, какие опасности могут подстерегать на этом пути?

— Значит, эта драма была нужна, чтобы показать, что сомнение, неверие, трусость являются помехой на пути к Божественному? — задумчиво произнёс Леонардо.

— Не только это, — ответил Сарацин. — Здесь показано, что случается, если преданность оказывается обманута логикой и принимает материальное за единственную реальность, символом которой и являются тридцать сребреников — кстати, очень ничтожная сумма, но очень символичная. Совесть умывает руки, не желая защищать Истину, а все лучшие качества парализует страх.

— Но ведь был ещё народ, который, как утверждает Кардинал, порой является индикатором Божественного сознания… — Леонардо посмотрел на хаотичное мельтешение людей, суетящихся в порту.

— Народ — это тело, — сказал Сарацин. — А тело всегда слушается приказов головы, то есть подчиняется логике. И телом можно отлично манипулировать, жрецы это всегда прекрасно знали, — произнёс переводчик.

— Но разве первосвященники не понимали, что они творят беззаконие? — нахмурился Леонардо.

— Конечно, понимали. Они не могли постичь непостижимое, но они прекрасно знали, что собираются казнить ни в чём не повинного человека. Ведь суд доказал его невиновность, тем более что он не был иноверцем.

Сарацин задумчиво посмотрел на небо, по которому, словно стая лебедей, плавно плыли белоснежные облака.

— Но почему они пошли на это, почему взяли на себя такой страшный грех? — взволнованно выпалил Леонардо.

— Потому что они были первосвященники от власти и закон для них не был абсолютным — это первое. Второе — они сманипулировали народ и возложили этот грех на него, ведь всё это случилось «по воле народа», и, если что не так, они всегда могли пожертвовать народом. И в-третьих, Христос был очень неудобной фигурой для первосвященников. Его нельзя было использовать для борьбы с римлянами, так как он проповедовал Царство Божье и Ему было совершенно наплевать на все земные царства. Ведь что Он говорил: «Отдайте Богу Богово, а кесарю кесарево». И потом, Христос ясно донёс до всех, зачем Он пришёл — чтобы утвердить Закон и Пророков. А какой закон существовал в то время? Закон, который принёс Моисей, то есть десять основных заповедей. И если он будет утверждён, то его нужно будет выполнять абсолютно, не оставляя ни малейшей лазейки для манипуляции. Жрецы этого боялись. И потом, если Христос начнёт «утверждать пророков», то некоторые из тех, кто был к тому времени возведён в этот ранг, могли бы оказаться лжепророками, а ведь на их учениях тогда уже была выстроена целая наука, философия — что делать, куда идти, как служить… А может, некоторые, кто не был канонизирован и чьи святые пророчества были отвергнуты, а книги уничтожены, как раз и окажутся настоящими?! Для первосвященников это был вопрос Жизни и Смерти. Они испугались. Они испугались, что народ распознает их ложь, поймёт, что они прикрываются ею, потому что не владеют Истиной, а владеют лишь формой, в которую она облачена. Но всем видом показывают, что они хранители и проводники Истины. А откровения Христа могли высветить заблуждения и ложь и пошатнуть власть жрецов. Тем более у них наверняка были все логические объяснения и доказательства, что Христос не посланник Божий. Они смотрели на него как на человека и видели в нём только земное, не видя

Божественного, ведь логика может судить только о земном, Божественное ей недоступно. Она может указать путь, ведущий к Божественному, подвести к двери, за которой оно находится, но вручить ключи от этой двери она не может, потому что ей недоступно понимание того, как открывается дверь в Вечность. И у них был свой план. Они понимали, что, если они будут стоять на старом пути, ничего не меняя, то к ним очень трудно придраться, и если они даже ошиблись — то это всего лишь недостаток несовершенного сознания человека, и Всевышний всегда может поправить их и прислать нового посланника. Так что всё логично и правильно.

Леонардо сидел молча, уронив руки на колени. После некоторой паузы он промолвил:

— Ну а если Всевышний видел, что совершено беззаконие, что пример Божественного, который он явил людям, уничтожен самими же людьми, почему он не обрушил возмездие на виновных?

Сарацин опять улыбнулся уголками губ:

— Во-первых, Божественное никто не уничтожил, потому что «нельзя уничтожить Вечное, убить неубиваемое». А во-вторых, никто не может наказать человека так сильно, как человек себя. Ведь здесь показано, что людям принесли ключи от ворот, которые ведут в Вечность, и принесли, казалось бы, самым просвещённым и духовным! А они не только не приняли эти ключи, но и отвергли посланника. Они упустили возможность стать наставниками и проводниками для всего человечества. Они потеряли шанс, который выпадает раз в несколько тысячелетий. Так какое более сильное наказание им мог придумать Всевышний?

Леонардо сидел потрясённый и расстроенный, в его памяти всё ещё были свежи впечатления от казни Иуды Искариота, которые он сильно переживал. А Сарацин-переводчик предложил ему совершенно необычный, поразительный взгляд на всё происходящее. Он посмотрел на сидящего рядом Сарацина, застывшего в неподвижности и направившего свой взгляд куда-то в пространство. Леонардо перевёл глаза туда, куда смотрел Сарацин, и увидел тень от дерева, которая колыхалась из стороны в сторону, словно пытаясь оторваться от земли и страшным зверем наброситься на любого, кто окажется рядом. Он задумчиво покивал головой и обратился к Сарацину:

— Да, когда видишь истинную сущность вещей, они оказываются не так уж и страшны. И, кстати, в ближайшем окружении Христа не все были парализованы страхом. Рядом с Христом до последнего мгновения оставались две женщины и апостол Иоанн.

— Да, — сказал Сарацин, — это ещё одно откровение. Любовь не боится смерти, потому что она бессмертна сама, и она никогда не предаст. А молодость безрассудна и всегда стремится туда, где есть что-то новое, молодость не может жить в старом. В этой мистерии олицетворяется идея, что в каждом человеке есть и Вечное, и Смертное, но, чтобы это было более понятно, в Священном Писании образ Иуды отделён от Христа. Хотя в Писании также утверждается, что Иуда был очень похож на Христа, всё понимал так же, как Христос, и был очень предан ему. Но он попал в ловушку материального мира, обманутый обещаниями первосвященников, которые убедили его, что ничего плохого не сделают Христу, а просто должны удостовериться, что Он есть Тот, Кто Он есть.

— Так почему же Он сам не доказал им это?! — оживился Леонардо. — Ведь ему предлагали, чтобы Он явил чудеса!

— Потому что Он был настоящий, и Он прекрасно понимал, что Он — это Непостижимое, стоящее перед логикой. И поэтому Он отказался явить чудо. Он знал, что непостижимое нельзя понять логикой. Ведь что говорит логика о том, чего не может понять: «Этого не может быть, потому что этого не может быть никогда». Или Его назвали бы великим чародеем, который может веселить публику на арене, или признали бы авантюристом и шарлатаном, которого за обман всё равно нужно казнить. Христос это прекрасно понимал, и поэтому Он предпочёл умереть как Христос, не дав возможности опорочить то светлое, что нёс в себе.

Оба помолчали, как бы ещё раз переживая и восхищаясь мужеством Того, Кто не позволил себя ничем скомпрометировать и бесстрашно взошёл на Крест.

— А Он и должен был бесстрашно взойти на Крест, ведь Он был Тот, Кто постиг Вечное, — озвучил Сарацин.

— Но Ему пришлось пройти через немыслимые страдания, — развёл руками Леонардо.

— Да, Он знал, что Его ожидает, и Он не мог передать эту чашу никому другому, Он принял это сознательно. И эти страдания были реальны и неимоверно тяжелы, но Он понимал, что это человеческое в нём подвергается ужасным мукам, телесное, которое привязано к материальному и не может шагнуть в Вечность, точнее сказать, Иуда в нём, позволивший себе усомниться в вере в бессмертное. Телесное не может безоговорочно принять на веру опыт и знания и каждый раз стремится убедиться, что не ошибается. К тому же телу свойственен инстинкт самосохранения, и оно всячески цепляется за любой способ сохранить себя, не понимая, что идёт к освобождению. Ведь, вы заметьте, как мало сказано об Иуде в Писании после казни. Написано: он повесился — и всё. А ведь это повешенье могло произойти на Кресте. И это совершенно очевидно, если принять во внимание триединство человеческой сущности.

Сарацин помолчал немного, потом взял в руки чашку с чаем и спросил:

— Что, с вашей точки зрения, более важно — чашка или чай? С одной стороны, не имея чашки, вы не сможете приготовить чай, а с другой, без чая чашка оказывается бесполезной и пустой. И, кто знает, может, как раз струйка пара, рисующая над чаем таинственный завиток, который затем так внезапно растворяется и исчезает, — может, она и есть самое важное в чашке чая? — Сарацин поставил чашку на помост и, опять повернувшись к Леонардо, промолвил: — Весь секрет в том, что важна и чашка, и чай, и струйка пара, ведь они создают единую композицию, суть которой гораздо ценнее и глубже, чем каждый её элемент в отдельности. Если представить человека как чашку и привести в движение всё его содержимое, я не имею в виду телесное, я говорю о его уме, характере, способности к творчеству, то может проявиться та самая «струйка пара», которая и проявит присутствие этого человека в Вечности.

— Это очень логичное объяснение, — улыбнулся Леонардо.

— Не совсем, — парировал Сарацин. — Творчество не бывает логичным, просто мы пытаемся сделать его таким. Но оно как раз является тем качеством, которое создаёт неуловимую волшебную дымку над всем миром или загадочную струйку пара, как угодно. Но должен вам сказать также и о другой стороне этого явления: в процессе любого кипения, в зависимости от того, что именно будет вариться, может выделяться или ароматная струйка пара, или ядовитая смола, способная отравить всё окружающее пространство… И то, и другое трудно постичь, но можно легко объяснить при помощи логики. Но если она лишена здравого смысла, то может легко оправдать зло. Дело в том, что логика — всего лишь метод и всё зависит от того, как его использовать. Если в ней есть здравый смысл, который определяется состоянием сознания, — всё в порядке, а вот если нет?..

В кроне дерева, под которым был сооружён помост, зашелестела листва, и тень, лежащая у ног двух собеседников, вздрогнула и закачалась. Леонардо опять улыбнулся и подумал: «Солнце, наверное, всё-таки важнее, но, если бы не было дерева, не возникла бы тень, а если бы не было ветра, то тень не двигалась бы и никто бы не услышал шёпота листвы…»

Леонардо чувствовал себя легко и свободно в тени развесистого дерева, рядом с собеседником, который оказался очень неординарным и интересным. Он смотрел вперёд, на движущееся и переливающееся всеми красками пространство, и понимал, что оно может затянуть и поглотить любого, уводя его от осмысления и постижения того, чем, в принципе, является каждый в этом движущемся пространстве.

Он вдруг увидел серую рясу монаха-проводника, плавно двигающегося сквозь портовую толчею, и понял, что тот разыскивает его. Леонардо сошёл с помоста и сделал несколько шагов по направлению к суетящийся толпе, помахав рукой. Монах-проводник тут же заметил его и приблизился, поклонившись.

— Все товары погружены, корабль скоро будет отплывать от причала, ветер как раз хороший, попутный. Я вас разыскивал, чтобы известить об этом, — монах опять поклонился.

— Да, пора собираться. А мы здесь беседуем, — радостно улыбнулся Леонардо и показал через плечо.

Монах недоуменно уставился на Леонардо. Уловив это, Леонардо повернулся — помост был пуст. Лишь чашка чая напоминала о чём-то волшебном, произошедшем здесь всего несколько мгновений назад, поднимая в воздух замысловатую струйку пара, растворяющуюся на глазах у изумлённого зрителя, да так быстро, как будто её никогда здесь и не было.

Август 2018

Поцелуй Императора

Ах, какой чудесный был бал! Яркий! Красочный! Переливающийся огнями фейерверков, звенящий фанфарами и пестрящий великолепными нарядами — расшитыми золотом камзолами, бархатными платьями и развевающимися шёлковыми лентами. Оживлённый беготнёй лакеев и кружением бесконечных танцев, он пёстрыми волнами разливался по сияющему камню царского дворца. Бал был просто волшебный и неповторимый! Наверное, больше нигде во Вселенной не мог произойти такой восхитительный бал. Он был необыкновенным ещё и потому, что это был бал-маскарад и лица всех участников были скрыты загадочными масками, а тела — совершенно чудесными костюмами. Здесь каждый, спрятав свой статус и положение за завесой неузнаваемости, мог на время стать самим собой и, всецело отдавшись веселью, непринуждённо и откровенно проявлять себя в этом бесконечном хороводе жизни.

Присутствующие много шутили и устраивали друг другу забавные ловушки, в которые попадались те, кто хотел в них попасться, или те, над кем просто хотели пошутить. Затейщики таких подвохов часто меняли маски и костюмы, поэтому никто не мог угадать, с кем в данный момент он хороводит, так как видел перед собой лишь маску — всё остальное в любой момент могло измениться, исчезнуть и вновь появиться, как в волшебном сне.

И сегодня это всех устраивало, хотя все знали, что завтра по дворцу поползут злые слухи и сплетни, чья-то жизнь будет сломана, а чья-то, наоборот, засверкает по-новому…

Но в этот момент никто не думал о завтра. Все были увлечены, возбуждены и полностью поглощены фантастически прекрасным спектаклем.

Она была Снежинкой — и тоже была абсолютно заворожена волшебством этого искрящегося карнавала. Она легко порхала по отполированному до блеска полу, кружилась в танце, вплеталась в хороводы, надёжно спрятавшись за свою маску, не боясь, что кто-то поймёт её не так, косо посмотрит или осудит. Она чувствовала себя совершенно свободно в своём воздушном наряде, не перетянутая корсетом и пренебрегающая правилами поз и манер. Ей нравилось, что все эти движения и танцы создают очаровательное колыхание её пышного платья вокруг тела, нежно лаская своим прикосновением плечи, грудь, талию, ноги. И от этого в её теле появилась необыкновенная лёгкость. Ей казалось: ещё чуть-чуть — и она вспорхнёт бабочкой над яркой шумной толпой.

Она с интересом наблюдала, как вся эта кружащаяся в вихре и переливающаяся толпа непрерывным потоком растекалась по всем залам, увлекаемая некими таинственными масками, которые организовывали разные игры для восторженных и заворожённых действом придворных. Она догадывалась, что Император тоже кружится в этом хороводе, но никак не могла понять, под какой он маской. Уж слишком многолюдным и фееричным был этот бал!

Вместе с группой танцующих она оказалась в одной из прилегающих к залу галерей, где великий Чародей и Маг в чёрно-красном бархатном костюме разделил порознь женские и мужские маски и стал испытывать обе стороны каверзными вопросами. Если кто-то давал неправильный ответ, то должен был выполнить распоряжение Мага: кавалер, не прошедший экзамен, должен был встать на колени перед одной из женских масок, признаться ей в любви и поцеловать руку, а дамы должны были просто поцеловать в щёку любую понравившуюся мужскую маску. Ох, сколько было смеха, когда перед стоящим на коленях кавалером вдруг приоткрывалась «дамская» маска, под которой обнаруживались усы и бакенбарды! Или когда из-под маски, выслушивающей пылкие признания в любви юного кавалера, раздавался раскатистый смех пожилой, умудрённой опытом дамы.

Она тоже попалась в эту ловушку, не сумев угадать, насколько старше станет Маг после этого бала. Она предположила, что лишь на несколько часов, но оказалось — на целый год, так как именно сегодня Маг праздновал свой день рождения. Это опять вызвало волну заливистого смеха и громкие рукоплескания, а она стояла, растерявшись, — кого же выбрать для своего поцелуя? Она с улыбкой разглядывала стоящих по другую сторону кавалеров, которые, заманивая, махали ей руками. И вдруг совсем рядом, у своего уха, она услышала чей-то лёгкий вкрадчивый шёпот:

— Поцелуй Императора…

Она повернулась и увидела Жар-Птицу, тихонечко подталкивающую её вперёд.

— Императора?..

— Да-да, вот же он, в костюме Ангела с белыми крыльями, — проговорила Жар-Птица, явно улыбаясь под маской и продолжая мягко подталкивать её вперёд.

Она подбежала к Ангелу и сказала, что готова поцеловать его, но взамен он должен снять маску. Она всё ещё думала, что над ней подшучивают.

Ангел сказал, что это, несомненно, нарушит тайну, которой окутан этот бал, но если она готова поцеловать его в губы, то ему придётся открыть своё лицо.

Что с ней произошло, она не понимала, но сама удивилась своей храбрости, когда в следующее мгновение воскликнула:

— Я согласна!

Ангел снял маску, и в воздухе прозвучал всеобщий «Ах!». Все маски и даже великий Маг замерли в поклоне.

Воспользовавшись тем, что глаза всех присутствующих были устремлены в пол, она быстро приподнялась на цыпочках и прильнула к губам Императора. Поцелуй был очень тёплый, и он на мгновенье задержал её, прижав к себе рукой. Потом он быстро надел маску и произнёс:

— Как я рад, что у нас такое почтение к Ангелам! — и выбежал, засмеявшись, в зал. Все устремились за ним, опять вплетаясь в весёлое шумное празднество.

Она побежала вместе со всеми, но состояние у неё уже было другое. Уже не было той лёгкости и беззаботности, которая присутствовала в теле до поцелуя, пропала пружинящая уверенность в движениях и голосе. Появилась какая-то туманность в голове, расслабленность и леность, вызванная растекающимся по телу теплом. Она всё ещё чувствовала на своих губах тепло губ Императора. Она вяло перебирала ногами, скользя по рисунку каменного пола, ощущая, что Снежинка слегка подтаяла.

Голос Жар-Птицы опять прозвучал у самого уха:

— Не раскисай, красавица, не раскисай!

И она, спохватившись и подобрав платье, бросилась догонять убегающий хоровод.

Домой она попала под утро, уснув в карете по дороге. Едва переступив порог, она стянула с себя отяжелевший наряд и сразу улеглась в кровать, устраивая поудобнее натруженное беготнёй тело. Уже погружаясь в сон, она увидела улыбающуюся Жар-Птицу и услышала её голос, удаляющийся в пустоту:

— Поцелуй Императора…

Проснулась она в полдень. В доме и на дворе уже полным ходом кипела жизнь. На столике у окна лежало письмо, перевязанное шёлковой ленточкой и опечатанное красивым вензелем. Она открыла письмо — в нём была короткая записка: «Приезжай во дворец на прогулку в летнем саду. Все живо обсуждают вчерашний бал, поговаривают, что у Императора появилась новая любовница». И подпись: «Жар-Птица». Быстро умывшись и затянув себя в корсет, она помчалась во дворец.

В летнем саду уже было полно прогуливающихся дам. Кавалеров и мужей не было видно, кто-то мимоходом шепнул ей, что все на совещании у Императора. Раскланиваясь и покачивая зонтиком, она прогуливалась вместе со всеми по аллеям парка. Новостей и впечатлений было много, как и сплетен, передающихся по большому секрету из уст в уста. Ей поведали и о том, что вчера какая-то Снежинка поцеловала молодого Императора в губы и что, скорее всего, это и есть его новая любовница. Она сделала вид, что искренне удивлена.

На одной из аллей к ней подошла дама, которая служила ещё у бабушки Императора, тихонько взяла её под локоть и голосом Жар-Птицы произнесла:

— Ну и как вам новости?

Она пожала плечами. Дама увлекла её за собой, отделяя от группы безудержно щебетавших девиц.

— Пойдёмте прогуляемся, пустых сплетен вы ещё наслушаетесь. Нет смысла обращать на них внимание. Жизнь достаточно коротка, чтобы отвлекаться на всякие пустяки. Я тоже когда-то блистала красотой и кружила головы кавалерам. А теперь вот таскаю свои старые кости, запакованные в неудобную одежду, — она улыбнулась и махнула рукой, как бы отмахиваясь от грустных мыслей. — Вы чем-то напоминаете меня в молодости, в вас есть то, чего нет в других людях. В вас есть Жизнь, её у вас больше, чем у других, поэтому вы сильно выделяетесь на фоне остальных — искусственных и пресных. И вы мне нравитесь, — опять улыбнулась Жар-Птица. — А если уж одна женщина нравится другой, то в ней действительно есть что-то необыкновенное, поверьте мне. И Император это тоже почувствовал, он человек необычный. Я знаю его с самого детства, он всегда выделялся своей деликатностью и нежностью.

— Зачем вы всё это говорите мне? — спросила она. — Он великий Император, а я всего лишь простая придворная дама, к тому же ещё и замужняя.

Жар-Птица улыбнулась, как-то по-матерински заботливо приобняв её за плечи.

— Ты не простая придворная дама… Ты женщина, которая может родить Божество. Для этого тебе нужно всего лишь найти своего Бога, кому бы ты захотела родить Божество. Может, тебе повезёт? Мне не повезло, я не смогла найти своего Бога, а может, просто пропустила, так как у меня не было моей Жар-Птицы, — дама грустно улыбнулась и отделилась, повернув в другую аллею и бросив на ходу: — Иначе ты рискуешь всю свою жизнь потратить на то, чтобы утешать абсолютно безразличного к тебе мужа!..

Снежинка осталась стоять на пустой аллее, с какой-то тяжестью в груди и обмякшими, не желающими двигаться ногами. Она застыла в растерянности, провожая взглядом уходящую Жар-Птицу. Внезапно та остановилась, чуть замешкавшись, потом повернулась вполоборота и внимательно посмотрела на Снежинку. И перед Снежинкой вдруг предстала совершенно другая птица — совсем не та, которую она видела на балу в пёстрых перьях и сверкающей маске. На неё смотрела раненая птица с глазами немыслимой глубины, полными страдания и боли. Жар-Птица почувствовала, что Снежинка «прочитала» её, тут же снова преобразилась и, глядя на неё с материнской нежностью, произнесла:

— Дитя моё, любовь — это не грех. Грех — это нелюбовь.

И, удаляясь по пустой аллее, зашуршала красивым неудобным платьем.

Снежинке почему-то захотелось разрыдаться. Что она и сделала, вернувшись домой и уткнувшись в свою любимую подушку.

Император и самодержец Всероссийский, великий князь Финляндский, царь Польский склонился над письменным столом в своём кабинете. Он рассматривал проект преобразовательных работ в государстве, разработанный Негласным комитетом в попытке провести образовательные реформы и хоть как-то ослабить крепостное право. В дверь постучали, на пороге стоял императорский личный секретарь. Император удивлённо сдвинул брови. Секретарь замер в поклоне:

—Ваше императорское величество, встреча назначена на двенадцать, а уже три часа после полудня, — пробормотал секретарь извиняющимся тоном.

—Ах да! — Император взглянул на огромные часы в углу кабинета. — Скажите охране, пусть проведут!

Он закрыл папку с документами и вышел из-за стола. В кабинет в сопровождении двух высокорослых офицеров охраны вошёл почтенный старик вполне светского вида. Единственное, что его отличало, — это удлинённый камзол и шапочка, покрывавшая голову, точно как у Кардинала. Император сделал знак офицерам. Те остановились, подтолкнув старика вперёд. Тот сделал несколько шагов и, оказавшись в центре комнаты, замер в ожидании. Император подошёл к старцу и протянул руку. Тот опустился на колени, поцеловал протянутую руку и протяжно пропел:

—Удачи и славы тебе, Император, на царственном престоле, пусть благословит тебя Бог, — при этом он поклонился до земли и, не поднимаясь, произнёс: —Разрешите, великий государь, вручить вам маленький подарок от моего народа, в знак почитания и уважения вашей светлости и полной покорности вашему престолу.

Император был немало удивлён. Он ожидал совершенно другого развития событий в ходе этого визита, так как был проинформирован, что придёт жалобщик и проситель.

Старец повернулся и посмотрел на одного из сопровождавших его офицеров. Тот тотчас приблизился, неся в руках небольшую шкатулку, которую с поклоном вручил Императору. Император открыл шкатулку и увидел красивый золотой перстень с изумительно огранённым алмазом в обрамлении сверкающих алых рубинов.

—Примите подарок, ваше императорское величество! — проговорил старец. — Это будет символом того, что вы принимаете мой народ под своё покровительство, не прогневаетесь на нас и не начнёте изводить мой народ, как многие другие делали.

Император взял кольцо и, рассматривая удивительную работу поближе, заметил, что внутри украшения имеется какая-то надпись на непонятном языке.

—А что это за надпись внутри? — спросил он посетителя.

—Это изречение другого великого царя, который правил моим народом и был мудрейшим из мудрейших, — ответил старец.

—И о чём же повествует эта мудрость? — оторвал взгляд от кольца Император.

—Там сказано: «Всё проходит, и это пройдёт».

Император задумался и, качнув головой, сказал:

—Значит, в итоге человеку ничего не остаётся. Да-а, интересная мысль. Пожалуй, этот царь был действительно великим, если ему были известны такие мудрые истины.

Он надел перстень на палец и увидел, как просияло лицо почтенного старца. Император сделал жест офицерам — и те, приблизившись, подняли старика с колен и поставили на ноги. Император улыбнулся, видя перед собой опять светского джентльмена.

—Так всё-таки чего ты хочешь?

—Вашей милости, великий государь, для моего народа. И если вы будете делать какие-то послабления в государстве для низших слоёв, то чтобы не забыли и нас, уж сильно бедствует мой народ.

Император зашагал по каменному полу, чётко отпечатывая шаги.

—Милости для народа, говоришь? А будет ли твой народ предан мне и не начнёт ли строить козни против государственной власти, не станет ли поднимать бунты?

—Вот поэтому я и прошу вашей милости, великий государь, ведь бунты возникают из-за беспросветной бедности и безысходности, а мой народ очень бедствует, хотя и очень покорный и не бунтарский.

—Хорошо, — сказал Император. — Я обещаю, что не обижу твой народ и буду заботиться о нём, как надлежит императору.

Старик сделал глубокий поклон и удалился в сопровождении двух офицеров. Император ещё немного походил по кабинету, что-то обдумывая и изредка бросая взгляд на необычный подарок. Потом вернулся к столу и углубился в бумаги. Он поднял указ своей знаменитой бабки, в котором говорилось о новых территориях, присоединённых к России. После второго раздела Польши к России отошла часть польской территории, и народы, проживавшие на этих землях, попали под законоустройство Российского государства. Ответ на прошение о свободном передвижении и расселении этих народов по территории России был подписан самой Императрицей. Новоприбывшему народу разрешалось проживать на территории Белоруссии и Новороссии, но в свободном расселении по России было отказано. Резолюция Императрицы гласила примерно следующее: «Мы не сочли возможным сделать исключение в праве свободного передвижения и избрания места жительства этому народу, так как и наш народ этой привилегии не имеет, и в значительной степени даже дворянство».

Император закрыл папку. Он прекрасно понимал, что, пока не будет реформировано крепостное право, ни о каких свободах ни для кого не может быть и речи.

Он подошёл к окну, посмотрел на гуляющих по аллеям дам и улыбнулся, вспомнив вчерашний поцелуй — такой необычный и такой нежный. Он пытался угадать, какая из этих плавно скользящих фигур была той смелой маской.

А эта «маска», точнее сказать, Снежинка в это время уже мчалась в карете домой, вся в растрёпанных чувствах и с засевшей в голове фразой Жар-Птицы: «Любовь — это не грех. Грех — это нелюбовь».

Остаток дня она провела в постели, вдоволь нарыдавшись в подушку. А ночью ей было видение, вернее, даже не видение, а явное ощущение. Она засыпала в своей кровати и вдруг почувствовала, что её правая рука стала удлиняться, то же самое происходило с правой ногой и всей правой стороной её тела. Она в испуге стала ощупывать тело и обнаружила, что её правая сторона превратилась в мужскую. Линия раздела была как раз посередине, словно кто-то, как бы нарочно играя, взял две разные половины тела — одну мужскую, другую женскую — и сложил их вместе. Она ощупывала свою голову с бакенбардами с правой стороны и совершенно нежную женскую кожу с другой. Она обнаружила, что её правая грудь заметно уменьшилась и превратилась в мужскую, в то время как левая всё ещё оставалась на месте, укрытая пышными волосами с левой стороны. Она скользнула руками вниз по животу и в ужасе обнаружила новые изменения с правой стороны своего тела.

Было очень страшно, но любопытство всё же пересилило испуг, и она, как-то успокоившись, стала наблюдать за ощущениями в своём сложенном из двух разных частей теле. Ощущение не было тревожным, а даже наоборот, каким-то умиротворённым, в теле не было никакого конфликта между двумя половинами, они обе чувствовали себя комфортно и расслабленно в тёплой постели. Единственное, что было немного неприятно, — это небольшая боль в пояснице на мужской половине и горящая мозоль от армейского сапога на пальце правой удлинившейся ноги. Она также отметила, что её левой женской стороне намного, можно даже было сказать, до наслаждения приятнее лежать в уютной мягкой постели, в то время как правая мужская сторона всего лишь констатировала, что кровать удобная.

Понимая, что она потихоньку сходит с ума, Снежинка уснула и проснулась утром в хорошем настроении. Она была такой, как прежде, с удивлением вспоминая привидевшееся ей состояние. Она почувствовала, что жизнь меняется, но не по её воле, а по каким-то другим причинам, возникшим за пределами её понимания.

Вскоре ей представилась возможность наяву почувствовать эти изменения в жизни. Её стали чаще приглашать ко двору, на приёмы, балы, конные прогулки. Она проводила много времени в компании Жар-Птицы и однажды рассказала ей о том странном ночном видении. Жар-Птица очень удивилась и даже как-то воодушевилась и оживилась.

— Ты благословенна, дитя моё! — торжественно произнесла она. — Я слышала об этом много раз, но впервые вижу человека, с которым это произошло! Ты нашла свою половину, ту, с которой живёшь на небесах. Это такое счастье! И такая редкость… Тебя ждут большие перемены, — задумчиво улыбаясь, покачала головой Жар-Птица.

И вскоре Снежинка почувствовала эти перемены. Как ни странно, Император стал всё чаще и чаще появляться в её поле зрения, демонстрируя своё присутствие и заинтересованность в ней. Однажды на прогулке он пристроился к её лошади стремя в стремя и заговорил с ней о государственных делах. Он рассказал, что в Европе народ живёт совсем по-другому, намного свободнее, что людям даже из низших слоёв легче получить образование и что у него возникли очень большие споры с представителями русского дворянства и чиновниками по поводу переустройства Российского государства на более демократический уклад. Он сказал, что народы на новых присоединённых территориях терпят большие лишения, так как раньше, находясь в составе Польско-Литовского государства, они были более свободными. А русский народ привык жить в рабстве и очень трудно откликается на реформы. Ему очень хотелось бы освободить народ от крепостного права и создать конституционное государство — такое, каким была Польша, где народ был свободным и каждый имел право выступить на учредительном собрании.

Снежинка слушала и чувствовала, что её сердце всё больше и больше открывается навстречу этому человеку. Он действительно был очень деликатный и внимательный. Ей не нужно было объяснять ему своё состояние, он каким-то образом мог настроиться и разделить это состояние, иногда даже не говоря ни слова. И это приносило ей облегчение и внутренний покой. Её это удивляло, она не знала, что такое бывает. Она никогда не получала этого от своего мужа, которому всё нужно было объяснять, даже то, что объяснить словами просто невозможно. Её муж в такие моменты всегда очень раздражался, сердился и говорил: «Прекрати капризничать! Ты ведёшь себя, как маленькая девочка, что это за фокусы!» — и всё в этом духе. Он не понимал, что у каждого человека, в зависимости от глубины его переживаний, есть определённое время для выхода из такого состояния. Может, он и не испытывал подобных переживаний, хотя иногда тоже срывался, бывал в гневе, но очень удивлялся, что она не сразу могла отойти и вернуться к нормальным отношениям. Его всегда это раздражало: «Что ты капризничаешь? — возмущённо спрашивал он. — Ведь я же извинился!» И ей, ещё с незажившей раной в душе, приходилось уступать его требованиям и делать вид, что у неё всё в порядке и она такая же, как прежде. Но это создавало всё большую пустоту невозвращённого внимания и тепла, всё больше и больше отдаляло её от мужа. Она остывала. Остывала и душой, и телом. Она даже почувствовала, что её кожа стала холоднее. И всё чаще подруги стали говорить ей: «Ой! У тебя такие холодные руки!»

Император был совершенно другой, ей всегда было хорошо рядом с ним. Она не могла объяснить почему — просто хорошо, и всё!

А ещё он всегда, расставаясь, целовал ей руку. И этот поцелуй был очень тёплый, согревающий сердце и душу. Это был настоящий Императорский поцелуй. Она постепенно отогревалась рядом с ним и неожиданно стала всё чаще слышать от окружающих: «Ой, какие у тебя горячие руки!»

У Императора, конечно, было много забот, так как он принял власть в быстро растущей империи, где установление старого порядка на вновь присоединённых территориях было непростой задачей, хотя многие закавказские народы очень нуждались в покровительстве сильного союзника, так как постоянно терпели притеснения со стороны Турции и Персии.

Тюрьмы и каторги были забиты простым народом из Белоруссии, Малороссии и прибалтийских территорий, сопротивлявшимся новому «трудоустройству» в виде крепостного права. Единственным успешным примером переустройства этих территорий было Финское княжество, которое сформировало своё государство, освободившись от гнёта шведов.

Всё это тяжким грузом легло на плечи молодого Императора, решившего перестроить эту старую, уснувшую имперскую государственную машину на европейский лад. Он часто бывал в Европе и видел, какими темпами там идёт развитие. Империя, доставшаяся ему в управление, входила в состав многих европейских коалиций, и ему приходилось постоянно лавировать между интересами сильных европейских держав с выгодой для своего государства. В его распоряжении была многочисленная русская армия, с помощью которой он мог без труда склонить врагов к миру, угрожая разбить их силы, если того потребует ситуация.

Последние события в Европе настораживали Императора. До него всё чаще доходили слухи, что Англия подталкивает Францию к войне с Россией. Он часто бывал в войсках и проводил совещания с командующими. И, несмотря на то, что они клятвенно заверяли его в готовности армии к любой развязке событий, предчувствия у него были нехорошие. Тем более что переустройство в армии и создание военных поселений вблизи границ только-только начинались. Любая война сейчас была очень некстати. Вдобавок ко всему большие силы русских войск в данный момент были задействованы в войне с турками и персами, которые постоянно нападали на новые имперские территории в Закавказье. Турция и Персия пытались удержать контроль над торговым путём из Азии в Европу, по которому переправлялись основные товары из Индии и Китая. И молодая империя была той костью в горле, которая мешала им проглатывать большие куски от успешно идущей торговли. И Турция, и Персия мечтали контролировать Закавказье, чтобы никто не мешал им в этой торговле, тем более что этим путём в Европу поступал самый дорогой товар — опиум, который был на вес золота.

Молодой Император понимал, что, контролируя этот торговый путь, он успешно мог бы влиять на Англию как основного азиатского торгового партнёра. Англия тоже понимала это, поэтому ей необходимо было втянуть Россию в войну в Европе, чтобы ослабить её влияние на Кавказе. И это у неё получилось! После многих манипуляций и интриг англичане сумели развернуть войска Наполеона, которые к тому времени уже выполнили свою роль в Европе по переделу территорий и созданию новой власти, и направить их на Россию.

Эта весть быстро долетела до Императора, но не застала его врасплох, так как он, несмотря на все договорённости с Наполеоном, понимал, что ситуация может измениться в любой момент, что и случилось.

Жизнь Императора сильно изменилась после этого события, он полностью погрузился в организацию защиты государства и подготовку русской армии к отражению нападения. Но это должно было происходить по определённому плану, который он собирался разработать и внедрить в умы министров и главнокомандующих, потому что только он знал все политические нюансы этого вторжения и все силы, которые могут сыграть решающую роль в войне.

В один из дней Императору доложили, что его очень хочет видеть Главный Священник по неотложному делу. Император был очень удивлён, но согласился принять посетителя.

Почтенный старец вошёл в канцелярию, поклонился.

—Великий государь, когда-то вы спросили меня, будет ли мой народ лоялен к государственной власти. Я пришёл, чтобы проявить эту лояльность и доказать нашу преданность вам.

—И в чём же она проявляется? — Император оторвал взгляд от карты, лежащей у него на столе. — Хочешь дать рекрутов из своего народа в русскую армию?

—Нет, великий государь, — ответил почтенный старец, — рекруты из нас никудышные. Но я могу предложить нечто большее, что укрепит позицию вашей армии в этой войне.

Император удивился.

—Ты хочешь дать мне деньги на вооружение и амуницию?

Старик отрицательно покачал головой:

—Деньги, наверное, мы тоже можем собрать, но это не сильно повлияет на ход войны. Я могу дать вам кое-что большее, чем деньги.

Он оглянулся и посмотрел на двух огромных офицеров охраны, которые сопровождали его к Императору. Император сделал жест, и те, поклонившись, вышли.

Император подошёл к старику:

—Так что же у тебя есть такое, что ценнее денег, старик?

Главный Священник поклонился, задержавшись немного в поклоне, потом поднял голову и произнёс, улыбаясь глазами:

—Я могу дать вам информацию о составе наполеоновской армии, её вооружении и о всех манёврах, которые будет предпринимать эта армия на территории России.

Император удивлённо вскинул брови:

—Ты, конечно, глумишься надо мной, старик, но это очень плохая шутка.

—Нет, великий государь, я не шучу, — серьёзно произнёс священник. — Так сложилось, что писарем у Наполеона сейчас служит мой ученик, очень образованный человек, который хорошо владеет шестнадцатью языками и легко общается ещё на двадцати. И у меня есть постоянная связь с ним.

Император задумался, прохаживаясь по кабинету и как бы взвешивая слова Главного Священника.

—Ты серьёзно это говоришь? И ты готов оказать помощь государю и государству Российскому?

—Да, ваше императорское величество! — старик опять поклонился.

—У меня много друзей в Европе, от которых я могу получать информацию, — раздумывая, произнёс Император вслух. — Да и разведка наша работает неплохо. Но то, о чём ты говоришь, совершенно не будет лишним. Может оказаться очень ценным, если ты узнаешь что-то об отношениях Наполеона с Англией и Ватиканом. Я так понимаю, у тебя уже есть что мне сообщить? — вопросительно посмотрел Император. — Ведь просто так ты бы не пришёл?

—Вы правы, великий Император, — смиренно произнёс Священник. — Мой ученик передал, что Наполеон собирается вторгаться большой армией и в его планах перемолоть все русские войска, которые выступят ему навстречу, так как он понимает, что вы не сможете собрать сразу большую армию для сопротивления. Он считает, что сумеет разбить все части, которые будут по очереди появляться на пути его следования, и в результате вам самому придётся подписать капитуляцию в Москве.

Император озадаченно прошёлся по комнате, что-то обдумывая, потом повернулся к посетителю:

—У тебя имеются сведения, что в моей ставке тоже есть шпионы?

—Конечно, — сказал Священник и назвал несколько имён.

Император побагровел.

—Почему я должен тебе верить? — закипая, воскликнул он.

—Вы не должны, великий государь. Но вы можете легко проверить это, дав какую-нибудь важную информацию и установив слежку за этими лицами, — ответил старик.

Император нервно вышагивал по каменному полу.

—Ты понимаешь, что рискуешь своей головой, если это не подтвердится?

—Я это хорошо понимаю, великий государь. Именно поэтому говорю только то, о чём знаю наверняка.

—Хорошо, — сказал Император, — я установлю за ними тайную слежку. Но я также распоряжусь следить и за тобой.

—Я как раз хотел вас об этом попросить, великий государь. Ведь моя жизнь станет подвергаться гораздо большей опасности, как только мои визиты к вам участятся, — улыбнулся Главный Священник.

Император внимательно посмотрел на него.

—А может, ты и сам являешься шпионом в моём государстве?

—Я не шпионю против вашего государства, но как служитель культа обязан докладывать в Верховное собрание об обстановке в государстве, в котором проживаю. Точно так же все католические священники извещают своего понтифика, Папу Римского, о переменах в мире.

Император улыбнулся:

—Что ж, мне нравится твоя честность, священник. Вижу, ты хочешь ещё что-то мне сказать?

—Да, ещё одна деталь, ваше императорское величество. Наполеон очень ценит ваших командующих, особенно Кутузова, — поклонился старик.

Император понимающе улыбнулся и позвонил в колокольчик. Тут же появились офицеры охраны, которым Император приказал сопроводить визитёра.

После этого разговора визиты Главного Священника к государю стали частыми, что удивляло всех. Но Император тихонько распустил слухи, что они беседуют на духовные темы. Это вызвало ревность со стороны многих, но было хорошим прикрытием реальных отношений. Тем более сведения, которые приносил Главный Священник, были бесценны. Они позволяли русской армии предупреждать манёвры Наполеона и вести партизанскую войну, подрывая снабжение и моральный дух наполеоновского войска.

По совету Главного Священника Император приблизил к себе всех лиц, кто шпионил на Наполеона, и постоянно жаловался на неспособность русских генералов противостоять великой французской армии, намекал, что России всё-таки придётся капитулировать, и постоянно восхищался Наполеоном как военачальником. А сам тем временем делал нужные перестановки в войсках и готовился к решающему сражению, которого требовали все генералы. Император постепенно сдружился с Главным Священником и уже давно беседовал с ним не только на военные темы, но и о многом другом.

В частности, Император поинтересовался, почему народ Главного Священника терпит огромные лишения и бедствия по всему миру. И почему они не пытаются создать своё государство, поддерживать свой собственный уклад и объединить весь свой народ на одной территории. Главный Священник ответил очень странно. Он сказал, что у них уже есть своё государство, — это Земля Обетованная, в которой будет проживать весь народ после того, как выполнит свою задачу. Но пока эта земля невидима для них.

—А какую же задачу выполняет твой народ? — спросил Император.

—Мы должны выйти из рабства под руководством нашего Бога, которому мы поклялись служить, и это вопрос Жизни и Смерти.

—Ты говоришь «наш Бог». Разве Бог не один? Вседержитель? — удивился Император.

—Это сложный вопрос, — ответил Главный Священник. — Мой народ был свидетелем лишь одного Бога, который явился на горе Синай и озарил всех своим Божественным светом. Мой народ заключил договор с этим Богом и верно служит ему.

—Но ведь, насколько я знаю, твой народ вышел из египетского рабства под руководством Бога, почему же он не попал на Землю Обетованную? — продолжал Император.

—Потому что выход из видимого рабства был не самой главной задачей выхода из Египта. Тем более что в Египте мой народ жил довольно неплохо, имел скот, жилище, быстро умножался и процветал. Но было что-то странное в поведении народа, все как будто впали в полусонное состояние, никто не мог мыслить ясно, никто не хотел как-то менять свою жизнь. Наши мудрецы приписывают это каким-то тайным знаниям фараонов, связанным с пирамидами. Фараоны держали в своём подчинении множество народов благодаря какой-то магии, которую они якобы получили от Богов, будучи с ними в постоянном контакте, — Главный Священник пожал плечами, давая понять, что достоверно ничего не известно, но факт остаётся фактом. — Вот поэтому мы и блуждаем по свету в надежде всё-таки выйти из этого рабства.

Император задумался.

—Вы прошли очень длинный путь и не потеряли надежды. Почему же до сих пор вы не попали на Землю Обетованную?

Главный Священник тяжело вздохнул:

—Да, путь был очень долгим, много перемен и препятствий, очень трудно держаться правильного курса и очень легко сбиться с пути, тем более когда ты должен вести за собой целый народ.

Император кивнул головой:

— Вести народ всегда трудно, потому что он не всегда хочет идти за лидерами. Мой народ тоже в какой-то спячке. Может, его тоже околдовали египетские жрецы? — улыбнулся он.

Главный Священник опять пожал плечами:

— Человек — сложное существо, но давно известно, что иногда в нём могут пробуждаться небывалые свойства и возможности, которые способны возвести его в ранг Божества. История знает много таких примеров, но почему это не происходит со всеми, никто не может ответить. Может, как раз потому, что человек не может освободить своё порабощённое сознание.

— Сознание? — Император прошёлся по кабинету. — Да, наверное, в этом ответ на многие вопросы. А ты интересно рассуждаешь, священник. Наверное, рабство — очень сложная штука, и во всём этом очень сложно разобраться, ведь оно многолико.

Главный Священник задумался, потом посмотрел на Императора как-то изучающе, словно пытаясь проникнуть в его мысли и душу, и, покачав головой, сказал:

— Есть несколько ступеней рабства: самое примитивное — это животное рабство, когда порабощение идёт через страх, превращая человека в животного раба. Есть рабство через обольщение — богатством, властью, телесными наслаждениями. Есть рабство через одурманивание — алкоголем, опиумом, ядами, дурманящими сознание. И есть порабощение идеями — это уже более высокий уровень рабства. А есть ещё незаметный способ порабощения — магический, которым и пользовались, как мы полагаем, фараоны Египта. Он неявный, просто у человека появляются мысли и желания, которых у него никогда раньше не было, но он не догадывается, что он раб, и думает, что живёт своей собственной жизнью и делает то, что считает нужным. И необходимо иметь очень много терпения и мужества, чтобы осознать это рабство и освободиться от него.

Император слушал, не шелохнувшись. Было видно, что его терзает что-то внутри. Он обратился к Главному Священнику:

— А любовь — тоже рабство?

Главный Священник ответил со вздохом:

— Любовь — это и рабство, и освобождение одновременно. Она соединяет две души, которые в этом единстве создадут великий огонь, поднимающий их к небесам и тем самым освобождающий их от всех привязанностей на земле. Разъедини такие души — и они всю жизнь будут маяться, потому что будут зависеть друг от друга, так как только в своём объединении они познали свободу.

Император слегка покраснел и прошёлся по кабинету, что-то обдумывая.

— Так значит, если людей разъединить, то души тоже расходятся?

— Совсем нет, — ответил Священник. — Если люди продолжают любить друг друга, то они будут чувствовать тепло и любовь своей второй половинки, где бы они ни находились. А вот когда разъединяются души, тогда люди чувствуют большую потерю, потому что после высокого парения они падают на землю, а это всегда больно, и порой даже гибельно.

Император ещё больше покраснел и внутренне как бы закаменел.

Священник, видя это, сказал:

— Но если хотя бы один из двоих продолжает любить и посылать мысленно свою любовь другому, несмотря ни на что, то это может удержать эти души на небесах и спасти от гибели.

Император вздохнул, явно желая закончить этот разговор:

— Да, рабство — сложная вещь, нужно как-то от него освобождаться, — сказал он задумчиво. — И хоть ты не считаешь физическое рабство главным рабством, я освобожу твой народ от двойного налога, введённого моей бабкой. Может, это поможет твоему народу скорее освободиться от того рабства, о котором ты говоришь? И тогда, создав своё государство, твой народ быстрее станет свободным?

— Нет, великий государь, сейчас весь мой народ, разбросанный по всему миру, — это и есть единый монолит, объединённый идеей переселения на Землю Обетованную, в каком бы ужасном или, наоборот, выгодном положении он ни находился. Это один народ. Ведь совсем не территория объединяет народ, а идея. И если мы создадим своё отдельное государство, это погубит идею воссоединения на Земле Обетованной и расколет народ на сторонников и противников.

Император задумался:

— Ты очень мудрый человек, священник. Хотел бы я видеть побольше таких людей в своём окружении.

Вошедший посыльный прервал их разговор, вручив Императору пакет от командования армией.

Снежинка, которую к этому времени все уже считали официальной любовницей Императора, выбрасывала из своего гардероба наряды, подаренные Наполеоном во время его последней встречи с Императором. Она не знала, откуда в ней было столько патриотизма, но она всегда выступала против мира с Наполеоном, нарушившим договор и вторгшимся в Россию. Она слышала много доводов и рассуждений о том, что пора прекратить войну и жить нормальной жизнью. Она не понимала, как всех привлекали идеи балов и празднеств, в то время как неприятель топтал русскую землю. Она твёрдо поддерживала Императора в войне до победного конца. Но что-то стало настораживать её в поведении Императора, она часто наблюдала, как в присутствии определённого общества его настроение заметно ухудшается и он начинает вести себя так, будто потерял всякую надежду на победу.

Императору часто приходилось уезжать и проводить много времени в войсках. Иногда он брал её с собой в поездки, но чаще она оставалась одна и очень скучала. У неё не прекращались странные ночные видения, которые происходили в момент засыпания или в момент, когда она начинала просыпаться, но ещё не проснулась совсем. Она этого уже не боялась, так как знала, что чувствует присутствие Императора. Она узнавала его по поцелую, такому тёплому, согревающему душу. Часто она чувствовала, что он лежит рядом с ней, обнимая её. Иногда она видела, как он приходит и ложится к ней в постель. Она радостно просыпалась, но никого рядом не было. Она засыпала опять и тут же видела то же самое. Так повторялось несколько раз. Она уже знала: это знак, что скоро они увидятся. Но она не могла понять: это он мысленно постоянно присутствует с ней или это она своей любовью притягивает его образ, такой реальный и такой естественный? В такие минуты она надевала на себя его рубаху, которую хранила у себя в гардеробе, и это успокаивало её, она телесно ощущала его присутствие. Она спрашивала Жар-Птицу о своих видениях, ощущениях. Та ответила, что их души в постоянном общении, поэтому это передаётся с небес на земную реальность.

Это было, конечно, необыкновенно. Она стала понимать по-другому фразу, что для любви нет расстояний, потому что постоянно чувствовала физическое присутствие того, кого рядом нет. Она рассказывала об этом Императору, он только таинственно улыбался и поворачивался к ней левой стороной, давая ей высказать все её накопившиеся эмоции в левое ухо. Позже она узнала, что он делает так потому, что потерял слух в левом ухе от громких выстрелов пушек, когда служил полковником в одном из царских подразделений. Но она не обижалась, а даже наоборот, позволяла себе высказывать всё то, что в правое ухо не выскажешь.

Иногда она чувствовала себя такой маленькой, незначительной, по сравнению с человеком, от которого зависела судьба не только всей России, но и Европы. А иногда ей казалось, что она имеет очень большую власть над этим человеком. Она чувствовала, что у неё есть три любви к нему. Первая — это любовь женская, в которой она растворялась до абсолютно невесомого состояния. Вторая — материнская любовь, безмерная и тёплая, как к ребёнку. И третья любовь — к его человеческим качествам, любовь, перемешанная с уважением и почитанием, и это её даже немножко пугало. Она старалась быть осторожной, чтобы не спугнуть своё счастье, но постоянные разговоры в свете, что Император проявляет неуверенность и слабость в этой войне, всё больше раздражали её, тем более вокруг было так много патриотов, которые кричали о непобедимости и силе русской армии и призывали к немедленному сражению с Наполеоном, обвиняя Императора в трусости. Это сильно портило ей настроение. И то светлое отношение к Императору, которое было у неё на протяжении многих лет, стало потихоньку меняться. Она всё чаще стала размышлять о нём, о его поступках, о его поведении, и эти размышления вытесняли все тёплые чувства, которыми она всегда была переполнена.

Она поделилась своими чувствами с Жар-Птицей, на что та ответила:

— Не позволяй своим эмоциям главенствовать над чувствами. Эмоции меняются, приходят и уходят, а чувства остаются постоянными. Не слушай крикунов и выскочек. Хотя порой их образы очень героические, внешний облик не всегда соответствует внутреннему содержанию человека. Истину может открыть только время.

Это как-то успокоило Снежинку, но вскоре Жар-Птицы не стало, и это отбросило чёрную тень на душевное состояние Снежинки. Она потеряла самого близкого друга, с которым могла разделить свои эмоции и переживания. Она потеряла поддержку и стала потихоньку замыкаться в себе.

Это состояние совсем отдалило её от Императора, она не понимала, что произошло, но почему-то сильно обижалась на него за то, что он не находится с ней рядом в такой тяжёлый момент. Её жизнь стала опять меняться, уводя от мысли об Императоре, тем более что в глазах всех он выглядел трусом и неудачником. А когда загорелась Москва, в этом огне сгорели и её последние чувства к этому человеку. Наверное, он это тоже почувствовал, потому что после длительного времени, когда к ней не приходили никакие видения, она услышала во сне, что кто-то целует её, по телу разлилось тепло, и в душе стало спокойно и светло. Она приоткрыла глаза и увидела, как Император подходит к её гардеробу, забирает свою рубаху и уходит, растворяясь в пространстве. Этот уход как-то не очень огорчил её, потому что она уже не чувствовала единства с этим человеком, да и в поклонниках и почитателях в свете у неё не было недостатка.

Вскоре, наверное, не без вмешательства Провидения, армия Императора победоносно прошествовала не только по России, но и по Европе. Император стал очень видной фигурой на политическом небосводе, всё своё время он посвящал созданию новой европейской коалиции и увлечённо занимался построением нового порядка в Европе. Окрылённый этим, он позабыл о переустройстве своего государства и даже о своей возлюбленной. Немного остыв от эйфории и славы, окутавшей его со всех сторон, Император вернулся к своим делам, и первое, что он сделал, — вызвал к себе Главного Священника. Он хорошо подготовился к этой встрече.

Главный Священник вскоре появился на пороге его кабинета, и они радостно приветствовали друг друга. Обменявшись последними новостями, они принялись обсуждать текущие вопросы, волнующие каждого. Главный Священник поблагодарил Императора за то, что тот снял двойной налог с его народа:

— Вряд ли бы мы выжили в тяжёлое военное время под двойным бременем, тут одно еле-еле несём.

Император загадочно улыбнулся:

—Ты рисковал для меня и моего народа и сделал всё, чтобы мы не попали в рабство. Я хочу отблагодарить тебя по-императорски и помочь твоему народу освободиться от рабства.

Главный Священник замер, растерявшись от такого вступления, а Император подошёл к столу, взял какую-то бумагу и потряс ею в воздухе:

—Знаю, что всё дворянство и аристократия будут против, но я добьюсь своего, чего бы это ни стоило. В моих руках сейчас Указ Высочайшей Милостью Его Императорского Величества об отмене черты оседлости и дарования для твоего народа права для свободного передвижения и расселения в городах и уездах государства Российского!

Главный Священник весь затрясся и закрыл лицо руками. Император понимал его чувства, он и сам готов был разрыдаться, потому что это был очень торжественный и долгожданный момент. А так как он уже находился в роли спасителя Европы, ему было очень приятно сделать ещё одно благое дело. Он подошёл к Главному Священнику, взял его за плечи и сказал:

—Ты заслужил это для своего народа, и народ тебя не подвёл, доказав, что он терпелив и лоялен к императорской власти. И я, как Император великого государства Российского, хочу даровать вам эту милость.

Главный Священник медленно отвёл руки от лица, по которому катились слёзы, и Император услышал его прерывающийся голос:

—Умоляю вас, не делайте этого, великий Император! И вы будете благословенны в памяти моего народа и в глазах Божьих!

Император застыл, тяжелея, как камень, который бросили в ледяную воду. Он изумлённо развёл руками:

—Тебя ли я слышу, священник? Или ты совсем потерял разум, или кто-то затмил твой рассудок…

Старик стал медленно опускаться на колени.

—Не прогневайтесь, великий государь, но не делайте этого, молю вас. Позвольте объяснить…

Император наклонил голову, показывая, что он весь внимание и готов выслушать Главного Священника. Тот, не поднимаясь с колен, совершенно ясным и твёрдым голосом произнёс:

—Если вы сейчас дадите моему народу право на свободное передвижение и расселение по городам, они расселятся и ассимилируются, забудут Закон и потеряют веру. А зачем Богу народ, который ему не служит? Поэтому, чтобы вернуть всех назад к вере, будет пролито много крови. Не делайте этого, великий государь!

Император был изумлён, потрясён услышанным.

— Как же я могу быть благословенным у твоего народа и в глазах Бога, если все будут обвинять меня в вашем рабстве и унижении? Твой народ проклянёт меня!

— Нет, великий государь! Плохое помнят только глупцы. Но, как говорят мудрые, «не оспаривай глупца». Если мой народ будет следовать за своими лидерами, он поймёт проявление великого замысла в этом. Но если он ассимилируется и подвергнется брожению вольнодумства и прокламации демократии и свобод, вот тогда ждите бед от этого народа. И потом, не забывайте, великий государь, вы хотите дать моему народу то, чего ваш народ и сам пока не имеет. Значит, ваши подданные возненавидят нас, заподозрят в сговоре, а это может привести к большим бедам в будущем. Пусть всё останется как есть, пусть всё свершится по воле Божьей. А я буду всю жизнь молиться за вас и вашу мудрость.

Император стоял, застыв и бездумно глядя на указ, который держал в руках. Потом, потихоньку осмысливая слова Главного Священника, он медленно подошёл к столу, положил указ и, повернувшись, сказал как-то примирительно, но всё же назидательно:

— Странный ты всё же человек… Но мудрый. Не забудь только, что ты сам этого попросил.

Затем он позвонил в колокольчик. Тут же в кабинет вошли два офицера охраны, подняли с колен старика и повели его к выходу.

А Император до глубокой ночи сидел в кабинете, что-то обдумывая и никого к себе не впуская. Он вдруг понял, что даже самые лучшие намерения не всегда будут приняты и не всегда необходимы. В нём произошли какие-то внутренние перемены… В памяти всплыли слова Священника о спящем сознании и совсем другом рабстве, от которого нужно освободиться. И он решил, что ему во что бы то ни стало нужно лучше изучить свой народ, чтобы понять, что необходимо сделать, чтобы вывести его из рабства и разбудить от вечного сна. Он видел большие таланты в собственном народе, но и большую леность и нежелание совершенствовать свои способности и реализовать их до конца. Он видел народ спящим ангелом, который никак не может проснуться от тяжёлого многовекового сна. Он думал, что этому препятствует государственное устройство, но сейчас отчётливо осознал, что дело не только в этом. Он вспомнил слова одного из своих министров: «Великий государь, не спешите даровать нашему народу свободы, ибо он не знает, что с ними делать».

Глубоко задумавшись над этим, он взял в руки лежащую на столе Библию, подаренную ему другом, и, открыв на странице «Апокалипсис», углубился в чтение.

Сентябрь 2018

Найдёшь меня там, где потерял

(Послание Всевышнего)

Главный Священник сидел в придорожной харчевне, которую он постоянно посещал, когда путешествовал по Малороссии со своей миссией. Он был не один: его сопровождали два ученика — молодые священники, которые только начинали постигать, как сочетается служение Богу и изучение Священной книги со служением своему народу. Они лишь начинали приближаться к пониманию того, как Божественное влияет на состояние жизни человека, а также того, может ли сам человек влиять на формирование этих отношений. А так как они ещё не подошли к самым сложным вопросам этой науки, которые могли их ввести в большое смятение и внутренние разногласия, то сейчас они, как все молодые люди, были веселы и беззаботны.

Священник хотел поговорить с хозяином харчевни, который относился к нему с большим уважением, несмотря на то, что Главный Священник никогда не оставлял больших чаевых. Но он всегда давал хозяину дельные советы и даже привозил лекарства для дочки хозяина, которая часто болела.

В прошлый раз хозяин харчевни сказал, что ему посоветовали очень хорошего доктора в городе, но он стоит таких денег, что к нему не подступиться, так что придётся продать что-нибудь из своего хозяйства.

Главный Священник спросил, как зовут этого доктора, а когда услышал имя, громко расхохотался и, не в силах остановиться, выдавил сквозь смех:

— Не ходи к нему!..

Хозяин харчевни был очень удивлён и обескуражен, ведь врача так расхваливали и настоятельно рекомендовали.

Главный Священник, немного успокоившись и отдышавшись, наконец произнёс:

— Я отлично знаю этого доктора, его ещё мальчиком отдавали мне на обучение. Глупее ребёнка я не встречал в своей жизни. Я промучился с ним два года и вынужден был отдать назад родителям, да ещё и деньги за обучение вернул в придачу.

Хозяин харчевни был озадачен:

— Но, может, он всё-таки чему-то научился? Говорят, он учился во Франции и лечил там многих знатных вельмож!

Главный Священник опять засмеялся.

— Да, он был во Франции, в университете его буквально тянули за уши, и вместо семи лет он проучился там пятнадцать, но так и не смог освоить предмет. А насчёт вельмож — это правда, но правда также и то, что он чуть не отравил насмерть племянника одного герцога и в итоге был вынужден бежать оттуда. Весь секрет его «успеха» в том, что у его родственников весьма длинные языки, и они на всех углах только и трезвонят о том, какой он умный и гениальный. Благодаря этому он имеет кое-какую практику, но всё, что он может, — это лишь отсылать своих больных к более сведущим врачам, содрав с них за это три шкуры.

Хозяин харчевни очень расстроился, услышав такую информацию, и сидел, нахмурившись. А потом спросил:

— А кого бы вы мне посоветовали?

Немного подумав, Главный Священник, сказал:

— Сходи к Слонимскому, это потомственный военный врач, он прошёл через многие сражения, да ещё и кудесник, знает много необычных приёмов лечения. Правда, многие считают его ненормальным, так как он бросил прекрасную практику в столице и уехал жить в деревню, где зарабатывает сущие гроши.

— Я слышал о нём, — сказал хозяин харчевни.

— Он немного странный человек, но люди приходят к нему отовсюду. Мне рассказывали историю, как к нему приехал один молодой человек за лекарством для своей матери, которая страдала от туберкулёза. Он не взял с него денег, а вручил ему небольшой мешочек и приказал не открывать до самого дома. Когда молодой человек приехал домой, то оказалось, что его мать уже умерла. Он очень горевал, а когда открыл мешок, то нашёл в нём записку: «Скорблю вместе с вами и молюсь». Люди уважают его и побаиваются, считая, что он то ли провидец, то ли колдун, — Главный Священник покивал головой. — Но, может быть, вам такой и нужен, ведь сколько лет вы с дочкой мучаетесь и ничего не помогает…

Вспоминая всё это, Главный Священник сидел за столом и вертел в руках небольшую шкатулку хорошей работы из дорогого дерева. Из задумчивости его вывел голос хозяина харчевни.

Тот стоял перед ним с двумя помощниками, которые ловко накрывали стол для Священника и его спутников. Воздух наполнился ароматом куриного супчика, свежих лепёшек и жареной зайчатины.

Главный Священник поразился изобилию яств на столе и уже собрался запротестовать, но хозяин харчевни, улыбаясь, замахал руками.

— Всё за мой счёт, всё за мой счёт!

Священник ещё больше удивился.

Хозяин харчевни поспешил объяснить:

— Это вам за доктора Слонимского. Вы не представляете, как я вам благодарен! Я вам сейчас всё расскажу, — тараторил он, жестом приглашая сидящих за столом приступать к трапезе.

Главный Священник смаковал куриный супчик, млея от удовольствия. Навар был великолепный: и петрушка, и морковка, и лук, и перчик — всё было восхитительным, а курица просто таяла во рту.

Хозяин харчевни тем временем начал свой рассказ:

— Почти сразу после того, как вы рассказали мне о докторе Слонимском, мы отправились к нему. Дорога была нелёгкой. Сначала у нас захромала одна лошадь, пришлось менять подкову, хорошо, что в округе меня все знают, и мы быстро нашли кузнеца. Потом пошёл дождь. Потом дочка стала капризничать, плакать и умолять нас вернуться домой. Но возвращаться мы уже не могли, так как проехали большую часть пути, да и выбора у нас не было, — хозяин харчевни замолчал, слегка покраснев от внутреннего напряжения и неудобства, потом, прокашлявшись, сказал, опустив глаза: — К дорогому доктору в город мы уже съездили, и он, как вы и говорили, оказался полным идиотом. Кроме напыщенности и глупости, мы ничего там больше не увидели, только потеряли кучу денег. Поэтому Слонимский для нас был последней надеждой. Но, как ни странно, нас словно что-то не пускало к нему: мы постоянно останавливались, сбивались с пути, мокли под дождём, дочь постоянно плакала. Добрались мы к нему уже под вечер, когда начало смеркаться.

Приём к тому времени был закончен, люди потихоньку расходились от его дома. Больные у него, как я понял, были все тяжёлые: калеки, бедняки, измученные жизнью и трудом, слепцы, убогие и очень много детей и женщин. Видно было, что люди знают его, поэтому несут к нему все свои беды и болезни. Надежды, что нас примут, не было, и я стал обдумывать, где бы нам остановиться переночевать. Наверное, увидев моё беспокойство и озабоченность, какой-то человек, стоявший у ворот, подошёл ко мне и спросил, что случилось и почему мы так поздно приехали. Я объяснил, что дорога плохая, дождь, заблудились, и ребёнок всё время плакал. Узнав, что мы привезли больную дочь, он попросил подождать и пошёл в дом. Через некоторое время он вышел и пригласил нас следовать за ним, показав, куда поставить повозку. Мы вошли в довольно просторную избу, чисто убранную и уютную. Сразу стало теплее и веселее. Нас разместили в горнице, подсвеченной лампадами. Какая-то женщина помогла нам переодеться и принесла таз с тёплой водой, мы помыли руки и смыли следы дождя с усталых лиц. Потом вышел доктор, уставший, но радушно улыбающийся. Он рассадил нас по лавкам, а сам подошёл к дочке, которая к этому времени уже успокоилась, и заговорил с ней. Как ни странно, она рассказала ему всё, что с ней происходит: о том, что болит голова, снятся плохие сны, часто бросает в холод, иногда даже трясёт. Он покивал головой и осмотрел её глаза, уши, попросил показать язык, заглянул в горло, подсветив лампадой, потом попросил её лечь на лавку, постучал по спине, прощупал живот. Походил, покачав головой, потом посадил её на табуретку, покрутил голову, да так, что на всю горницу раздался хруст костей, мы перепугались, но он сказал нам, чтобы мы не боялись и сидели спокойно. Потом он и сам присел на лавку и рассказал, что у неё внутренняя лихорадка, но это не телесная болезнь, она сжигает её изнутри, и ей осталось жить всего три года. Это сильно нас перепугало, жена заплакала. Доктор сказал, что он попытается что-то сделать. Он попросил свою помощницу принести свечи и воду. Тут же появился таз с водой и три свечи. Он стал брать свечи по одной и водить ими над головой девочки, читая какие-то молитвы. Потом, поставив две свечи по бокам и одну впереди, неожиданно хлопнул в ладоши за спиной у девочки, её залихорадило, а пламя на свечах сильно закачалось, едва-едва не погаснув. Девочка затряслась, закатив глаза, и стала медленно подниматься. Когда она поднялась, глаза у неё уставились в одну точку, она подняла руку и стала указывать куда-то в пространство. Мы сидели ни живые ни мёртвые. Доктор подошёл к девочке и стал медленно разворачивать её руку в другую сторону. Она продолжала показывать куда-то, приподнимаясь на цыпочках. Доктор оставил её в таком положении — развёрнутую в другую сторону. Через некоторое время она опустила руку и закрыла глаза. Доктор намочил руки водой из таза и брызнул ей в лицо. Она вздрогнула и как бы пришла в себя, с удивлением оглядываясь по сторонам. Доктор взял её за руку, подвёл к нам и усадил на лавку. Она прильнула к матери и тут же уснула. Потом он взял горящие свечи и загасил их, опустив в таз с водой. Женщина унесла таз. Доктор показал нам, куда положить спящую девочку, и пригласил нас к столу. Видно было, что он очень устал, уж очень тяжело он дотопал до стола и опустился на лавку. Женщина вернулась, поставила на стол хлеб и деревянные миски. Я уже немного пришёл в себя и отправил работника, который нас сопровождал, чтобы он принёс съестные припасы, что мы взяли с собой в дорогу. Вскоре он прибежал с мешком, и я достал оттуда кусок окорока, варёную курицу, сыр, пироги и овощи, а также бутылку польской водки, взглядом спросив у доктора, не против ли он, но он кивнул и улыбнулся. Кушал он с аппетитом, да и от водки не отказался. В разговоре за столом он сказал, что душа девочки давно застряла над решением какой-то сложной проблемы и никак не могла выйти из этой ситуации, поэтому девочку постоянно лихорадило. Он сказал, что всё дело в той позе, в которой она стояла, поэтому, как он объяснил, он поворачивал её до тех пор, пока судороги не прошли. Теперь её душа свободна, и ей должно стать легче. Мы все тоже на это надеялись, помолились, а потом, разместившись на лавках в горнице, улеглись спать. Проснулись мы рано, с восходом солнца. Дочка уже играла во дворе, рядом был доктор, который показывал ей фокус, как он усыпляет курей. Он брал курицу в руки, потом резко переворачивал её на спину, и она застывала, как заколдованная, и не шевелилась до тех пор, пока он её опять не переворачивал и не ставил на ноги. Девочка весело смеялась и бегала по двору, никаких признаков болезни не было вообще, мы смотрели на это, как заворожённые. Доктор, заметив нас, подошёл и сказал, что девочка здорова и мы можем возвращаться домой. Мы быстро собрались, так как во двор уже стали сходиться больные калеки, бедняки, старики с бледными лицами и матери с детьми на руках, явно страдающими от какого-то недуга. Дорога назад была лёгкой и спокойной, погода была прекрасная. И ещё одно — наша девочка рассказала нам очень странную историю.

Когда доктор Слонимский внезапно хлопнул в ладоши за её спиной, внутри неё что-то перевернулось — и она увидела себя в другом месте, у неё были другие мама и папа, и жила она в домике на краю зелёной рощи, а рядом проходила дорога. По дороге бежали люди, явно спасаясь от кого-то. Поравнявшись с ней, они сказали, что за ними гонятся солдаты, и очень сильно просили её не показывать преследователям, куда они пойдут, потому что если те их найдут, то убьют всех, включая женщин и детей. Девочка согласилась, и тогда они спрятались в роще. Вскоре на дороге показалась конница, кони были взмыленные, а солдаты запылённые и злые. К ней подъехал офицер и спросил, не проходили ли здесь люди, и пригрозил ей, что если она не скажет правду, то он убьёт её родителей, а её заберут в рабство. Она очень перепугалась и не знала, что делать, её стало лихорадить, и она вся покрылась потом. Офицер подъехал к ней вплотную, вытащил меч с золотой рукояткой и сказал, что, если она не скажет правду, он расправится с ней прямо сейчас. Её стало лихорадить ещё больше, она уже решила признаться и стала медленно поднимать руку, чтобы показать, где спрятались беглецы. Но вдруг кто-то взял её руку и стал разворачивать в другую сторону, указывая на дорогу, уходящую вдаль. Тот же кто-то невидимый сказал офицеру её голосом:

— Да, они проходили здесь, но это было вчера, и они очень спешили, не стали останавливаться ни на минуту.

Офицер что-то крикнул всадникам и махнул рукой, приказывая следовать за ним, и они помчались по указанной дороге. А она упала на землю без чувств. Когда она очнулась, то увидела своих родителей, тех, других родителей, и множество людей, прятавшихся от погони. Они очень благодарили их, а старший этой группы, какой-то старец, подарил отцу очень красивый золотой перстень с драгоценным камнем и с какой-то надписью внутри, которую девочка не запомнила.

Главный Священник оторвался от еды, его очень удивила и озадачила эта история. Он спросил хозяина харчевни, не может ли он позвать сюда свою дочку. Тот согласился, и вскоре к столу подошла девочка лет девяти–десяти с розовым румянцем на щеках и лучезарными глазами. Хозяин харчевни сказал ей, чтобы она поблагодарила Священника за то, что он посоветовал ей такого хорошего доктора. Девочка поклонилась, а потом, подталкиваемая отцом, приблизилась к Священнику, обняла его и поцеловала в щёку. Это тронуло Священника, в его глазах заблестели слёзы. Он похвалил девочку за то, что она такая воспитанная и добрая. Вытащив из-под складок одежды небольшую шкатулку, Священник поставил её на стол и сказал:

— Я хочу показать тебе очень дорогую вещь, которую я никому не показываю. Но ты заслуживаешь этого, так как ты очень хорошая девочка. Это кольцо. Подобные украшения обычно носят царские особы, поэтому их всегда можно отличить среди других людей.

Он открыл шкатулку, и из неё сверкнул драгоценный камень, оправленный в золото. Девочка взглянула на перстень и радостно воскликнула:

— Ой, это же то самое кольцо! Оно было у моего отца, ну, другого отца, который мне приснился у доктора Слонимского. Ему подарил его какой-то старец.

Главный Священник застыл в смятении, поражённый происходящим. А хозяин харчевни, видя его замешательство, приказал убрать посуду, отпустил девочку и примостился на лавку рядом, понимая, что Священник чем-то необычайно взволнован.

Главный Священник, стараясь скрыть свои переживания и не зная, как объяснить произошедшее, принялся расспрашивать хозяина харчевни о том, что нового вокруг и чем вообще живут здесь люди.

Хозяин харчевни сообщил ему много местных новостей, из которых было ясно, что времена наступают тяжёлые, жестокие. Он сказал, что многих людей угнали на каторгу и отправили в ссылку, среди них сплошь знатные люди и бывшие офицеры.

Главный Священник понимал, что происходит ужесточение режима после декабрьских событий и после внезапной и необъяснимой смерти Императора. В связи с последним обстоятельством стали распространяться самые разные слухи: одни говорили, что Императора убили, отравили, сжили со свету приспешники Наполеона, другие — что он совсем не умер и его заточили в тюрьму или отправили пленником в какой-то дальний монастырь. Все эти слухи были небезосновательны, так как в реальности Император был очень открытым человеком, славился крепким здоровьем, но имел множество влиятельных врагов и завистников.

Но самое странное для Главного Священника было то, что вскоре после смерти Императора его разыскал один из офицеров охраны и вручил пакет. В пакете была короткая записка, написанная рукой Императора: «Найди ответ на вопрос, который является главным для тебя, остальные не важны». Второй предмет из пакета ещё больше удивил Священника. Это была шкатулка с перстнем, который он когда-то подарил Императору. Он спросил у курьера, когда тому вручили пакет. Курьер ответил, что Император отдал ему этот пакет перед тем, как отправился в поездку по стране, и сказал, что если что-либо случится, чтобы он передал пакет Главному Священнику. С этими словами он откланялся.

Священник был в смятении. «Значит, он что-то предчувствовал», — подумал он. Он открыл шкатулку и взял в руки перстень, размышляя над тем, было ли это решение случайностью или у Императора были веские причины так поступить. Он взглянул на надпись внутри кольца, и его бросило в жар. Надпись была на том же, только ему известном языке, но вместо выражения «Всё проходит, и это пройдёт» там волшебным образом появилось другое изречение, совершенно неизвестное Главному Священнику. Оно гласило: «Найдёшь меня там, где потерял». На него волной нахлынули жар и испуг. Он пытался лихорадочно сообразить, как эта надпись могла появиться там, где она никак не могла появиться? О чём она? О ком она? Может, это Император подаёт ему тайный знак и, может, он и вправду живой?!

Он старался в подробностях припомнить свою последнюю встречу с Императором. Они тогда опять говорили о рабстве и выходе из него. Он поведал Императору о Тайном учении, которое изучает непостижимое, начиная от колдовства и магии нумерологии и заканчивая Великими Божественными проявлениями. Он объяснил, что это очень закрытая наука и очень опасная, не каждый может ею заниматься, приступать к изучению этой науки нельзя раньше сорока лет. Многие из тех, кто хотел постичь эти знания раньше, умирали на рубеже сорока лет. Это какая-то странная дата. Император сказал, что слыхал что-то подобное, может быть, именно поэтому у его народа не принято праздновать сорокалетний юбилей, так как считается, что это притягивает несчастья.

Да, Священник любил беседовать с Императором, так как их интересовали одни и те же темы. Он ещё долго лихорадочно пытался найти ответ на мучивший его вопрос, но так и не смог разрешить загадку.

А тем временем на место прежнего пришёл другой Император, более решительный и жёсткий, который легко расправился со всеми вольнодумскими сообществами и движениями, выдворив всех инакомыслящих за пределы столицы так далеко, что их влияние на умы людей стало совершенно невозможным.

Главный Священник знал, что рано или поздно ему придётся налаживать отношения с этим человеком, и готовился к этому, стараясь как можно больше узнать о нём и его делах.

Поглощённый своими размышлениями, Священник не заметил, как хозяин харчевни удалился.

В реальность его вернул топот и гомон толпы — в харчевню вошла компания молодых монахов. Они сгрудились у прилавка, намереваясь купить какой-то еды в дорогу. Насколько мог судить Священник, это были паломники, путешествующие по святым местам.

Он заметил, что у них завязался спор с продавцом, затем они отошли в сторону и стали о чём-то договариваться. Главный Священник подошёл к прилавку, чтобы узнать, в чём причина спора. Продавец сказал, что они хотят купить два отреза фланели, очень мягкой и самого высокого качества, но у них не хватает денег. Он предложил им более дешёвую, но они отказались.

Главный Священник попросил, чтобы продавец завернул ему эти два куска фланели, и, заплатив за них, подошёл к спорящей братии. Он вручил свёрток одному из них, наиболее старшему на вид, и, поздоровавшись, спросил, зачем им такая дорогая ткань. Его поступок привёл монахов в изумление, они ответили на его приветствие, благодарно закивав головами, было видно, что они очень тронуты его поступком. Монахи объяснили, что фланель нужна не им, а их товарищу, у которого очень больные ноги, поэтому требуется очень мягкая ткань, которая не будет раздражать кожу ног.

Такая забота о товарище приятно удивила Главного Священника, и он спросил:

— А как зовут вашего друга?

Они ответили, что у него нет имени, все называют его Блаженный Странник.

— Ну, наверняка у него есть монашеское имя, которое он получил при пострижении? — продолжал расспрашивать Главный Священник.

— Нет, — ответили монахи, — такого имени у него тоже нет, так как он не монах. Он просто пилигрим, который по своей воле совершает паломничество.

Это ещё более удивило и заинтересовало Главного Священника.

— А что случилось с его именем? — спросил он.

— Как он объяснил, он потерял своё имя во время битвы, — ответили монахи.

— Так он что, покалеченный или контуженый? — ещё более заинтригованно продолжал Главный Священник.

— Нет, — засмеялись паломники. — Он совсем не убогий и не контуженый, а даже наоборот, весьма ясно мыслящий и очень прозорливый.

— А что это за битва, в которой он потерял своё имя? Может, при Бородино? — воскликнул Главный Священник.

Монахи замялись и переглянулись:

— Это была другая битва, — ответили они, — хотя в Бородинской, по его рассказам, он тоже участвовал. Битва, в которой он потерял своё имя, была, как он считает, более жестокая и продолжительная.

— Так, может, скажете мне, где происходила эта битва? Я знаю все великие битвы за последние годы, — Главный Священник выжидающе вглядывался в лица братии.

Они переминались с ноги на ногу, переглядываясь, было видно, что эта беседа становилась для них неудобной, так как они не совсем понимали, почему посторонний человек так заинтересовался их спутником. Потом всё-таки, понимая, что неправильно будет оставить такого хорошего человека без ответа, и боясь, что их не так поймут, один из них вымолвил:

— Он утверждает, что эта битва происходила внутри него.

Монахи смущённо потоптались, поклонились и двинулись к выходу. Немного оторопевший Главный Священник догнал их уже во дворе — они столпились возле крытой повозки.

— А могу ли я поговорить с Блаженным Странником?

Монахи в один голос ответили:

— Нет! Он не любит ни с кем разговаривать.

И тут он услышал глуховатый голос, исходящий изнутри крытой повозки:

— Пусть подойдёт…

Монахи удивлённо расступились.

Тот же голос произнёс:

— О чём ты хотел спросить, мил человек?

Главный Священник посмотрел на толпившихся около повозки монахов, и те, смутившись, отошли в сторону. Тогда он повернулся лицом к холщовой материи, покрывавшей повозку, и произнёс:

— Я потерял человека, который был мне хорошим другом и во многом помогал. Теперь я, словно потерявший опору с одной стороны, иду по жизни, хромая…

Голос из повозки произнёс:

— Каждый, кто теряет близкого человека, несёт большую утрату. Но ведь ты же священник, ты знаешь, где искать утешение.

Священник был поражён тем, что тот, не видя его, признал в нём священника.

— А каким человеком был тот, о ком ты хочешь спросить? — продолжал голос из повозки.

Священник задумался, слегка прикрыв глаза и уносясь мыслями куда-то в прошлое:

— Трудно сказать. Он был совсем непохож на тех, кто его окружал, он был как бы не от мира сего.

— Он что, был Святой? — спросил Странник.

— Нет-нет, — торопливо проговорил Священник. — Он не был святым, но грешность его была как шалость невинного ребёнка, который пытается играть в игры со взрослыми. Трудно принять это, но в его грехах была какая-то святость, и это очень конфузило и раздражало многих. Там, где другие казались бы бессовестными грешниками, он выглядел как ребёнок, который искренне верил во что-то очень светлое и не таил зла ни в одном своём поступке. Ему нравились пиры, празднества, он хотел видеть людей счастливыми, стремился поделиться радостью! И в то же время любил уединение, бывал очень задумчивым и постоянно искал ответ на какой-то вопрос, который очень его мучил. Он мог простить врагов и покарать друзей. Скучал в обществе вельмож и мог очень живо беседовать о чём-то с нищим. Любил внимание женщин и был равнодушен к мирской славе. Честно говоря, он был загадкой для всех — и для меня тоже. Странно сказать, но его уход был для всех большим горем и большим облегчением одновременно, потому что люди, окружавшие его, как бы они ни пыжились и ни старались, всегда чувствовали себя не совсем полноценными рядом с ним. Что-то светилось в нём и освещало глупость и безумие общества, и от этого всем было неудобно. Я и сам порой неловко чувствовал себя рядом с ним. Несмотря на то, что я Священник, в нём всегда было больше Божественного, искреннего, натурального.

— Что ж, — прозвучало из повозки, — судя по твоему рассказу, он не оставил ни больших долгов, ни больших сожалений, поэтому путь его будет лёгким.

— Да, это так! — сказал Священник. — Но есть одна загадка, которую я не могу объяснить, и мне не у кого спросить совета. Может, ты, Блаженный Странник, сможешь помочь мне?

— Скажи, какого совета ты ищешь? — прозвучал тот же глуховатый голос.

Священник припал ещё ближе к палатке и произнёс:

— Перед уходом он прислал мне сообщение, вернее даже, он сказал, чтобы мне вручили пакет после его ухода. В нём была записка, написанная его рукой: «Найди ответ на вопрос, который является главным для тебя, остальные не важны».

Из повозки снова раздался голос:

— Ну и что здесь странного? Твой друг дал тебе хороший совет, следуй ему.

— Но в том-то и проблема, — заговорил скороговоркой Священник, — что я не знаю, какой вопрос для меня главный. Правда, произошла ещё одна странность: он вернул мне мой подарок, знак заключённого союза, который мы честно поддерживали.

Голос в повозке хмыкнул:

— Ну, может, этим самым он сказал тебе, что ты должен заключить другой союз?

Священник задумался:

— Да, может быть, и так. Но там было ещё одно послание, которое не даёт мне покоя. Там каким-то волшебным образом проявилась надпись: «Найдёшь меня там, где потерял». И теперь я не знаю, нужно ли этот подарок оставить себе или отдать другому, с кем я должен создать новый союз.

— Действие не важно — важно, какой смысл ты в него вкладываешь, — ответил голос.

Главный Священник задумался.

Молодые монахи пришли в оживление, к повозке направлялся ездовой.

Священник заторопился:

— Но, может, это послание говорит, что он совсем не умер и я должен его найти?

— Дай мне свою руку, — сказал голос из повозки.

Священник просунул свою руку под материю в палатку и ощутил прикосновение другой руки, очень дружеской и мягкой.

— Не ищи этого человека, — прозвучал голос, — его больше нет. Это послание не о нём!

И Священник почувствовал, что тот, кто был в палатке, поцеловал ему руку. От этого поцелуя тело стало согреваться, на душе посветлело и стало совсем легко и свободно. Повозка двинулась, их руки разъединились.

Священник, боясь, что не успеет, выкрикнул вслед:

— Так о ком тогда это послание?

И услышал сквозь скрип колёс:

— О том, кто ближе к тебе, чем ты сам…

Священник стоял поражённый, оглядываясь на своих спутников, которые уже подошли к нему и стояли, провожая повозку взглядом и недоумевая, что же так сильно встревожило их учителя.

А учитель стоял и чувствовал: что-то очень хорошее произошло с ним в эти минуты, и это хорошее может открыть перед ним дверь, которая ведёт в Вечность. Единственное, что он должен сделать, — это найти ответ на вопрос: кто же это такой, кто находится к нему ближе, чем он сам, и где он его потерял?!

Октябрь 2018

Месть Фараонов

У Джати было очень много забот, потому что он был не только правой рукой Фараона, но также и его левой рукой, глазами, ушами, умом, сердцем и интуицией.

Время было тревожное, потому что информация, поступавшая от главных «Послушных призыву» была не совсем однозначной, хотя богатство и мощь страны росли и умножались. Стали поступать сведения, что «Послушные призыву» среднего звена, отвечающие за производство, земледелие и скотоводство, не видят больше усердия и порядочности в труде у «Послушных призыву» низшего звена. Всё чаще они проявляли недовольство, нарушали сроки выполнения работ, а это было совершенно недопустимо, так как транспортировка того, что «даёт Небо, производит Земля и приносит Нил», производилась по реке, а значит, зависела от уровня воды и должна была быть полностью закончена до того, как уровень воды в реке начинал снижаться.

Всё чаще стали происходить небольшие мятежи и выступления против власти Фараона. Джати докладывал об этом Фараону, на что тот сокрушённо качал головой и говорил:

— Рабы всегда ведут себя как рабы. Когда они рискуют погибнуть и остаются без крова и еды, они просят твоего покровительства, клянутся в послушании и покорности. Но когда они наедаются и встают на ноги, то сразу начинают выступать против того, кто их спас.

Джати видел, что Фараон очень обеспокоен положением в стране. Он считал, что Боги по какой-то причине разгневались на них, и поэтому часто ходил к алтарю молиться. Его всегда сопровождал Главный Жрец со своей свитой. К ним присоединялся и Главный Провидец — жрец в леопардовой шкуре, который умел толковать сны и знамения. Кроме прочего, Провидец поддерживал связь с астрологами, передававшими ему информацию о расположении планет, по которой он мог определить, каким будет год, сколько будет воды, какой ожидается урожай и приплод скота. Астрологи предсказывали, что светило может вскоре погаснуть, и призывали делать большие жертвоприношения Богам, чтобы они не забрали у людей солнце. Все Главные Жрецы и Фараон пытались задобрить Богов, часто молясь и принося жертвы, — возможно, именно это и помогло, потому что однажды Боги всё-таки погасили светило, закрыв его чёрным покрывалом, но потом сжалились над людьми и выпустили его.

Народ возрадовался возвращению солнца, ликовал и славил Фараона. Но жрецы продолжали и дальше усердно молиться Богам с просьбой о помиловании. Они утверждали, что сквозь тьму, которая внезапно наступила средь белого дня, на землю спустились плохие «Ка», которые способны внедряться в людей и заставлять их делать злые поступки, нарушать порядок и даже развязывать войны.

Вскоре плохие предсказания Главного Провидца стали сбываться — вода в Ниле упала раньше срока, и доставка зерна и других припасов в хранилища храмов была приостановлена. Многое из того, что принадлежало Фараону, осталось в провинциях и городах, обязанных обеспечить эту доставку. Джати доложил Фараону, что через верных «Послушных призыву» он узнал, что жрецы этих территорий подговаривают своих правителей не отдавать Фараону принадлежащее ему и распускают слухи, чтобы всё, что «даёт Небо, производит Земля и приносит Нил», оставалось у них. Это сделает их богатыми, сильными, и они смогут забрать власть у Фараона. Они убирают с алтарей Богов, принадлежащих к культу Главного Жреца Египта, и ставят туда Богов, которых выбирают сами, утверждая, что эти Боги лучше и приведут их к богатству и процветанию.

Джати заметил, что это очень озадачило Фараона. Тогда он сделал глубокий поклон и произнёс:

— Великий Фараон, у нас достаточно сил, чтобы расправиться с предателями и бунтовщиками. Но мы должны действовать быстро, пока они не объединились, тем более они могут заручиться поддержкой соседних народов.

Фараон ничего не ответил. Он знал, что сейчас не лучшее время для принятия решений. Нужно было подождать, когда Главный Провидец доложит ему о благоприятном расположении звёзд — когда все небесные светила будут благоволить Египту, а все знамения будут предсказывать, что можно осуществлять полезные перемены.

И когда тот доложил, что этот момент настал, Фараон приказал приготовиться к церемонии «Встречи с Богами». Джати сделал все приготовления для этого ритуала в главном дворцовом зале. Группа специально обученных жрецов подготовила Фараона для этой церемонии. Его тело обмыли в трёх водах, содержащих настои разных трав, потом его натёрли ароматными маслами, очищающими пространство и отпугивающими плохих духов. Фараона одели в специальные одежды, чтобы Боги могли узнать посланца своего народа.

Когда Фараон был готов, он вошёл в тронный зал в сопровождении жрецов, под непрерывное чтение молитв, и сел на большой каменный трон, возвышавшийся в центре зала. Он выдержал небольшую паузу и, убедившись, что всё готово, кивнул подбородком.

Прозвучал гонг, звук которого собрал внимание всех в одну застывшую точку и, как показалось Джати, остановил время.

Джати сделал жест рукой. От каменных колонн отделились два жреца, неся золотой поднос, на котором лежали два жезла — подарок Богов. Жрецы бесшумно приблизились к Фараону и, поклонившись, поставили поднос на небольшую подставку, предназначенную специально для этого. Потом они так же бесшумно удалились, исчезнув в тени каменных колонн.

Тут же по другую сторону от трона открылась дверь, и в её проёме показались две стройные женские фигуры, закутанные в белую ткань. Одна женщина несла на плече сосуд с водой, у другой была сплетённая из тростника корзина с какой-то утварью. Они грациозно приблизились к Фараону и замерли в поклоне. Фараон сидел, не шелохнувшись и устремив глаза в пространство. Потом он слегка наклонил голову, и две жрицы принялись обмывать ему руки водой и протирать их тканью. Они также обмыли ему ступни ног, бережно сняв с них сандалии. Одна из жриц вынула из плетёной корзины две небольшие деревянные подставки и, накрыв их лоскутами белой материи, водрузила на них стопы Фараона. Другая жрица опустилась на колени рядом, и они твёрдо прижали руками стопы ног к подставкам, наложив руки сверху.

Джати тут же сделал знак рукой, и к Фараону приблизились четыре жреца. Они встали вблизи трона, образовав четырёхугольник, и принялись читать охранные молитвы.

К трону подошёл жрец, отвечающий за чистоту Видимого и Невидимого, и окропил пространство вокруг Фараона и жрецов водой, несущей чистоту и свет. Закончив процедуру, он присоединился к молящимся и стал читать молитву, очищающую пространство от плохого влияния.

В глубине тронного зала раздался тонкий и мелодичный звук, предупреждающий о приближении Главного Жреца. И вскоре в сопровождении свиты молодых жрецов, беспрерывно читающих молитвы, в зале появился Главный Жрец. Рядом с ним шёл Главный Провидец Египта, облачённый в леопардовую шкуру. Приблизившись к трону, они склонились в глубоком поклоне. Главный Жрец прочёл длинную речь, прославляющую Фараона, его род, его власть, его мудрость, с пожеланиями дальнейшего процветания и благоденствия.

Фараон слегка кивнул головой — Главный Жрец умолк. Фараон сделал жест рукой, показывая, что готов выслушать просьбу подошедшей к трону делегации. Вся делегация вместе с Главным Жрецом опустилась на колени, замерев в поклоне. После небольшой паузы Главный Жрец заговорил, не поднимая головы:

— Великий Фараон, большие беды надвигаются на наше государство. Каждый день Главный Провидец видит всё больше и больше знамений, предвещающих беды и разруху. Звёзды выстроились в плохой порядок. Плохие «Ка» поселяются в племена и народы, окружающие наше государство. Эти народы очень молодые, они не могут противиться плохому влиянию, так как ещё не прошли очищение на земле и не получили поддержку Высших Сил. Они будут бунтовать, они развяжут войны, они разрушат наше государство, осквернят святыни, уничтожат жречество — и тогда весь мир на многие столетия погрузится во мрак невежества. Видимый мир станет главным и разрушит Божественное в человеке. Мы неустанно молимся и делаем жертвоприношения, но мы не получаем ответа из сферы Божественного, оно отвернулось от нас. Мы должны заручиться Его поддержкой, чтобы разбить наших врагов и сохранить знания, которые переданы нам Богами. Великий Фараон, попроси совета у нашего Покровителя! Пусть Он укажет нам, как сохранить всё то, что несёт свет и знания.

Фараон сидел молча, как бы выжидая чего-то. Джати сделал знак рукой, и с двух сторон от трона в стенах отворились небольшие окошки, из которых полилось какое-то звучание. Сначала оно было очень мягким и ненастойчивым, потом постепенно усиливалось и нарастало, становясь всё пронзительнее, а затем затихало и возникало вновь.

Фараон оторвался от спинки трона, развернулся влево, сделал поклон головой. Потом повернулся вправо, сделал ещё один поклон, взял в руки жезлы с золотого подноса и прислонился к спинке трона, положив руки с жезлами на подлокотники трона.

Все вокруг замерли, а жрицы, державшие стопы ног Фараона на деревянных подставках, заметно напряглись.

Звуки, доносящиеся из окошек, изменились. Немного полетав эхом по залу, они зазвучали сильнее и как бы заполнили всё пространство, уплотнив его до такой степени, что все стали ощущать эти звуки внутри себя. Все оставшиеся жрецы, включая Джати, опустились на колени и застыли, как каменные изваяния.

По телу Фараона прошла дрожь, и жрицы, удерживавшие его ноги, напряглись ещё больше.

Фараон почувствовал, как руки, державшие жезлы, стали нагреваться и от них по всему телу стала разливаться сила, заставляющая тело дрожать. Эта сила была огромной, она колыхалась внутри, раскачивая тело, и Фараон инстинктивно вжался в спинку трона. Он почувствовал, что трон тоже начинает колыхаться, как и всё пространство вокруг. Потом он ощутил резкий толчок и внезапное падение, но падение вверх, поднимающее его над дворцом и с немыслимой скоростью уносящее в бесконечную небесную бездну, где он превращался в безмерно маленькую точку, безнадёжно исчезающую и теряющуюся в этой Бесконечности. И только ощущение волшебных жезлов в руках напоминало ему, что он ещё существует. Потом он ощутил мягкий толчок и остановку. Его трон стал медленно наклоняться вниз, хотя он уже не мог понять, где верх, а где низ: всё было одинаково в бесконечном пространстве.

Фараон открыл глаза и увидел землю, залитую солнечным светом. Он увидел свой дворец, пирамиды, людей, занятых делами, увидел цветущие сады, реку, крокодилов, лежащих на берегу, львов, охотившихся на лань, буйволов на водопое, играющих детей, летающих птиц. И это было настолько красиво, настолько необыкновенно, что у него защемило в груди. Он почувствовал всю грандиозность Великого Творения и всю ничтожность своего пребывания на этой прекрасной земле, несмотря на свой сан, дворец и свою власть, которую он считал незыблемой. Его охватило совершенно непонятное чувство, абсолютно противоречивое, которое вскрывало всю его никчёмность и ничтожество, но в то же время возвеличивало его как часть Великого Творения.

Он услышал голос, прозвучавший прямо внутри него, разливающийся эхом в пространстве.

— Ты можешь увековечить своё имя для людей, живущих на земле, и для будущих поколений. Но сам ты не знаешь своего настоящего имени, как и то, откуда ты пришёл. Передай жрецам, чтобы они больше не делали жертвоприношений, ибо этим вы создаёте стену, за которой вечное беспросветное рабство. Помни, наибольшая жертва — это ты сам. Прежде чем идти воевать, реши для себя, что важнее: сохранить свою власть или сохранить своё сердце чистым.

Фараон смотрел на благоухающую, залитую солнцем землю и не понимал, о какой власти может идти речь. Всё, что он хотел, — это находиться здесь и созерцать то великое и необыкновенное, что вдруг ему открылось.

Голос зазвучал ещё громче и строже:

— Не останавливай слепцов, ведомых слепцами, ибо не они выбирают, куда идти, а Я. Куда бы они ни шли, со Мной останутся только те, кто сохранил сердце чистым. Всё в мире может измениться, но ты должен остаться неизменным.

Фараон вдруг увидел, что картина перед его взором стала меняться. Деревья стали увядать, трава пожелтела, реки начали высыхать. Он увидел пожары, полыхающие в разных частях своей земли. Он увидел скелеты животных, руины храмов, людей, преследуемых войском. Увидел измождённых жрецов, уводящих людей от разрушенных жилищ и пожарищ. Он увидел, как от ливней и ветров осыпаются камни с вершин пирамид…

Потом вдруг всё вернулось и стало таким, как прежде. Он увидел свой великолепный дворец, сияющий необыкновенным светом, и с удивлением стал наблюдать, как из дворца медленно выплывали яркие звёзды и разлетались вдаль в разные концы земли.

Голос внутри него прозвучал опять:

— Весь Мир перед тобой, весь Мир в тебе. Не предавай Истину, не ищи Правду, не умножай Ложь!

Вместе с этим он ощутил, что опять падает с немыслимой скоростью, и напоследок уловил ещё одну фразу, прозвучавшую в пустоте: «Твой советчик у тебя на руке».

Он ощутил удар трона о каменный пол дворца и услышал гулкое эхо этого удара, повисшее в каменном зале. Фараон снова оказался в своём дворце, увидел своих приближённых, трясущихся от страха, жриц, лежащих у его ног без чувств, и внезапно совершенно по-новому увидел и ощутил привычное для него пространство. Это новое ощущение было абсолютно ясным, устойчивым и чётко давало понять, что любое изменение будет зависеть от его воли, его твёрдости и устойчивости его сознания.

Джати ждал Фараона, ждал уже три дня. Фараон не выходил из своих покоев, он отказывался от пищи, не хотел никого видеть, ни с кем говорить. Неправильно было бы думать, что Джати сидел под дверью, ведущей в покои Фараона, и ждал, когда же тот выйдет и скажет, что делать и как жить. Джати знал, что нужно делать, и делал это. Он разослал своих гонцов во все концы государства для выяснения положения и настроения людей, проживающих на этих территориях. Это были хорошо подготовленные специально для этого группы, они должны были разнести весть, что Фараон на церемонии «Встречи с Богами» был принят Верховным Богом, который передал ему важные послания и указания для руководства страной.

В каждой из этих групп было три отряда: первый отвечал за переговоры с правителями этих территорий; второй состоял из жрецов, ведущих разведку состояния религий и настроения народа; в третьем отряде под видом рабов были хорошо обученные воины, которые якобы осуществляли обслуживание делегации, но в то же время являлись телохранителями и гонцами, передающими сведения для Джати.

Потом он велел снарядить небольшую, но очень хорошо оснащённую армию, включающую конницу, пехоту и лучников на боевых колесницах. В задачи армии не входило вести военные действия, она должна была проехать по государству, побряцать оружием, особенно в тех местах, где поставки того, что «даёт Небо, производит Земля и приносит Нил», не были выполнены. В этих областях они должны были потребовать провиант для армии, идущей на «ужасную войну» с огромной армией противника. Потом армия должна была достигнуть Нубийской территории, с которой Египет удачно сотрудничал, покупал у них рабов и пополнял армию бесстрашными воинами. По плану Джати, армия должна потом разделиться на две колонны и двумя путями вернуться назад, ведя за собой рабов, восхваляя власть Фараона и хвастаясь своей победой над бесчисленным врагом. Возвращение армии должно было также прикрывать возвращение делегаций, посланных для переговоров. Всю эту военную демонстрацию следовало закончить за два лунных цикла. После этого Джати запланировал собрать военачальников, всех преданных фараонов других территорий и всем вместе разработать план общих действий, направленных на укрепление государства и власти Фараона.

Джати увидел Фараона только на четвёртый день. Один из «Послушных призыву», приближённый к Фараону, был послан, чтобы разыскать Джати и привести его во дворец. Джати в это время проверял списки и сохранность оружия, поступившего от «Послушных призыву» из других территорий, преданных Фараону. Он прибыл во дворец в сопровождении небольшого отряда охраны, постоянно находящегося при нём.

Фараон встретил его во дворце и сразу же приказал поставить охрану, чтобы никто не мог помешать их беседе. Выглядел он немного необычно, был одет просто и не отреагировал на длинное приветствие Джати, а лишь слегка кивнул подбородком. Он поинтересовался у Джати, как проходит его военная кампания, и, не дослушав до конца, вдруг поменял тему. Он спросил у Джати, был ли он внимателен до конца церемонии «Встречи с Богами» и был ли он достаточно собран и наблюдателен, чтобы передать Фараону некоторые детали этого события. И после того, как Джати дал утвердительный ответ, он спросил, что лично чувствовал Джати во время этой церемонии.

Этот вопрос застал Джати немного врасплох, так как он ожидал услышать от Фараона другое — то, что касалось формы проведения церемонии и правильности поведения всех участников. Но напрягать память ему не пришлось, так как его личные ощущения были гораздо ярче всего наблюдения за церемонией. Он рассказал Фараону, что чувствовал тряску внутри и снаружи во всём пространстве и ему казалось, что он может оторваться от пола и полететь. Также он поведал о том, что слышал какой-то звук, звучащий внутри тела. Потом он немного испугался, когда тело Фараона затряслось на троне и замерло. Ему на какой-то миг показалось, что Фараон умер.

Фараон тут же прервал его, спросив:

— Так я умер или нет?

Джати ещё больше удивился этому вопросу, но нашёл, что ответить. Он сказал, что впечатление было такое, будто Фараон умер, но он может допросить ещё тех двух жриц, что были рядом с Фараоном, — наверное, они тоже что-нибудь заметили, если сами были при памяти.

Фараон кивнул подбородком, а потом вдруг спросил, что Джати знает о тех, кто построил пирамиды, как они здесь появились и как потом вернулись к своим звёздам. Джати сказал, что у него есть друг из главных «Послушных призыву», который управляет писцами и ведает библиотеками. Он рассказывал, что в шумерских преданиях говорится, что «те, кто построил пирамиды» были Богами, прилетевшими на Сверкающей птице, они обладали неимоверной силой и властью над всеми живущими на земле. Они были высокого роста и немного отличались от людей. В пирамидах они хранили своё оружие и снаряжение, потому что часто отправлялись на Небесные войны. Потом однажды люди наблюдали большое сражение в небе, когда Боги ездили по нему на сверкающих колесницах и на землю падали горящие камни, которые приводили к большим разрушениям и гибели людей.

— Мой друг поведал мне ещё одну странную вещь, — продолжал Джати. — Он говорил, что эти Боги часто засыпали или, точнее даже сказать, умирали, потому что они находились в неподвижном состоянии много дней и ночей. Хорошо обученные жрецы ухаживали за их телами, которые находились в специальных комнатах под пирамидами. И в один день они вдруг оживали и снова приступали к управлению государством, а также летали на Сверкающей птице. Но однажды они улетели и не вернулись. Жрецы постоянно молились и призывали Богов, украшали комнаты под пирамидами, чтобы задобрить их, проводили специальные ритуалы, но те не возвращались. Потом жрецы стали усаживать в эти комнаты тела мёртвых людей в надежде, что Боги вернуться в эти тела. Но Боги не возвращались. Они стали приносить в жертву людей, выбирая самых красивых, самых здоровых, самых отважных, надеясь, что эти тела понравятся Богам, они вернутся и поселятся в них. Странно, но тела в этих комнатах никогда не портились, но постепенно высыхали. Поэтому жрецы придумали всякие средства, чтобы ухаживать за ними и сохранять их свежесть. Это тоже мало помогало, поэтому они выносили эти тела и хоронили недалеко от пирамид, а на их место садили новые. Но в один день произошло чудо. Когда они проводили очередную церемонию освящения помещений, где жили Боги, маленький мальчик, который был выбран для обучения и посвящения в жрецы, взял в руки волшебный посох Богов, и тот внезапно ожил в его руках и стал ослепительно светиться. В тот же миг все упали ниц на колени и не могли подняться до тех пор, пока мальчик не успокоил этот посох и он не погас. Тогда жрецов осенило, что Боги не хотят возвращаться в мёртвые тела людей, так как эти тела уже грешны, но они рождаются в детях, чтобы снова править страной. Этот мальчик впоследствии стал первым Фараоном-человеком. После этого жрецы стали искать других новорождённых детей со знаками Богов на теле и обучать их для управления страной. После смерти их тела заключали в саркофаги в надежде, что они когда-нибудь снова вернутся в них.

— И они когда-либо возвращались? — спросил Фараон.

— Нет, — ответил Джати. — Таких случаев не было.

Фараон задумался.

Джати внимательно слушал его молчание.

— Как долго я был мёртвым во время церемонии? — Фараон посмотрел на Джати.

— Недолго, — ответил тот. — За это время я успел прочесть три молитвы и трижды обвести взором всё помещение дворца.

Фараон покивал подбородком, а потом задал ещё один неожиданный вопрос:

— А не знает ли твой друг, смотритель за писцами и библиотеками, почему так сложилось, что жрецы не только являются хранителями секретов Богов, но также имеют неограниченную власть и являются хранителями казны?

Джати вопросительно посмотрел на Фараона.

Фараон улыбнулся глазами и сказал:

— Я спрашиваю тебя как преданного друга, потому что этот вопрос я вынул из твоей головы.

Джати, немного смутившись, ответил:

— Прости меня, Великий Фараон, что я тоже искал ответы на эти вопросы. Мой друг сказал, что когда Боги улетели на своей Сверкающей птице, то вся власть автоматически перешла к жрецам, а те, когда почувствовали её вкус, не смогли вернуть её тем, кому она должна была принадлежать. Наше государство устроено так, как когда-то Боги определили это устройство. Единственное, что изменилось, — власть и управление забрали жрецы.

Фараон опять кивнул подбородком и тихо произнёс:

— А что мы можем сделать, чтобы вернуть власть назад?

Джати испуганно посмотрел по сторонам и сказал также вполголоса:

— Мы должны быть очень осторожны, так как все рабы безропотно служат жрецам. За одно лишь обещание, что после смерти жрецы подарят им свободу, они по первому зову запросто пойдут против нас.

Джати опустил голову. Фараон опять улыбнулся глазами:

— Так давай дадим им свободу при жизни!..

Джати ещё больше перепугался, посмотрел на охрану, безмолвно застывшую вдоль стен дворца, и сказал:

— Тогда мы должны придумать весомые объяснения, для чего мы это делаем, чтобы это не посеяло вражду между фараонами и жрецами. Скоро вернутся мои посланники, они расскажут о положении дел в государстве, тогда мы сможем сделать первые шаги.

— Мы объявим о строительстве Новых Пирамид, — многозначительно произнёс Фараон, — и скажем, что все те, кто работает на их строительстве, будут свободными «Послушными призыву». В то же время мы заставим жрецов платить из сокровищницы, потому что строительство пирамид — это богоугодное дело, ведь Боги не хотят возвращаться в старые дома и нужно построить для них новые. А собирая налоги, мы вернём казну себе, и жрецы останутся ни с чем! Так мы сможем отомстить жрецам за незаконное присвоение власти, — закончил свою мысль Фараон.

Джати поклонился:

— Я всегда с вами, Великий Фараон, но сейчас вынужден покинуть вас, так как долгая беседа может вызвать подозрение у жрецов. Давайте объявим, что мы говорили о военной компании, которую я провожу на территории государства.

Джати ещё раз поклонился, собираясь уходить. Фараон поднял руку, на пальце которой сверкал красивый перстень. Джати остановился. Фараон произнёс:

— Ты можешь узнать у своего друга, смотрителя за библиотеками, что значит надпись «Бог находится там, где находится твоё сердце»?

Джати спросил:

— А откуда эта фраза?

— Это надпись на кольце, которое я ношу на своей руке уже много лет, — ответил Фараон. — Но я не верю, что Бог может поместиться в моём сердце, ведь Он Велик и Безграничен…

— Я непременно постараюсь узнать.

Джати опять поклонился и направился к выходу в сопровождении небольшого отряда охраны.

Вскоре работа по претворению в жизнь плана Фараона закипела полным ходом. Специальная группа писцов должна была запечатлеть в летописях ритуал «Встречи с Богами» и записать рассказ Фараона о том, как он был принят Верховным Богом и какие указания получил от него. Эти папирусные манускрипты разнесли бы весть о том, что Фараон является официальным божеством, которому должны безропотно служить все жрецы. Ещё эти папирусы должны были распространить сведения, что Верховный Бог желает посетить Египет, но ему нужен свой Дом на земле, так как он не собирается жить в домах Богов, которые ниже его по рангу. Поэтому он приказал Фараону возвести такой Дом и благословляет это строительство. Он также благословляет всех, кто будет строить этот Дом, и даёт им свободу при жизни и звание свободных «Послушных призыву». Если всё это будет выполнено, то Египет ждёт процветание и слава. Если же нет — то огненные камни обрушатся с неба на головы народа, посмевшего ослушаться воли Верховного Бога.

Фараон дал понять всем жрецам, что он очень серьёзно относится к поручению Верховного Бога. Он приказал всем неустанно молиться за успех этого строительства, а также подыскать правильное место и определить время начала работ.

Фараон и сам проводил очень много времени в молитвах и привлекал к этому всех жрецов. И когда всё государство уже было утверждено в мысли о великом строительстве, Фараон объявил, что намерен выполнить волю Верховного Бога и дать свободу всем рабам, занятым на строительстве. Также ему постепенно удалось убедить жрецов в том, что, по воле Верховного Бога, они должны оплачивать работу всех освобождённых рабов из своей сокровищницы и тем самым заслужить себе место на небесах. Реакция жрецов была неоднозначной, но процесс уже запустили, и деваться им было некуда.

Фараон часто беседовал с Джати, получая необходимую информацию о настроениях в государстве, о тех силах, которые могут поддержать власть Фараона, и тех, кто будет стараться пошатнуть эту власть. Джати рассказал, что в стране сформировалось сильное движение в поддержку планов Фараона по созданию культа нового Верховного Бога, который хочет подарить людям свободу. Но есть отдельные кланы жрецов, несогласных с таким решением, поскольку это сильно подрывает их власть и опустошает их казну. Поэтому они выступают против и даже могут решиться сдвинуть Фараона с престола. Но это у них вряд ли получится, так как Фараон всегда может рассчитывать на поддержку Джати.

Фараон покивал подбородком, улыбнулся глазами и сказал:

— Пока ещё противоречия не обострились и ничего плохого не произошло, мы должны сохранить Истину и донести её до людей. Собери мне отряд верных писцов и преданных жрецов. Я составлю манускрипт, который они перепишут во множестве экземпляров на папирусе, на дереве, на глиняных дощечках и золотых пластинах. Мы снарядим несколько экспедиций, которые пойдут в разные части земли и распространят там эти знания. Некоторые из манускриптов мы оставим здесь под присмотром самых верных жрецов, для которых служение Богу является главным делом жизни.

Джати поклонился:

— У меня есть такие люди, мой Фараон. Мой друг из главных «Послушных призыву», смотритель за писцами и библиотеками, может порекомендовать самых лучших писцов, которые знакомы с древними знаниями и владеют древними языками. Он как раз сможет подобрать писцов и жрецов для этой миссии. А для охраны этих экспедиций я подготовлю преданных воинов и проинструктирую их, чтобы даже в случае смертельной опасности в пути они, несмотря ни на что, сохранили это послание.

Фараон утвердительно кивнул подбородком.

Джати немного замялся и опустил голову, явно желая сказать что-то ещё и не решаясь. Фараон выжидающе смотрел на него. Наконец Джати поднял голову и спросил:

— А что нам делать с теми, кто не согласится идти за тобой, не захочет строить Дом для Верховного Бога, а будет поклоняться своим Богам?

Фараон задумался, потом произнёс:

— Нужно постараться направить их на верный путь, но если они не захотят — пусть сами выбирают свою судьбу, ибо это тоже воля Единого Верховного Бога.

Джати поклонился в ответ.

* * *

Верховный Жрец и Смотритель за имуществом Фараонов-Богов уже несколько дней работал в главном помещении Богов, которое находилось под самой большой пирамидой. Работы в этот раз было очень много, поэтому он взял с собой ещё несколько помощников-жрецов. Они перебирали всё имущество, находящееся в этом помещении, а Боги указывали им, как его рассортировать. Боги вели себя очень странно, двигались сосредоточенно и озабоченно, внимательно осматривая своими зелёными глазами каждый предмет, который доставали жрецы. Что-то они приказывали отложить в сторону, а что-то, к большому удивлению Верховного Жреца и Смотрителя, они тут же превращали в песок, который нужно было относить и засыпать в глубокие отверстия, вырытые в полу комнаты Богов. Каким-то вещам они придавали другую форму при помощи своих волшебных посохов и дарили их жрецам. Жрецы были в восторге от этих подарков, обдумывали, как будут использовать их в своих святилищах.

Они бесшумно двигались по главному помещению Богов, вынося необходимое имущество из прилегающих комнат, и боялись поднять головы и посмотреть на Богов. Их глаза были устремлены в каменный пол. Они знали, что нельзя смотреть прямо в зелёные глаза Богов, потому что это может привести к тяжёлым болезням или даже к смерти. Они слышали гулкие голоса Богов, которые отзывались болью в голове и неприятным дрожанием в груди, и старались как можно точнее и быстрее выполнять приказы Богов, чтобы те не разгневались и не взяли в руки свои волшебные посохи, от которых исходил такой ослепительный свет, что все падали на землю без движений. Конечно, все они мечтали, чтобы вся эта работа поскорее закончилась и они смогли бы покинуть это помещение.

Но в этот раз Боги возложили на них очень много работы. Они заставили вычистить до блеска все помещения, а затем часть жрецов с собранным имуществом отправили наверх, куда они поднимались в специальной большой корзине и выходили через дверь в пирамиде, открывавшуюся при помощи волшебного посоха, который держал в руках сопровождавший их наверх Фараон-Бог.

Верховный Жрец с тремя самыми опытными помощниками всё ещё оставались в помещении. И когда они заметили, что Боги взяли в руки свои волшебные посохи, то сразу попадали на колени.

Верховный Жрец и Смотритель услышал в своей голове голос одного из Богов. Он ещё в детстве научился этому молчаливому общению, когда открывать рот не было необходимости, разговор происходил прямо у него в голове. Это было даром Богов — они открыли у него в голове какую-то «заслонку», и в эту нишу могли проникать слова, а точнее, мысли, выходящие из головы другого человека или Бога.

Это был не единственный дар, которым наделили его Боги. Верховный Жрец умел также подчинять людей своей воле, создавать видения, лечить болезни и понимать чужие языки, он даже понимал язык растений и зверей. Боги обладали большой магической силой и применяли её тогда, когда им было необходимо. Они могли взять какого-нибудь жреца, который не отличался усердием и преданностью, отобрать у него память и превратить в тупицу и бездарность. Или же взять одного из преданных жрецов, не обладающих большим умом и способностями, и сделать из него провидца и мага. Они имели большую силу, чтобы держать людей в страхе и повиновении.

Голос одного из Богов, прозвучавший в его голове, приказал ему встать и подойти к одной из каменных стен помещения. Когда Жрец приблизился к указанной стене, она вдруг открылась и там образовалась ниша, в которой Жрец увидел каменный саркофаг. Голос в голове приказал ему подойти к саркофагу. И когда он к нему приблизился, крышка саркофага открылась, и он увидел тело одного из Богов, находившееся в саркофаге. Оно было сильно повреждено, но от него всё ещё исходило лёгкое свечение. Жрец испугался, он впервые в жизни видел мёртвого Бога.

Тут же в его голове снова прозвучал голос:

— Он не мёртв. Просто его тело очень сильно повреждено в небесном сражении, и он нуждается в покое. Ты будешь ухаживать за этим саркофагом и наблюдать за светом, исходящим от него. Как только ты увидишь, что он ожил, ты должен сразу вручить ему волшебный посох и два небольших жезла. И самое главное — никто не должен знать о существовании этого саркофага, потому что, если кто-нибудь завладеет им, он завладеет силой Бога, душа которого сейчас парит в небесах. Тогда вы все лишитесь силы и власти, будете прокляты Богами и уничтожены!

Жрец упал на колени, показывая свою покорность и верность в сохранении этой великой тайны. Голос в его голове приказал ему подняться, взять шкатулку с небольшими жезлами и отнести её в тайную комнату, где стоял большой каменный саркофаг. Потом тот же голос приказал ему подойти, взять волшебный посох, при помощи которого открывалась стена в этой комнате, и закрыть её.

Затем прозвучал другой голос — уже извне, отдающий болью в голове и неприятной дрожью в груди. Он приказал собрать всех жрецов и правителей для церемонии передачи власти. Голос потребовал, чтобы на церемонии присутствовали все писцы и военачальники, а если кто-то не захочет покориться и откажется прийти на эту церемонию, объявленную Богами, те будут уничтожены волшебным посохом.

Потом в голове у Жреца опять прозвучал голос, который сказал ему, что до тех пор, пока парящий в небе Бог не вернётся в своё тело, его власть будет принадлежать Жрецу.

Жрец поклялся исполнить всё, как приказали Фараоны-Боги. Тогда они отпустили его с помощниками, а сами сели в свои каменные кресла, установленные в отдельных комнатах, и застыли, как будто на них навалился внезапный сон.

Фараоны спали много дней, хотя, наверное, всё-таки не спали, а парили в небе вместе с Фараоном, чьё тело было сильно повреждено. Верховный Жрец несколько раз спускался в помещение под пирамидой, чтобы проверить, всё ли там в порядке, и произвести некоторые процедуры, необходимые телам Богов во время сна. Верховный Жрец, конечно, знал, что они не спят, а просто на время покинули свои тела, чтобы пожить в небесном Дворце, где живут Боги. Пока они были погружены в «сон», он провёл все необходимые приготовления для церемонии передачи власти и успел призвать со всей территории государства Главных Жрецов вместе с писцами.

Фараоны проснулись как раз вовремя, когда всё уже было готово для церемонии. Было впечатление, что, находясь в небесном Дворце, они просто наблюдали за всеми приготовлениями на земле и, когда увидели, что они закончены, тут же спустились. Они вошли в тронный зал в своих сверкающих одеждах и объявили, что должны вернуться на небо, так как у них там есть неотложные дела. Всю власть на земле и волшебный посох они передают Верховному Жрецу. После этих слов они ударили волшебным посохом о каменный пол, и он засветился ярким светом. Тут же все писцы и жрецы, присутствовавшие на церемонии, упали, не смея поднять голову.

Фараоны передали светящийся посох Верховному Жрецу и вышли через раздвинувшуюся стену дворца, направляясь к большой Сверкающей птице. Жрец проводил их взглядом и погасил волшебный посох ударом о каменный пол. Затем Жрец приказал писцам записать всё то, что сказали Фараоны, и добавил в манускрипт ещё и свои слова, прославляющие Богов и призывающие всех служить Богам и жрецам, представляющим эту власть на земле.

Фараоны шли по прогретой солнцем земле, направляясь к большой Сверкающей птице. Они молча переговаривались, обсуждая последние события, из-за которых вынуждены были покинуть Землю, где уже досконально обосновались и поставили себе на службу всё, что могла дать эта земля.

— А вы заметили, как обрадовался Верховный Жрец, когда получил посох? — прозвучало у всех в голове, и все Фараоны внутренне улыбнулись.

—Он думает, что мы освободили его от рабства, вручив ему абсолютную власть и волшебный посох.

Все Фараоны опять внутренне улыбнулись.

—Он не понимает, что мы навсегда отняли у него самое главное, что он мог иметь, — Свободу. Теперь он превратился в раба, управляющего рабами.

Фараоны улыбались. Они понимали, что Власть — это то, что порой легко взять, но очень трудно удержать, так как тут же появляются другие желающие получить эту власть. А как только начинается борьба за власть, наступает всеобщее безумие, в ход идут самые гнусные качества: коварство, предательство, ложь — и это ещё больше порабощает умы и сердца людей. А пока люди будут поглощены этими низменными эмоциями, они будут оставаться в беспросветном рабстве.

Фараоны продолжали внутренне улыбаться, они понимали, что останутся властителями этой земли ещё очень долго. И со временем они будут становиться только могущественнее, так как будут черпать силу падших душ, поднимающую их всё выше и выше. Они устроили всё очень хитро, им даже не пришлось нарушать Небесный Закон — этот закон нарушают люди, повергая свои души в бездну небытия и отдавая настоящую силу тем, кто вручил им фальшивые инструменты власти.

Фараоны заулыбались ещё больше.

Вдруг у всех в голове прозвучало удивлённое:

—А это ещё что такое?!

Они остановились и повернули свои головы в сторону, куда было направлено внимание одного из них. Их взору открылась странная картина. Нет, в окружающем пейзаже не было ничего необычного: всё так же возвышались пирамиды, ярко светило солнце, во все стороны простиралась жёлтая земля. Только посреди этого пейзажа беззаботно вышагивал маленький мальчик-пастушок, ведя за собой на верёвке совершенно замечательную зелёную корову.

Все разом двинулись в сторону мальчика.

Увидев приближающихся Фараонов, мальчик изумлённо застыл на месте.

—Откуда у тебя эта зелёная корова? — проскрежетал громогласный голос, отдающий болью в голове и дрожанием в груди.

Мальчик испуганно произнёс:

—Я сделал её сам…

Фараоны удивлённо переглянулись:

—Как это сам?

Мальчик стал рассказывать:

—Вчера я пас корову и увидел мальчишек, которые лепили что-то из глины. Я подошёл к ним и поинтересовался, что они делают. Они сказали, что играют в Богов и строят миры. Я спросил, можно ли мне тоже поиграть с ними в Богов. Но они сказали, что я не могу играть с ними, потому что у меня неправильная корова! Корова должна быть зелёной! Мне стало очень обидно, я заплакал и ушёл. Я не знал, почему корова должна быть зелёной, я никогда раньше не видел зелёных коров. Но ночью, когда я засыпал, меня вдруг осенило: «Конечно! Корова должна быть зелёной! Ведь она же ест траву!» А утром, когда я проснулся, то увидел, что моя корова стала зелёной! И все это увидели, даже вы, Великие Фараоны. А теперь я иду к мальчишкам, которые играют в Богов. Они наверняка меня примут, ведь даже вы видите, что она зелёная! — и пастушок просиял.

Фараоны переглянулись, и опять воздух сотряс голос одного из них:

—Ты не имеешь права делать корову зелёной! Только Боги имеют право творить волшебство!

При этом Фараон поднял свой посох и ударил им о землю. Зелёная корова пошатнулась, потом стала чернеть и постепенно превратилась в кучку чёрной земли. Мальчик-пастушок горько заплакал:

—Верните мне мою корову!.. Оживите её опять!..

Фараон ещё раз ударил посохом. Под ногами пастушка задрожала земля, трава пожелтела, а стоявшее неподалёку дерево внезапно вспыхнуло пламенем.

Мальчик испуганно посмотрел на Фараонов в сверкающих одеждах.

—А ведь вы не Боги! — вдруг изумлённо произнёс он. — Вы ничего не создаёте, вы только разрушаете! — выпалил он и пустился наутёк.

Фараон в третий раз поднял свой посох, но в голове прозвучал голос одного из его попутчиков:

—Оставь, не трать силу. Ему всё равно никто не поверит. К тому же он настолько напуган, что просто никогда не сможет повторить этого.

Другой голос молча произнёс:

— Мы что-то недоработали. Мы поработили сознание взрослых, но дети всё ещё остаются свободными.

— Ничего, — подключился ещё один молчаливый голос, — взрослые доделают эту работу за нас, потому что они захотят, чтобы их дети стали их собственными копиями. Они сами отберут у них свободу и научат, как быть рабами.

Фараоны опять внутренне заулыбались и стали подниматься по ступенькам, ведущим внутрь Сверкающей птицы.

Верховный Жрец стоял, застыв, как каменный столб, посреди зала, где проходила церемония передачи власти. Стоявшие вокруг него жрецы и писцы ждали продолжения речи. Но он молчал. Дело в том, что он вдруг услышал в своей голове всё то, о чём говорили Фараоны. Он медленно леденел внутри от той ужасной Правды, которая вдруг открылась. Хуже неё была лишь ужасная Ложь, которой он служил всю жизнь.

Очнулся он лишь тогда, когда стены дворца задрожали от мощного гула и все стали выбегать из храма, чтобы посмотреть, как уносится ввысь Сверкающая птица. Он тоже вышел из храма, но пошёл не туда, куда ринулись все, а направился куда-то в сторону, где одиноко маячила фигурка мальчика-пастушка.

Мальчик растирал горячие слёзы по испачканным щекам.

— Почему ты плачешь? — спросил Верховный Жрец.

— Потому что не могу вернуться к своему хозяину. Фараоны превратили мою корову в кучу чёрной пыли, и хозяин теперь убьёт меня, — продолжал рыдать мальчик.

— Не убьёт, — уверенно сказал Верховный Жрец. — Я пойду с тобой. Покажи, где живёт твой хозяин, я сам с ним поговорю. Кстати, а где твои родители? — поинтересовался Верховный Жрец.

Мальчик сказал, что не знает, так как их продали другому хозяину и отправили куда-то далеко.

Верховный Жрец наклонился к мальчику и повесил ему на шею какой-то сверкающий предмет, а потом подал ему тёплую, как солнце, руку, и они зашагали по прогретой земле, направляясь к жилищу хозяина мальчика.

Хозяин, увидев приближающуюся к его дому процессию, засуетился. Он не знал, как правильно себя вести, так как, с одной стороны, был очень зол на пастушка, но, с другой, боялся проявлять свой гнев при виде такого высокопоставленного вельможи. Он стоял на месте, пританцовывая и озираясь по сторонам. Когда процессия приблизилась настолько близко, что он смог рассмотреть знаки, свидетельствующие о принадлежности этого вельможи к клану Высших Жрецов, да ещё с волшебным посохом в руке, хозяина прошиб холодный пот. Он упал на колени и заголосил:

— О горе мне, горе! Что натворил этот глупый бездельник? Прости меня, прости, Великий Жрец, я ни в чём не виноват!

Он продолжал голосить и ползать на коленях до тех пор, пока Жрец и мальчик не подошли вплотную и не остановились. Жрец поднял в воздух волшебный посох, и глаза хозяина в ужасе полезли на лоб: он знал, что если Жрец ударит этим посохом о землю, то и он, и его жилище в одно мгновение превратятся в пепел.

— Поклонись Фараону! — громко приказал Жрец.

Хозяин засуетился, вертя головой.

— Да, да, конечно. А где он?

— Вот он, перед тобой! — Жрец указал посохом на мальчика. — Разве ты не видишь у него на шее сверкающий перстень — символ фараоновской власти?!

Хозяин изумлённо уставился на кольцо, сияющее на груди мальчика, его глаза и вовсе вылезли из орбит, и через секунду он уже лежал ниц.

Глаза мальчика тоже широко распахнулись от удивления.

— Поднимись! — грозно приказал Жрец, и хозяин тут же оторвал лицо от земли, но не посмел подняться с колен.

Жрец подошёл к нему и надел ему на шею медальон, означающий, что с этого момента хозяин становится дворцовым служителем.

— Теперь ты будешь «Послушным призыву», отвечающим за поголовье скота и дворцовые пастбища. Твоей обязанностью будет докладывать своему Фараону о каждой пропавшей корове и заботиться о приплоде скота и его сохранности. И объяви всем, кто не захочет поклониться новому Фараону, которого Боги назвали Сыном Неба и передали ему свой Перстень Власти: пусть пойдут, найдут пепел твоей коровы и посыпят им свою голову, ибо с ними будет то же самое!

С этими словами Верховный Жрец взял мальчика за руку и направился вместе с ним в сторону сверкающих пирамид. Мальчик-пастушок семенил за Верховным Жрецом, ещё не понимая до конца, что же произошло.

— А это правда, что я буду Фараоном? — спросил мальчик.

— Правда, — ответил Жрец.

— Но я не знаю, как быть Фараоном, — печально проговорил пастушок. — Я знаю только, как пасти коров.

Жрец улыбнулся:

— Я тебя всему научу. Я научу тебя, как управлять государством, проводить церемонии, заниматься политикой… Ты будешь самым лучшим Фараоном в истории государства. Даже Боги, улетевшие на Сверкающей птице, будут завидовать тебе.

Мальчик остановился и дёрнул Жреца за руку.

Жрец наклонился и посмотрел мальчику в лицо.

— А ведь они не Боги, — тихонько сказал мальчик, глядя Жрецу прямо в глаза.

— Я знаю! — задумчиво произнёс Жрец. — Поэтому мы дадим людям настоящего Бога, Того, кто откроет им Истину.

— А где мы его найдём? — удивлённо произнёс пастушок, семеня за двинувшимся вперёд Жрецом.

— А мы его уже нашли, — улыбаясь, произнёс Верховный Жрец.

— И кто же он?! — удивлённо воскликнул мальчик.

Верховный Жрец опустился на корточки перед пастушком, посмотрел ему прямо в глаза и сказал:

— Это ТЫ!

Потом Жрец ударил волшебным посохом о землю — в стене пирамиды открылась дверь, через которую он повёл изумлённого мальчика внутрь, освещая дорогу волшебным посохом, который переливался разными цветами, словно радуясь тому Великому Открытию, которое сделал Верховный Жрец.

Апрель 2018

Пустое одиночество Вселенной

Будда пробирался сквозь чащу, умело маневрируя между кустами и деревьями. Он шёл легко, словно паря над землёй, едва касаясь зелёной травы. Я еле поспевал за ним, не понимая, как ему удаётся так свободно передвигаться сквозь непроходимые заросли, ни разу не зацепившись за ветку, не споткнувшись о переплетающиеся корни и не получив ни одной царапины. Я шёл за ним, уже весь исхлёстанный ветками, в разорванной местами одежде и с исцарапанными в кровь щеками. Я не успевал за быстро идущим Буддой и уже совсем выбился из сил, хотел отдохнуть, расслабиться, но понимал: если остановлюсь, то навсегда останусь в этом лесу и никогда не смогу выбраться отсюда. Моей единственной надеждой была спина Будды, мерно покачивающаяся и мелькающая между деревьями. Я пытался понять, где он изучил такую великолепную технику хождения по лесу и сколько лет он потратил на тренировки, чтобы достичь такого необыкновенного мастерства.

Мои мысли прервал голос Будды:

— Иди по моим следам, тебе будет легче.

Я и сам это понимал и всю дорогу старался попасть в его следы, надеясь избежать всех тех неприятностей, которые и так уже меня постигли, несмотря на все мои старания. Что-то у меня явно не получалось, и поэтому я брёл наудачу, натыкаясь на ветки, проваливаясь в какие-то ямы и цепляясь одеждой за колючие кусты.

Будда иногда останавливался, наклонялся к траве, что-то шептал, что-то собирал в свою сумку, висевшую на плече. В эти минуты я почти догонял его, но ненадолго — он снова быстро удалялся. Видно было, что он торопится, и в этой ситуации я ощущал себя ненужным балластом.

Но Будда не раздражался, он всё время спокойно повторял:

— Иди по следу, тебе будет легче.

Меня это немного удивляло, ведь мы шли не по снегу или песку, где каждый оставленный след имеет чёткую форму, а по траве в лесу. Причём Будда ступал так умело, осторожно и легко, что я не мог заметить ни одной примятой или сломанной травинки. И только его невозмутимый голос: «Иди по моим следам, тебе будет легче» — звенел у меня в ушах.

Следующее, что я услышал, — это шлепок своего тела, ударившегося о землю. А через некоторое время я увидел Будду, склонившегося надо мной. Я не заметил улыбки на его лице, напротив, он был сосредоточен и серьёзен. Он деловито ощупал мои плечи и ноги, стремясь убедиться, что я ничего не переломал. Потом он нажал на несколько точек на моей голове, и у меня прошёл звон в ушах и прояснилось в глазах.

Я чувствовал себя ужасно, с лицом и руками, испачканными землёй, с израненной ногой, к которой Будда уже прикладывал какие-то листья. И ещё потому, что я испытывал чувство вины за то, что не даю Будде двигаться быстрее, чтобы выполнить, как я понимал, какое-то важное дело. Я очень редко видел его таким собранным, сосредоточенным и занятым столь скоростной ходьбой. Он оторвал свой взгляд от моей разодранной ноги, улыбнулся и сказал:

—Это я виноват. Я должен был помогать тебе двигаться по лесу, вместо того чтобы бежать, как сумасшедший, вперёд.

Я, честно сказать, был озадачен, потому что понимал, что был прицепом, который кто-нибудь другой уже давно бы бросил. А Будда мало того, что возится со мной, как с малым ребёнком, так ещё и взвалил на себя ответственность за мою нерасторопность и неловкость.

Он опять улыбнулся своей необыкновенной улыбкой и сказал:

—Видишь ли, в чём проблема… То, как я вижу тебя, и то, кем ты себя считаешь, — это две большие разницы. И поэтому, когда я с тобой разговариваю, я имею в виду совсем другое, чем ты понимаешь. Я всегда обращаюсь к тому, кем ты являешься на самом деле, а ты воспринимаешь меня с позиции того, кем ты себя считаешь.

Я не понимал до конца, о чём он говорит, да и шок после падения ещё не прошёл, и я просто тупо кивал головой.

Но, видно, Будда принял моё кивание за понимание и продолжил:

—Когда я говорю тебе «иди по моим следам», это не значит «ищи отпечатки моих ног на земле». Но это значит — постарайся скопировать меня, моё состояние, и тогда ты попадёшь в поток, который и проведёт тебя по лесу.

— Какой поток? — спросил я в недоумении.

— Поток определённой силы, энергии, наделённой знаниями, как ходить по лесу.

— А как же я должен ею управлять? — спросил я.

Будда улыбнулся мне, как маленькому ребёнку, и сказал:

— Ты не можешь этим управлять. Это сильнее и разумнее тебя, и это приведёт тебя куда надо. Ну, как большая река: если ты с ней сотрудничаешь, она доставит тебя туда, куда нужно. Проблема в том, что ты смотришь на лес и не видишь цели. Ты думаешь, что мир — это то, что перед носом, ты создаёшь иллюзию и твёрдо веришь в неё. Поэтому тебе очень трудно пройти через ту преграду, которую ты сам создал. Ты должен прояснить своё сознание, тогда иллюзия исчезнет и ты увидишь цель. Цель сама подаст тебе руку и притянет тебя к себе.

С этими словами он встал и медленно направился в глубь лесной чащи. Мне ничего не оставалось, как подняться и идти за ним. Шёл он не спеша, явно давая мне возможность подтянуться. Я стал замечать, что он разговаривает с деревьями, кустами, наклоняется к траве, будто что-то слушает. Выглядело это настолько странно, что мне стало интересно и захотелось попробовать сделать так же. Я стал, притворяясь, подражать ему, копировать его манеры, разговаривать с деревьями, здороваться с ними, рассказывать о себе, расспрашивать у них, как дела, восхищаться их ростом и красотой.

И вдруг откуда ни возьмись в листве надо мной прошумел ветерок, и я услышал чёткую фразу:

— Ша-гай сме-лее…

Я завертел головой, но шаг прибавил. Внезапно я почувствовал, как лес стал вроде бы расступаться передо мной, идти стало намного легче.

И опять порыв ветра в листве донёс до меня:

— Следи за Буддой!..

Я вперился взглядом в спину Будды и попробовал передвигаться, стараясь копировать его ходьбу и раскачиваясь из стороны в сторону. Не знаю, то ли благодаря моим стараниям, то ли ещё что-то произошло, но я стал ощущать, что иду по совершенно проторенной дороге, совсем легко и без усилий, как вагон на сцепке за движущимся локомотивом. Но что самое поразительное — я стал видеть следы Будды. Они переливались мягким мерцанием в траве и были абсолютно чётко видны среди такого же мерцания зелени и кустарников.

Мы вышли на поляну, на которой возвышалось огромное раскидистое дерево, и остановились. Я стоял, заворожённо рассматривая следы на траве, которых было великое множество на этой поляне, но следы Будды чётко выделялись своим мерцанием из всех остальных. Я увидел, что очень много тропинок протоптано к этому дереву, но лишь одна уходит от него, и на ней отчётливо видны следы Будды.

Будда положил руку мне на плечо:

— Я рад, что ты сумел настроиться и попасть в состояние, в котором ты побыл тем, кем я тебя вижу, — при этом он улыбнулся мечтательно и довольно.

Я уже открыл было рот, чтобы спросить у него, что это за поляна, но его ответ опередил меня:

— Это место хранит ответы на многие важные вопросы, в том числе и на твой вопрос. Видишь ли, я провёл под этим деревом очень много лет, чтобы найти то, что даёт шанс любому другому человеку ответить на его вопрос. Этот путь был непростой. Иногда мне казалось, что я владею Истиной, но это была лишь иллюзия моего ума. И мне приходилось сражаться с самим собой, чтобы разрушить иллюзию и идти дальше. «Идти», наверное, неправильное слово, потому что двигаться нужно было от движения к неподвижности, стабильности, из которой вырастает другое движение — движение в ритме Вселенной.

Я стоял, не понимая, о каком движении к неподвижности идёт речь, но всё ещё переживал внутри удивительное состояние слияния с лесом, природой и всё ещё зачарованно вглядывался в мерцание следов на заросшей травой поляне.

Будда помолчал, как бы вливаясь своей сущностью в то место, где он провёл много лет. Потом продолжил:

— Здесь я единственный и последний раз в жизни увидел своего сына…

Я замер. Это был тот вопрос, который мучил меня. Вопрос, который раздваивал моё отношение к Будде. Вопрос, с которым я не был согласен. Будда, наверное, знал это, но он не выглядел как человек, пришедший покаяться. Сейчас он вообще не выглядел как человек или хотя бы как что-то, что я мог проанализировать. Он был настолько сильно слит с окружающим миром, и мир настолько сильно был влит в него, что меня это трогало до внутреннего содрогания. И если бы его мучило покаяние, то, наверное, оно бы ощущалось внутри всего общего мира, который включал и меня, и деревья, окружавшие нас. Это мироощущение поразило меня так же, как и Будда, который каждую минуту поражал меня чем-то новым и совершенно необычным в своём образе, то есть в моей попытке классифицировать его образ. Эта дурацкая привычка всё классифицировать часто меня подводила, но она была вызвана какой-то внутренней необходимостью расставить всё по полочкам или положить ещё один кирпичик в тот фундамент, на котором зиждилась моя личность, моя сущность и моя защищённость. Здесь я вдруг ощутил, что все мои историко-культурные, политико-экономические и научные знания никак не помогали мне в постижении другого человека — необычного человека, находящегося рядом со мной. А даже наоборот, уводили от его понимания.

Я стоял как вкопанный, заворожённый загадочной картиной, открывшейся предо мной.

Будда тем временем подошёл к дереву, аккуратно раздвинул траву в две стороны и мягко уселся на землю. И я почувствовал, как он удаляется в глубину своего молчания…

Я остался один на небольшой поляне, заросшей травой, стоя перед большим деревом, под которым спокойно расположился человек, присев отдохнуть. Всё стало каким-то совершенно обычным, ничего волшебного уже не было. Я тоже присел на траву и задремал, измученный ходьбой по лесу и своим безрассудным падением. Сновидений не было, но было какое-то странное состояние внутренней встряски или вибраций, периодически проходящих по всему телу. Нельзя сказать, что это было приятно, но глаза открывать не хотелось, и я продолжал сидеть в полудрёме. Вдруг я почувствовал, что кто-то дотронулся до моего плеча. Я открыл глаза и увидел Будду, сидящего передо мной на корточках, внимательно всматриваясь в моё лицо и улыбаясь какой-то очень спокойной, умиротворённой улыбкой. Эта улыбка каким-то чудом вдохнула в меня абсолютное спокойствие и уверенность безо всякой причины. Я улыбнулся в ответ и стал подниматься с земли. Тело после сна было немного отяжелевшим, нога побаливала, но состояние было до умопомрачения спокойное и доброжелательное.

Я двинулся за Буддой по той единственной тропинке, на которой были отчётливо пропечатаны его мерцающие следы. Будда уверенно ступал по ним. Я двигался за Буддой, стараясь попадать в его следы. Идти было легче, так как я уже приноровился, да и путь был явно давно проторен. Тропинка вывела нас на открытое пространство, где возвышались Райские ворота. Пронзительная синева неба и белоснежные облака окаймляли ворота сверху. Снизу у ворот, как всегда, суетился народ, занятый своими делами.

Я почувствовал какую-то внутреннюю тревогу, потому что Будда не проронил ни единого слова, а я хотел услышать ответ на вопрос, раздваивающий меня. Мы подошли к воротам Рая, откуда доносилась необыкновенная музыка, и я увидел, что множество людей в белых одеждах, стоящие у ворот, повернулись и стали махать нам руками. Я был в замешательстве, не понимая, что происходит, но успел заметить, что от ворот отделились две стройные женские фигуры с какой-то поклажей на плечах и направились в нашу сторону. Будда остановился, повернулся, положил руку мне на плечо и, улыбаясь спокойной мудрой улыбкой, произнёс:

— Ты получил ответ на свой вопрос, теперь я могу уйти.

Я захлопал глазами, не понимая, как я мог получить ответ на вопрос, если он до сих пор торчит занозой в моей голове. Будда потрепал меня по плечу, как бы стараясь привести меня в чувство, и сказал:

— Есть вопросы, на которые ты должен ответить сам, потому что ответ другого человека не всегда будет правильным для тебя.

С этими словами он протянул посох, который держал в левой руке, и вручил его мне. Потом он взял двумя руками мою правую руку, как бы вкладывая в неё что-то. Моя рука стала разогреваться, он положил её мне на грудь, и тепло стало распространяться в моей груди, раскрывая сердце необычным цветком. Ноги стали наливаться, как будто я пробежал кросс и ещё не остыл после этого.

Позади Будды появились две стройные женщины примерно одинакового возраста. Одна несла кувшин, а другая — корзину без ручек, прижимая её к плечу. Они легко поклонились Будде и поставили ношу на землю.

Будда взял меня за плечи, повернул в ту сторону, откуда мы пришли, и я услышал его голос над самым ухом:

— Не поворачивайся, а то не выдержишь. Ты должен постоянно смотреть вперёд, чтобы поддерживать видение той золотой нити, по которой другие могут подняться сюда. Также не забывай визуализировать следы на тропинке — это поможет другим найти её. Я понял это давно, когда в последний раз видел своего сына. Я видел его и видел много других, заблудившихся в этом лесу и не знающих никакой другой дороги, кроме той, по которой они пришли. И я понял: если я не найду другого выхода из этого леса, у моего сына не будет никакого шанса двинуться вперёд… И я захотел, очень захотел помочь ему, поэтому я не вернулся на ту дорогу, по которой пришёл, а стал упорно искать другую и всё-таки нашёл её. И я верю, что однажды увижу, как мой сын идёт по ней…

Я стоял поражённый таким признанием. Я получил ответ на раздваивающий меня вопрос, но не ожидал, что он будет такой, и это раздваивало меня ещё больше. С одной стороны, я понимал беззаветную любовь Будды к своему сыну, которой был продиктован его поступок и промотивировано стремление помочь ему выйти к свету. С другой стороны, меня поражало долготерпение Будды и его безграничная вера в людей, в то, что каждый человек может выйти из окружающей его тьмы. И эта вера удерживала взгляд Будды именно в том направлении, где он был больше всего необходим.

Я стоял с влитыми в землю ногами, держа посох, который показался мне необычайно тяжёлым, прижимая раскалившуюся докрасна правую руку к груди, и старался разглядеть уходящую вдаль золотую нить, одновременно чувствуя, как медленно отрывается от моего плеча тёплая рука Будды и меня постепенно охватывает такое ощущение страха и брошенности, от которого по позвоночнику побежали холодные мурашки. Я ощутил всю тяжесть той ответственности, которую Будда взвалил себе на плечи, разделив её с каждым человеком на Земле.

Было слышно, как за моей спиной женщины омывают Будду и закутывают его в белоснежную шелестящую ткань, как они поднимают свою поклажу и направляются к воротам Рая, мерно раскачиваясь вместе с Буддой. И я почувствовал, как с каждым их шагом часть меня отрывается и устремляется вслед за этой красивой процессией, вызывающей торжественное ликование у ворот Рая. И чем сильнее поднималась волна торжества и ликования за моей спиной, тем сильнее были пустота и холод, захватывающие всю мою сущность.

Я ощутил бесконечные просторы Вселенной, скованные пустотой и холодом, тянущим ко мне свои ледяные руки. Я ощутил одиночество далёких звёзд, беззвучно сгорающих и остывающих в бесконечном пространстве. Я ощутил что-то очень страшное и чужое в этой пустоте, пронизывающее меня холодными иглами и приводящее в ужас всё моё естество. Я ощутил такое сильное чувство одиночества и брошенности, что захотелось закричать на всю Вселенную от безысходности и тоски. Я почувствовал, что моё тело покрывается мелкими трещинами, разделяющими меня на маленькие, чужие друг другу кусочки. Мой рот непроизвольно открылся, но я не услышал никакого звука — только ощущение полной пустоты и холода проникало внутрь меня стальным потоком, окружая маленькую, всё ещё горящую необычным мерцающим светом точку в моём сердце, так явно пульсирующую и согревающую моё сознание своей необыкновенной теплотой.

И неожиданно для себя я вдруг осознал природу этого тепла, светящегося и пульсирующего в каждом живом творении, в каждой живой частице, в каждой вибрации, дающей жизненную основу Великому творению, так необыкновенно переливающемуся разными цветами в бесконечном пустом безмолвии. Горячая точка в районе сердца стала пульсировать сильнее, излучая необыкновенный мерцающий свет в пространство. И где-то глубоко во мне появилось чёткое ощущение и осознание того, что не я являюсь бесконечно малой частицей в этом безмолвном пространстве, а всё окружающее пространство является частью меня, заключённое в объятия мерцающего света, излучаемого маленькой светящейся точкой в районе сердца, так странно пульсирующей.

И тут же в моём сознании всплыл образ Будды, его незабываемая улыбка, его тёплая рука, которая почему-то оказалась у меня на плече, распространяя по всему телу мягкое тепло и беспредельную материнскую любовь, соединяющую в единое целое все разрозненные частицы моей сущности.

Мои оглохшие, забитые пустотой уши открылись, и я вновь стал осязать живое пространство. Я вдруг почувствовал, что я не один, рядом был Будда. Он не смог уйти, ведь это же Будда! Такой близкий, такой далёкий, такой понятный и совершенно необъяснимый. Он улыбался своей необыкновенной улыбкой и стоял совсем рядом, держа за руку маленькую, почти бестелесную девочку в жёлтеньком халатике, бережно прижимавшую к груди самый красивый цветок; рядом стоял мальчик с голубыми, как небо, глазами, крепко уцепившись за руку папы с перебинтованной головой; рядом с ним, поддерживая его за локоть, стоял слепой старик, опираясь на потёртый посох; здесь же находился мой чернокожий друг, улыбающийся своей белозубой улыбкой; стояли группкой матери и жёны, многие были с детьми; приветливо смотрела Лея, ну совершенно похожая на ангела в своих белоснежных одеждах, с переливающимися волосами и глазами, в которых можно было утонуть; стоял мальчик с зелёной коровой, на голове у которой сидела муха с огромной шишкой на лбу; тут же стоял незнакомец с изящной, как будто выточенной из белого камня фигурой и глазами глубокими, как два океана; и ещё много неизвестных мне людей. Все они держали в руках золотые нити, уходящие вдаль, и смотрели с большой надеждой и любовью в ту сторону, где всё было так темно и безнадёжно.

А из ворот Рая выходили светящиеся ангелы с большими белыми крыльями, они легко отталкивались от земли и плавно взмывали ввысь, превращаясь в белых лебедей, медленно плывущих по пронзительно-синему Райскому небу, направляясь к людям, чтобы принести им самое великое послание Всевышнего: послание любви и мира…

Апрель 2017

Особая благодарность Людмиле Фадеевой за огромную работу по корректировке и редактированию рукописи и переводу её в печатный формат, постоянную человеческую поддержку и помощь в формировании смысловой последовательности повествования.

Также выражаю благодарность Кате Корневой за своевременную и необходимую помощь в работе над книгой. С большим уважением отношусь ко всей её семье. Скорблю по поводу безвременного ухода из жизни её доченьки Риты, светлый образ которой запечатлён в эпизоде «Жёлтенький халатик».

Выражаю глубокую признательность Валерию Фандеру за дружескую поддержку и помощь.

Благодарю коллектив издательства Bagriy & Company за высокопрофессиональную и качественную работу по подготовке книги к печати.

Роман Прошкин